中华译学馆

真言题

中华译学佴主佴宇与

以中华为根 译与学并重

弘扬优秀文化 促进中外交流

拓展精神疆域 驱动思想创新

丁酉年冬月许钧撰 罗卫东书

中华译学馆
BEYOND
彼岸文丛

许钧 辛红娟
主 编

铁厂一生

丽贝卡·哈丁·戴维斯中短篇小说精选集

[美] 丽贝卡·哈丁·戴维斯 著

李珊珊 张俊南 张 慧 译

LIFE IN THE IRON MILLS

Selected Novellas and Short Stories by Rebecca Harding Davis

ZHEJIANG UNIVERSITY PRESS
浙江大学出版社
·杭州·

图书在版编目（CIP）数据

铁厂一生：丽贝卡·哈丁·戴维斯中短篇小说精选集 / (美) 丽贝卡·哈丁·戴维斯著；李珊珊, 张俊南, 张慧译. — 杭州：浙江大学出版社, 2022.10
ISBN 978-7-308-22946-3

Ⅰ.①铁… Ⅱ.①丽… ②李… ③张… ④张… Ⅲ.①中篇小说—小说集—美国—现代②短篇小说—小说集—美国—现代 Ⅳ.①I712.45

中国版本图书馆CIP数据核字(2022)第152873号

铁厂一生——丽贝卡·哈丁·戴维斯中短篇小说精选集

［美］丽贝卡·哈丁·戴维斯 著

李珊珊　张俊南　张　慧译

策　　划	包灵灵
责任编辑	田　慧
责任校对	徐　旸
封面设计	林智广告
出版发行	浙江大学出版社
	（杭州市天目山路148号　　邮政编码　310007）
	（网址：http://www.zjupress.com）
排　　版	杭州林智广告有限公司
印　　刷	杭州高腾印务有限公司
开　　本	880mm×1230mm　1/32
印　　张	12
字　　数	301千
版 印 次	2022年10月第1版　2022年10月第1次印刷
书　　号	ISBN 978-7-308-22946-3
定　　价	49.80元

译　序

1910 年 12 月，《纽约时报》刊登了一则讣告：

> 1861 年，她向《大西洋月刊》寄出了名为《铁厂一生》的小说，小说描绘了工人阶级悲惨的生活……小说受到举国瞩目……许多人认为它的作者一定是一位男作家。她使严酷的、特色鲜明的现实主义跃然纸上，让人联想到像左拉一样具有感染力的男作家。

《铁厂一生》（"Life in the Iron-Mills"，1861）的作者，这位曾经被误认为是天才男性作家的文坛新秀，就是丽贝卡·哈丁·戴维斯（Rebecca Harding Davis，1831—1910）。

戴维斯原名丽贝卡·布莱恩·哈丁（Rebecca Blaine Harding），1831 年 6 月 24 日出生在宾夕法尼亚州华盛顿，幼年时生活在亚拉巴马州的大斯普林（现亨茨维尔）。1836 年，五岁的戴维斯随父母迁居西弗吉尼亚州的惠灵①。戴维斯的父亲理查德·哈丁（Richard Harding）是来自英国的移民，他经常为孩子们读莎士比亚的戏剧，并为他们绘声绘色地讲述他自己创作的传奇故事。父亲丰富的想象力、社会良知与道德感，以及对粗鄙的美国生活的厌恶态度，深深地影响了戴维斯。其母亲蕾切尔·利特·威尔逊（Rachel Leet Wilson）生长于宾夕法尼亚州的华盛顿，是一个土生土长的美国人。在女儿眼里，蕾切尔是一个"准确的历史学家和文法家"，"她的学识与上过大学的女性不相上下"②。蕾切尔也是一位讲故事的高手，极具地域色彩和乡土特色的"南方故事"从她的口中娓娓道来，灌溉和滋养着女儿的想象力和好奇心。戴维斯的历史感、精准表达的能力，以及她对日常现实与普通人生活的关注都得益于其母亲。

戴维斯接受了良好的教育。1845—1848 年，戴维斯在宾夕法尼亚州的华盛顿女子学院（Washington Female Seminary）求学。其间，她如饥似渴地吸收各种新知识，也接触到了废奴和改良主义等社会思潮。尽管学习成绩优异，但由于受到当时女性高等教育条件的限制，戴维斯不能像弟弟一样走进大学校园。在 19 世纪中期，美国女性没有与男性同等的就业机会。戴维斯只得回到惠灵，照顾父母，料理家务。回到家乡后不久，戴维斯成为《惠灵讯报》（Wheeling Intelligencer）的编辑阿奇伯德·坎贝尔（Archibald Campbell）的"学徒"，开启了她写作事业的实习期。1849—1861 年，

---

① 惠灵位于西弗吉尼亚州北部俄亥俄县，临俄亥俄河，是西弗吉尼亚州首个州首府。1769 年英国开始向此地移民，1774 年该地被建为英军要塞，以美国独立战争的最后战场而闻名，1806 命名惠灵，很早便成为西弗吉尼亚州重要的工商业中心。惠灵地处南方与北方的边界，是南北战争的前线，战争遗址数不胜数。独特的人文地理环境使惠灵成为 19 世纪美国时代巨变的漩涡中心。详见：李珊珊. 丽贝卡·哈丁·戴维斯作品中的情感结构. 哈尔滨：黑龙江大学出版社，2019:5—6.

② Jean Pfaelzer. "The Common Stories of Rebecca Harding Davis: Introduction." Ed. Jean Pfaelzer. *A Rebecca Harding Davis Reader: "Life in the Iron-Mills," Selected Fiction, and Essays*. Pittsburgh: University of Pittsburgh Press, 1995: xv.

戴维斯撰写评论，创作诗歌和短篇小说，还一度担任该报的编辑。这段经历增加了戴维斯的自信，提高了她的写作技艺，磨砺了她的观察力和表达力。

1861 年 4 月，戴维斯的代表作《铁厂一生》发表在《大西洋月刊》（*The Atlantic Monthly*）上。这是第一部描写 19 世纪美国工业化进程中工人阶级悲惨命运的文学作品，它第一次将工厂、贫民窟、移民的亚文化等元素融入美国经验。作为 19 世纪美国工业化社会的真实写照，它"披露了工业资本主义对移民工人灵魂与肉体的摧残以及对自然的蹂躏，抨击了工业化所造成的人与劳动、人与人、人与自然之间的异化，提出了宗教改良和回归自然的可能救赎方式"[①]。《铁厂一生》被看作文学上的"不寻常的实验""美国文学从浪漫主义向现实主义过渡中具有开创意义的文献"[②]，是一部具有里程碑意义的作品。凭借《铁厂一生》的成功，戴维斯成为一颗冉冉升起的文坛新星，开启了她长达五十年的写作生涯。戴维斯一生发表和出版了短篇小说 275 篇，长篇小说 12 部，儿童文学故事 125 篇，以及数以百计的论说文。[③]通过数量多、题材广、体裁新的作品，戴维斯书写了一段 19 世纪下半叶社会转型期间普通美国人的生活史和心灵史。

戴维斯的小说采用的是一种新的叙事形式，它们如实地反映和呈现了妇女、移民、劳工、力图摆脱蓄奴制压迫的奴隶、激进的改革派等不同群体的历史经验，准确地捕捉到了 19 世纪美国由农业文明向工业文明的转型期复杂微妙、变动不居的情感结构。在戴

[①] 金莉.异化与救赎：《铁厂生活》与 19 世纪的美国工业化社会.外国文学，2017(5):5.

[②] Sharon M. Harris. *Rebecca Harding Davis and American Realism*. Philadelphia: University of Pennsylvania Press, 1991: 1.

[③] Jane Atterbridge Rose. "A Bibliography of Fiction and Non-Fiction by Rebecca Harding Davis," *American Realism*, Spring, 1990: 67–86.

维斯的小说中，曾经被主流叙事传统有意过滤或忘却、被忽视或无视的群体不是在传统叙事框架上添加的无关紧要的装饰，而是美国人生活史和心灵史正剧本身的一部分。例如，在《约翰·拉玛尔》（"John Lamar"，1862）和《大卫·冈特》（David Gaunt，1862）等"内战故事"（Civil War stories）中，非裔美国人同白人一样，成了美国历史正剧的"演员"。众所周知，尽管非裔美国人在美国的历史和生活中扮演了重要的角色，但许多其他美国人却认为他们是没有历史的群体。美国的历史学界关于内战起因的讨论已有数代人的积累，学者们从"宪政运作、经济冲突、州权意识、选民的族裔构成等不同角度来解释内战的发生"，但极少有人将蓄奴制问题当成一个核心问题来考虑。[①] 不难理解，在戴维斯以前的叙事传统中，非裔美国人的声音是缺失的。本应成为关注和书写对象的他们，在白人作家的作品中（无论是北方作家还是南方作家）是沉默的、失声的，是可有可无的点缀。戴维斯的叙事让读者看到了美国内战与蓄奴制之间千丝万缕的联系，也印证了著名历史学家埃里克·方纳（Eric Foner）的观点：内战的发生是自由体制与奴役制度的决斗[②]。尽管戴维斯也深受种族偏见的影响，但是在戴维斯的小说中，非裔美国人不再是头脑简单、笨拙懒散、幼稚无助的他者形象。他们机智敏锐，情感丰富，善于掩盖自己真实的想法、情绪和意图，他们开始领悟和习得政治意识，开始运用政治体制去争取和捍卫权利，他们准备重新定义自己的身份，他们甚至诉诸激进的方式以挑战和抗议旧秩序，而这正是地地道道的美国传统。

　　本书精选和翻译了戴维斯创作于19世纪60年代的9篇中短

---

① 方纳.19世纪美国的政治遗产.王希,编译.北京：北京大学出版社，2020：译者序8.

② 方纳.19世纪美国的政治遗产.王希,编译.北京：北京大学出版社，2020：译者序9.

篇小说:《铁厂一生》、《约翰·拉玛尔》、《大卫·冈特》、《盲汤姆》
("Blind Tom", 1862)、《黎明的曙光》("The Promise of the Dawn",
1863)、《保罗·布勒克尔》("Paul Blecker", 1863)、《妻子的故事》
("The Wife's Story", 1864)、《来自大海》("Out of the Sea", 1865)、
《市场》("In the Market", 1868)。19世纪60年代是戴维斯小说创
作的一个高峰期。19世纪60年代是美国在内战之中和之后经济秩
序、宪政秩序、种族关系和政府功能发生历史性转型的时期。内战
摧毁了奴隶制度,确保了联邦的生存,并引发了奠定现代国家基础
的经济和政治变革;重建期间,美国第一次进行了建立一个平等主
义社会的尝试。[①] 在惠灵长大的戴维斯是美国工业化、城市化、移
民潮、内战、重建等重大历史进程和事件的亲历者、见证者和参与
者,她的小说是处于历史中的个人对这段历史的近距离观照、体
验、书写和反思。被裹挟在时代巨变的漩涡中以及生活在南北边界
的经历,使戴维斯具有一种独特的视野,她更加客观、全面、包容
地记录和再现了在跌宕起伏、纷繁复杂的转型期美国社会的日常生
活现实。

　　通过译介戴维斯的小说,我希望这位"将工业革命引进美国文
学",并帮助"发动了美国现实主义文学运动"[②]的"前沿"作家能够
重新回到读者阅读和批评的视野。戴维斯"早在克莱恩之前就对美
国南北战争中参战士兵的心理创伤进行了描写,早在肖班之前就揭
示了维多利亚社会对女性的社会禁锢,她更是在辛克莱之前便已对

---

① 方纳. 第二次建国:内战和重建如何重铸了美国宪法. 于留振, 译. 北京:商务印
书馆, 2020: 前言 1.
② Jean Pfaelzer. "The Common Stories of Rebecca Harding Davis: Introduction." Ed.
Jean Pfaelzer. *A Rebecca Harding Davis Reader: "Life in the Iron-Mills," Selected Fiction,
and Essays*. Pittsburgh: University of Pittsburgh Press, 1995: xix, li.

工业化和资本主义所带来的非人道后果进行了刻画"[1]。她还先于左拉指出了遗传和环境对人物命运具有决定性的力量。[2] 同时，我也希望读者能够了解一段被主流叙事掩盖、过滤、排斥的"有用的过去"。通过一种新的叙事形式，戴维斯重建了美国经验的多元性和复杂性，修补和还原了国家历史和民族记忆的一部分。尤为重要的是，戴维斯的书写解构了官方的主流叙事，在"进步"话语的掩盖下，被卷入时代车轮下的普通百姓普遍感受到的是：环境污染、巨大的贫富差距和权力不平等、恐怖主义暴力、激烈的种族主义。这些问题造成了美国价值观内部的巨大分歧和矛盾，在理想与现实之间划开了一道不可逾越的鸿沟，并且它们仍然困扰着当今的美国社会。

希望本书能够成为读者了解美国 19 世纪下半叶，特别是内战和重建时期历史的一面"镜子"，也能够帮助读者更清醒地认识当下美国的社会、文化和国情。至于译文中存在的错译、漏译等问题，敬请读者不吝指教。

李珊珊

哈尔滨工程大学

2020 年 1 月

---

① 金莉. 异化与救赎:《铁厂生活》与 19 世纪的美国工业化社会. 外国文学, 2017(5):12.

② Jane Atteridge Rose. *Rebecca Harding Davis*. New York: Twayner Publishers, 1993: ix.

目 录

铁厂一生

（1861）

李珊珊 译

"这就是结局吗？

噢！生命，是多么徒劳而脆弱！

哪儿能找到回答或补救？"

　　阴天。你知道工业城镇的阴天是怎样一番景象吗？黎明之前便已天昏地黑，泥泞晦暗，凝滞不动。涌动的人流散发出的气息使空气变得污浊、湿黏。它使我透不过气！我打开窗向外看，在雨中几乎看不见对面的杂货店，一群醉醺醺的爱尔兰人正聚在那儿吸着烟斗里的林奇堡烟。那股烟草味儿即使混在空气中的各种恶臭里，我也能闻见。

　　烟是这个小镇的特色。它阴沉地、缓慢地从铸铁厂巨大的烟囱里滚涌而出，落在泥泞街道上乌黑、黏糊糊的水坑里。烟尘落在码头上，落在脏兮兮的小船上，落在泛黄的河水上，粘在房屋正面油污的烟垢层上，粘在两棵褪色的杨树上，贴在行人的脸上。一支驮着大量生铁的长长的骡队恰好路过狭窄的街道，一股浓烈的恶臭缭绕在骡队周围。在这儿，在屋子里，一个肢残的小天使正要从壁炉架上起飞，可是就连它的翅膀上也裹上了黑黑的烟垢。烟无处不在！一只肮脏的金丝雀在我身旁的鸟笼里绝望地哀鸣。绿色的田野和阳光对它而言早已成了旧梦——几乎成了残梦，我想。

从后窗向外看，我能看见一个砖厂，狭长的厂院沿着斜坡一路伸向河边，院子里散放着一些水桶和盆。褐色的小河无精打采，（*美丽的河！*①）厌倦了运煤船的重荷，懒散而缓慢地向前流淌。有什么好奇怪的？我还是孩子的时候就常常幻想，那像黑人的脸那样的河面挂着一副疲惫、沉默的神情，它顺从地承受重担，日复一日。今天，当我从临街的窗口看着人流不分昼夜、慢慢地流向大工厂时，相同的奇思幻想又浮现在我的脑海里。许许多多的人，脸上带着迟钝而麻木的神情，弯着腰低着头，经受着无处不在的痛苦和奸诈的磨砺；他们的皮肤、肌肉、整个身体都包裹在烟雾与尘灰中；晚上，他们伏在沸腾的大锅上方劳作，通宵达旦；白天，他们栖身在兽穴似的家里；从出生到死亡，他们呼吸着充斥着尘土、油污和煤烟的空气——灵魂和肉体的毒药。你怎么看待他们的境况呢，业余心理学家？你把生存当作一件十分严肃的事情，可是对他们而言，活着只是醉酒后的笑话，是一个玩笑——天使也许会为此感到惊恐不已，可他们却早就习以为常了。我对那条河的遐想是无聊的空想。假如小河停滞在这儿又会怎样呢？它知道前方等待它的是和煦的阳光，古雅的花园，柔软浓密的苹果树叶将花园遮得微暗，玫瑰花又把它映得绯红，还有空气，田野，群山。这时，正好走过来几个来自威尔士的搅铁工，未来对于他们来说就不那么令人愉快了。干完了一辈子的脏活儿后，他们的生命一结束，躯体便

___
① 原文为法语。

被塞进这泥泞坟场的某个穴洞里，此后，再也没有空气、绿地和稀奇的玫瑰花了。

你知道今天的雾有多浓多重吗？我站在窗口，漫不经心地敲着窗玻璃，透过雨水看着肮脏的后院和下面的运煤船，一个老故事的零星碎片浮现在我的脑海里——这个故事就发生在今天我碰巧来到的这所房子里。也许你会觉得我的故事就像这雾气蒙蒙的天一样，无聊透顶，激不起一丝痛苦或快乐的涟漪。——我所知道的只是一种乏味生活的大致轨迹，很久以前就有成千上万的人，像他们所过的生活本身一样乏味，无精打采、徒劳地生活，然后死去。许多人，就像旁边臭水桶里迟钝的蜥蜴一样，过着拥挤、龌龊、令人生厌的生活。——不知所措了？你得先做一件事儿——你这位粗浅地学过一些心理学知识的朋友。先等一下。老实说，我让你做的就是，收起那副厌恶的表情，也别在意干净的衣服，和我一起，到这儿来，来到这个烟雾最浓重、最泥泞恶臭的地方。我要让你听听这个故事。在噩梦般的浓雾里隐藏着一个秘密，这个秘密已经沉默地存在了几个世纪。我想让你真切地感受到它的存在。你，不管你是利己主义者，还是泛神论者，还是亚米纽斯派的教徒，如果你只顾着寻找平坦的山路，是无法将它看清楚的——这个可怕的问题，为了寻找它的答案，这里的人们有的精神错乱了，有的丢了性命。我不敢用语言把这个秘密说出来。我说过，它不可言说。正路过的这些人的脸上都带着醉酒的神情，他们的大脑中蕴藏着尚未觉醒的力量。人们不问社会，也不问上帝。他们用生命问过，也用死亡问过，却没有得到任何回应。我坦率地告诉你，我心怀希望，我想让你来验证这一点。就是这样：这个可怕的、无法言说的谜题本身就蕴藏着答案。这个答案并不是我们所想的死亡判决，但是，希望即将到来这一最庄严的预言，往往来自黑暗的最深处。我不敢把话说得更明白了，我只能开始讲我的故事了。也许在你看来，它就像我们身旁这股浓烈的臭气，肮脏又昏暗，酝酿着死亡；然而，如果你的眼睛像我的一样自由，能看得更加深入透彻，你就会明白：黎明到来之前的夜是最黑暗的时刻。

我的故事情节很简单，只是一个工人——一家叫作柯尔比和约翰炼铁厂的锅炉工——休·沃尔夫的一生中我所知道的一段往事。你知道炼铁厂吗？去年冬天，这些工厂从下弗吉尼亚州铁路公司接到了大宗订单。经营一家炼铁厂通常需要上千工人。我也说不清楚为什么在众多的炉工中我偏偏挑了这个快被人遗忘的沃尔夫的故事来讲，也许是因为那个故事与霾雾弥漫、暗无天日的今天之间有一种共鸣，激起了我的怜悯心，或者只是因为沃尔夫一家曾在这座房子里住过。沃尔夫父子都是柯尔比和约翰炼铁厂的工人，这家炼铁厂生产铁路用铁；黛博拉，他们的表亲，是一家纺织厂的采摘工。当时这座房子里租住着六户人家。沃尔夫一家住在地下室的两个房间里。和工厂里的许多搅铁工和供料工一样，老沃尔夫也是威尔士人，他的大半辈子都是在康沃尔的锡矿上度过的。无论何时，你都能从窗前经过的一群工人里面认出威尔士移民——康沃尔的矿工。他们更脏；他们的肌肉不那么发达，腰也弯得更低。他们喝醉时，既不大喊大叫，也不大摇大晃，而是像挨揍的猎狗一样躲躲闪闪地溜着边儿走。我想，血统纯正的威尔士人都长着一副略显僵硬的身体和一张棱角分明的脸。沃尔夫一家住在这儿已是快三十年前的事情了。他们的生活和他们所属的那个阶级的人一样：永无停息地劳作，住像狗窝一样的屋子，吃发臭的猪肉和糖浆，喝只有上帝和造酒人才知道为何物的东西；偶尔在监狱里过夜，为自己的酗酒行为赎罪。这就是他们生活的全部吗？这就是他们和今天挤满街道的那些工人的命运吗？没有别的了吗？这就是全部吗？许多政治改革家和改良人士都会告诉你，当他们怀着一颗柔软的仁爱之心置身于工人之中后再走出来的时候，都会变得义愤填膺，麻木不仁。

　　一个雨夜，十一点钟左右，一群衣不蔽体的女人停在地下室的门外。她们刚从纺织厂下班回家。

　　"晚上好啊，黛布。"其中的一个混血女孩子说道，她将身体靠在一个煤气灯的灯杆上。只有这样她才能稳住自己的身体。不止一个女孩子需要如此。

　　"今晚，波茨小姐家有个舞会。你最好也来。"

　　"说真的，黛布，你要是来了，准有许多乐子。"说话的女孩子操着一口威尔士口音，她的声音十分刺耳。

　　突然有两三只脏手伸过来抓住正要摸门闩的那个女人的外衣。

　　"不行。"

　　"不行？那么，凯特·斯马尔上哪去了？"

　　"天哪！还在干活呢。她落得太远了，虽然我们帮她了，我们真的帮了。而你！放过黛布吧，别去打扰她了。抖起精神来，咱们能快活一整晚！那么多酒，真够带劲儿的！"

　　她们继续往前走，那个混血女孩子摆出一副要决斗的架势，她非要拽着黛布和她们一起去；但是在别人的安抚下，她消了气，踉跄着走开了。

　　黛博拉摸索着走进地下室，在一阵磕磕绊绊之后，她划亮火柴，点燃蜡烛，屋里亮起了昏黄幽暗的灯光。屋子又矮又潮，泥地上长着一层黏滑的绿苔，恶臭的空气令人窒息。老沃尔夫正躺在草堆上睡觉，身上裹着一条破破烂烂的马鞍被。他面色苍白，性情温顺，身材矮小，苍白的脸上双眼通红。黛博拉也有这些特征，只是她的脸色更加惨白，她的嘴唇发青，眼里的泪水更多。她身穿一件褪色的棉布长衫，戴着一顶无精打采的帽子。她走路时，别人一眼就能看出，她的身材畸形，是个驼子。为了不吵醒老沃尔夫，她轻轻地挪动脚步走进了另一间屋子。屋里，半熄灭的炉火旁有一口铁锅，锅里装着煮过的凉土豆。她把土豆放在一把破椅子上，又倒了一杯麦芽酒。她把旧蜡烛架放在美味的饭菜旁边，然后解开帽子，松塌下来的湿帽子贴在了脸上。她准备吃晚饭了。这是从早上到现在她的嘴唇碰到的第一口食物。这些饭足够她吃了，然而，饭并不总是够吃。她饿极了，很容易就看得出来——她并没有喝酒，她的多数同伴在这个时候已经烂醉如泥了。这个女人没有喝酒，从她的脸上能看出来，——没有什么比麦芽啤酒的酒劲儿更大了。也许，在这个软弱可怜的女人暗淡的生活中有一剂兴奋剂——也许是爱或希望，也许是某种迫切的需求，让她一直坚持了下来。兴奋剂消失时，她就喝威士忌。人不能光靠工作活着。她一边剥土豆皮，一边大嚼大咽，这时她听到身后有声音传来。

"珍妮！"她喊了一声，与此同时，她举起蜡烛朝着昏暗的角落仔细看去，"珍妮，是你在那儿吗？"

一堆破旧的衣服被托起来，一个年轻女孩的脸从衣服堆下面露出来，困倦地盯着黛博拉。

"黛博拉，"她终于说话了，"我今晚在这儿睡。"

"好的，孩子，欢迎你来。"说完，她安静地接着吃饭。

女孩子的脸庞憔悴又苍白；困倦与饥饿使她的双眼沉沉欲睡；那是一双典型的爱尔兰人的眼睛，忧郁的淡蓝色双眼中流露出一丝令人怜悯的惊恐神色。

"我一个人。"她怯生生地说。

"你父亲呢？"黛博拉一边问，一边伸手递给她一个土豆，女孩子贪婪地把土豆抢过去。

"他在那边——和黑利一起——在石屋子里。"（你听到过爱尔兰人说*监狱*这个词吗？）"我就来这儿了。休告诉我绝不能一个人在家。"

"休？"

"是的。"

黛博拉皱起眉头，恼火起来。女孩子见状赶忙说道："我今天没见到休，黛布。那个老男人说他要到明早才下班。"

女人跳起来，开始急急忙忙地往一个锡制饭桶里装面包和熏肉，她把自己的那份麦芽酒也倒进一个瓶子里。她系上帽子，吹灭蜡烛。

"躺下吧，亲爱的珍妮，"她一边温柔地说着，一边把珍妮身上的那堆破衣服重新盖好。"你要是饿了就吃土豆。"

"你要去哪儿呀，黛布？雨下得正急哪。"

"去工厂，给休送饭。"

"让他等到早上再吃吧，你快坐下。"

"不，不行，"黛博拉一把将珍妮推开，"小伙子会饿的。"

当那个疲惫不堪的小姑娘蜷起身子睡着时，她已急匆匆地走出了地下室。黛博拉提着饭桶走出巷口，这时雨下得很大，她沿着狭窄的街道向前走，路又长又黑，她还有几英里要走。随处可见的煤气灯摇曳的火光照亮了泥泞的人行道上或排水沟里的某个黑暗角落；一排排房屋，除了几家卖啤酒的小店外，都关门闭户；她偶尔遇上一群鬼鬼祟祟地去上班，或从工厂下班回来的工人。

即使住在工业城镇里的居民也大都不知道那操控着工人的身体，年复一年、无休无止地运转的庞大机械系统是如何运作的。每一家工厂的工人都像军队里的哨兵一样有规律地轮班。工厂不分昼夜地运转，引擎不眠不休地呻吟着、轰鸣着，熔化的金属在火红的池子里沸腾、翻涌。一周中只有一天，作为对公众谴责的礼貌性回应，有一部分炉火会被遮盖起来；但是只要午夜的钟声一敲响，巨大的熔炉便马上重新喷吐火苗，带着新生的活力气急败坏地喧嚷起来，引擎也开始呜咽尖叫，好像"苦痛中的神祇"。

黛博拉急匆匆地走进滂沱大雨，成千上万个引擎发出的巨响像远处的雷鸣，回响在城市午夜的阴影中。她要去的这家工厂坐落在河边，在城区外一英里的地方。路很远，她的身体很虚弱，连续十二个小时站在线轴旁工作使她浑身疼痛不已。但是她几乎每晚都去给休送饭，即使每走一段路她都得坐下来歇一会儿，即使她知道自己听不到什么感激的话。

假如她有艺术家的眼光，如画般的奇特景象也许不会让她的脚步如此蹒跚犹豫，而脚下的路途也不会显得那样遥远；可是对她而言，工厂是她"在黑夜里见过的最邪恶的东西"。

通往工厂的道路是从坚硬的岩石上开辟出来的，煤渣路的一侧是陡峭高耸的光秃秃的岩石，而另一侧是那条缓缓流淌的乌黑的小河。炼铁厂不过是在几英亩的地上架起的类似帐篷的巨大棚屋，它的每一面都是敞开的。黛博拉在顶棚下看到了一座火之城，熊熊烈火在黑夜中燃烧得炽热猛烈。火焰呈现出各种各样的形态，令人毛骨悚然：坑池里的火恣意扭摆；金属熔浆在沙子中扭曲着向前流淌；又宽又大的锅里火苗翻滚，一些惨白的可怜虫正伏在上面搅动着奇特的产品；一群群半裸的工人在红红的火光中看起来好像满腹仇恨的幽灵，匆匆传送着闪闪发亮的火苗。置身其中就像走在地狱的街上。连黛博拉都忍不住嘟哝道："这儿看起来简直就是魔鬼的地盘！"事实上，从很多方面来看，它的确是。

终于，她看到了自己要找的那个男人，他正在给火炉添煤。他没时间吃饭；于是，她来到火炉的后面，在那儿等他。干活的人很少，他们看见她时只说了一句："那个驼子来了，沃尔夫。"

黛博拉很困，反应也变得迟钝；她的后背一阵阵刺痛；她冻得牙齿直打战，衣服早已湿透了，一迈步，雨水就顺着她的衣服往下淌。可她仍然站在那儿，手里捧着饭，耐心地等着。

"喂，女人！你看起来像只落汤鸡。到火跟前来。"一个工人朝她走过来，他一边说一边刮掉自己身上厚厚的灰。

她摇了摇头。沃尔夫早把她忘得一干二净了。听到工友的话，他转过身走到黛博拉跟前。

"我都忘了吃饭的事儿了；把晚饭给我吧，女人。"

她看着他痛苦又急切地吃起饭来。女人的直觉告诉她，他并不饿，吃饭只是想让她高兴。她那双黯淡的泪水汪汪的眼睛里生出一丝异样的神情。

"不好喝吧，休？麦芽酒怕是有点酸了。"

"没有啊，挺好的。"他迟疑了片刻，"你累了，可怜的姑娘！在这儿等我吧。躺在那片灰堆上睡一会儿。"

他扔过来一件旧外套给她当枕头，然后继续去干活了。灰堆是铁炼过之后留下的废物，它还是一张不太硬的床；灰堆中残留的余热，渗进她的四肢，缓解了她的疼痛和寒战。

她看起来十分凄惨，就像躺在灰堆上的一块软塌塌的肮脏的破布，然而，用这个女人来表现糟糕透顶的不安和隐藏的罪恶场景，可是再合适不过了：如果人们能够看到问题的核心——她扭曲的身体，了无生趣的生活，她清醒时压抑痛苦、缓解饥饿的麻木不仁——她是她所属的那个阶级的典型代表。然而，如果人们进一步探寻，这个浑身湿透、逐渐褪色、盖着半身灰渣的东西难道就没有一点儿值得了解的地方吗？这难道不是关于灵魂一路摸索为爱痴狂，矢志不渝，慷慨无私，嫉妒得发狂的故事吗？多年来她不知疲倦地试图取悦自己所爱的人，渴望他能够出于好心看自己一眼，不是吗？如果说连诸如此类的信息都被藏在了暗淡朦胧的双眼中和迟钝且精疲力竭的面容下，那么也就没有人愿意耐心地解读它模糊不明的迹象了：沃尔夫，这个半身赤裸的炉工自然也不会。然而，他对她的态度很温和；他天性如此，他对地下室里的老鼠也同样温和；他对待她的方式与他对待老鼠的方式并没有什么两样。她对此心知肚明。也许正是因为对一切了然于心，她的脸比她卑微、麻木不仁的生活看上去更加冷漠和空虚。人们看见那种毫无生气、茫然若失的神情有时会偷偷爬上女人的脸，偷走她们脸上最珍贵和美好的东西——也许，此时正值她们人生中最温暖的夏季；于是人们便猜到一个秘密，在精致的花边和灿烂的微笑之后隐藏着令人无法忍受的孤独。对于这个女人来说，她的生命中从未有过温暖、光明和夏天；因而，麻木和空虚有充足的时间不间断地啃噬她的脸。她还年轻，但没人认为她年轻；可见，她受尽了折磨。

她静静地躺在昏暗的角落里，透过单调的噪声和工厂里不时冒出的刺眼强光，倾听远处雨水沉闷的噼啪声——每当休碰巧看向她时，她总是躲避他的目光。她知道，尽管他对自己很好，但她脸上和身体的某种东西使他讨厌她，不想看见她。凭着直觉，她感觉到——尽管她无法理解——这个男人具有更加高尚的人格，因而他在工友中显得独一无二，卓尔不群。她知道，尽管他的生活充满了卑劣与粗鄙，但他仍然拥有探寻美好与纯洁的激情——而自己畸形的身躯让他感到厌烦，虽然他的话语总是极为亲切。她向来迟钝，地下室那个爱尔兰小姑娘深蓝的眼睛和轻盈的体态像刺一样扎进她迟钝的大脑。往事袭上心头，即使愚蠢又笨拙，她的大脑里此刻也闪过一道美丽而优雅的光。小珍妮胆小无助，她很爱黏着休，把他当作唯一的朋友。正是那个敏感、苦恼的念头在她呆滞无神的双眼中刻进了异常痛苦的神情。你觉得可笑吗？这里（我带你来的这个地方）的痛苦和嫉妒——有时它们能攥紧你的心——难道不像你自己家里的或者你心里的现实一样残酷吗？音符是同一个，然而我想，它有时是高八度音，有时是低八度音。

如果你能走进黛博拉所在的这座工厂，将生命的可怕悲剧从这些工人的心里拽出来——这骇人听闻的悲剧正是他们所属的那个阶级的病症，那么这世上将不再有什么东西能够令你感到恐惧了。每天你在街上遇见的是一副副醉生梦死的面具，而在面具之下却藏着心灵饥渴、生不如死的现实——对此我无法言传，只能为你们勾画一个夜晚的外围轮廓，一个工人生命的转折点：不管灵魂陷入多深的泥沼，你都能用上帝恩赐的眼睛看明白。

黛博拉像猎狗看自己的主人那样凝望着沃尔夫，他手里正拿着铁棍俯身伏在火炉上，丝毫没有察觉到黛博拉的注视，只有在接受指令时他才会停下来。就身体而言，这个男人的体格没有先天优势。他失去了男性本该具有的气力和活力，他的肌肉不发达，神经脆弱，他患有肺痨，因而他的脸色（一张驯服的女人的脸）憔悴发黄。工人们把他看作娘娘腔：莫莉·沃尔夫是他的绰号。他从不惹是生非，也不养小狗，他很少喝酒，只有绝望时才喝。他偶尔也会打架，但总是被揍成烂泥。他发怒时勇气十足：然而在工厂里他并不怎么受欢迎；读书腐蚀了他的身体——程度倒是不严重，实际上他只是在免费学校里待了大约三个月，但这足以毁了他，让他无法成为一个打架的好手。

他不受欢迎还另有原因。工人们意识到，虽然从外表上来看，他和他们一样脏，身上也满是炉灰，但他与他们不是一路人。他沉默寡言，脑袋里装着各种各样稀奇古怪的念头和渴望，这些怪念头和渴望会撞破他的沉默，以奇特的方式冒出头来。例如这一个。邻近的一个火炉旁边放着大堆大堆的废物，这些废物是生铁炼过后留下的残渣，我们这儿的人管它叫废渣[①]：这是一种轻而多孔的物质，呈淡淡的苍白的浅肉色。沃尔夫在轮班休息时养成了用成块的废渣削凿塑像的习惯。这些塑像面目狰狞、奇形怪状，但有时人们能从中看到一种奇特的美：工人们也觉察到了这一点，虽然他们一直嘲笑他。这个习惯已经在他的体内幻化为一种奇思怪想，几乎成为一

[①] 原文为"Korl"，休正是用这种又轻又脆、苍白多孔的"废料"塑造了他的杰作"the korl woman"。"korl"传达的是新兴工业城市里的一种新的生活经验。同时它也记录了一种处境：废渣的物质性特征——轻、脆弱、苍白、多孔——象征的正是移民劳工被边缘化的、无足轻重的、精神饥渴的生存境况和生活现实。

种激情。工人的休息时间很少，轮到他休息时，他就拿起一把钝刀削削砍砍，从不说话，直到又轮到他当班。他常常花上几个月的时间雕琢一座塑像，可当作品完成时，他又在一阵失望中把它砸碎。一个病恹恹的沮丧的男人，没受过教育，也无人指引，只能在粗鄙与罪恶中，用繁重得令人难以忍受的苦役抚慰自己的心灵。

我希望你屈尊降贵来看看这个沃尔夫，看这个站在他所属的那一类人中最底层的男人，看清楚他真实的样子，也许这样，在听完了这一晚发生的事情后，你就可以公正地评判他了。我希望你，就像他每天做的那样，回顾他卑微的出身、忍饥挨饿的幼年；想想他从小到大熬过的艰难岁月，在漫长艰辛的日子里，他做着饱受酷热折磨的苦工，从未间断。他从很久以前就开始工作了，有时他想，自己干得太久了。他不知道这样的日子什么时候才是个头。想一想，上帝将一种对美的强烈渴求——认识美、创造美的渴望——装进了这个男人的灵魂；他渴望成为另外的某种存在，他也不知道那究竟是怎样的存在，反正不是他现在的这个样子。有时候，一片流云、照射在紫蓟上的一束阳光、一个善意的微笑、一张孩童的脸会唤醒他的痛苦——他突然站起来疯狂地怒吼，他朝着上帝怒吼，朝着将卑贱肮脏的命运压在他身上的**那个人**怒吼。在黑暗中摸索，疯狂的欲望，被不公牵绊的未被察觉的非凡才智，这是一个富有爱心的诗人所拥有的特质，而他只不过是一个粗鄙不堪的劳工，他熟悉的场景和语言都是你羞于提及的。公正一些，在我为你讲述那一晚发生的事情时，请看看他真实的样子。公正些，不要像凡人的律法那样揪住一个孤立的事实不放，而要像上帝的审判天使，在对今晚——他一生中最悲哀的一个夜晚——所发生的事情做出评判之前，先用清澈忧郁的眼睛看一看这个男人生命中已经度过的无数个腐败溃烂的白天，和饥饿成疾、灵魂无处安放的无数个夜晚。

我将这一晚称为他的生命之灾。如果真是这样，它已偷偷地、不知不觉地逼近他了。人生中一些重要的转折时刻总是毫无预兆地悄然而至。方向舵一个微不足道的转向便会使船驶向天堂，或者开往地狱。

黛博拉注视着沃尔夫，此时他正在用手里的铁棒搅动火炉中渐渐熔化的铁，他的脑子里机械地盘算着这坨铁块能产出多少铁轨。夜已经深了——周日的黎明即将到来；再过一个小时，繁重的工作就结束了——只需要把炉子填满铁，盖上盖子，为第二天做好准备就可以了。工人们开始吵闹起来，有时他们必须大喊大叫才能盖过沉闷的喧嚣，让其他人听见自己的声音。突然，工人们的吵嚷声变小了——工厂的另一边完全安静了下来。发生了一件不同寻常的事情。过了一会儿，寂静的气氛向工厂的这边蔓延过来；工人们不再相互奚落，也不再醉话连篇。黛博拉呆呆地抬起头，找到了工人们突然安静下来的原因：有五六个人正慢慢朝这边走过来，他们经过每一座火炉时都会停下脚步查验一番。经常有访客在夜里来工厂参观：工人们除了压低吵闹声之外，并不太理会他们。沃尔夫负责的炉子位于工厂的边缘；那几个人在那里停住脚步，他们又热又累：无论在哪个大工厂里走上一圈都不是件轻松的事儿。女人闭上眼睛，翻个身，继续打盹。看见他们停下来，冷淡麻木的沃尔夫突然抖擞起精神，密切地注视着他们。有几个他认识的面孔：一位是工头，一位是克拉克——工厂主柯尔比的儿子，一位是镇上的医生梅，另外两个是生面孔。沃尔夫凑了过去。他渴望抓住每一个机会与这个神秘阶级的人接触，在他看来，这个阶级完全是另一种存在，他无时无刻不被它的魅力吸引。他和他们之间到底有什么不同？这是他一生都想解开的谜题。他恍惚地意识到，也许今晚他就能找到答案。其中的一个陌生人坐在一摞砖上，示意小柯尔比到他身边来。

"这儿太热了，热得要命。有火柴吗？"他点上雪茄，"不过走这一趟还是挺值的。如果没人经常说这话，那么柯尔比，我想告诉你：你们的工厂看上去真像但丁的地狱。"

柯尔比笑了。

"是呀。那边那个不正是法利那塔本人站在烈火熊熊的墓穴里么。"他指着闪烁的阴影里的一个工人说道。

"从一些工人的脸色来看，"另一个人接着说道，"将来有一天他们或许能验证但丁的所见所闻是否真实。"

年轻的柯尔比惊奇地环顾四周，仿佛这是他第一次看见这些工人的脸。

"他们的状况简直糟透了，千真万确。一群绝望的家伙，你说呢，克拉克？"

工头没听见柯尔比的话。此时他恰好谈到了净利润——事实上，他刚把公司的年度经营计划表递给一个目光犀利、身材矮小的北方人，此人把一张纸垫在帽顶上，匆匆记着笔记：他是一家城市报的记者，正在为关于几家大工厂的系列评论准备素材。其他几位绅士是陪他来的，他们只想找点儿乐子。记者做笔记时，他们都没有说话，一边坐在火炉旁边烤脚，一边让自己的脸避开高温。最后，工头说道——

"我想，那是十分合理的估计，上尉。"

"过来，你们几个！"柯尔比喊道，"搬几块板子过来。先生们，我们坐下来等雨停了再走吧。这么急的雨下不了多久。"

"生铁，"记者嘟囔着，"嗯！——煤炭设备——嗯！——雇工，一千二百人——嗯，沥青——嗯！好的，我相信，克拉克先生。那么偿债基金，关于偿债基金你有什么看法？"

"一千二百个工人？"最先开口说话的那个年轻的生面孔问道，"柯尔比，你们控制他们的选票吗？"

"控制？没有。"年轻人得意地笑了，"但是我父亲在去年十一月的选举中获得了七百张选票。没有强迫任何人，你懂的——只是在几次演讲中暗示，他们将成立自己的协会，还会拥有红色、蓝色的会旗。'战无不胜的暴徒'——我记得这就是他们的名字，口号我忘记了：好像是'国家的希望'。"

几个人大笑起来。和柯尔比说话的那个年轻人冷酷的灰眼睛里闪着快活的光，他坐在那儿仔细端详着那些半裸的搅铁工和他们缓缓摇荡的发达肌肉。他不是本地人，来这儿之前，他花了几个星期的时间在蓄奴州的边界考察南方的体制，他叫米切尔，是柯尔比的妹夫。他是一个业余体操运动员——因此他具有解剖学的眼光；他玩世不恭，是拳击场的常客；他用一种无动于衷、彬彬有礼的方式探索科学和哲学的本质；他用自己的尺度来衡量康德、诺瓦利斯和洪堡特的价值；他接受天堂、尘世和地狱的一切，但他鄙视思想狭隘的人；他性格随和，就像夏日里的水，水面上波光粼粼，但是如果有什么东西触碰到他的自我，水就会结成冰，尽管冰面上依然有光。这种人在美国并不少见。

他弹烟灰的动作恰好被沃尔夫看见了。沃尔夫欣喜地看着那只白皙的手和手上的血红色戒指。他的声音也像音乐一样拨动了沃尔夫的心弦，柯尔比的声音也是如此——是低沉、平静的和弦。米切尔周围萦绕着一种不可捉摸的、有教养的绅士特有的氛围。站在他们身旁刮去自己身上的烟灰时，沃尔夫感受到了这种氛围，他带着艺术家的直觉向它致敬，虽然他并没有意识到自己这样做了。

雨还在下。克拉克和另外一个人先离开了；另外几个人则继续留在工厂里，舒舒服服地坐在火炉旁，漫不经心地吸烟、聊天。对于这些炉工来说，他们谈话的内容简直就是天方夜谭，工人们的存在很快就被他们忘得一干二净。柯尔比从口袋里拿出一份报纸，大声地读了几篇文章，几个人随后热议起来。沃尔夫认真地听着他们说的每一句话，可是他越听越觉得自己像一只愚蠢绝望的动物，他脸上的表情也变得越来越呆滞、麻木，他时不时瞥一眼米切尔，不愿错过任何精致文雅的举动，然后他又看看自己，仿佛在镜子中看到了自己肮脏的身体和被玷污的灵魂。

永远不可能！尽管不可名状，但是现在他已然明白并确信，他们之间横着一道永远不可能逾越的鸿沟。永远不可能！

午夜的钟声敲响了，星期日的黎明已然降临。从这些无名工人身边飘过的钟声里无论藏着什么信息，它都已经在那儿了。在引导复活的救世主的庄严乐曲中有一个关键音符，它将解开误入歧途的世界最黑暗的秘密——它甚至能解开这个社会谜题，腌臜的搅铁工今晚发狂地想要解开的正是这个谜题。

工人们把铁从大锅里取出来。星期天，工厂里只有添火的工人和一些没地方住、睡在灰堆上的工人。三个陌生的访客又静静地坐了一个小时，他们一边看着工人们盖火炉，一边听柯尔比讲笑话，不时被逗得开怀大笑。

"你们知道吗，"米切尔说，"和燃着熊熊烈火的工厂相比，我更喜欢它现在的样子。浓浓的阴影和四周闷熄的火苗给人一种幽灵般的虚幻感。人们可以把这些闷燃的红色火光想象成野兽半闭的眼睛和兽穴里受害者鬼魅的身影。"

柯尔比笑了。"你真会胡思乱想。走吧，我们离开兽穴吧。你口中的鬼魅身影对我来说可是很真实，即使在黑暗中我也没产生过类似的联想。"

其他人也站了起来，系好扣子，点着雪茄。

"雨下得还挺大，"梅医生说，"我们把马车停在哪儿了，米切尔？"

"在工厂的另一边。——柯尔比，那是什么？"

在一个转弯处，米切尔突然吓得倒退了一步，在他面前，在黑暗中耸立着一座白色的雕像——是一个女人，它白色的巨型身体蹲伏在地上，张开的双臂摆出一副怪异的预警姿势。

"停一下！用火照一下！"柯尔比突然停下来大喊道。

燃烧的火焰照亮了那个苍白的人像。

米切尔深深地吸了一口气。

"我还以为它是活的。"说着，他好奇地走了过去。

其他人也跟着走过去。

"不是大理石的，嗯？"柯尔比问道，他用手摸了一下。

一个下等监工停下手里的活儿。

"是废渣，先生。"

"谁做的？"

"说不准。是一个工人休息的时候凿的。"

"应该说，凿得还不错。这东西的颜色多像人的皮肤啊！你看见了吗，米切尔？"

"看到了。"

他避开火光直射的地方，沉默地看着它。它身上没有一丝美感或者优雅气质：一个裸体女人的外形，肌肉发达，皮肤因劳动而变得粗糙，有力的双臂呈现出某种热切的渴望。它给人的印象是：僵直的肌肉，紧握的双手，狂野的渴求的脸，酷似一头饿狼的脸。柯尔比和梅医生围着它转来转去，品头论足，十分好奇。米切尔站在一旁，默不作声。这座雕像莫名其妙地触动了他。

"雕得还不错，"梅医生说，"那个家伙是怎么知道挥动手臂时胳膊和手上肌肉的形态的？快看！它们在摸索——看见了吗？紧抓着什么不放：这是即将干渴而死之人特有的动作。"

"他们有很多工具可以用来了解人体。"柯尔比讥笑道，瞥了一眼那些半裸的工人。

医生接着说："看看这瘦骨嶙峋的手腕，脚背上凸起的筋肉！一个女工——她那个阶级的女人的样子。"

"但愿不是！"米切尔咕哝道。

"为什么？"梅问道，"那个家伙想表达什么？我不懂它的含义。"

"问他，"另一个冷冷地说，"他就在那儿。"他指着沃尔夫说，人群中的沃尔夫正倚在自己的灰耙上。

医生的脸上露出和蔼的笑容，招手让他过来，善良的人和这些工人说话时脸上总是挂着这种笑容。

"米切尔先生认为是你雕了这尊塑像——我也不知道为什么。你究竟想要表达什么？"

"她饿。"

沃尔夫的眼睛回应着米切尔，而不是医生。

"哦！不过瞧你犯了个多大的错误啊，我的好朋友！你并没有让它的身体表现出饥饿的迹象。它很强壮——相当强壮。它表现出来的是溺水者绝望发疯的姿势。"

沃尔夫张口结舌，他可怜巴巴地看了一眼米切尔，他知道，米切尔看到了它的灵魂。但是米切尔此时正怒气冲冲地看着他，冷峻锐利的双眼中满是嘲讽、冷酷和无情。

"它渴望的不是肉。"炉工终于开口了。

"是什么？威士忌？"柯尔比嘲弄道，他粗鲁地大笑起来。

沃尔夫沉默了一会儿，思索着。

"我不知道，"沃尔夫回答道，满眼的困惑，"也许，是某些使她能够像你们那样生活的东西，我想——在某种程度上，威士忌也能起作用。"

柯尔比又笑了。米切尔一脸嫌弃地看向别处——但不是看沃尔夫。

"梅，"他有些不耐烦了，"你瞎了吗？看看那个女人的脸！它在问上苍，它在说，'我有权知道'。老天啊，它是多么饥渴啊！"

他们看了一会儿，然后梅转身问工厂主——

"像他这样的工人多吗？你们打算怎么对待他们？让他们一直搅铁吗？"

柯尔比耸耸肩膀。米切尔的眼神激怒了他。

"这不关我的事。我可不想培养神童。我想偶尔也会有零散的光照进这些可怜虫的头脑和灵魂。主自会拯救他的子民；或者他们可以自我拯救。我曾听你将美国的体制比作一个人人皆可攀爬的梯子。你有疑问？或者，你想消除一切社会阶梯，把我们所有人都摆在像桌子一样平的台地上——嗯，梅？"

医生看上去既懊恼又困惑。这个女人的脸上藏着一个可怕的难题，它让在场的所有人都感到苦恼。柯尔比等了一会儿，但是没有人回应他，于是他又继续说下去。

"我告诉你们，有些问题不是说说'自由'和'平等'就能解决的。如果我拥有造人的能力，我会把这些干下等工作的人造成机器——世上不再有工人。这才是善举。愿上帝保佑他们！对于那些必须这样过活的人来说，兴趣、理性又是什么？"他指着睡在灰堆上的黛博拉说，"太多的神经会刺痛他们。如果把你大脑里所有一碰就疼的神经都装进你的手指，然后让你的手干活、碰撞，结果会怎样？"

"你认为自己能把世界治理得更好吗？"医生笑着问道。

"我从来没这样想过。"

"那是真正的哲学。顺流而动，因为你无法潜到水底，嗯？"

"正是如此，"柯尔比接着说，"我不想。一切社会问题都与我无关——蓄奴制、等级制度、白人或者黑人。我的职责范围有限——周六晚上的工作时间我对工人负责，可是在那个时间之外，他们要砍废渣，还是要割彼此的喉咙（两者中更受欢迎的消遣），我就管不着了。"

医生叹了口气——这是一声发自心底的善良而又坦诚的叹息。

"愿上帝保佑！谁该负责呢？"

"不是我，我说过了，"柯尔比有些不耐烦了，"他们担忧什么，从他们手中拿走钱的杂货铺老板或者屠夫都不在意，给他们钱的人又何必知道呢？"

"可是，"米切尔冷嘲热讽地说，"你看看她，她是多么渴望得到什么啊！"

柯尔比用手杖敲了敲自己的靴子。没人出声。那座粗糙雕像的沉默的脸正凝视着他们的脸，它在拷问："我们怎样才能得救？"只有沃尔夫把脸转向了柯尔比。看着沃尔夫的脸，以及他那脆弱、犹豫不决的嘴，绝望的双眼——从这双眼中能看到他所属的那个阶级的灵魂——米切尔笑了，笑声冷酷动听。

"钱能解决问题！"说完，米切尔坐到一块石头上，那淡然处之的态度仿佛他是个被戏剧逗乐的观众，"你的问题得到回答了吗？"说着，他将白净、富有魅力的脸转向沃尔夫。

这个男人的灵魂十分平静，像北极的空气那样明亮、深邃、冰冷。他看着这个炉工，就好像在清晨看到了一块稀奇的马赛克；只不过研究人可比研究图案有趣多了。

"你的问题得到回答了吗？哎呀，梅，你看他！'从内心深处呼喊。'① 或者，引用英文，'又饿又渴，他的灵魂虚弱无力'。因而，金钱通过你把答案抛入深渊，柯尔比！答案很清楚了！——我记得在哪儿看过同样的话——在古龙水里洗手，一边洗一边说，'流这义人的血，罪不在我，你们承当吧！'②"

柯尔比的脸气得通红。

"你倒是能自如地引用《圣经》。"

---

① 原文为拉丁语。

② 引自《马太福音》(27：15)。

"我引用得不对吗？我还记得另一句话，也许那句话更能表明我的意思，'这些事你们既作在我这弟兄中一个最小的身上，就是作在我身上了'①。你是自然神论者？祝福你，朋友，我是读着《圣经》长大的。医生，现在金钱已经发声了，情感有什么想说的？你是个节俭的慈善家——不是吗？嘿，小伙子，这位绅士可以教你如何把废渣雕得更好——或者如何安排好你的命运。继续吧，梅！"

"我看今晚你一定是被擅长冷嘲热讽的魔鬼附体了。"医生一脸严肃地说道。

医生走到沃尔夫身旁，亲切地把手搭在其胳膊上。医生隐隐约约地感觉到，几句友善的话在这儿就是莫大的善举：一个潜在的天才等来了阳光，在温暖中获得新生。就在这里：他就是给对方带来阳光的人。于是他自鸣得意地说道——

"你知道吗，小伙子，你可以成为一个伟大的雕塑家，一个了不起的人，你明白吗？"（他居高临下地对他的听众说：这是人们对孩子或者像沃尔夫这样的人讲话时使用的一种方式）"你可以过上比我或者柯尔比先生更好、更稳定的生活。一个人选择成为什么样的人，他就会成为什么样的人。上帝给了你强大的力量——比其他许多人，比我都强大的力量。"

梅停了停，他激昂慷慨，满面红光。他的话的确使人心胸开阔。他说的每一个字都让搅铁工陶醉不已。沃尔夫迟钝专注的双眼穿透医生的洋溢的热情和他的自我肯定，看到了自己的决心。

"让自己成为你想要成为的那种人。这是你的权利。"

"我知道，"沃尔夫轻声说，"你会帮助我吗？"

米切尔又笑了。医生转过身来，火冒三丈：

"你知道的，米切尔，我也没有办法。如果我有的话，我打心

---

① 引自《马太福音》（25：40）。

底里想帮他，想教他，为了——"

"为了上帝的荣耀，为了约翰·梅的荣耀。"

梅沉默了片刻；他压了压怒火，随后说道：

"芸芸众生中只有你一个人受抬举怎么行呢？——我没有钱啊，小伙子。"他不耐烦地对沃尔夫说。

"钱？"沃尔夫慢慢地反复咀嚼这个字眼，好像一个人带着疑惑重复着一条谜语的答案，"就是它吗？钱？"

"是的，钱——就是它，"米切尔说完站起身，披上毛皮大衣，"你已经找到了治愈世间疾苦的药方——来吧，梅，高兴点儿，回家吧。这儿阴风刺骨。明天你再来向柯尔比的工人们宣扬圣西门的思想。让工人们弄清楚自己的权力，我敢说下周他们就会罢工要求涨工资。最后只能这样收场。"

"你能去把马车夫喊到这边来吗？"柯尔比转过头来问沃尔夫。

他语气和蔼：他习惯这样。黛博拉看见沃尔夫走了，也慢慢地跟在他身后。三位访客在工厂外面等候。梅踱来踱去，仍有些恼火。突然，他停住脚步。

"回到刚才谈到的问题上，米切尔！你说钱和情感对于这些人来说起不了什么作用，那么理智又有什么意义？品位、文化、高雅情趣？说说看！"

米切尔倚在一面砖墙上。他懒散地扭头看向工厂。那个地方笼罩在浓浓的污浊的臭气中。他手上的一个细微动作表明他闻到了那股臭味，对它厌恶到了极点。仅此而已。梅一句话也没有说，他更生气了，把步子踱得更快了。

"此外，"米切尔为自己的答案加上一个结论，"并没什么用，我又不是他们中的一员。"

"你的意思是——"梅朝着他问道。

"是的，我就是那个意思。改革源于需要，而不是怜悯。朝气蓬勃的人民运动，或好或坏，不会偃旗息鼓；相反，它将不断发酵，会有越来越多的人加入。回顾历史，你就知道了。冗长沉闷的教义、培根的理论、歌德的方案透出的微光对于最低贱卑微的人们——窃贼、娼妓、黑人——能有多大的用处？总有一天，他们自己的光明使者——属于他们自己的让·保罗、克伦威尔、弥赛亚——将从他们的痛苦和需求中诞生。"

"呸！"医生心里不服气。但实际上他接受了这种想法；因为从那以后，每天他在夜晚和清晨为这些堕落的灵魂祈祷，祈祷他们得到获得成功的力量时，他的内心都充满了喜悦，认为自己尽职尽责了。

沃尔夫和那个女人站在工厂的阴影里看着马车离开。医生真诚而慷慨地挥手道别，告诉他："要保重，要记住你有权利提升自己。"米切尔只是碰了一下自己的帽子，似乎是在默默地认可一个和自己平等的灵魂。柯尔比朝黛博拉扔了些钱，她捡起钱紧紧攥在手里。他们走了，所有人都走了。沃尔夫坐在煤渣路上看着昏暗的天空。

"时候不早了，休，你不走吗？"

他执拗地摇摇头，女人靠墙蹲在了他看不见的地方。你是否记得生命中一些难得的时刻，突然有一束光照在你身上，照进你的世界，上帝之光？你站在山顶审视自己的生活，它可能的样子，它实际的样子？在一个稍纵即逝的瞬间，习惯的影响力和日常的惯性消失了？朋友、妻子和兄弟以一种崭新的面貌站在你面前？你的灵魂裸露出来，还有坟墓里的灵魂——这是末日审判的预演？这就是那一夜他的经历。痛苦的海水慢慢卷起层层浪花，扑打他的灵魂。醒醒的生活、野蛮和粗拙正侵蚀他的大脑，煤灰正腐蚀他的肌肤：这些事情以前只能隐隐地刺痛他的神经；可今晚它们如此真切。他抓起粘在身上的红衬衫——一件沾满烟灰的硬邦邦的、肮脏不堪的衬衫，恶狠狠地把它从胳膊上扯下来。衬衫下面的皮肤已与油污灰垢合为一体，无法辨认——他的心也是一样！还有他的灵魂？天晓得。

随后，他诗情画意的脑海中清晰地浮现出了那个男人的样子——白净的面容，优雅有力的手臂，与他所了解的美或真理如出一辙。在他云遮雾罩的想象中，他自己曾描绘过类似的某种东西。他在米切尔身上看到了那种东西，甚至是在米切尔懒洋洋地嘲笑他的痛苦时：一个全知全视的男人，自然为他加冕，他主宰着一切——他锐利的眼神像王杖一样落在他人身上。然而他的本能告诉自己他也是——他！他看着自己，突然感到一阵厌恶、恶心，他叫喊着扭绞自己的双手，随后陷入了沉默。热烈天真的想象和所有的幻觉使沃尔夫明确了自己的理想。在他知道自己能做什么之后，它们实实在在地、慢慢地在他的面前构建起来。多年来他每天都想把希望变成现实——一个清晰的、想象的形象，他可能成为的样子。

能说话，知道什么最好，能让自己周围的男男女女和他一起站起来：有时候，逃离的愿望化作一股让人发狂的剧痛，疼痛发作时他甚至忘了早已勾勒好的希望——只要能逃走——逃离潮湿，痛苦，灰烬，逃到某个地方，任何一个地方——哪怕只有一小会儿，他可以在山坡上呼吸新鲜空气，他可以躺下让生病的心在阳光下跳动。而今晚他渴望新生。他天性中的原始力量被唤醒了，他祈求公正的呼声更大了。

"看看我！"他对黛博拉说，伴着一阵低沉的苦笑，他狠狠地捶打自己弱不禁风的胸膛，"我有什么价值，黛布？变成这样难道是我的错吗？是我的错吗？我的错？"

他停下来，看见她不停地抽泣，驼背也跟着扭动，心里十分过意不去。黛博拉费力不讨好地流着眼泪，女人们时兴这样哭。

"宽恕我吧，女人！你的处境比我还艰难。女人的情况更糟糕。"

他站起身，把她也扶了起来；他们肩并肩，顽强地走上了泥泞的道路。

"全都错了，"他慢吞吞地咕哝着，"都错了！我虽然不理解，但总有一天这一切都会结束。"

"回家吧，休！"她抚慰道，因为他停下了脚步，茫然地东张西望。

"回家——再回工厂！"他自言自语地重复着这句话，好像这样他就能吞下绝望深渊中的所有痛苦。

她跟着他穿过浓雾，她的嘴唇冻得发紫，全身打着寒战。他们终于回到了地下室。她走以后老沃尔夫就开始喝酒，然后倒在了门旁边。珍妮在角落里睡得很沉。他走到那个女孩跟前，用手指轻轻地碰了碰她疲倦苍白的手臂。他站在那儿时，某个异常苦涩的念头刺痛了他。他抹去额头的雨水，走进另一间卧室，他的脸色发青，浑身发抖。一个希望，也许十分微茫，却异常珍贵的希望就在他望着那个沉睡的天真女孩时破灭了——那是关于未来的计划，而女孩是计划的一部分。就在那一刻他放弃了那个计划，永远放弃了。对于我们来说，也许这只是小事一桩，微不足道：他的脸色变得更加阴沉惨白了——仅此而已。然而，这个男人的灵魂，上帝和天使正在俯瞰的灵魂已经莫名其妙地永远蜕变了。

黛博拉跟着他进了里屋。她把一根蜡烛放在地上，把身后的门关上。他转过脸时她看到了他脸上的神情：她也早已面若死灰。然而，当她靠近他时，她的眼里泛起了光。他坐在一只旧箱子上，把脸埋在双手里，一言不发。

"休！"她轻声说。

他没说话。

"休，你听到那个人说了什么吗——那个声音清脆的男人？你听到了吗？钱，是钱——有钱什么都能干？"

他把她推开——他的动作很轻，因为他早已筋疲力尽了；她刺耳的声音令他恼火。

"休！"

蜡烛的淡黄色微光照在挂满蜘蛛网的砖墙上，女人就站在那儿。他看着她。她年轻，神情严肃；她憔悴的双眼和裹着湿透的破烂衣衫的身体从疯狂的渴望中汲取了一种接近美的力量。

"休，是真的！钱能解决问题！哦，休，小伙子，听我说！他说的是真的！就是钱！"

"我知道。出去吧！我不想让你待在这儿。"

"休，这是最后一次。我以后再也不会烦你了。"

她声泪俱下，但是马上强忍住泪水。

"听我说，就今晚！如果一个女巫，就是我们在家乡时听说过的那些人，如果他们其中的一个会给你想要的一切，会怎么样？说呀，休！"

"你这是什么意思？"

"我说的是钱。"

她的低语声穿透了他的大脑。

"如果今晚有一个矮女巫从荒野小路来到这儿，给你钱，让你出去——*离开*，我是说，离开，小伙子，去一个阳光照耀，身体能变健康的地方，那儿的女人穿着真丝外衣，上帝也一直都在那儿——男人们过着像今晚和我们说话的那些人一样的生活——休知道——休在那儿能像国王那样走路！"

他觉得眼前这个女人一定是疯了，他试着打断她，但她仍旧急急忙忙地说个没完。

"如果*我*就是那个矮女巫，如果我有钱，你会感谢我吗？你会不会带着我离开这儿，和你，还有珍妮一起？我不会进你盖的大房子里，不会让我的驼背烦到你——我只会在夜晚的阴影里，在远处看你。"

她疯了吗？是的！我们中的许多人也是这样疯的吗？

"可怜的黛布！可怜的黛布！"他不停地安慰她。

"钱在这儿，"说着，她突然往他手里塞了一小卷东西，"我拿了它！我做的！我，是我！——不是你！要是被人知道了，我一定会被绞死，我会被地狱的烈火烧死！从他的兜里拿来的，趁他靠在墙上的时候。你知道了？"

她把它硬塞进他的手里。使命完成后，她强忍住歇斯底里的啜泣，将碎木片拢起来生火。

"已经彻底疯了吗？"

他只说了这一句话。这个来自威尔士的沃尔夫为人诚实。黛博拉塞进他手里的是一个绿色的小钱袋，里面装着几枚金币，还有一张对于这个搅铁工来说数目大得惊人的支票。他把它放下，再次把脸埋进双手里。

"休，别生我的气！我只是可怜的黛布——你是知道的？"

他握住她细长瘦削的手指，满怀同情。

"生气？不会！让我睡一会儿。我累了。"

他的身子重重地倒在木板床上，痛苦和疲倦使他头晕目眩。她拿来一些破衣服盖在他身上。

星期天晚上，他醒来时天已经黑了。当时他并没想把钱据为己有，我说这话可是千真万确的。趁他睡着时，黛博拉把它藏进了他的口袋。他发现了。她眼巴巴地看着他把它掏出来。

"我必须把它还回去。"他看着她的脸说道。

"你知道，"她失望又痛苦地叹了口气，"你有权利留下它。"

他的权利！这几个字击中了他。梅医生也用过这几个字。他洗漱完后便出门去找米切尔。他的权利！为什么这个偶然听到的词会如此固执，它竟紧抓住自己不放？他慢慢地走在漆黑的街上，你听见恶魔正在他的耳边低语吗？

夜晚慢慢地悄无声息地来临了。他坐在一条小巷子的巷口，这条巷子连着一条宽宽的大道。今晚，他头脑清晰，思维敏捷，意志坚定，胸有成竹。在该死的诱惑面前不能胆小退缩，要直面诱惑。然而，他生命中这一巨大的诱惑却没找借口掩饰自己，而是大胆地、肆无忌惮地亮出自己的邪恶之名，相信自己出一记重拳便能大获全胜。

他没有自欺欺人。偷窃！那就是偷窃。起初，这个词让他感到恶心；随后，他与它扭打在一起。他坐在一只破损的车轮上，即将过去的一天，嘈杂的人群，教堂的钟声，一幕幕画面在他眼前闪过，他的内心仍在激烈地挣扎。这笔钱！他把它掏出来，看着它。如果把它还回去，然后怎么办？他需要冷静。

经过巷口去教堂的人们看到一个面色苍白的工人小伙子正坐在路口静静地看着他们。他们并不知道他疯了，否则他们也不会如此安静地从他身边走过：他因饥饿而发疯；他向世界伸出双手，他想过上帝打算让他过的那种生活，然而世界却让他的双手承受了太多。他的灵魂要窒息而亡了；他想要的太多，想得太多，却一无所知。除了工厂和工厂里的事情之外，他对其他任何事情都不确定。对上帝和天堂，他也知之甚少，他心中的天堂和小孩子眼中的仙境是一样的：某种真实的存在，但不在这儿，离他非常遥远。他的大脑，充满渴望，满装着挫败的活力和未激发的力量，在那天晚上冷冷地、痛苦地质问从他身边经过的每一个人。像他们那样生活——过上纯洁、美好、真诚、充满美和温暖话语的生活——难道不是他的权利吗？他想知道该怎样利用自己的长处。想到自己的长处，他的心暖了起来。于是他多想了一会儿。如果把钱留下呢？

然后他看到了自己可能变成的样子：身强力壮、乐于助人、亲切和善。当这个形象慢慢从各种各样的想象中脱胎而出，得意扬扬地站在他面前时，黑夜已不知不觉地来临。他看着它。他可能变成的样子！如果这个幻象使他目眩神摇，精神错乱，那又有什么好奇怪的，疯癫不正是一切革命、一切进步与一切堕落的起因吗？

你觉得这不足挂齿的诱惑可笑？你把支撑这诱惑的论据背后的错误看得一清二楚了吗——对于他来说，真正的生活应能使人得到充分的发展，而不是自我限制和约束？在为真理的缘故而自愿受苦的叫喊声中，他对高音调充耳不闻，而只是倾听自然和谐音符的流动？我不为他辩护。我只想让你看到我兄弟眼中的微尘：那样你就能看清楚它，把它取出来。

钱——就在他的膝盖上，一张粘上了一点污渍的纸，它本身没有任何意义；但它可以把他从深坑里抬出来；它来自上帝之手。一个窃贼！那么，成为一个窃贼会怎样？他终于与这个问题相遇，和它面对面了，他用手擦掉额头上黏糊糊的汗珠。上帝创造钱——还有新鲜的空气——给他的孩子们使用。上帝从未将穷人与富人区别对待。在那一刻，透过阴冷灰暗的天空俯瞰他的是一张仁爱的脸，上帝了解——爱他所有的孩子。哦，他早就知道这点！

有时候，红色和紫色火焰中涌动的色彩或桥下深流的褐色河水不知怎的竟让他瞥见了另一个世界——一个极其美、极其安宁的地方——某个地方——那里一片宁静，人可以尽情地休息，尽享关爱。他抬头向上看，那个世界竟不可思议地变得真实起来。太阳早已落山，但它仍将余晖洒满山顶。起雾了，小镇和河水都浸裹在浓浓的灰蒙蒙的潮湿的雾气中；然而头顶上，烟云被阳光照射的地方张开了一个大口子，像是大海被劈成了两半——红雾变幻莫测、升腾跌宕，银白色的云浪嵌着血红色的脉纹，汹涌澎湃，里面深不可测，闪闪发光。色彩令沃尔夫的艺术之眼陶醉。另一个世界的大门！它正在他的眼前渐渐消失，闪光！在那个充满美，人人心满意足且拥有权利的世界里，我的和你的世界，工厂主和工人需要遵守什么法则？

一种权利意识在他的身体内萌动。他站了起来。一个男人，他伸出双手，心里想道：要自由地工作和生活，自由地去爱！自由！他的权力！他把钱攥进手里。当他用紧张不安的手指拿起钱时，他浑身无力，被染上了污点，就这样，可恶的诱惑让他的灵魂放弃了抵抗，这诱惑被欣然接受，融入幻想的权利，化为过上好日子的美梦，它像上了色的云海那样飘浮不定，无休无止。他把钱攥得紧紧的，好像攥得越紧他的拥有感就越强，他漫无目的地走在街上。到他当班的时间了。他不用去了，永远也不用再去了，谢天谢地！在无法形容的憎恶中他驱散了去上班的念头。

要我把那天晚上发生的事情重述一遍吗？男人重逛了旧地，在半梦半醒间与它们——大街小巷、工人们住的后院——道别，当他看到肮脏与酗酒，猪舍，盖着土豆皮的灰堆，站在门口的那些臃肿、长着粉刺的女人时，他的心中萌生了新的期待，一种不同于以往的厌恶感，一种从未体验过的突如其来的胜利感，此外，还有一种前所未有的、隐隐约约的恐惧感，以前它未被知晓，被抑制、镇压在某个地方，但它一直在那儿？它只在那一晚——他生平第二次走进教堂时——离开过他。教堂是一座阴沉的哥特式建筑，染了色的光消失在远处的拱门里；教堂是为了满足另一个阶级的需求和同情心而建的，和沃尔夫这个阶级的人扯不上任何关系。然而，他却不由自主地被它触动，打动。距离、阴影、静静的大理石雕像，沉默跪祈的信徒，神秘的音乐，无不激荡着他的灵魂，使它在美妙的痛苦中提升。沃尔夫忘记了自我，忘记了即将开始的新生活，卑鄙的恐惧正在他的体内撕咬。布道者的声音为教堂增添了魅力；它清晰，多愁善感，饱满，坚定。布道者是一个老人，他的年纪大，经历多，思维敏捷，居高临下；他乐善好施，还是个热心肠。今晚由他来讲经论义。他以仁慈为主题，向教民列举出世界的主要痼疾。有谁能比他讲得更好呢？他是一位基督教改革家；他将这个时代研究得清楚透彻；他对人的看法是自由、跨越国界、超越时代的。他的崇高信仰屹立在岁月的磐石上。今晚他会如何传道呢？他用炙热闪光的话语描绘了具体化的生命、爱和普遍的人：他的字眼在人们的生活中变成了现实，人们在迷人的话语和动作中再次苏醒，虽然微不足道，但却矢志不渝。按照他的解释，罪是他们真正的敌人；而他们面临的考验、诱惑，则是他的敌人。他的话远远超出了搅铁工所能理解的范围，适合另一个阶级的文化；它们唱出了一首动听的歌曲，但沃尔夫却不懂它的语言。布道者打算靠自己坚定、从未因饥饿而愤怒的目光和一只从未因贫穷或劣质威士忌而颤抖的手来治愈世界的痼疾。在威尔士搅铁工病态扭曲的心里，他却失败了。

最终沃尔夫站起来，走出教堂来到街上。他抬头向上看，夜晚雾气茫茫，潮气很重。金色的迷雾已经散去，阴沉沉的天空一片灰暗。他继续漫无目的地在街上游荡，他无聊地琢磨：红色的云海是怎么来的。决定这个男人命运的审判日结束了，他没有胜利。接下来就是漂泊的境遇——他加快了脚步——仅此而已。你想听故事的结局吗？你希望我把它讲成一个悲惨的故事吗？哎呀，在晨报的警讯栏目中每天你都能读到十几个这样的悲惨故事：有的故事暗示读者公海里从未发生过类似的海难；有的故事暗示一股力量消失了——一个灵魂沉入了没有潮水涨落的地方。对于这些暗示人们早已司空见惯，有时他们会使用诙谐的语气来讲述这些故事，甚至用押韵来锦上添花。

那晚后的一个月，梅医生吃早餐时为妻子读了晨报第四栏的内容：这可是件不同寻常的事——一般而言，人们不会把警讯读给女士听；可他却读了这一条。

"哦，亲爱的！你还记得我跟你提过的那个人吗，我们在柯尔比的工厂里见过的那个人？——因抢劫①米切尔而被捕？在这儿；听着——'巡回法院。宣判日。休·沃尔夫，柯尔比和约翰劳登炼铁厂的工人。被控，巨额盗窃罪。刑罚，十九年苦役。'这个恶棍！罪有应得！那晚我们对他多好啊，可他却偷了米切尔的钱包！"

他的妻子说了些那类人不知感恩的话，然后他们就聊起了别的事情。

十九年！读起来是多么轻松啊！在宣判日念出这几个字是多么容易啊！十九年！那可是一个人的半辈子呀！②

休·沃尔夫坐在小牢房的窗台上向外看。他的脚上戴着铁镣。这类案件的犯人不常戴脚镣，可他两次试图拼命逃跑。"哎，"正如看守黑利所说，"这也不能怪他！'十九年'的监禁可真是没什么盼头。"虽然沃尔夫发了疯似的和他扭打，但黑利对沃尔夫却挺大度。

"当他被逮捕的时候，"看守后来和别人聊到这件事时说，"——那是宣判之前的事儿了，他就被击垮了，他像死人一样躺在床板上，双手蒙在眼睛上。我这辈子还从没见过这样被击垮掉的人。审判时也是，他是我见过的最古怪的犯人。他不挑选律师。当然，法官给他指派了一个。就是吉普森。律师想证明这个家伙是个疯子，可并没奏效。事情就像大白天那样明白：钱是在他身上找到的。判得也真够重的——那是法律中最重的刑罚；但这也是为了杀鸡儆猴。这帮工人越来越不像话了。在宣读判决时，他只是抬头向上看，说什么钱就该归他所有，还说什么整个世界都出了问题。那天晚上宣判之后，有个绅士来看他，他叫米切尔，钱就是从他身上偷的。他和犯人聊了一个小时。照我看，他是出于好奇才来的，像是这么回事。他走以后，我发现沃尔夫安静得出奇，于是就进牢房里查看。他的情绪很低落；床上都是血。医生说是他的肺在出血。他有气无

① 原文用了"rob"，即"抢劫"，比偷窃的罪名更加严重。
② 当时男性的平均寿命是37岁。休·沃尔夫被抓时是19岁。

力的，像只小猫；可是，相信我，他竟然想绕过我往外跑。我抓住他，像拎婴儿一样拎起他，把他扔在床上。三天后，他再次想逃跑：这次他摸到墙了。天哪！他像老虎那样抵抗，还重重地打了我几拳。他是在搏命挣扎哪，你也看到了；关在牢里，他也活不长了。得了致命的咳病。那天我们两个人才把他打倒；我这才给他戴上脚镣。他就坐那儿，在那里。明天还会有一群这样的人被关进来。那个女的，就是那个驼子，和他一起受审的——记得吗？——她只判了三年。帮凶。她是女人。戴上脚镣后他老实多了；我想他是放弃了。他的面色惨白，一脸病容。被判刑后犯人们的表现不大一样。多数人满不在乎，像魔鬼似的。有些人拼命祈祷，还唱工厂里的下流歌曲，一口气唱完。那个女的，现在她很绝望。这三天里，她一直求着要见休，她叫他休。我打算让她去一次。她和他没关在一起。她被关在隔壁的牢房里。我打算现在就让她去。"

他让她进了沃尔夫的牢房。沃尔夫没看她。她悄悄地躲进墙角，站在那儿看着他。他手里拿着一块捡来的锡铁片在窗子的铁栅栏上不停地磨锉，他迟疑不决、茫然无措地盯着手里的铁片，孩子或白痴才会那样做。

"想逃出去，老伙计？"黑利大笑着说，"除了锡铁片之外，你还得用撬棍才能撬开这些铁栏杆。"

沃尔夫也笑了，无意识地笑。

"我想我会出去的。"他说。

"我看他是脑子坏了。"黑利走出牢房时嘟囔道。

搅铁工不停地锉磨着锡铁片。半个小时过去了。黛博拉仍然没说话。最后她大着胆子走到他身旁，碰了一下他的胳膊。

"血？"看到他衣服上的血迹，她吓得浑身发抖。

他抬起头看着她。"哎呀，是黛布！"他微笑着说道——孩子般天真灿烂的笑容直抵黛博拉心底，她先是不停啜泣，继而放声大哭。

"哦，休，小伙子！休！别看我，都是我的错！是我给你的！我太爱你了！哦，小伙子，我真的爱你！"

这个不幸女人的忏悔伴着羞愧和尖声哭喊。

他似乎没听见她说了什么，仍然勤勤恳恳地磨锉手里那小块锡铁片。

他要疯了吗？她仔细盯着他的脸。被他脸上的某种东西吓得后退了一步——黑利没有察觉到，审判后，在沃尔夫苍白清瘦的脸上、茫然的神情中就多了这样东西，或者它是停留在他脸上的一种古怪的灰影。那灰色的阴影，是的，她知道那意味着什么。她经常看见它悄悄地爬上女人的脸，几个月后，这些女人或慢慢饿死，或死于肺痨。它意味着死亡，不是马上，而是慢慢地死去：但是它——无论这个女人看到了什么，或者认为自己看到了什么，她把它与罪恶或痛苦联系在一起，但似乎又让她感到了新的恐惧。她忘了自己怕他，抓住他的肩膀，渴望冷静地看着他的眼睛。

"休！"她绝望地哭着低声说道，"哦，小伙子，不要！看在上帝的份上，不要*那样*！"

笑容在他茫然的脸上消失了，他嘟囔了几个字，想赶她走。不过他的话还是那么温和。她坐在简陋的草垫子床上默默流泪，流着绝望的泪水，不再说话了。男人不时抬头偷偷看她一眼。不管自己会遇到怎样的麻烦，但一想到她的不幸，他就感到苦恼和心痛。

那天是集市日。从监狱的狭小窗口正好可以俯瞰卸下货物、停靠成长长一排的推车和货车。他能看见，也能清楚地听见钱从一只手转到另一只手里时发出的叮当声，匆匆忙忙的人群中既有白人也有黑人，他们推来搡去，在货摊边讨价还价，吵吵骂骂。不知怎的，声音，而不是任何别的东西，唤醒了他——使一切在他的眼前变得真实起来。他和这个世界里的一切再无瓜葛了。他扔掉锡铁片往外看，他把脸紧贴在锈迹斑斑的铁栅栏上。看那挤挤推推的场面！而他——他永远不能再走上那条街了！内夫·桑德斯走过来了，他是炼铁厂的一名供料工，他的胳膊上挎着篮子。毫无疑问，内夫几周前结婚了。他朝内夫吹起口哨，希望内夫抬头向上看；但是内夫没有。他想知道内夫是否还记得他在那儿，有没有人记得他在那儿，有没有人想到他再也不能走上那条煤灰铺成的老路了。再也不能了！之前他自己也没明白这一点；但是现在他明白了。不是几天或者几年不能，而是永远不能！——就是这样。

阳光把市场前面的货摊照得多清楚啊！它看起来真像一幅画呀：深绿色的玉米堆，深红色的牛肉，金色的瓜果！旁边是一个卖野味的摊子：阳光照在一只野鸡的胸脯上，紫红色的血从褐色的羽毛上滴落下来！他能看见闪光的血滴，它离得太近了。只需要一分钟他就能走到那儿。只有一步之遥。走过去看似是件很容易很自然的事儿！但是他永远不可能——在未来的几千年里都不可能——再走上那条街了！他想到自己，心生怜悯，悲伤不已，好像他想的是另一个人。集市上跑来一条小狗，它一副趾高气扬的样子，跟在主人身后！虽然只是一条狗，可它却能跑前跑后：它的运气可真好！哎，就连那卑鄙的、在臭水沟里乱咬乱叫的恶狗过得都比他好，都自由自在，随心所欲；而他——不行，不能再想下去了！他试着抛开这个想法，一个乡下人和一个女人正因为一块肉而吵得不可开交，他想仔细听他们的争吵而转移注意力；可那个想法又回来了。他，他要做什么才能承受这一切？

接着，他的脑海里忽然闪出一幅画面：生活本该有的样子和它现在的样子。他知道监狱里的日子将会是什么样子——那里的人过着怎样的生活。他知道自己将如何在漫长的岁月里慢慢死去，而在他死前他的灵魂和肉体早已腐朽没落。他知道，出狱后——如果他能活着出去，从事最下等工作的工人都会嘲笑他——笑他的双手没有力气，笑他呆头呆脑。他相信现在他就是那副模样了。他把手放在头上，眼中流露出困惑和疲倦的神情。想着想着，他的头疼了起来。他试着让自己冷静下来。也许，一切都是对的；是他犯了错。然而对于他这种人来说有所谓的对或错吗？什么是对的？谁教过他？他将整件事抛到脑后。一阵忧郁和冷漠过后，他的大脑慢慢冷静下来。全都错了；但是随它去吧！对于他，对于其他人来说都无所谓了。随它去吧！

黑利开门时，门发出了刺耳的摩擦声。

"走吧，女人！晚上必须上锁。快点，快起来！"

她走过去拉起沃尔夫的手。

"晚安了，黛布。"他漫不经心地说道。

她没指望他还能再说什么；然而就在那一刻，她疲倦痛苦的嘴唇感受到了比死亡更加剧烈的疼痛。她拉着他的手，一厢情愿地吻了它。

"你再也看不见黛布了！"她大着胆子说道，她的嘴唇冰凉，毫无血色。

她说这话是什么意思？他不知道吗？但他不能对可怜的老黛布不耐烦。她和他一样有自己的烦恼。

"是的，再也见不到了。"他回答道，努力让自己的语气听起来欢快一些。

她站在那儿等了一会儿，看着他。你觉得她可笑？她驼着背站在那儿，穿着破破烂烂的衣服泪水挂满憔悴的脸颊，遭人嫌弃的爱不停地撕扯她的心。

"出来，你！"黑利有些不耐烦了。

她没动。

"休！"她轻声说。

这是她对他说的最后几句话了。该说些什么呢？

"休，小伙子，别**那么**做！"

他没吱声。她拼命搓扭自己的双手使自己不出声，她看着他的脸，眼里装满了痛苦和乞求。他又笑了，笑容还是那么亲切。

"这样最好了，黛布。我不能再忍受伤害了。"

"你知道的。"她低声下气地说。

"替我跟父亲说再见；还有——吻一下小珍妮。"

她点了点头，什么也没说，又看了看他的脸后，她走出牢门。走路时她的身体不停地摇晃。

"今天喝酒了？"黑利暴跳如雷，狠狠地推了她一把，"你撞见鬼了？喂，被恶魔附体了！"他把她推进隔壁的牢房，关上门。

这间牢房门旁的一面墙下有条裂缝，在裂缝处她能看见沃尔夫牢房里的光亮。几天前她就发现了这道缝隙。她赶紧过去，跪在裂缝旁听动静，她希望听见隔壁的声响，却只听见了锡铁片锉磨铁栅栏的声音。他又捡起了这个老把戏。这个噪声中的某种东西嘈杂聒耳，她听到后浑身颤抖。休不停地在铁栅栏上锉着磨着。一块又钝又旧的锡铁片，用它来切割废渣可不太合适。

他又向窗外看去。人们正陆陆续续地离开集市。一个高个子的混血姑娘把篮子顶在头上，跟在女主人身后，穿过铁窗下的马路时她抬头向上看了一眼。她刚刚还在笑；可是当她看到铁窗后面那张正在向外张望的憔悴的脸时，她的笑容瞬间消失了，她匆忙地走开了。她的步伐自由而坚定，她橄榄色的脸庞棱角分明，她的头上裹着一条猩红色的头巾，一双乌黑的眼睛炯炯有神，装满水果和鲜花的篮子稳稳地顶在她的头上，篮子下面就是那条红头巾和一双染了些许阴影的明眸。那画面引起了他的注意。看见一张那样的脸可真好。他明天就尝试着雕一张那样的脸。*明天*！他扔掉铁片，身体颤抖起来，用双手遮住自己的脸。当他再次抬头向上看时，白天已经过去了。

蹲在墙的另一边的黛博拉听不见任何声音了。他坐在低矮的草垫床边,思索着什么。不管那个女人在他的脸上看到了什么秘密,在黑暗中它逐渐显露出来并凝固在脸上——那是一种从未在他脸上出现过的东西。夜色渐深。集市散了一个小时了;马车驶过街道的车轮声越来越少;他侧耳倾听每一辆马车经过的声音,因为他觉得自己以后再也听不到这种声音了。出于同样的原因,他费劲地看着每一个行人,想知道他们是谁,他们要回的家是什么样子,他们有没有孩子——他热切地听着从街道上碰巧传来的只言片语,好像——(愿上帝怜惜这个男人!这是多么奇怪的幻想啊?)——好像他再也听不到人的声音了。

天已经黑透。街上已空无一人。他想,最后一个路人也走远了。不对,街上又响起了急促的脚步声:是乔·希尔在点灯。乔是个挺不错的老伙计;与人见面时他总爱开两句玩笑。他记得自己曾经看过乔和妻子住的地方。小伙子们都称乔的妻子"希尔奶奶"。她长年卧床;可乔对她却好得很!乔总是把屋子打扫得一尘不染!那个老女人,乔在她身边时,总是嘲笑"这个蠢家伙"。脚步声在街的尽头,但他能看见乔放梯子,爬上去,点着灯;他渴望有人再和他说说话。

"乔!"他朝铁栅栏外喊去,"再见啦,乔!"

那个老伙计停下来,迟疑地听了听,然后加快了动作。囚犯把手伸出铁窗,提高嗓门又使劲喊了一声;可是乔离得太远了。这是一件小事,但是却伤害了他——他失望极了。

"再见了,乔!"他喊道,伤心不已。

"安静点!"路过的一个看守拿棍子敲着牢门呵斥道。

哦,那是别人和他说的最后一句话了,不是吗?

他躺在床上,脸上的痛苦难以形容,他的手里拿着那块已经被磨得十分锋利的小铁片，拿着它玩——也许是吧。他把胳膊露出来，聚精会神地看着凸起的血管和肌肉。在隔壁牢房里听着动静的黛博拉听到了轻微的咔嗒声，声音不断重复。她闭紧双唇，她不能喊出声，全身冒出冷汗，沉浸在无言的痛苦中。

"你知道怎样做最好。"她用手拼命地抓住躺在身下的木板，喃喃自语道。

如果她能看见沃尔夫，就会发现他一点也不可怕。他静静地躺着，伸展着双臂，看着漏进铁窗的皎洁月光。我想，在接下来的一个小时里他回顾了自己的一生。我想，低微卑贱的生活，他经历的一切不公，他的一切渴望，都浮现在眼前，它们化作告别的毒药刺穿他的身体，使他奄奄一息。他既没呻吟也没哭叫，只是不时地把疲倦的脸转向纯洁的月光，月光看起来离他很遥远，就像有人说的那样，"有多远，哦主啊？有多远？"

一个小时过去了。月亮沿着往日的路径慢慢靠近他，将月光洒在他的床上，照在他的脚上。他盯着月光，看着它一寸一寸、缓缓地向上移动。在他看来，月光伴随着沉静。在工厂里他总觉得很热很累！岁月太过残忍和无情。现在他终于能享受安静与凉爽，终于能睡觉了。他舒展开僵直的四肢，平静慵懒地躺在那里。鲜血从他的心脏里慢慢流出来，越流越少。对于自己没有成为他可能成为的那种人这件事，他已不再悲愤填膺了；他只感觉身体慢慢被如海的沉静包裹。他看到了许多面孔：工人，还有他认识的一些常常喝醉、身材浮肿的女人，胆小可怜的珍妮，不幸的老黛布；随后，这些面孔像雾一样飘走了，消失了，他的眼前只留下了清澈的如珍珠般的月光。

当纯净的月光慢慢照在他摊开的身体上时，它是否也带来了宁静与平和，谁知道呢？他沉默的灵魂正和上帝在一起，等候上帝的审判。也许从遥远的十字架上传来一个声音："天父，宽恕他们吧，因为他们不知道自己在做什么！"谁敢说？他的脉搏越来越弱，心跳越来越慢，月亮终于从云后慢慢浮出来，将白色的光辉洒满牢房，它似乎想把那具永远不能再动的躯体裹进寂静中，裹进比黑夜更深沉的寂静中！除了从床上慢慢滴落的邪恶、令人厌恶的鲜血之外，没有任何动静。

第二天，牢房里人头攒动，尖叫声接连不断。验尸官、陪审团、本地报纸的编辑、柯尔比，还有一些小伙子，他们把手插进口袋里，将头转向一侧，挤满牢房的各个角落。人们来来去去一整天，络绎不绝。在来来往往的人群中只有一个女人，她来得晚，但比所有人待的时间都长。她是贵格会教徒，或称教友派信徒，他们这样称呼自己。我想在天堂里她就会被这样称呼。她相貌平平，穿着灰白色的粗布衣服。黛博拉（黑利早就让她进来了）注意到了她。事实上她关注着每一个人——她坐在草垫床的一头，把他的头放进自己的臂弯——如果有人碰尸体，她就露出看门狗的凶相。她的脸上既没有逆来顺受也没有悲痛欲绝的神情，而是一副谋杀犯的样子。黑利和那个女人忙前忙后，他们把死者的四肢放平，清扫牢房，黛博拉静静地坐着，密切注视着女人的脸。那天来过监狱的所有人中，只有这个女人没和黛博拉说话，只是给她喝了一两次甘露酒。在其他人离开后，那个女人静静地、轻轻地把一只插着樱桃树枝的花瓶摆在床边，然后打开狭小的铁窗。新鲜空气吹进来，把树木的芬芳吹到了死者的脸上。黛博拉迅速抬起头，惊讶地看着她。

"你知道我的休喜欢它？你认识休？"

"现在我认识休了。"

苍白的手指慢慢地、怜惜地划过死者疲倦的脸颊。宁静的眼眸中嵌着一道浓浓的阴影。

"你知道他们要把休埋在哪儿吗？"黛博拉抓住她的胳膊，情绪激动地问道。

这个问题已经在她的嘴边挂了整整一天了。

"埋在小镇的墓园里？埋在烂泥和灰堆下面？那样他会闷死的，夫人！他生于荒野，那是个空气清新健康的地方。带他走，看在上帝的份上，带他去一个有新鲜空气的地方。"

贵格会教徒迟疑了片刻。她用结实的手臂搂着黛博拉走到窗前。

"你看到那些小山了吗，朋友，在河的对面？你看见温暖的阳光了吗？在那儿，一整天都刮着天堂吹来的风，我就住在那儿——那个树旁边冒着青烟的地方。看着我。"她把黛博拉的头扭过来，使其面对着她自己那张清澈真诚的脸，"你会相信我吧？明天我就把休带到那里安葬。"

黛博拉毫不怀疑。黑夜缓缓流淌，她靠在铁栅栏上，透过浓密、湿漉漉的云彩，看向远处连绵起伏的小山，看着那片明亮、不可企及的宁静之地。这时，一丝庄严的安宁感落在她的脸上：她脸上的神情由强烈的不满转变为令人同情的、卑微的平静。她一脸严肃，眼里慢慢聚满了泪水：那双可怜脆弱的眼睛绝望地看向休即将安息的地方，那处高地显得比以前更高，更加明亮和庄严了。贵格会教徒密切注视着她，最后走到她跟前，摸摸她的胳膊。

"你出来以后，"贵格会教徒用低低的悲伤语气对她说——当人们坚强的心被懊悔和怜悯深深触动时用的就是这种语气，"你将开始新的生活——在那边的山上。我来得太晚了；也许，对你来说并不算晚。"

不算太晚。三年后，贵格会教徒的工作开始了。我的故事就讲到这儿了。到晚上了，但天还亮着。没必要赘述多年的阳光、清新的空气、恒久耐心的基督之爱了，它们使这个不纯洁的身体恢复了健康，让她的灵魂充满了希望。在一座小山上有一栋平凡无奇的松木屋，木屋居高临下，从它的窗口可以俯瞰整个山坡，开阔的山坡上树木繁茂，林间铺着紫红的苜蓿草地，木屋恰好镶嵌在一个阳光最明媚、空气最清新的地方。这是教友派信徒聚会的地方。他们每星期来一次，以一种庄重真诚的方式等待聆听"爱之精神"的讲话，敞开质朴的心接纳上帝的话语。屋子里有一个年老畸形的女人，她总是待在不起眼的角落里：她穿着灰布衣裳，纯洁温顺，面容憔悴，她与其他人一起等待，时不时看看天空。沉默安静地等待的信徒都喜爱这个女人；她比他们更沉默，更谦卑，更忠诚。等待时，她的眼睛看向比她的住所更高更纯洁的山头——尽管现在看着有些模糊，距离太远了，但是总有一天她能看清楚。她心中也许隐藏着一个愿望，她渴望在那里遇见曾拒绝她的爱人——在那儿她能找回失去的他，那时她也不是毫无价值。谁能怪她呢？从一种永恒通向另一种永恒的路途中，每个人都会丢失某样东西——某种可能是纯洁美好而实际上并非如此的东西：一个希望，一种天赋，一场爱情，灵魂因失去它们而感到痛心，就像以扫失去了长子名分。如果这位温顺的贵格会教徒重拾丢失的希望，看清了天堂的山丘，有什么可责怪她的？

除了那座用废渣削砍出的女工雕像，再没什么其他东西能证明那个可怜的威尔士搅铁工曾经在这个世界里活过。我把它放在了书房的一个角落里。我用帷幔把它遮盖起来——它实在是太粗糙太丑陋了。然而雕像上的触痕和大刀阔斧削凿出的轮廓表明它是出自能工巧匠之手。有时候——比如今晚——帷幔无意间被拉开了，我就能看见一只赤裸的手臂摆着哀求的姿势伸向黑暗，一张热切的似狼的脸正注视着我的脸：已逝的雕刻者的灵魂，他曾面对人生的挫折，忍受无尽的饥饿，还有未完成的事业，正透过这张苍白悲伤的脸看着外面的世界。它苍白的双唇颤抖着，含糊不清地问了一个残酷的问题："这就是结局吗？"——"没有别的了吗？——没有了吗？"哎，你告诉过我那种眼神是不能开口说话的牲畜——比如死于鞭笞的马才有的。我知道。

夜深了，我还在写作，时光悄然流逝。散放在房间各个角落的物体在煤气灯的光照下投下阴影——尽管它们的影子很模糊；因为它们是属于白日的。我扫视了一眼，这些东西或能使我想起明日要做的工作，或能让我想起某件趣事。刚刚塑造了一半的娃娃头、阿芙洛狄忒、一根树枝、音乐、工作：平淡无奇的碎片中藏着永恒真理和永恒美的奥秘。能够预知的一切！只有那张沉默悲伤的脸似乎属于黑夜，也将终于黑夜。我转过头看着它。它所迫切需要的力量能驱散黑暗吗？屋子里仍然一片漆黑，这时一道冷冷的灰光照在它的头上，像一只手在摸顶赐福，而那只暗中摸索的手臂穿云破雾指向遥远的东方，在那里，在忽隐忽现、朦朦胧胧的一片深红中，上帝承诺黎明即将来临。

约翰·拉玛尔

（1862）

张俊南　译

　　说是看守所，实际上不过是一片残茬地上的一座棚屋，这还是去年夏天为了酿苹果酒而搭的。但是自从多尔上尉参军以来，他们团在他的种植园一半以上的地方扎过营，棚子也上了板儿，两端也都装了很重的栏杆牢门，用来关押一切可能从弗洛伊德的部队①落入他们手中的俘虏。他的农场是联邦军的一个强有力的据点——像楔子一样插进了叛乱的西弗吉尼亚州契特河流域诸县。现在这里只关着一个俘虏。哨兵是生瓜蛋子，一个来自伊利诺伊州的船夫，一直张着嘴呆呆地透过栏杆看着这个俘虏，似乎想知道这帮"脱派"②是不是都长着跟正常人一样的胳膊腿儿和脑袋。但十一月的浓雾让他无法看清，只能模糊地看到一个矮胖的男人，穿着棕色衣服，戴着白色帽子，笨拙地走来走去。一个黑人蹲在外面，抱着自己的膝

---

① 约翰·布坎南·弗洛伊德（John Buchanan Floyd，1806—1863）是弗吉尼亚邦联军的著名将领，他在西弗吉尼亚的卡纳瓦哈河谷地区未及参战，之后又在田纳西州的多奈尔森堡战役中战败，因此而闻名。
② 对脱离联邦主义者的带有贬义的称呼。

盖御寒——这人一看就是在田里干活的，看脸就能断定，一张令人生畏却又松松垮垮的黑脸，嘴里咕哝着让人听不懂的话，你没法用眼睛判断这个人是反复无常还是忧郁消沉。俘虏停下脚步，不知因为什么开始骂那黑人，黑人只是懒懒地用脚后跟互相磨蹭，并没有回应他。

"有烟吗，约翰老爷？"黑人在咒骂声中哼唧了这么一句。

那人瞬间停下，把自己的口袋翻出来，说："就这么多了，本。"他这次语气还算和气："现在给我滚吧，你个黑黢黢的恶鬼！"

"得了，老爷！这就走。"黑人接过了烟，在他主人再次发飙的时候懒洋洋地摊直了身体。

哨兵戴夫·霍尔若有所思地盯着他们，然后坐了下来。

"本？和你说话的是什么人？"他像照顾婴儿一样小心地呵护着架在膝盖上的毛瑟枪。

本用一只眼打量了他一下，油乎乎的手继续擦着烟块，然后看着它。

过了好一会，他才咕哝一句，"是战俘"，语气里带着轻蔑。因为他看到戴夫的裤子跟他自己的裤子一样破，而且可以看到他冻伤的脚趾卡在鞋面上的洞里——显然是白人里的破落户。

"你主人骂人骂得欢。他在佐治亚还有多少像你这样的黑奴？"

船夫瘦骨嶙峋的脸上泛出悲悯。他当初参军就是为了解放汤姆叔叔们，并且消灭勒格雷们[①]。现在正好有这么现成的一对主仆。

本又斜眼打量了一眼这个"林肯大兵"[②]。

"你们自从出发以来给多少井投了毒？"他咕哝了一句。

哨兵停住了。

[①] 在1852年出版的斯托的小说《汤姆叔叔的小屋》中，汤姆是白人残酷奴隶主西蒙·勒格雷的黑奴。

[②] 指林肯总统及联邦的支持者。

"多少是拉玛尔家的？差不多跟里士满的烟草房里的北佬一样多吧！"

戴夫那锐利又苍白的眼神禁止他继续说下去。

"嘿呦！白鬼子！"他轻声笑了一下，拖着脚走进残茬地。

戴夫拨弄了一下毛瑟枪，到嘴边的脏话生生咽了回去，改为默念庄严肃穆的卫理公会颂歌。戴夫继续踱步，斜眼瞟着那个也在透过栏杆向外凝视的战俘，瞟着他那似乎用粗糙无比的模子刻出的脸和他衬衫上的钻石饰扣——无疑也是用黑人的血泪换来的。在戴夫的想法里，这个人就是奴隶制本身的黑色诅咒，他对这种人恨之入骨。西北有足够多的圣约派 ① 精壮小伙，因宗教观念之争而天然对他们抱有恨意。

俘虏拉玛尔呆滞的黑眼睛懒洋洋地看着戴夫。这种呆滞随着他的视线越过哨兵，变得冷峻起来。他以前也见过这个奇特的乡村。这个种植园在一年前还是他爷爷的，当时他从佐治亚来到这里，整个夏天都和弗吉尼亚的表亲们一起闲逛、打猎。真是个愉快的夏天啊！回忆中的往事照进了他的眼睛，他的眼神变得湿润、亲切，这个男人坚韧如皮革般的脸居然变红了，像个孩子一样。那是仅仅一年前的事。而现在，种植园已经是查理·多尔的了——娶了鲁丝的多尔。这个棚屋就是去年开春时他和多尔一起计划搭建的，现在却被多尔用来关押他。一想到查理·多尔，他的心里就有一股暖意。这样的人真是上帝的造化，他身上每一寸都散发着真正的坚毅。去年夏天，就在这里，多尔直到拉玛尔离开那天都在有意躲开鲁丝！之后才告诉拉玛尔，他打算追到她。"她一直最喜欢你。"当时拉玛

---

① 圣约派，又称誓约派或盟约派，是基督教苏格兰长老会中的一派。十七世纪，一个被称为"圣约者"的团体对苏格兰宗教和政治发展的影响日渐增大。圣约派以其宗教偏执，以及早期对克伦威尔的支持而闻名，其名声归功于长老会的发展壮大（君主政体选择了圣公会）。

尔苦涩地说，"你怎么等了这么久？""是你先爱上她的，约翰，你知道的。"真正的男人！他还记得即使那天他也忍着使他窒息的心痛，这番话让他意识到多尔才配当她的丈夫。

多尔是他的朋友。约翰·拉玛尔珍视这个朋友。一想到此，他对自己的想法就不那么刻薄了。现在成了查理·多尔的俘虏！造化弄人！不过总比在战场上对峙要好。他不敢继续往那儿想，汗水已从脸上流出来，心中有个声音喃喃地说："为了自由！我也许就把他杀了！"

他给李将军打了报告，说他会见到查理，见到老地方，见到鲁丝。他心里迫切地想要见到他们。傻子！他对他们来说算什么？他的脸慢慢地变得苍白，像个野人，或像只野兽，因为身体里有很深的伤。

十一月的天如同死去了一般，没有太阳。从一大早开始，天空就了无生气，仅仅掉了几滴夹杂泥土的雨点，雨点刚落下就冻上了——这样的寒冷让他呼吸时嘴都是麻的。他和爷爷曾在这块荒芜的山坡上猎鹿：现在这里被数百个肮脏的黄色营帐所占据。周围还有像被冰裹住的野生怪物一样的小山，撑起湿漉漉的天空；战栗的松树林，索然无味的浅滩，蜿蜒曲折的奇特河缠绕着冰封的山脊，软绵绵又冷冰冰，像根绳子缠住死人的下巴。无论这个地方以前曾有过怎样让人喜悦或崇敬的景致，如今对他而言都是一片萧索，死气沉沉。他这么看着，无所事事地推想（因为他那古老的胡格诺派 ① 的大脑充满了病态的幻想），不清楚到底是寒冬让这些本来生机勃勃的小山失去色彩和活力，还是它们其实早早知晓寒冷的恐怖将迈过它们的门槛，却忘了在其到来的时候祈求上帝。

那间房子立在那条最远的山脊上。卫兵们（他在山里被一队捕

---

① 活跃于 16 世纪法国的宗教战争中的加尔文主义者。

蛇团的人①抓住）曾带他经过那里。那已是一堆被烧焦的屋椽。"是晚上烧的，"他们说，"老上尉自己一个人的时候。"他们非常愿意给他看这个，这跟他自己一方的脱离主义派"大镰刀队"的做法如出一辙。他们把带他到这堆木头旁，向他展示他爷爷被杀和被埋的地方（有个红色印记），那双苍老的手还在地面上。"上尉说他要让我们血债血偿；所以我们进了村子，一场混战。"他们指着树篱之中那些还未埋葬的镰刀游击队员。他冷酷地看着他们，看着周围这些麻痹的面孔。

他知道，捕蛇团和镰刀队在弗吉尼亚都被当成劫掠杀人的工具使用——魔鬼越早在这里安家越好。但是，可以肯定的是，北方有这样的工具，绝不是上帝的错，南方有本这样的人也不是上帝的错。他觉得，在比丹麦更自由的国家里，恐怕有些不可告人的坏事②。

其中一个人走进树篱，拿出一绺孩子的金色卷发作为战利品。拉玛尔往里瞥了一眼，看到羊毛帽里的那张小脸还有酒窝，虽然已经死了好几天。他记得——是杰西·伯特，摆渡人的小女儿。她以前每天都来这个房子买牛奶。他想知道她究竟是为哪面旗帜而死的。鲁丝那时还教过她写字。鲁丝！他被旧日的苦痛所刺激，那苦痛甚至比地上老人的血和小女孩带来的还要剧烈。卫兵队长误会了他的表情。"会埋了他们的。"他生硬地说，"你们是自找的嘛。"然后就把他带到联邦军的营地。

在他下午站在看守所向外看时，天气愈发冷了。雪开始将一切

---

① 西弗吉尼亚第 11 步兵团的绰号。下文的"镰刀队"则"由本地无赖、土匪、逃兵、游击队及各种亡命之徒组成，他们从 1862 年初直到最早 1870 年一直控制着阿巴拉契亚山脉的大片地区"，这一时期在该地区被称为"镰刀队时期"。
② 莎士比亚的《哈姆雷特》经常引用这句话："丹麦国里恐怕有些不可告人的坏事"（1.4 幕）。

灰暗涂白。他从栏杆中伸出胳膊，凑近自己乱蓬蓬的袖子看上面落下的童话般的"星星"和"王冠"，他的脸上燃起了童稚的喜悦。要是弗洛伊在这儿就好了！她从未见过雪。雪花融化后，他从口袋里拿出一个盒子看弗洛伊的画像。他的妹妹——没爹没娘也没有恋人的小女孩，只有拉玛尔一个亲人。他在里士满的同僚军官中显得粗鄙狂妄，却有着顽强的勇气，上桌吃东西很专注，扛枪守土也很专注。在家里病歪歪的小弗洛伊其实更能透过表面看本质：正如罗曼尼人①能够在街道的泥泞巨石下看到迷人的布阿卜迪勒土地就藏在下面。拉玛尔用自己的呼吸擦亮了象牙画，想起自己已经几天没喝酒了。这是一张孩子的脸，大约十二岁，非常娇嫩——娇嫩到拉玛尔的呼吸无论是热一些还是冷一点都会摧毁这孱弱的美。她大大的黑眼睛（她妈妈是纯种卡斯提尔人）映射出这小小的生命对于走进这个世界的彷徨失措。画家不合时宜地在这张南方人的小脸周围缀满南方的标志——木兰花蕾，尚未被玷污，有如珍珠。一想到这盛开的奶油般纯白的花朵会流出连最红的玫瑰也无法比拟的殷红——想到那场野兽的狂欢，拉玛尔被激怒了。弗洛伊会不会——上帝救救她俩吧！她们需要保护。那里的少许人手根本没法承担拯救三百条生命的重大责任——关乎他们或地狱或天堂的命运。在北方，他们本可以为她干活，仅仅拿她的钱。拉玛尔因此以佐治亚人特有的方式得出结论——他在报纸的包装纸上写信给"我的宝贝"，画上雪花的形状，告知他已经到了爷爷的种植园，但是"还没见到你的表姐鲁丝，你可能还记得我曾经跟你说过她，弗洛伊。我想你长大后会成为她这样的女人。所以记住，如果我……"他把最后几个字划掉了——为什么要让她知道自己可能会死？但是现在无法掌控自己命运的状态让死亡离自己更近了，这场战争，以及这一切的意义。

---

① 吉卜赛人。

但他必须暂时保重身体，好在弗洛伊身前挡住这些可怕的现实。他写道："我要你离开种植园，和毛姆①一起去村子里。那里会更安全。"他确信这封信会寄到她手上。今晚他计划越狱，越狱之后，可以把信投放到战线内的邮寄点。本会拿到一把能打开牢门的小手锯，守卫也不难摆脱。他抬头一瞥，看到那个黑人在营火旁伸了个懒腰，在听那个枯瘦的船夫说话——已经换了岗。毫无疑问，还是在宣扬废奴主义——他都能听到本发出的嘲讽的笑声。"再见，我的宝贝弗洛伊！"他潦草地写着，"我真希望能把这里的雪寄给你，好让你知道天堂的地面是用什么做的。"

外面的雪下得越来越大，他停下笔，开始漫不经心地用木棍画着佐治亚地图。联邦部队在这里可以登陆——他知道那个据点的防御薄弱。若他们真这么干呢？他想到捕蛇团在作战时找到一条特别的路，一路畅通无阻，想象他们在雪松溪的田野里潜行，逼近那座房子，在他们身后还有一大群黑色面孔和带血的刺刀。弗洛伊独自在家，而他却被关在这里——像被夹住的耗子一样！"上帝保佑我的小姑娘！"他颤抖着写道，"上帝保佑你，弗洛伊！"他喘着粗气，像在用自己的心血在写。他把信纸叠起来，藏在衬衫里，又开始坚定地踱步，算计着出逃的机会。只要能从棚子里逃出，猎犬都追不上他，因为他非常了解这里的地形。

因为低着头，他并没察觉到有个人站在外面透过牢门看着他。是多尔上尉。瘦弱的矮个子，淡黄色头发，一张略显女气的脸，但这并不妨碍他被其部下看作英雄——他们早就发现在战争中并不是靠肌肉的。我们那些"壮汉"的团也并不是马纳萨斯②战役的英雄。因此部下们的信赖更多地建立在这个男人的蓝眼睛中显露出的那

---

① 原文是"maumer"，来自克里奥尔语中的"妈妈"一词，在南方地区使用，指的是扮演母亲角色的年长女黑人。
② 马纳萨斯（Manassas）是 1861 年 7 月美国内战的第一场主要战役的发生地。

古老的忠心的灵魂①之上——那种具有纯正血统的人，被派遣去布道，只有在自由的北方才能呼吸。他的一声温暖的招呼吓了拉玛尔一跳。

"你好吗，老朋友？"他说着，打开牢门然后进去。

拉玛尔马上抛却了那些痛苦的思绪，正乐得如此——为什么庸人自扰呢？他喜欢逗人笑——有种懒洋洋的、欢乐的幽默感。每天，多尔演习结束后，会来这里跟这个热情的失足伙伴聊一小时天，好让自己恢复活力。这场惨淡的战争（尽管他矢志不渝地参与其中）让人感觉就像把手伸向大火。多尔没有近亲，和他一起玩过石头的拉玛尔对他来说就相当于他的弟弟。而且就在他们交谈间，他那热切的眼神不由自主地把拉玛尔看作弟弟。

可怜的约翰！多尔想——若把他的努力用在人文领域，他都可以上耶鲁了。难怪北方小子们嘲弄他，模仿他那懒散的样子、蹩脚的口音、呆滞的眼神和烂泥巴一样不开化的脑子——居然相信种姓。即使现在，他在棕色地板革上来回走的脚步声听起来也是死气沉沉的，如同灌了铅，就像个一生都没被完全唤醒的灵魂。不过已经在觉醒了，多尔想。某种痛苦或激情正在将他从肉体中剥离，使他成为一个警觉、机敏、有抱负的人。跟多尔不一样的人。

其实拉玛尔刚刚就在为自己思考，当然他的想法叛逆不羁。他不理解他的朋友如何能够如此安静地欢迎异端们，还能那么冷酷地对他们宣判死刑。就因为多尔爬得高看得远，就有权让自己追随他的脚步吗？就算有，也有权用暴力强迫吗？那人的自由呢？因此，他们的交谈总是如同暴风骤雨一般。但今天，他们谈的是琐事。

"我终于拿到将军释放你的命令了，约翰。但你还是不能离开

---

① 忠心是约翰·班扬《天路历程》（1678）中的英雄人物；他杀死了"怀疑城堡"的主人"绝望巨人"，这个主人在城堡里施行暴政，基督徒们被关进监狱，且常常被杀。

这个区域。"

拉玛尔摇了摇头。

"我才不要假释！外面的事对我太重要，我不能被关在这儿。如果可能我打算逃出去。弗洛伊只有我一个亲人。你知道的，查理。"

片刻的沉默。

多尔说："要是这孩子跟她表姐鲁丝在一起就好了。"有一半是对他自己说的，"鲁丝能把弗洛伊培养成像她自己一样的女人！"

"你是个好人。"拉玛尔想着一年前的其他种种可能，挤出这么一句。

而多尔早已忘却。他刚刚在门口那儿亲了亲鲁丝，然后就离开了。走到营地时他想，她那天真的想法，尽管狭隘了些，却让自己的思想变得更高尚更正义。他也想弄明白，昨晚她跪着祈祷后站起来时脸上的眼泪，是不是在追寻真理的伟大事业中并不会比他所准备付出的生命更有用。他现在已经习惯了有她——无论是身体还是心灵，早已无法回望娶她之前的生活了，也看不到未来事业，只能看到有她的当下。他们俩与其外的一切都隔着一条鸿沟。他几乎完全看不到另一个男人——一个愚蠢、无助、已被夺走了人身权利的男人——从鸿沟的另一边望着自己的女人的可能。

"这不，她给你送了些花，约翰，是院子里的最后几朵。她让我一定要带给你。你喜欢的颜色，看到了吗？——让你有回家的感觉。"多尔指着缀满雪花的深红紫菀说道。

拉玛尔微微一笑——花的气味使他窒息——他把花放在了一边。只有上帝知道他正努力扭转这苦楚的旧念——这种念想让他无法直视多尔那坦诚的眼神。他今晚必须逃脱——他再也不会回到他们身边了，无论今生还是来世，永远！他这么想着，就像一个人要在丢失一半灵魂的状态下挨过永恒。很好——剩下的那一半就能足够诚实勇敢地做事情，并为他所仍然拥有的那种纯粹的爱而感恩上帝。他满脸通红地转向多尔，满带温情地谈着弗洛伊——同时瞥到本正在走上山，他想越狱行动就看他自己了。

"我让你的人上来了，"多尔上尉说，"刚才有个虚伪的废奴派说得他目瞪口呆。"

黑人进了屋，站在角落里听他们说话。这个大块头有着角斗士那样的肌肉，比这个北佬上尉壮得多，拉玛尔想，要比他俩都壮。这个黑人连呼吸都更有力，会将空气生生地抽进结实的胸膛。"你们俩是兄弟。"难道这个傻子觉得他之前不知道吗？拉玛尔鄙视戴夫这类人。拉玛尔的确会说戴夫的话没错，但仍鄙视他的粗鲁与偏执。本也会这么说，但不知如何表达。本的黑人本能可以通过任何迹象识别出高贵的血统——一目了然的生活、缄默无语的眼神、掌握一切的语气——他家里有比拉玛尔更显贵的人来了解这一切。这是黑奴的一个特征，衡量主人的眼神很毒辣。黑人或爱尔兰天主教徒用不着"衣裳哲学"① 来帮助他们透过衣服看人的本质。本靠在墙上，半睡半醒。一些老旧的想法从一片麻木之中爬出了其藏身之处，就像老鼠爬到阳光下——满口俚语的船夫的话激烈而真实，足以将它们唤醒。

"本，"他的主人说，"你的朋友一直在劝你用雪松溪的棉田换纽约小巷，是不是？"

"嘿！"本笑了一声，"那个白鬼佬。俺老爹是不是离开沼泽地了，约翰老爷？俺还问那个林肯大兵在北方瞧没瞧见过俺爹。俺猜他现在自由了。嘿！老爹！"

---

① 托马斯·卡莱尔的《旧衣新裁》(于 1833 年 11 月至 1834 年 8 月在《弗雷泽杂志》上连载)据称是关于衣服的哲学的(假定人们无法通过衣服来辨别人的本质)，但实际上是关于随着文化在政治、社会和宗教基础上重建，含义随着时间而改变的方式的研究；其目的是使读者面对真理的本质。

"他就是在沼泽地,"拉玛尔说,"我记得是。"

"俺不晓得,"黑人没好气地说,"说到底他是俺爹——俺觉着他现在自由了。"然后就喃喃自语,开始诵经一样哼着:

"哦呦,兄弟,你是不是要去约旦?"①

他们觉得他又要睡着了,但是脑子里仍在发出没完没了的疑问,对未知的北方及自由的奇怪想法,这些想法中大多都夹杂着对他父亲——一个恶毒老黑人的回忆。他若是在宾夕法尼亚,本来可以在监狱的牢房里找到办法解救自己,但他是在佐治亚,在鞭笞中成了英雄,孤身前往沼泽地,然后再也没有回来。拉玛尔家的黑奴依照惯例都说他去了俄亥俄,俄亥俄在他们的概念里跟我们大多数人对天堂的概念差不多。无论如何,老基特成了一个谜,总是在烘鱼、烤肉时被人满是敬畏地提起。他就是这个粗俗可怜人的父亲,明白了吗?这个一脸赘肉的男孩在棉田里常常遭受鞭笞,或是因为他在他父亲身后发牢骚,或是他盼着自己的父亲能回来而私藏自己的一部分熏肉和糖浆。这是个你能想到的总被当成笑料的人。他的这种情感与你离开母亲坟墓的感觉截然不同,尽管到目前为止,我们还没有为这些人的情感冠以名称。但我们会承认这对他是有点伤害的。他们说,即使是新长出来的息肉,当它从旧的息肉中撕裂出来时,也会流一两滴血。他长大后,伟大的北方在他的头脑中闪闪发光,那是一片广阔的天地——是天堂,那里没有劳作,没有鞭笞,每天都有白面包,他老爷子坐在那里吃到饱。

本的个人经历的第二个节点是他坠入了爱河。就像每个人的爱情一样——当然也会有所不同:不管是烈日下的劳作,还是自尊被永无止境地践踏着,都不能丝毫减弱爱情带来的希望和妒忌对这位黑人普罗米修斯的苦痛。让这个农奴乏味、孤独的内心燃起对生

① 阿巴拉契亚山地流行的黑人歌曲。

活的热情并以真爱为名反抗阶级种姓的那个人是纳恩，一个面容苍白的混血家政女奴。我觉得纳恩真心喜欢他。她是个跛脚，病恹恹的。而且尽管本是个负责采摘的黑奴，住在谷仓的宿舍里，他那壮实的身体某种意义上对她来说却有一种主人的感觉：全世界属于她自己的东西就只有这个笨小子给她的爱了。白人女性有时会有这种意义上的感受，这使她们对跟自己并不平等的男性表现得很温柔。然而，拉玛尔夫人在世的时候给她的家政女奴们签了自由状，纳恩也在其中，所以她带着所有弗洛伊可以给她的精美衣物向着广袤而晦暗的北方出发了，再也没回来。

北方吞噬了本除了那又热又讨厌的劳役和周六晚上的鞭笞之外所能知晓的、感受到的一切。给他留下的全部乐趣就只有偶尔装病的时候和周日晚餐的玉米粥。这可满足不了他。田间黑奴那有一搭没一搭的信仰从不教他们忍耐。所以就这样，就像每个人心中都有的不满情绪如同缓慢的浪潮向着从未到过的海洋消退一般，他对仅有的两个关心他的人所追寻的土地怀着一无所知的感伤。即使他在漫长而燥热的日子里淡忘掉这种感伤，当监工用虎狼般的晦暗眼神盯着他看时，或晚上他与其他人一起剥玉米时就会想起。那被压抑的、他们的主人所不敢直视的黑人灵魂，就会在他们狂野而忧郁的歌声中爆发。歌声漫无目的、无所诉求，但富有感染力。你可能在贝多芬的第七交响曲中发现了自己内心的秘密被揭开，然后突然想到一个地方，可以让你迟于兑现的希望在那里等你。那么就不要嘲笑本了，不要嘲笑他在自己的歌中无聊地讲述自己失去的一切，或者把天堂寄托在人间的一个具体地址和名字上。

在他的主人和多尔走来走去时，他可以从他现在站着的地方远远地看到透着紫光的薄雾就笼罩在哨兵刚刚指给他的北方。北方！翻过这条山脊就是了。看着那里，他头脑中产生了痛楚。他的神经变得寒冷僵硬，就像某些东西让你的心脏剧烈扭动时一样——这黑色躯壳下的神经更加粗厚，比你的神经会更快陷入疯狂。然而即使多年来郁积的野蛮渴望在他的头脑中变得疯狂起来，他的脸上却没表现出任何迹象。他的大嘴慢慢地咀嚼着烟草，无精打采，满口污浊，只是时不时地用滚珠一般的眼睛瞥向多尔。哨兵告诉过他，北方的军队是来解放黑奴的，所以他不住地观察这位联邦军官。

"你怎么了，本？"他的主人说，"还在想着你那个朋友刚才的布道吗？"

本那面无表情的冷笑像是准备好了一样。

"已经忘掉啦，老爷。俺说啥也不会走的。自打老爷卖了那个天杀的老乔，好日子就没了。该死的废奴派说我们都得去北方。"他边说边偷偷瞥了多尔一眼。

"你做慈善可没这么大方啊，查理。"拉玛尔笑着说。

两个人都不说话了。黑人悄悄凑近了些，现在他所有知觉都汇聚到耳朵上。多尔那本来晴朗的脸变得浓云密布。

"黑奴的问题必须在战争之外解决。这是个表面的借口。"

"我以为这战争就需要这么个借口，"拉玛尔说，"你们口号太多了：强力政府、关税、萨姆特、彩旗飘飘、每月十一美元等。你们军队那么多杂七杂八的人就该用一个能打气的真理让他们鼓起精神。你，还有你那理想的理论，以及比利·威尔逊那个'巴尔的摩血案'[1] 都不行。试试人身自由多好，又高端又宽泛。"

本又走近了一步。

"你很机灵，拉玛尔。是要我越过所有宪章、权宜或现存权利，就此告诉本他自由了？一旦政府接受了这一学说，作为叛乱分子的你就要被单独关押了。"

黑奴又藏回了阴影里。

---

[1] 1861 年 4 月 19 日的巴尔的摩暴动，巴尔的摩支持南方邦联的公民与联邦士兵之间发生冲突，被认为是南北战争第一例流血事件。

拉玛尔说："多尔，你知道我是一个无所事事、愚昧无知的家伙。但我还是要说，胡侃宪法和现存权利只是表面工夫，藏在这下面的却是广泛的常识，它的法则整个世界都要遵守，而这些，你们的政客却不常触及。你在北方梦想着世界应该如何，却对它实际如何视而不见。你们想建共和国，想在议会中听到每个人的声音，想让少数服从多数。为此还要默认每个自由人所受的教育都能让他们有这样的觉悟——（天啊，我真想默认捕蛇团的人有这样的觉悟！）——现在看看吧！"

他转过身，一把将黑奴拉到亮处：本蹲下身子，茫然地看着他们。

"这里就有一个本。以上帝的名义，你会对他做什么？让他继续为奴，然后还跟我叨叨自治？呸！现在国家正在为这个谎言付出血的代价。难道给他手里塞一把毛瑟枪，就算完成对他的自由教育了？你我的意志让这一大批黑人漂泊在我们的国家里。试着用强制的手段把他们硬拉到与白人相同的水平，你就会从梦中醒来，看到尖锐的现实。你们北方哲学应该足够深厚，能够让你明白，让国家痉挛抽搐并不能甩掉疾病的病原。要实现持久的改革，就必须像大改革家一样不疾不徐、循序渐进、百折不挠。像古谚语说的'上帝的磨盘碾得细'，但是多尔，那磨盘碾得也特别慢！"

多尔看着拉玛尔，微微一笑。看到他的头脑变得清醒、渴求、热烈，多尔很高兴。本则蹲在那里，在他们的谈话里充当土块一般的角色。他们完全未理会到他的脸变得麻木，他的眼睛捕捉到了一种陌生的、令人沮丧的背叛——我们都会这样。

"我们怎么补救呢，拉玛尔？你根本不信脱离主义，我知道的。"多尔说。

"那个办法很糟，但目的是好的。应该让佐治亚白人走出懒散，黑人就会跟着站起来。杰斐逊·戴维斯可能不会这样做，但上帝会这么做。当我们拥有洛威尔，拥有纽约，当我们成为自给自足的人民而不是懒惰的地主时，这里的本就会爬上人本主义伟大步伐的第二个台阶。你们还嘲笑我们吗？"拉玛尔带着一种强烈的自立精神说道，"查理，只要有努力和志向，身上的蛮夷气还不是说没就没，然后就能变得像你这般。本的父亲还信奉几内亚拜物教①。而当我们达到新英格兰的水平时，本的儿子就会为自由做好准备。"

"你在这里鸿篇大论，"多尔笑着说，"却依旧是我的阶下囚。而且本现在已经知道他有自由的权利，我觉得他可不会等你那慢悠悠的磨盘了。"

拉玛尔没有笑，这是这个男人女性化的一面。就在他们对国家命运的看法游移不定的时候，他的思绪却不断将他带回到坐在黑人保姆大腿上的小弗洛伊。但是他早就计划好了——今晚必须逃脱，再拖下去就要出人命了。

多尔说话时，拉玛尔意味深长地瞥了一眼本。黑人很快明白了，咧了一下大嘴，摸了一下口袋，手锯的一端从中露出。我不知道当时是什么突如其来的痛楚使黑人站起来，走近主人，以一种奇怪的感情抚摸他，疲倦的脸上满怀自责，好像对他犯了什么要命的错误一样。

"什么事，老伙计？"拉玛尔用孩子气的方式问道，"想家了是吗？佐治亚有个小姑娘会很高兴见到你和你主人，要是能把我们救出来，她会细心照顾我们的。是真的，本！"他和蔼地把手放在黑人的肩膀上，而目光则向南方的山丘游离。

"是，老爷。"本用低沉的声音说。他突然拿出一把刷子，开始擦主人的鞋子，边擦鞋边想着约翰老爷多次在监工要抽他的时候出

---

① 几内亚是对非洲黑奴的通用称呼，因为有很多人来自几内亚海岸地区。非洲很多宗教活动都是基于拜物教。称非洲人为"拜物者"是一些基督徒贬损黑人不开化行为的一种手段。

面制止（拉玛尔总以一种懒散的方式对他的黑奴很好），又怀着一种奇特的温柔和敬畏想到小弗洛伊小姐——就像大猩猩之于白鸽的感觉。这样想着，黑人的朴实善良的本质与一种刚被激发出来的可怕的想法做激烈斗争。他对白人的谈话非常了解，知道对他没有帮助，完全没有。永远为奴。你我都不知道这些话对他意味着什么。笼罩着北方的淡紫色雾气似乎永远不会消散。他呆滞的目光不断地转向那边——表情很奇怪，就像那些失落的女人可能已经转向那扇门，耶稣却把它关上了一样：她们将永远被关在外面①。有办法自助吗？握着刷子的黑色粗短手指变得又冷又湿——这可怜的家伙以其为奴多年的方式注意到他主人的衣服比这北方来的上尉的衣服做工要更精细，手也更白，他为此感到自豪。他轻轻托着拉玛尔的脚，想象自己也穿着这样的鞋子，并用粗笨却亲切的方式抚平了主人的裤子——但耳朵里响起了刺耳的细语——这双鞋子以后是否还要再擦？这只脚明天是否会离开这里？

天渐渐晚了。从多尔上尉处取来的拉玛尔的晚餐放在了凳子上。拉玛尔倒了一杯水。

"来吧，查理，咱们喝。为了自由！这是战斗的呐喊。"

他们一饮而尽，相视大笑，本就站在那里看着。多尔转身要走，但拉玛尔叫住了他——站着将手搭在他的肩膀上——想着以后再也不会见到他了。

"看那边，鲁丝来了。"多尔脸上放着光，"她来看我们了。她想到你会跟我在一块儿。"

拉玛尔一脸严肃，低头看向那间低矮的农舍和门口的那个身影。他觉得自己可以看见那张小小的脸和真挚的双眼，尽管离得很远，尽管夜色逼人。

---

① 可能来自《马太福音》（25：1—13）中十个处女的寓言，其中五个为迎接新郎（基督）而来的聪明女人获得了婚姻（天堂），但是另五个愚蠢无备的则被拒之门外。

"她等着你呢，查理。下去吧。晚安，老兄！"

但多尔什么也没看到。

"晚安，拉玛尔！明早再来看你。"

多尔迟疑了一下。他的老朋友看起来有种颇为奇怪的孤独和凄凉。

"约翰！"

"怎么了，多尔？"

"我能不能告诉上尉你可以起誓？看在弗洛伊的份儿上。"

拉玛尔涨红了粗糙的脸。

"你应该了解我的。再见吧。"

"好吧，好吧，你这个疯子。没有口信捎给鲁丝吗？"

片刻的沉默。

"告诉她我说的——愿上帝保佑她！"

多尔停下来仔细地看着他的脸，然后走了回来，再次握了手——与之前全然不同，然后低声说：

"愿上帝保佑我们所有人，约翰！晚安！"然后慢慢地走下山坡。

差不多已经是晚上了，天也愈发阴冷。拉玛尔站在雪能够飘到身上的地方，透过这无边无际的灰色向外望着。

"别站在那么冷的地儿，约翰老爷。"本咕哝着把自己的大衣裹紧。

随着夜色降临，这个黑人突然燃起一种可怕的愿望，想要自己对主人好一点。似乎有什么东西在告诉他时间不多了。深深的夜色中，四处营火隔着锥形的红润阴霾透出微亮，映衬着厚厚的片片雪花如同光影那样飘摇而下。拉玛尔一直凝视着多尔的房子所在的那片阴影。门终于打开了，一束宽阔又让人愉悦的微光如同红色飞镖一般穿过屋外白茫茫的荒地。然后，他看到两个身影一起走了进去。他们停了一小会。他的头靠在囚栏上睁大眼睛，看到那个女人转过身，用手遮着眼睛向上看——看向看守所所在的方向，充满亲切感——也许，是为了冷风中的这个囚犯。仅仅是一种亲切——没有其他。门关上的那一刻，就是永远——那么，再见吧，鲁丝！

他在凳子上一坐就是一两个小时，头靠在满是污泥的木板上抽着烟。也许他用他粗俗的方式把自己成熟男人的烦恼还给了他早前曾经祈祷过的那个上帝。当他终于转过身来说话时，声音从容而坚强，正如一个会以男人的方式战斗的人。棚子的后面传来刺耳的声音——是本，锯着牢门。已经到了休息时间，守卫下去吃晚饭了。拉玛尔看着这个黑人，注意到他异常沉默。木板碎裂，垂了下来。

"好了，约翰老爷，现在可以了。"黑人放下了手里的活，去给火里添柴。

"不错，本。我们凌晨行动，哨兵每晚都是两点睡觉。"

本嘿嘿笑了一声，堆着树枝。

"跟往常一样，你去下面的兵营。记住，两点，别忘了！我们今晚就自由了，朋友！"

本从火堆上升腾的烟雾中抬起头，并一脸好奇地凝望着他。

"嘿！我们今晚就自由了，老爷！"本深吸了一口气。

很快，哨兵打开了门锁。他摇摇晃晃地离开了这里，走进了夜色。拉玛尔孤身一人来到火堆旁，从口袋里掏出地图和时间表，在上面不停地写着。他本打算写到两点钟；但是火焰渐渐消退，他用毯子裹住自己，躺在稻草上缓缓入睡，脑子里却依旧继续合计着。

黑人在棚子的阴影下注视着他。一种无可名状的恐惧笼罩着他，这恐惧来自那白茫茫又冷森森的山，也来自他自己。他紧盯着这张熟悉的脸，就向一个漂向未知大海的人紧紧握着岸上的某个物件。拉玛尔睡着后，他漫无目的地朝营帐那边走去。世界变得越来越新奇，越来越陌生。他还是那个在沼泽边上摘棉花的本吗？他把手指猛插进冰冷的雪堆，打了个冷战。在拉玛尔种植园所在的炽热的桑提拉洼地^①，本只能用睡觉来抑制与今天一样的对生活和自由的疯狂渴望。但在这里，冬日的冷空气刺痛并激活了每一根神经，山上永恒的奥秘喝退了他的奴性，他作为人的力量转而喷涌而出——一种莫名的、还在摸索中的力量，也许还带着些伤人的冲动，但这又是谁的错呢？他被冻透了——身体的痛苦让征服了他的思想的敏感疑惑更加锋利。他在结了硬皮的雪地上坐了下来，空虚地环顾四周——终于成了一个人，但像新生的灵魂，在一个充满无以言表的孤独的世界被唤醒。他的觉醒迟钝而缓慢，他深夜独坐，神思恍惚地思考着过往。他把旧时他对主人那种寄生虫一样的依恋，旧时的恐惧，旧时那些随时能够压垮他那羸弱生命的重担一一碾碎并扫除干净；他充满泥浆的血液不断升温，点燃了一个英雄梦，这样的梦曾促使特尔和加里波第^②对上帝举起手并大声疾呼他们是人、是自由的人、是拥有着同样由上帝赐予的自由的人，就是这样的梦，在几内亚黑奴那狂野的静脉中燃烧。为了什么呢？当美国给出这个问题的回答时，愿上帝仁慈些吧！他坐在那里揉着破裂流血的脚，偷偷地瞥了一眼南部的山丘。这些山的另一边是他过去的一切；一小时内他就会跟拉玛尔回去——图什么呢？他傻傻地向天空举起双手，热泪盈眶。"全能的上帝啊，主啊，我受够了！"这就是他的全部祷告。淡紫色的雾气从北方消失了。山脊在天空中划出一道黑色，如同一面铁墙，爱与自由就恭候在山脊的另一边。他沉迷地看着那边。孑然一身——他一直都是孤独的。他终于站了起来，叹了口气。

---

① 桑提拉河沿岸平坦的沼泽地。
② 传说人物威廉·退尔与历史人物朱塞佩·加里波第（1807—1882）都因反对压迫（分别在 14 世纪的瑞士和 19 世纪的意大利）成为反对专制政权的个人自由的代表。

"这世界很大，"他带着苦涩的笑自语道，"却没有地方留给可怜的本。"

他拖着双腿在雪地上走，来到一个有亮光的营帐外，里面传来的狂热而嘈杂的声音吸引了他，那声音就像黑人营幕集会上的声音一样。他没有进去，而是站在帐门边听着。两三个卫兵倚着自己的毛瑟枪站在周围，那个伊利诺伊州船夫的枯瘦身影在跳动的火光中站了起来，一边布道一边来回摇摆。就为这些人的诚恳老实、敬畏上帝，又是同一教会的成员，戴夫出于一切正直目的，向他们大声宣读着耶利米的呐喊[①]——对那座注定毁灭的城市中的一切浮华散发出来的恶臭的厌恶——同时向南方挥舞着他瘦骨嶙峋的手臂。这刺耳的声音是一个男人在与他的造物者搏斗的声音。黑人那已经热血沸腾的大脑捕捉到了这些话里的可怕含义——适合这样演讲的听众只有宽广漆黑的夜晚中保持肃静的人们。

他看见了黑奴，便放下了书，开始按他教派的方式进行怪异的讲道。起初很慢，充满了无法言说的怜悯。确有可怜之处。他指着蹲在那里的野蛮人，曾出现在上帝的形象里，那是他绿色脚凳[②]上最可悲的人——身形宽大却潜身缩首，下颌深掩着仇恨，双眼充满不祥之兆；还有他的灵魂和大脑——这样一个男人，没有妻室，没有家园，没有祖国，被卖来卖去，从一个商人到另一个商人手里，就为了换几张脏兮兮的钞票。他举起颤抖的手喊道："万主之神，不要把这罪孽降予我们！"本的背上有条疤痕，是当初鞭子抽进了肉里留下的，现在被冷风吹得隐隐作痛。他拉紧衣服，好让他们看不到。伤疤和布道词一齐烧向他的内心，让这个男人童稚的纯真一去不返，剩下一种模糊不清的黑暗将其占据。船夫一直在为他祈祷；

---

① 《耶利米书》(37：11—16)：悲痛欲绝的先知耶利米想要离开这个注定要毁灭的城市（耶路撒冷），结果被捕并受罚。

② 上帝的绿色脚凳，指大地。

他低沉的祷告似乎震撼了整个夜晚：

"听听您的奴仆的祷告和恳求吧！这不就是您选择的——松开束缚，卸下重担，让被迫者得自由吗？主啊，听听吧！主啊，听吧！行动吧！为了您自己的名义，立即行动吧，啊，我的上帝！"

"我该怎么做？"黑奴站了起来。

船夫缓慢地来回踱步，他那沉闷单调的声音与黑人头脑中压抑许久的暴虐自语产生了共鸣。

"耶和华的日子即将到来，近在咫尺。谁能抗拒？先知耶利米说了什么？'承担起南方的重担。大声呐喊，不可止息。巴比伦有祸了，因为复仇的日子到了，追讨的日子到了！召集弓箭手攻击巴比伦，在其四外扎营，不容一人逃脱。她怎样待人，也要怎样待她。有刀剑降临巴比伦，斩碎那里的牧人和群畜，那里的男人和女人，少男和少女。耶和华说，我定要把她在我眼前所犯的罪恶追讨。'"

听到上帝的声音，黑奴大胆地挺身而起。

"主啊，我要做什么？"

其中一人说："给这可怜鬼一把毛瑟枪吧。""让他和我们一起，为了自由杀敌。"那人从腰带里抽出一把刀，扔给了本，然后慢慢走回自己的营帐。

"为自由杀敌？"本拿起刀喃喃地说。

"让我们唱颂对上帝的赞美。"船夫说，"诗篇六十八。"唱颂歌时，本来散乱的人都排成了一列——部分是为了让自己不要睡着。古时，大卫的竖琴曾驱离人心中的恶魔，现在却唤起了恶魔。众人嗡嗡地唱着颂歌，讲述了复仇的上帝如何御风而行，迅速松开了铁链的束缚，使沙漠成了叛军的土地。在副歌部分，本那狂野而忧郁的呼号声听起来像是复仇精神的哀鸣。

"践踏敌血污，或将沾尔足。继之走狗舐，红舌俱可睹。"

歌的意思很简单。他每唱一次声音都更低沉也更坚定，身体跟着节奏摇摆，眼中闪闪发亮。

在囚牢里熟睡的拉玛尔被这首遥远的哀歌唤醒。他用手肘撑起身体，似笑非笑地听着。他以为他们唱的是拿俄米——这是弗洛伊从黑人那里听到的老式卫理公会派的音乐，有时会唱给他听。在家里的每天晚上，她都会到他的客厅门口说晚安。他仿佛看到了这个身穿白色睡衣的小家伙，听到她的赤脚在垫子上发出的轻快脚步声。当他独自一人时，她会进来在他的膝盖上坐一会儿。离开之前，她会把头贴在他膝盖上跪下，据她自己说，这是在祷告。只有上帝知道有多少次他在听完她的祈祷后一个人呆坐，从而又少了一次酩酊大醉的夜晚。他觉得现在已经感觉到弗洛伊那纯洁的小手摸着他的额头，就像平常一样对他说"晚安，哥哥"。他再次躺下睡觉，听着颂歌，脸上洋溢着温柔的微笑。

"弗洛伊和他们祈求的是同一个上帝。"他说。

在他睡去的时候，外面一个黑色的身影看着他。那些人的歌声停止了。午夜，皑皑白雪与寂静遮盖了大地。他所能听到的只有睡觉的人缓缓的呼吸声。本那黑色的脸变得灰白，但没有一丝颤抖，他像猫一样爬到牢门处，双唇张开，咬紧白花花的牙齿。

"这是为了自由，我的主！"他猛吸了口气，抬头望向天空，好像在期待一个答案："万能的上帝啊，这是为了自由！"他走了进去。

一只迟来的鸟在清冷的月光下俯冲进山谷，消失在远方的山崖中，发出低微而惊恐的号叫，仿佛刚刚穿过冥府。

他们打破了牢门：本在雪地上狂奔，他看到他们把那个沉重的身体放在外面的木板上。他狂野地低声笑着，看着他们。自由了！白人中的精英们都鄙视他。那充斥着残酷与压迫的旧日记忆就此回转，与缓慢却致命的复仇狂潮在大雪中融合为一，使他选择对抗曾践踏过他的种族。他摸着手指上钢铁般的肌肉，注视着手中握着的这把闪闪发光的刀，对着它散发出的异味发出笑声。若是这把刀让他陷入疯狂，伊利诺伊州的船夫会怪罪他吗？若是本又把它刺向他的喉咙，他有什么权利抱怨呢？他难道不也是巴比伦①居民吗？他欣喜若狂，在山沟里犹豫地选择他要走的道路。他现在没有看向北方。宁静的旧梦消失了。他黏稠的血液汹涌澎湃，这种激情你我都一无所知——他要为自己所失去的生活而复仇。他故乡的空气，充满了潜藏的杂质，深深吸引着他，让他想要回去——那里比这里冰冷的雪更能让他身体里的野兽和灵魂中的魔鬼舒适地呼吸、欢庆和打滚。他喘着粗气，一边抚摸着刀锋，一边想着桑提拉沼泽里藏红花的色泽，想着白色的肃穆住宅和在那里进进出出的、安静而又高高在上的人们。现在该轮到他成为主人了！他在雪地里艰难地迈着腿，气喘吁吁，阴沉的眼睛里散发着炽热的光芒。现在轮到他享受了——他要享受个够！他们的酒和庭院，还有……他现在也不用再只找跟自己肤色相同的老婆了。他停下来，想到了小弗洛伊——她的卷发和她那大大的、似乎能听懂人心的眼睛，正在门口等着她哥哥的归来。他曾看着她爬到哥哥的怀里，亲吻哥哥的脸颊。她以后再也没法这么做了！他发出刺耳的大笑。上帝为证！她的吻该留给别人的嘴唇了！他有什么不该说的？

　　山上的空气愈发寒冷刺骨。卫兵们在雪地里站着，沉默着，陷入了困惑。这不像是战场上的阵亡——那在某种程度上让他们梦回家园。这个垂死的人时不时地叽咕着"水"。被刺的时候，他还在睡梦中，现在还未彻底从梦中醒来。捕蛇团的普尔上尉发现别无他法，只能把他裹在自己的毯子里。他离开去叫上尉过来，嘴里咕哝

---

① 巴比伦象征着因无上帝而造成的混乱，在《圣经》中被用来说明那些反对上帝的人的可怕境况。

着"真他娘的可惜"。他们不断把雪抹在拉玛尔干热的嘴唇上。一个女人，正是多尔的妻子，蹲在他旁边的地上，抚摸着他的手，刻意压低抽泣的声音，生怕会打扰他。他终于睁开眼睛，认出了抱着他的头的多尔。

"帮我把外套解开，查理。怎么裹得这么紧？"

多尔说不出话。

"我可以把你抬起来吗，拉玛尔上尉？"戴夫·霍尔倚着毛瑟枪问道。

他说这话时语调柔和，此刻巴比伦离他很远。拉玛尔陷入了瞌睡，没有回答。

"别动他了，太晚了。"多尔厉声说。

清新而白皙的月光洒满山峦和天空。拉玛尔的脸时时刻刻都在变得苍白、僵硬，看上去像是被雕塑家遗忘的庄重作品。一片令人窒息的安静。鲁丝跪在他身旁，感到他的手变得比雪还冷。他哼了一声，很快地说出了一句：

"两点钟，本，我的老伙计！我们今晚就自由了！"

戴夫弯腰给他裹了一下毯子，感到手湿了。戴夫颤抖了一下，擦了擦。

"他怎样对待我们的人，我们也要怎样待他！"他喃喃自语，但这些话并没有让他感到宽慰。

拉玛尔动了一下，似笑非笑。

"没错，弗洛伊。她说什么？'我自己躺下了'——我忘了。晚安。亲我一下，弗洛伊。"

拉玛尔等待着，不安地抬头看着。多尔看了一眼妻子——她弯下腰，亲吻了他的嘴唇。查理如女人般温柔地把他散乱的头发从湿漉漉的脸上拂开。他死了吗？他那安静的脸跟白色月光一样静止不动。

突然，宁静的夜空被山上传来的狂野、充满仇恨的笑声打破。随着声音，拉玛尔已经出窍的灵魂迅速回到身体，他活了过来，神志清醒。拉玛尔从他们的怀抱中惊坐而起。

"是本。"他缓缓地说。

在那明白过来的垂死瞬间，白人与黑人之间的恩怨在他眼中更加清晰——两条生命都被践踏了。船夫一脸严峻地弯下腰——想要给他止住血。拉玛尔看着船夫霍尔：霍尔在拉玛尔的脸上没有看到痛苦，只有一个平静而悲伤的、触及灵魂的拷问。他感到自己冰冷的手碰到拉玛尔的肩膀，看到拉玛尔苍白的嘴唇在动。

"干得好吗？"他用翕动的嘴唇如是说。

拉玛尔眼前那灰色的圆拱退去，渐渐地变成黑暗。黑人粗野的笑声充斥着他的耳朵：笑声中某种痛苦的思绪猛揪住他的灵魂，声音在大门口处停住了。他想起母亲教给他的简单信念。

"对。"他大声说，"尽管走过死亡阴影的山谷，我却不惧邪恶，因为你与我同在。"①

多尔轻轻地将他举起的手拉了下来。他死了。

"他是个男子汉。"北军上尉哽咽着说，抚直了他柔软的头发。

"他信上帝吗？真是个奇怪的幻觉！"船夫喃喃道。

但是船夫也不喜欢他们纷纷去求援而把拉玛尔一个人留在这里。他把步枪扛在肩上来回走动，用力武装自己的心脏，好完成耶和华对巴比伦的复仇。可是他忘不了这个被刺的人坐在那片平静的月光下，那张死去的脸庞朝向北方——小弗洛伊的眼泪再也无法滴在这张死去的脸庞上。对船夫来说，那双肃穆的双眼转向他，问着相同的可怕问题。"干得好吗？"拉玛尔的眼睛说。船夫想这双眼睛永远都会在他的面前，凄惨阴郁，得不到回答。他想，大地会更

---

① 引自《诗篇》（23：4）。

白、更冷，天堂也会更远。这场战争如今已成为日常，现在才突然在他面前展现出其可怕的意义。他想上帝已经与子民见面了。而他对那座注定毁灭的城市却没有发出复仇的呐喊。在这张死去的脸孔面前，他的视线垂向地面，毕恭毕敬、不知所措，说出了对自己软弱的人类灵魂的无知。

"耶和华的日子临近了，"他说，"近在咫尺，谁能抗拒？"①

---

① 引自《约珥书》（2∶1）。

大卫·冈特

（1862）

张俊南　译

上

所谓的时代精神，其实就是人的精神对时代的反映。——浮士德

你觉得很早以前那位老基督徒与亚玻伦的那场著名的战斗中使用的是哪种剑？你应该还记得，他最后用它把恶魔拦腰斩断——尽管这场战斗也一度让他很不好过。班扬说，至今山谷的石头上仍有他的血迹[①]。这是在那片奇异的小山谷里人与恶龙搏斗的模糊记载，那里有着永恒的暮色与静谧，草地上长满百合，还有牧童和安娴的牧歌，紧挨着地狱的结界。在这个夏天清新的曙光中，那山谷与那场战斗渐渐消退，黯淡无光。往窗外看，清晨街道的喧闹中，满脸

---

① 在约翰·班扬（1628—1688）的寓言《天路历程》（1678）中，基督徒从毁灭之城（大地）到天体之城（天堂）的方式是不断地与罪恶和怀疑做斗争。他必须在屈辱之谷与亚玻伦（撒旦）作战，只有用一把两刃剑斩杀对手才能成功，然后"亚玻伦展开他的龙翼"飞走了。

雀斑的孩子们你追我赶奔赴学校，阳光下，柳叶上的露珠微微闪烁，像是淡绿色的水雾在飘动。亚玻伦如今在哪里？如今的他会像当时那般捐弃血肉之躯吗？一往无前的老基督徒用过的那把剑呢？

刚刚读的是典籍中记载的一段历史，现在我想给你讲一个现代的故事。故事并不长——讲的不过就是几个月前，一个穷苦的教士和一个住在弗吉尼亚山上的姑娘（就是胳膊上总是提着篮子的那种）如何在他们的生活中遇见了恶魔，以及他们之间的纠葛。他们觉得自己身在屈辱之谷，他们就是那基督徒在与叛乱和不忠的亚玻伦战斗。我可以讲给你听。但老基督徒用过的是哪种剑？剑如今在哪里？剑刃是否已经生锈？——这些你都不知道，对不对？

我绝不能再停下来问长问短了，因为战争时期，光阴很短，很可能你还没听完故事，它就已经凉了。

一座砖砌的房子钻进山坡，在冬夜里往窗外发出红色的光，那光颇为欢快地闪动着，看样子似乎是想让蜷缩在房子周围取暖的那冰冷的马厩、谷仓和鸡窝振奋起来。脊背宽阔的老山（斯科菲尔德家所在的山，因夏天的番木瓜而闻名）可以很好地保护它们。但是，当你看到房屋、谷仓和山丘僵卧在白雪皑皑的弗吉尼亚阿列盖尼山群峰之间，你就会感受到它们是如何瑟瑟发抖地敬畏着冷空气的了。河谷深处的人们看到这些山峰颜色暗淡，远远地闪着光，仿佛从浓密的夜晚中披荆斩棘而来。但是位于群峰之中的我们感觉这夜晚寥廓无尽，充满苍白的星光。

这天夜里——我可以告诉你们，很可能是今年一月一日的夜晚——积雪很深。两个老人，一个白人，一个黑人，在这所农家院子里寻找着什么，从马厩到饲料架，在那片深深的积雪中艰难行走。

"跟您说，乔老爷，"黑人敲着马厩门说，"这么冷的晚上，不该拿这马的老骨头冒险。要是您去北佬开会的地儿，科利可没法驮你。"

"好了好了，骨头叔，够了！"老斯科菲尔德没好气地说道，透过马厩栏看着那匹马，脸上满是焦虑，这说明科利的马失前蹄与北军袭击这两种风险在他的脑海中同等重要。

老斯科菲尔德是个身材高大的老家伙，关节粗大，眼神呆滞，嘴里叼着短短的黑烟管，正四处张望着棚子和屋外。这番对话与他和骨头叔三十多年如一日的套路一样——时而说笑、时而咆哮、时而咒骂。那是局促的老套路，甚至可以说是顽固，但对他来说已经足够。你只要打量一眼他那张一本正经又面无表情的脸就可以看出，根本用不着普洛斯彼罗的爱丽儿① 花四十分钟，就可以了解这个人的一切——只要十分钟就可以。他将自己奉献给这座农场、奉献给斯科菲尔德家族中死去和活着的人，奉献给民主党，永远对"佛儿金亚"② 怀有崇高敬意。至于弗吉尼亚以外的地方，对他来讲，与印度教徒对那只驮着整个大地的龟一样无所谓③。你不该因此嘲笑乔·斯科菲尔德，也不该嘲笑印度异教徒。你自己的"圣土"又有多大呢？信仰、政府、些许真理、他人的内心、自我，这些也许是你的灵魂赖以生存的根基，就像一条乌贼吸附在一英寸的岩石上，并把麻木的触手伸向代表上帝宇宙的海洋中一样，也正如前面说的印度教乌龟之下深埋的虚空劫数④，不都是一样让人毫无兴趣吗？

乔·斯科菲尔德在他的田里和园子里种庄稼，到惠灵镇上去卖，

---

① 普洛斯彼罗是莎士比亚的《暴风雨》中的主要角色，爱丽儿则是协助其主人的精灵，爱丽儿最终获得了自由。
② 即弗吉尼亚。
③ 故事起源未知，但在美国内战前的一个普遍认知就是印度教信奉整个世界坐落在大象的身上，大象的下面是龟，而龟的命运无关紧要。
④ 劫，梵语里指一段极长的时间，用来表示整个世界的存续，印度教认为世界每经过一劫世界就毁灭重生一次。

每年用血汗钱买很少的东西添置到这所房子（他和骨头叔都出生在这里，他们的爷爷也曾一起住在这里）。当然，骨头叔是他的黑奴，否则还能是怎样？老头的女儿叫朵朵·斯科菲尔德，他的黑奴叫骨头·斯科菲尔德，姓是一样的。乔每个礼拜日去卫理公会教堂，为民主党候选人欢呼——必须击败辉格党，教皇党人①下地狱也是必须的。他恪守这些与生俱来的"真理"，甚至可以说是用热血来守护它们，因为他就是在这些"真理"中长大的。只有这么巴掌大的世界对他来说是确信无疑的，那么外面呢？外面就很模糊了：北佬的领地是一片恶土，那里满是钟表、教书先生、小商贩和对上帝的不忠，还有英国人——美国人天生就是要鄙视英国人的。

我们把这种生活称作狭隘，并出于我们北方上等人的同情空谈这位普通人的一切，不是吗？我们向赠酒给我们的西班牙弟兄致以亲切问候，向给予我们艺术之美的意大利鞠躬致意，但看待这位佐治亚蓄奴农场主时却仅凭其脚下顺驯的黑人的眼神。我们每个礼拜日花一毛钱给这些异族人传福音，还觉得若不这样向他们布道的话，他们就要承受永世烧身之苦。当我告诉你斯科菲尔德是叛军一员时，你对他的看法如何？

在这一点上，他的推论是很清晰的——对他自己而言。在一个可以对自由政府进行审判的国家中，存在奴隶制是一个明显的谎言，这造成了南北之间道德上的分裂。奴隶制是南方生存所系，如呼吸一般。就算南方选择脱离联邦并保留奴隶制又如何，难道自由人没有选择自己政府的权利吗？作为迫使南方回头的手段，杀戮只是共和党那代表帝国专制的老牌桌上常打的一张牌而已。所以在道理上他已经得出了结论，至于情感上——他邻居的房子都被北佬烧成了灰，他的儿子死在了马纳萨斯。他为抵抗他们而死又有什么不

---

① 一些新教徒对天主教徒的蔑称。

对的吗？他过去叫他儿子"乔迪小子"，那是一个值得十多个姑娘为其哭泣的男人。自从儿子死后，这老头就没再叫过这个名字。斯科菲尔德心中每一滴苦涩的血液都促使他加入叛军。

他赶着回屋准备参加北军会议。他有必须去的理由。联邦部队当时占领了邻村罗姆尼[1]，他知道许多军官会参加这次会议。布鲁斯峡谷[2]有一支南方邦联军，在附近的一座要塞。斯科菲尔德听传言说北军明早会袭击他们——他打算打探一下传言是真是假，好让南军小伙子们做好戒备，也许还可以亲自参战助他们一臂之力。要不是因为朵朵，他早就参军了。

他停下来在门廊清理了一下鞋子，因为地板刚刚擦洗过，且斯科菲尔德小姐是有洁癖的，脾气像她父亲的烟斗一样，随时可以点燃。老人现在停了下来，微微带着笑，从窗口向里张望，看看是不是很干净。但你不能因此就觉得朵朵的暴脾气是这一家子的最大难题——尽管那女孩本人觉得是这样，并为此多次伤心哭鼻子。这不过是从不知哪一辈的爷爷那里遗传下来的火暴性子，时不时地爆发出来。

朵朵并非天赋异禀，这种病态的敏感并不是她的错。但她总是以孩童般的方式追踪事物的普遍原因，每当她感到自己动辄面部涨红发热，或者喉咙卡住，如同男人们想骂娘时那样，她就得出结论，她的肝根本压不住火，她的性子也没法使她像玛丽那样坐在主的脚边听他讲道[3]。因此，她常常在早餐前散步很久，然后不断地在心里

---

[1]　西弗吉尼亚的罗姆尼临近与肯塔基的边境，在内战中被北军和南军部队拉锯占领达五十次以上。

[2]　1862年1月6日，北军成功突袭弗吉尼亚的布鲁斯峡谷，未发一炮，北军未伤一人。该事件由惠灵出版社报道，并于1月14日在《纽约时报》上重刊。

[3]　典故来自《路加福音》（10：38—42）。玛莎的妹妹玛丽坐在耶稣的脚旁，听他讲道，而玛莎则匆忙准备饭菜。当玛莎抱怨时，耶稣告诉她玛丽知道什么更重要，并且"选择了更好的事情做"。

大声哭泣，就像那个被麻风病困扰的人一样："上帝啊，救救我！" [1]

我的故事就是关于朵朵的，所以我必须告诉你，这些激情的爆发贯穿她生活中的每件大事。除此之外她就只有洗洗涮涮、缝缝补补、熨熨衣裤这样的事情可做。如果她渴望有比这些更好的事情可做，尽管生活不会给她很多，她还是会为自己感到开心。几乎所有上天眷顾的女人在找到人生使命之前都经历过这种无所事事——一个个沉闷、炎热、无所作为的日子，激烈地挣扎着驯顺自己内心的力量，把这些力量用于一些不相匹配的工作上。她们一般在年轻时就受到了审判，就像那些老有所为的、想要成为骑士的人在行动之前的静夜里孤身祈祷一样。这个女孩正为其男人般的勇毅服着缓刑。

她现在从门廊那儿走了出来，帮父亲穿上外套，系好挡泥 [2]。当然，你在黑暗中是看不到她的。但如果你能摸到她的手，或听到她说话，就不会怀疑老人像所有人一样喜欢爱抚她，对她轻声细语——像学着姑娘的声音说话一样，如此真挚诚恳、情感丰富，蕴藏着深不可测的爱与慰藉，那声音和眼神活脱就像一个不会打扮的女人。她出生的时候被冠以西奥朵拉或者多西娅这样沉重的名字——没人记得到底是什么——人们总是叫她朵朵，这样听起来更亲切，并能给人以跟她能攀亲戚的幻想。

骨头叔进门后没把门关紧，于是能看到她正弯下腰，红色的火光照在她身上。大自然给了她白皙、结实和富有女人味的身体——比如宽阔而柔软的肩膀、纤细而紧张的双手、乌黑而温婉的眼睛。如果夏娃有朵朵·斯科菲尔德那样温柔而诚实的眼睛，魔鬼永远也不敢诱惑她。

---

[1] 《马太福音》(8：2);《马可福音》(1：40)。
[2] 避免骑士双腿被泥浆溅上的遮盖物。

然而尽管她有许多朋友，她给你留下的印象仍是一个羞涩的深闺女子。这就是她父亲没有主动提出带她去参加会议的原因，尽管附近有一半的女人会去。

他常说："我家朵朵脑子不怎么灵光，也没啥天下为公的精神。"

那天，他对年轻的卫理公会传教士大卫·冈特说了同样的话，因为他心里知道冈特把朵朵当作未来的老婆，所以不想隐瞒她的弱点和离经叛道。而朵朵是美国唯一的认为自己来到这个世界是为了学习而不是说教的人。她有一个奇怪的习惯，就是试图从每个人身上学到点什么——不论是北佬还是叛军，甚至是撒旦，因为她认为凡事一定有好的地方，只要她能发现。上帝造物都是一样的。她不敢对撒旦进行"毁谤"，那种胆怯程度就像她所毁谤的是她的主以及大天使米迦勒一样。当然，这是一种由来已久的怯懦：人们认为朵朵要么是个骑墙派，要么就是"有点蠢"。

"对于这场战争，我的小女儿她哪边都不站。"她的父亲对冈特说。"干脆地说，她除了爱啥也不关心。她是个可怜的民主党，对循道宗①的信仰也不坚定，没事就讲那帮人的好话——那些教皇党什么的。她会不声不响地信教，但也是真心实意的。"他带着愤愤的疑虑看着大卫的脸，"像干净的水井一样，大卫，你信我说的！"

"希望如此，斯科菲尔德教兄。"大卫满脸怀疑地摇摇头。

谈话发生在晚饭后。斯科菲尔德将冈特视为这世上不多的圣人之一，但在他发现这小子不信任这姑娘之后，自言自语对他骂了一两次；而当骨头叔听到这话之后说"俺猜朵朵小姐才不会对这样的白垃圾投怀送抱"时，其主人也没有呵责。

现在她就站在门廊处父亲的旁边，他满怀怜爱地抚弄着她的头发。

---

① 卫理公会派教徒。

"大卫·冈特在屋里——都一晚上了。"她说着，脸上泛着担心和愠怒。老人想："她不应该叫他去开会吗？"

"你想怎么样都行，朵朵，怎么样都行。"

她不该这么烦躁。而且——要是冈特不那么欣赏他的女儿怎么办？他能看出她心地多么善良，即使在她睡着的时候看着她也很愉快，但若冈特看不到呢？大卫爱她，大卫确实爱她，这种超凡入圣的男人能对肉体凡胎产生这样的爱已属不易。如果朵朵结了婚就更好了，要不说不定哪天一颗流弹就要了他的老命——那她怎么办呢？她懂得太少，没法教书，农场也被抵押了，她还没有其他情人。她对于男女之爱是比较冷漠的——这可吸引不了男人。他本着粗枝大叶的男人心里对内心静默的女人的那种轻视，觉得她跟她的母亲反差太大了。她是人见人爱的那种——丰满的嘴唇，跟谁说话都有着像鸟鸣一样悦耳的声音，还有那双迷人的蓝色眼睛！但毕竟朵朵是那种可以拴住的女人。她妈妈则是"给老娘一边去"的那种女人，跟所有乳白皮肤、蓝色眼睛的女人一样。

老人躁动不安、思绪徘徊，把"老林奇堡"塞进他的烟斗里（他的脸被染成了藏红花的颜色，带着烟草的味道），很愉快地感觉到朵朵给他系皮帽时手指的灵动和爱意，他对此也心安理得。他希望这孩子还有除他之外的其他人来保护，在这种战争时期——想到布鲁斯峡谷那里可能一触即发的战斗，他感到不安，尽管他相信自己绝不会死在北佬的枪下。他希望她能喜欢冈特——但如果不喜欢……算了不想了。

就在这时，冈特从屋里出来，走到门廊上，开始漫无目的地来回游荡。瘦削的身影，步履蹒跚——他那瘦长肢体上挂着的宽松衣服染着胡桃色，还打着补丁——你知道住在山里的卫理公会巡回牧师意味着什么吧？然而，当冈特向老人打招呼时，他的声音中没有任何畏缩或是寒酸感——而是显得清晰、尖细、略带紧张。斯科菲尔德若有所思地看着他。

"别把大卫赶走，朵朵，"他低声说，"我觉得他脑子有想法。你觉得他上次的想法怎么样？告诉我他会在早上出发——天知道上哪儿去、去多久。朵朵，你觉得呢？——比如他会回来找人一起？好吧，就算他性子有点怪，也是上帝的人。"

这张疲倦苍老的脸上浮现出一种奇怪的温柔。他对上帝的一切信任，他的所有喜爱与厌恶，都是通过大卫·冈特植入到他那偏执狭隘的内心的。因此他每当想到冈特，都怀着崇敬，这种崇敬深植于其粗俗外表之下。除此之外，冈特几年前来到山上，身无分文、没受过教育、衣衫褴褛，只专注于福音，他总是滔滔不绝地热情宣讲。斯科菲尔德供他住供他穿，就像一只粗笨的农家老母鸡收养了一只雏鸟的感觉，对他既有恩赐，同时又怀有好奇，还不确定它会长成一只雄鹰还是一只愚蠢的海鸥。门廊一端那个四肢瘦长、头脑混沌的年轻人与门廊另一端的双眼浅淡、嚼着烟草的老斯科菲尔德之间有一种颇为奇怪但也真实存在的亲情，那是一种根植于本性的、比血缘关系更深的亲情。这种亲情里是否包含着朵朵值得怀疑，她跟"可怜的大卫"说话的声音完全是那种高贵血统的女人怜悯软弱男人的语气。她父亲也觉察到了。他今晚还是最好不要告诉她他希望她嫁给冈特的想法。

老斯科菲尔德叫了冈特一声，吩咐他："快来跟我一起去看看北佬到底想干什么。——进屋吧，朵朵。你不用担心，孩子。"

冈特走到近前，扣紧自己的薄外套。他的脸很瘦削，不知因为什么这么瘦，反正不是因为疾病——还有那带有诗意和孤寂的双眼，长得殊无男子气。"我要走了。"他看着女孩说。多年的痛苦和挣扎都在那个眼神中浮现。她知道他要去哪里——她在乎吗？他觉得她知道，他在不到一小时之前跟她说自己打算放下《圣经》，以另一种方式接近耶稣的国——加入联邦军队。这是上帝的神圣事业——成功之后就会开启整个世界的黄金时代。冈特拿起剑，目光敬畏地直视着上帝。他认为云柱会像古时那样在自由大军面前引领。她知道他这么做的话，老实说，就是在他们二人之间永久地划出了鸿沟。她在乎吗？在乎吗？她会一点表示都没有就放他走吗？

"快点，冈特。"斯科菲尔德不耐烦地说，"骨头叔说道格拉斯·帕尔默今晚在罗姆尼。我猜他会下山去布鲁斯峡谷。他现在是林肯军的上尉——也成了那帮狗腿子中最受欢迎的一个家伙！要是他来这所房子——很可能来，但我可不想见到他。"

冈特沉默地站着。

"他是乔迪的朋友，父亲。"女孩咽了咽口水，说道。

"乔迪？对，我知道。正是这一点让我很难过。"他犹疑地喃喃自语，"他和道格拉斯曾经是兄弟，是兄弟！"

他咳嗽了一声，点燃了烟斗，焦虑地盯着女孩的脸看了很久，仿佛要在这张脸中找到一张他永远不会再见到的脸。他最近经常如此。最后，他弯下腰，深情地吻了她的嘴，挪着步子走下山坡，边走边故作轻松地吹着口哨。她知道他是在通过她亲吻那个在马纳萨斯死去的小伙子。她靠在栏杆上看着他，直到路上的一道弯使他从视线中消失。然后她转身进了屋子，根本没有顾及那个刚才一直用渴望的眼睛看着她的那个男人。当她站在门口时，月亮从一朵云后面探出头，在她的身上投下一道锋利的光。

"朵朵！"冈特说道，"再见了，朵朵！"

她跟他握了一下手，什么也没说，然后走进去，关上了门。

冈特转过身，匆匆下山，他的心脏在他骨瘦如柴的肋部跳动并隐隐作痛——女人们都懂这种令人窒息的痛，像他这样的男人也懂。她的手递给他时是冰凉的——某种痛苦冷却了她的血液。是因为两人之间的永别吗？是吗？他知道不是——他的直觉就像可以通过表面的琐事来读懂人心和民心的阿波罗神庙女祭司[①]一样敏锐。冈特追上了老人，开始用他一贯的方式漫无边际、含糊其词地谈论着糟糕的道路和从他的靴子里渗出的雪水——他根本不知道自己在说什么。他知道她并不在乎自己，他不会欺骗自己。他今晚告诉她自己的打算时，她冷冷地听了，表示不赞成却又没有积极劝阻，她用那双深色眸子里的那种钢铁般的神情将他拒之门外。"你看得出来是实心实意的，但你对自己和上帝不够真诚。"——她就说了这么多。就算他和她哥哥一起去，她也会这么说。这像突然在他胸口插了一刀，但他原谅了她——是上帝亲自将这流血的事业交付在他身上，这也是他的灵魂时刻准备着进行的殊死搏斗，这些她又怎么会知道？她不知道，也不在乎。又有谁会在乎呢？

这个男人艰难地在融化的雪中蹒跚而行，更清晰地感觉到寒冷正刺穿他那早已磨破的马甲，感觉到生活带给他的孤独和欺侮——他那孩童般的眼睛转向深深的夜色，几乎是带着凶狠的质问——他的生活实在是太失败了。三十五年都挣扎在贫穷和诱惑之中！自从那天他在诺福克的铁匠铺里听到主的呼唤去传讲**他**的道以来，他难道没有努力克制自己的肉欲，对所有的美和爱视而不见，通过自我否定来减轻自找的苦吗？又有什么用？今夜，他内心的本能在反抗他即将面临的这场杀戮，反抗他的职责，将其蔑视为残忍之事。他的内心呼喊着要为了幸福、为了这个女人的爱而平静温顺地生活（仿佛在这样的时代这还不够荒谬似的），他要求得到这样的生活，就像他真有这样的权利一样！

这个男人有一种和蔼的、孩童般的气质，用千百种简单而愚蠢的方式来引诱并束缚自己，使自己成为承载世界大爱的形象，这就让他不能仅仅是一个天真快乐的孩子，而是要成为一个楷模。这个

---

① 在希腊神话中，阿波罗神通过女祭司传达他的神谕。

正在下山的憔悴的可怜人有一种与生俱来的能力，就是从世界每个人的声音中接收来自上帝的消息——用他富有诗意的灵魂来理解他们——从爱中，从色彩中，从音乐中，或从身体上的剧痛中理解他们——这很少有人能做到。有很多孔隙可以让他透过物质的面具认识上帝。但他把它们都堵上了；他既信奉加尔文宗，又消化不良（你们知道的，消化不良跟撒旦一样，都能把人引入歧途），于是出卖了他与以扫一样的上帝赐予的天赋，用它换取了人类所信奉的那种饥渴而苦涩的破烂。他开始厌恶这世界，厌恶这罪恶的居所，厌恶自己这个罪人之首。他在宇宙的某个角落勾勒出一个天堂，并把那里当作害怕无法得到救赎而拼命呼吸的他和他的教众能够避难的地方。他用自己偏执而酸楚的想法创造出来的、并强加给他自己和他的教众的那个上帝在大审判中不会像冈特本人希望的那样仁慈——远远不会。所以上帝满足不了他。有时，想到每个人心中受压抑的那些无瑕的本能——想到那些被诅咒的灵魂所具有的高尚品质，这些灵魂却生来注定要向地狱滑落或被社会禁锢于诱惑之中，他的眼前闪现出某种宇宙图景，那里所有的物质和思想都在慢慢地历经岁月走向永生。"即便如此，在基督里众人都要复活。"所有物质，所有思想，都是在上帝的秩序安排下向善飞升吗？而上帝就是爱。那么，为什么不相信这些人间谜团下面藏着的就是这种爱呢？他驱逐了魔鬼的耳语，把天选之人关进狭窄的天堂，然后想要自我满足。

道格拉斯·帕尔默曾经说过，冈特离一个健全的基督徒就差一点教育和新鲜肉食。冈特把它当作俗世的嘲讽而没放在心上。帕尔默总是想，如果基督至公至正，就会记得这不完全是冈特的错，也不是其他偏执狂的错，因为他们没有受过教育，也没有精神上的鲜肉。信条可没法"养活人"。

冈特与老人要走两英里的路。他们走的时候很少说话。冈特没有告诉老人他要参加北军——怎么可能告诉他？每当想到这件事，乔治死去时的脸就会出现在二人中间。即便如此，斯科菲尔德对冈特的政治倾向是有怀疑的。因此他从来没有和冈特谈过这个话题，今晚也没有告诉冈特他打算去布鲁斯峡谷给那些小伙子报信，以及如果他们人手不足的话就留下来跟他们并肩拼命。他和朵朵都没有告诉冈特一个秘密——这人的脑子像海绵一样渗水。

"他不太把荣誉之类的东西当回事，但这也是为了尽力保持灵魂的正义。"他曾经为了给自己辩解而这么对朵朵说，"就是这样！他让我想起了那个住在柱子上祈祷的人。"

"上帝从来没有让人在柱子上生活。"① 朵朵说。

老头子斜眼看着在他身边小跑着的冈特那张疲惫沧桑的脸，在他看来那是一张再纯粹不过的面孔。我们已经深陷肮脏的泥沼，但这和他有什么关系？要是北佬真的像魔鬼化身一般为烧杀抢掠而来怎么办？冈特会说"你不要反抗邪恶"。他一直恬静安然地和耶稣一起生活在过去的时光。斯科菲尔德不敢告诉冈特他打算在拂晓时与峡谷里的小伙子们一起战斗。他也希望自己能像这个年轻人一样站在基督身边。他也对上帝许愿，想要摆脱自己身上这种报复和嗜血的心理。有时他觉得自从乔治死后自己好像被恶魔附身了。老家伙用烟斗的气味捂住了自己的哀吟。

这个生活在过去时光的年轻人是在追随那个拿撒勒人②吗？对于斯科菲尔德现在所关心的这场血战，他也义无反顾、勇往直前，想要贡献自己的力量。一旦做起这件事，他真实的生活便变得干巴巴得让人生厌。除此之外，他希望朵朵能在乎他——一点点就好。如果在山上被捅死还没有人在乎的话就太难受了。他想起他多年前埋葬的老母亲。然而朵朵也很煎熬——这个男人从心底里慷慨大

---

① 此处指圣西缅（约390—459），他为避免其灵修中断在叙利亚的一根柱子上生活了37年，名声大噪，效仿他的人被称为圣西缅修士或柱头修士。

② 耶稣常被人称为"拿撒勒的耶稣"。

方，因为怜惜她而忘了自己所求。在他离开的时候，她到底是为了什么而痛苦呢？她父亲谈到了帕尔默。因为帕尔默吗？他那循规蹈矩的心出于嫉妒猛地抽动了一下。

这一刻他所见到的东西使他停下了脚步。这条路穿过白雪覆盖的山丘，直通要举行聚会的教堂。只见一个人骑马向他们走来。一道突如其来的光芒照在那人身上，让他们看得十分清楚。那人是一个身材矮小的中年男人，身材轻盈，肌肉发达，一头金发，穿着毛茸茸的深色制服，头戴毡帽。斯科菲尔德停了下来。

"是帕尔默！"他说，还凄厉地骂了一句。

这个人的出现让乔治重新出现在他的眼前，活灵活现，足以让他心如刀绞。他敲掉栅栏上的滚木，迈进了田野里。

"我得走了，大卫。一想到他居然成了弗吉尼亚的叛徒，我才不会待在这里见他呢。"

"教兄！"冈特带着责备地说。

"别拉我，冈特！你想让我当面骂我儿子的老朋友吗？"他的声音沙哑哽咽。

"他怎么说也是乔治的朋友——"

"我知道，冈特，我知道。上帝原谅我！但是我说让我走吧！"

他挣脱了，穿进了田野。

冈特等待着，看着那个人慢慢向自己走来。这个帕尔默会不会是朵朵所爱的人？这个怀疑分子？这个不信神的人？他今天已经跟她这么说过了。一个纯粹的用肉和脑子做的机器，为世俗而制造，天堂里根本用不到！

可怜的冈特！也难怪他靠着栅栏等着帕尔默，带着恶意的仇恨看着这个人。他有着典型的法国人思维，他的身体因疲倦和亢奋不自主地抽动，他敏锐的本能总是喋喋不休地与他说话，全然不顾世俗的所有体面。难怪这个全身上下充满女性气息的人的虚弱神经都在反抗这个帕尔默，就像一只娇弱的动物从反抗、憎恨到屈服于人类一样自然。帕尔默的马对它主人心领神会，冷静有力而自信地放下了它的蹄子。

冈特听到帕尔默终于走上前来了，露出一脸阴郁，而那个人说起话来则显得平静而爽朗。

"他们跟我说你今晚就会加入我们。"帕尔默热情地说，"戴克给我看了入伍名单上你的名字，后面跟着的是你的座右铭对吗？'为了上帝，以及我的正义。'我想这就是你参军的最终目的，大卫，对吗？"

"对，我一定说对了。我觉得我说对了。上帝明鉴！"帕尔默模糊的目光游移着，不确定地摆弄着马的鬃毛。

说完，帕尔默急切地看着冈特的脸。

"你当然说对了。"冈特说，语气温和，就像对女人说话时那样。帕尔默说："天亮之前我就会给你安排地方和任务。"

"这么快，帕尔默？"

"不要盯着战争的血腥和肮脏，小伙子！要时刻记得我们的事业。我们确保所有老幼的自治权——想想看！'上帝'的事业，知道吗？——还有'你的正义'，你不是也保证用生命来捍卫你的正义——也就是你所信仰的基督吗？对吧？"

"不。但我懂，"冈特把手放在前额上，好像头痛似的，"我们最终只能靠武力来征服右翼。基督教是不够的。我已经想明白了，而且……"

"但你看起来还是很烦恼。嗯，这个我们过后再聊。你想得太多太用力，现在什么都想不明白。"帕尔默用外科医生检查癌症病人的那种看病式的怜悯俯视着冈特，"现在我得走了，大卫。一小时后教堂见。"

"你要去那个房子吗，帕尔默？"

"对。再见。"

冈特收回手，看了一眼那张冰冷而平静的脸和那双温柔的蓝眼睛。

"再见。"他目送帕尔默骑马离开。

帕尔默是一个盎格鲁撒克逊人，他身上有这个迟缓僵化的民族的每一种特征，他即使示爱也会像讨论哲学一样严肃，冈特冷笑道。那是个终将成功的人。他那深不可测的思想和灵魂是好几代人的文化积累和储备，如同他终将成为白垩化石的骨头，以及他缓慢流淌的血液里黯然的勇气。与他交谈就好像接触到夏日清泉一样——但下面有什么？朵朵知道吗？他有没有让朵朵走进他那无人读懂的内心呢？朵朵？

这是多么彻骨的寒冷！——冈特沉闷地抬头望着飘散的灰色雪堆。这个世界又是多么可怜而渺小！他在其中扮演了一个多么高贵的角色！——他拿出手枪。是的，他可以扣动扳机，解救其他罪人的生命——上帝觉得他就适合做这个。朵朵一直萦绕在他的头脑中。他了解她！如果她当初愿意保持被动，愿意幸福，他本可以让她爱上他的。他对她的要求仅此而已。可怜、沉默但内心充满激情的朵朵！没有人比他更了解她！现在那个男人在那座房子里用冰冷的蓝眼睛在跟她说什么？这对他来说无关紧要。

他穿过玉米地来到教堂，薄薄的外套在风中飘动，看着生锈的手枪，不禁打了个寒战。

朵朵关上了门。门外是冬夜、积雪、死亡与战争。她颤抖着把这些都拒之门外。她没有像某些女人那样拥有某种能让她享受痛苦的神经。你会觉得这屋子很穷酸吗？可是她的父亲称之为朵朵的温馨小屋。朵朵的父亲认为世界上再没有第二个这样干净温暖的小窝。他害怕"荼毒空气"，因此从不在屋里抽烟（尽管她哄他用不着这样）。每天晚上，他穿上那套绿色睡衣和拖鞋后才进来，让她读报纸给他听。这是一天中最特别的时间：他坐在那，一边听着她念报纸，一边偷偷地环顾四周，为他能带给女孩如此舒适的生活而高兴——那纯净的珍珠纹墙壁和洁白的床褥。他每次去惠灵镇卖农作物时都买一些东西回来充实这个房间，当然从不铺张。她哥哥也从小就有这个习惯，把他发现的一切漂亮或让人愉快的东西带给他妹妹；他幻想可以让她的生活变得更充实更欢愉，告诉她生活过一阵子就会好起来的。结果你们看，房间里的一切都对这姑娘有特别的意义——全都是她父亲和乔迪生活中的重要时刻。再说，朵朵虽然不是艺术家，除了爱干净之外没有你们所谓的品味，但这姑娘触摸到的每一件平凡的物件似乎都会被她强大而温柔的生命力所感染而愈发生机勃勃。骨头叔将他猎杀的那头鹿的一对鹿角送给了她——这是他一生中最重要的战利品（她把它们放在壁炉架上，这样他每次添柴的时候都可以为此欢欣鼓舞）；去年秋天，她在它们周围挂满了林叶花环，现在它们闪烁着雪光，如同不灭的紫色和深红的火焰怒放开来；桌上花瓶里的水里充盈了风信子银色的根，空气中一下子充满了诗意的香气；被她挂在窗户上的长满霉菌的粗糙铁丝篮子上爬满了青苔，常春藤和柏树藤蔓的花环缠绕其上，还有一簇最最细小的玫瑰花瓣，片片殷红，依旧是夏日中的模样，像是为了打趣窗外刺骨的寒冬，这看起来那么不真切，令人不禁发笑。

朵朵进屋的时候，柴火已烧尽了。小房间里一派生气，跳动着深红色的光；角落里和桌椅下的阴影还未全黑，泛着柔和的栗色；即使是苍白的墙壁也泛着红晕，亲切而友善。朵朵对此很高兴。她讨厌那些死气沉沉，看起来无情无义的颜色——灰色和褐色属于单薄、悭吝的生活，属于那些容忍生活的人，就像骨头叔所说的"上天堂也费了老大劲"。朵朵最喜欢深蓝色——你知道这意味着尘世生活中的严酷真理，以及真切的温柔——她今晚像往常一样穿着这颜色的衣裳，告诉上帝她还活着，并感谢**他**还在。这姑娘当然是为当下而生的。她从来不像那些虚伪懒惰的女人在八字还没一撇时就梦想着生孩子而错过劳作或片刻的快乐。你会觉得她即使一动不动地站在寂静的灯光下，生命的活力依旧在她的四肢中涌动。她身体里的每个原子都是活着的：她的体内有某种东西，不眠不死，一直守望，热切地想要诉说她生命中的每时每刻——不论是她脸颊上变化的颜色、嘴唇的颤抖、闪烁的话语，还是眼神中的慵懒。甚至她那红褐色的头发都会时而变浅时而变深。

她现在倚窗而立，守候着。她是不是像壁炉中的火光那样，平静而热切地期盼着一个人的到来呢？之前她一直忙活着一些家务事：她做了一锅白色的奶油饼干，把它们摆在一个金边的瓷盘上（她只有一个这种盘子），然后从橱柜里拿出一瓶树莓甜酒。这些点心是她做的东西里最受道格拉斯·帕尔默和乔治推崇的。她还记得，当他们出发去打猎时，乔迪会从大门外伸出他那长满卷毛的脑袋，并喊道："小妹，你心情还不错吧？晚上给我们做点你那个招牌点心呗，好姑娘！"道格拉斯·帕尔默今晚要来，她像往常一样烤了点心——只是每当想起乔治，就总要停下手里的活儿哭一会。没人的时候她总是忍不住。她父亲从不知道。他在的时候，她要为自己和他故作欢乐。

或许道格拉斯早就不记得饼干的事了吧？——她一会看向窗外，一会看向时钟，脸上的血液也忽冷忽热——她给饼干摆盘时，手指都在紧张地颤抖。她希望能有其他方式欢迎他。但是可怜的朵朵能做什么呢？她跟他没什么好谈的，因为她除了《圣经》和杰伊的《沉思录》[①]之外什么也没读过。她不能像大多数美国女性那样用娓娓道来而又引人注目的话语展示自己。帕尔默有时给她唱歌——不是舒伯特的民谣就是门德尔松——当然，她听不懂歌词，她只

---

① 由英格兰巴斯的威廉·杰伊（1769—1853）撰写。戴维斯创作时期大多数家庭都有一本。

知道，他的灵魂似乎从音乐中挣脱了躯体，来到了她自己的身体里。她对音乐有着一种奇妙的理解，是从遗传给她暴脾气的老爷爷那里继承过来的——那是一种能够理解和接受音乐含义的超自然天赋，在热爱音乐的人里面也只是少数人才有。她不会演奏也不会唱歌。她经常看着狗的眼睛，想知道它的灵魂是否和她的一样愚蠢而充实。但她不会唱歌。如果她会唱歌，就可以用不说话的形式向这个即将到来的男人诉说一个美好的故事了！但她唯一能对他表示欢迎的方式就是做饼干。下厨只是一种逢迎感官的、卑躬屈膝的情感表达，你觉得呢？然而考虑到大多数女性随波逐流的生活，幻想一下在每天煎牛排时像唱萨福颂歌那样唱出同样纯洁而深沉的爱的音符也没什么不对。在一定意义上这是性别的自然表达。你的妻子可能会以深切的共情在思想和灵魂上与你保持同步，但如果她不知道你早餐喜欢松饼还是吐司，那她的爱就没有烟火气，也不会是最好的爱。

她等待着，看着外面灰白的路。他不会这么晚了还不来吧？——她的头开始疼了。这间屋子太热了。她走进自己的房间，开始梳头发。头发在她苍白的脸颊上一圈圈地落下。她的嘴唇是深红色的，棕色的眼睛闪着柔和的光，充满期待。她低下头，微笑着，全心全意地感谢上帝赐予她的美丽。有脚步声？她急忙赶回去。原来只是马厩里的科利在踏步。已经八点了。她的心砰砰地伴随着时钟的缓慢滴答声在计时，每时每刻都变得越来越沉重。自从战争开始后他就只去过山上一次。只是去看乔治的吗？她拿出她的针线活儿开始缝。他不会来了——只有乔治配做他的朋友。他当初为什么要理会她可怜的老父亲的话，或是她的话，她那未受教化的大脑对他的力量和教养有着不可名状的敬畏。然而——此刻她内心的某种东西升华了——他与她是平等的。他了解她，了解她可能是什么样的人！他们之间有着某种比他们给世俗的浅薄而亲切的问候更深刻的东西——认可。她站在离他最近的地方——只有她！就算有时她很刻薄地嫉妒他城里的那些朋友，那些血统尊贵的女人，在灵魂深处她却知道自己是他的同类——只有她！这一点他也知道。并不是她在他身边时思想和意志就不软弱了，而是她爱他，男人一生只能遇到一次的那种爱。她爱他——仅此而已！

她几乎不知道他是否在乎她。他有一次对她说过他爱她，他们还有个没完全敲定的婚约，但那是很久以前的事了。她坐在那里，暂时停下手里的针线活儿，像很多女人都干过的——千百次回想一个简单的故事——他说了什么，说的时候的样子，想在每一句被咂过无数次滋味的话中找到一些新的、神圣的意义。尽管是同样的故事，然而贝茜今晚会在炉火旁发现新的含义，正如格雷琴从《浮士德》的那串奇妙的珍珠①中感悟到的那样！

他那天当然是爱她的了！话虽是令她出乎意料的，多半是一时不慎——那时她还小，他又穷，所以肯定不会有进一步的发展。紧接着麻烦就来了，他参军了。那之后她只见过他一次，他什么也没说，也看不出他有什么想说的。的确，他们那时并不孤单，他心想也许她全都知道——曾经说过的那句话已将他的命运锁定。如果他永远也不告诉她，这就会是个老掉牙的结局，毫不令人意外的故事了。但他今晚要来！

朵朵是那种会被突如其来的厌恶感支配的女人。她现在想到，在准备迎接他的匆忙和热情中她忽略了一点，那就是他最好不要来——如果他真的带着忠心和真诚来了，她也必须让他回去，表明他们之间已经有了分明的界限。为了做到这一点，她已经逼迫自己几个月了。今晚必须做到。他们之间的障碍不是那种战争造成的阵营隔阂，也不是她父亲对他的愤恨。她的爱才不会被这些东西阻

---

① 在歌德的《浮士德》第一幕《悲剧》（1806）中，少年诗人将他的力量称为"一串珍珠"。

隔。但有一样东西可以造成阻隔。帕尔默对上帝持怀疑态度，他不信神。这对这姑娘意味着什么我们无法判断——她的宗教和我们不一样。人们把信仰建立在基督之上，像一块基石——一种人为的支撑。很久以前，当她还是个孩子的时候，她就在生命中找到了上帝，她的灵魂都是从这里生发出来的。对她来说，上帝就是活着的耶稣，而不是死去的。这就是她拥有健康灵魂的原因。她比一般人对痛苦更敏感，世上的污秽、不公、挫败都能伤害她。她从不会用"这是必然存在的"这样的理由来对其文过饰非，或者像我们一样逃避——比如，她会为她身边的黑奴所受的不公、她老父亲的无知以及她自己局促的生活而热泪盈眶，但她从来不会因为这些事发出"上帝还活着吗"这样的疑问。她能看到，接近大地的那一层天空是已经竣工的天堂，再往上一步就是耶稣的国度。世俗世界坐落其内，被痛苦、错误和艰难包裹着，却在不知不觉中成长为至善至美的人间。她坚持对报偿论的信念，认为这信念会把它带到人间，她也试图切实地为此做点什么。她确实做到了：这对你的信仰来说可能是很奇怪的事，我特意通过这个故事告诉你——这个暴脾气姑娘所拥有的一种特殊力量——在心理学上被诊断为一种反常，但你会在荣格斯蒂林和圣约翰的生平中发现同样的事。就是这样——她和她周围的人需要很多东西，不论是世俗方面的还是信仰方面的，而她的基督是活着的，并不是一个死掉的牺牲品和榜样，无论她要求什么总能得到。总是如此。我这么说完全是认真的。我希望每个人的灵魂都能理解这个教训，没有多少传道人敢教这个。这对她来说却是家常便饭。

现在你明白她知道帕尔默不信神要付出的代价了吧？她还能嫁给他吗？爱他是不是一种罪恶？然而，就算把他排除在外，她还能进天堂吗？这个心属上帝却又被魔鬼诱惑的少女的灵魂，接受了这火热的试炼，与其进行了残酷的战斗。她想她已经下定决心了——

她会放弃他。但是——他要来了！他要来了！她怎么会把一切都忘记了，就好像精神错乱了一样。她用手捂着脸，仿佛整个世界还有战争都消退了，只留下她一个人的灵魂孤零零的。她静静地坐着，一旁的炉火烧得越来越微弱，最终变成了一片暗红的阴影。你不可窥探女人内心的激情。

她终于站了起来，带着冈特不遗余力地教给她的真理——与罪恶或有罪的人相互许诺就是犯罪。她走到外面的门廊上，不再望向那条街，而是抬头望向缥缈的天空。头脑简单的可怜的朵朵！这么久以来，她一直把对这个男人的心思藏在她的胸膛里，用所有的力量和温柔紧紧抓住不放！现在在她面前的是邪恶。冈特今晚告诉她，爱帕尔默就是背弃十字架，成为髑髅地之血的叛徒。是吗？寂静的天空和自己的心都没有给她答案。那她会放弃他吗？她抬头看着，脸色渐渐发白。"我爱他。"能够与上帝交谈的她这样说。就这一句。因此，在过去，一个灵魂从审判的黑暗中走出，面对全能上帝，这样获得自身的安全："我至死必不以自己为不正。"

然而朵朵是个软弱的女人，这样的审判会影响她的方方面面。她站在木栏杆旁，抓起一把上面的雪，抹在发烫的额头上，她不知道自己在干什么，只觉得自己的脑子昏昏沉沉，疲惫不堪，还疼痛难忍。她希望自己能赶快睡着。她茫然地看了一眼纷飞的雪，就要转身进去。路上突然出现脚步声——他来了！她可以再见他一次——就一次！上帝不会不给她机会的！她的血液当即奔涌澎湃。

"西奥朵拉！"（他从不像其他人那样叫她那个为人们所熟知的名字"朵朵"。）"怎么了，孩子，怎么这么愁眉苦脸？"他的问候温柔而亲切，"你就这么欢迎我吗？你手都发抖了！嘴唇也青了！"他打开门让她进去，然后看着她。

她觉得他看她的眼神更像是医生而不是情人，他帮她把椅子拉到火炉前，她蜷缩着坐在椅子上，用双手遮住脸，不想让他因看到那苍白的脸而看轻她。帕尔默站在她身边，静静地看着她。她激动得筋疲力尽，这是她的老毛病了。他已习惯了这种身体因倦怠而产生的颤抖——他对此只有怜悯，却无法理解。只有他一人知道她的软弱和歇斯底里，知道她时常需要有人呵护，这是她在他俩的生命紧密而又彻底地相连下产生的奇怪症状。冈特和她父亲只会告诉你她的意志和农夫一样坚强。

"你最近是不是又激动了，孩子？"

她擦着双手，恨自己止不住手抖和头部的刺痛。这样的症状一起来到底是什么病？她的医生对她的诊断跟第一次的不一样。他靠在她身上，脸通红，声音低沉而急促。

"你刚才是不是失望了？一直在等我？"

"我是在等你，道格拉斯。"她试图起身。

他拉着她的手把她扶起来，然后松开了手——他从来没有像冈特那样握过朵朵的手，也没有抚摸过她的头发。

"我一直等着你——我有话要对你说。"她平稳了一下声音。

"今晚可不行。"从那刻薄的嘴唇里传来的声音温柔得让人吃惊，"你气色不好。你已经很痛了，你还要刺激它。睡吧。你刚才一直在等我。现在你就让我也这么傻乎乎地守着你吧。西奥朵拉，抬头看我。我想再看到你热辣通红的脸，还有那样的眼神——我只见过一次。你记得吗？"

"记得。"她的脸红了，眼睛闪着泪光，"道格拉斯，道格拉斯，再也不要对我说这些！我不敢想。让我告诉你我想说的话。很快就说完。"

"我不许你说，西奥朵拉。"他冷冷地说，"你得明白，孩子！今晚你的状态不正常。你自己一个人太久了。你心底的孤独正在发狂般地要把你的心吞噬掉。我在你眼里看到了。你最好还是像往常一样让自己发火。"

她没有说话。他拉着她的手，让她坐在自己身边，漫不经心地、温柔地和她说话，热心地注视着她。

"你知道你名字的含义吗？我经常想起这名字，上帝的礼物——西奥朵拉。当然，如果真有这样一个至善的上帝，他最好的礼物可能就是一个像你这样的女人。"

她抬起头，微笑了一下。

"可能？那不是……"

"情人的那种？不。但是朵朵，我有时候想夏娃可能和你一样——所有生命的萌芽。想想你对死亡、无为和痛苦是多么厌恶。你插进土里的一根茎就能从你的手指中汲取生命力，然后生长起来，其他人可做不到。"

她清楚地知道，尽管他这些轻松的话语是为了安慰她，但其中蕴藏着一种她不敢随意敷衍的感受的力量，若他不再相信她，这种力量就会从他的本性中消失，永远不会再回来。

"夏娃堕落了。"她说。

"你这样孤零零的话就会堕落。你现在就在堕落，总是病恹恹、气鼓鼓的。你得走到阳光下再看。西奥朵拉，你这样看不清你自己，看不清自己广阔、温柔却尚未打开的本性。"

他的声音低了下去，弯下腰靠近她，将她的手拉向自己的手中。

"我们的生活中会有属于你我的阳光灿烂的日子。"他的声音变得沙哑而破碎，"等我把这战争打完，等我可以娶你的时候。我这些年的日子又艰难又空虚。你知道的，孩子。我的身心都为了他人而熬干了。现在我自由了。战争结束后，我就可以为你我开辟一个新天地。"

她想挣脱他的手。

"我什么都不需要了。我已经满足了，道格拉斯。"

"但我已经着手了！"他说道，眼神也更坚硬了，"而且你是我的，西奥朵拉！"

他把手放在她的头上——在今晚之前他从来没有这样碰过她。他向后捋着她的头发，尽管手不太稳当，但似乎这头发和她本人都是属于他的，密不可分，牢不可破。炽热的血液涌上她的脸颊，充满幽怨。他静静地笑了笑。

"你会给我带来生命，"他低声说，"而我会消弭你的暴躁，把这些孤独日子造成的影响用爱来蒸发掉。"

顿时一片寂静。冈特感受到的是笼罩在这个男人身上的无可名状的从容——而这个女人看到的则是他内心深处闪现的激情，甚至对她也不情愿地展现出他身体中蕴藏着的阴暗灵魂。这让她恐惧，但她屈服了——她的意志和目的都陷入长眠，在倦怠中死去。她爱着，也被爱着——知道这些还不够吗？她不想知道更多了。冈特想知道今晚这个男人"冰冷的蓝眼睛"对这个女人说了什么，是再给一千年他那扭曲的灵魂也不会理解的东西。房间里暖暖的，火光渐弱，一片暗红——屋外，风在窗户上缓慢地拍打着，就像永恒大海的浪花。她只感觉到她的头靠在他的胸膛上——他的手在抚摸她额头上的青筋时不住地颤抖。她的脸上带着淡淡的愉悦，显得格外妩媚，他的眼睛从中体会到了她的眼睛所无法承受的意义。她的主赐予了她这一刻，她的心为她的主突然颤动了一下。她的主！她的血冷了下来。她是在否认主吗？她的一只脚是不是已经放在了地狱的门口了呢？这不重要。她疲倦地闭上了眼睛，双手合上，仿佛将自己的生命完全寄托在了他的手中：她的所有力量和健康都掌控在这只手上——她将自己脆弱、无力又病态的生命靠在他的身上。她已经选择了，她会坚持自己的选择。

但是心底，冈特的话不断地刺痛着她。最终会有报应的。帕尔默看着她的脸，发现随着每一分钟的流逝，脸的颜色逐渐暗淡，变得潮湿而青紫，嘴唇也变得僵硬，胸膛像受了虐待的动物一样不住地起伏。显然有比她平常的冲动更深的痛苦。最好有办法排解出来。因此当她直起身子看着他时，他并没有试图阻止，而是专注地等待着。

"道格拉斯，我必须说。"她说，"我没法忍受这种疑虑。"

"说吧。"他严肃地面对着她。

"好的。不要把我当孩子。这对我来说不是儿戏。"她把前额的头发向后拢了一下，在内心深处强烈地呼吁上帝帮助她完成他强加给她的这件痛苦的事，"这关乎生死，道格拉斯。"

"继续说。"他看着她。

她看了他一眼。这是一张敏锐、务实而又克制的面孔，出于一时的想法和一些粗浅的原因而略带悲悯。无论内心是怎样的感受或怎样的阴郁，他都是个直率的人，一个讲真话的人，只是被谎言或伪装所迷惑。她必须为自己的做法给出一个理由。她说的这句话，会铭刻在他的记忆里，永不磨灭。他等待着。她说不出口，看着这个全神贯注的身影——这意味着世界对她的一切美好。

"你得走，道格拉斯，永远不要再来了。"

他沉默着——瞳孔收缩，眼神变得锋利。

"我们之间有一条很深的鸿沟，道格拉斯·帕尔默。我不敢跨过去。"

他笑了。

"你是说——战争？——还有你父亲？"

她摇摇头，话在她喉咙里哽咽。上帝为什么不帮她？她做得不对吗？她把手放在他的袖子上——她的脸似乎永远失去了所有的欢乐和色彩，抬头看向他的脸。

"道格拉斯，你没有像我这样的信仰。"

她说这句话时，他好奇地注意到她的神情，想起她小时候的一件怪事。他们第一次给她看一具尸体，她那时抬起头对着天空，也是这个表情，带着恐惧和责难。

"我祈祷了一遍又一遍，"她每一次呼吸时内心都在凄厉地呼喊，"但没有用——没有用！上帝从不拒绝我的祈祷，只有这个——只有这个不行！"

"我不明白。你祈祷——是为了我？"

她的眼睛看向他的眼睛，给出了肯定的答复。

"我懂了！可怜的孩子！你在祈祷我能在俗世中找到上帝吗？"他怜惜地拍拍搭在他手臂上的手，"然后没有用，你觉得？没有用？"他的眼睛若有所思地盯着外面肃杀的夜晚。

一片悠长的寂静。她看着他，脸上露出充满敬畏的神色——他把她忘了。

"我没有找寻到上帝？"这句话从他嘴唇里缓缓落下，仿佛是在向终极的未知发问。

她觉得可以从他的脸上体会到，他的灵魂曾经打过一场可怕的战斗，比她所知的任何一场都更可怕，是她永远也不可能知晓的。为了什么呢？上帝，生死，现在对他来说算什么？

他终于看了她一眼，想起了她。她觉得他想叹气却又憋了回去。但是他暂时将他自己和上帝的事搁在一边——回到她这里。

"你觉得为了这个理由离开我就是对的吗，西奥朵拉？你认为爱一个不信神的人是一种罪吗？"

"是的，道格拉斯。"但她说的时候更紧地抓住了他的手。

"我们之间的鸿沟，就是天堂与地狱的分别？是这样吗？"

"是——这样吗？"她突然哭了起来，"这应该你说。道格拉斯，是你要做出选择。"

"没有人可以强迫出信仰来。"他干涩地说，"你就这样放弃我了？可怜的孩子！你不可以，西奥朵拉！"他用难以言喻的怜悯抚摸着她的脑袋。

"我就是要放弃你，道格拉斯！"

"想想我多么爱你，除了我之外，你对世界上的每个人都敬而远之。要是我离开你，你会比所有女人都更孤单更软弱！"

"我知道一定会这样。"她无声地抽泣着。

"留在我身边，西奥朵拉！冈特胡扯出来的那个无聊的天堂，又是诗篇又是王冠的，就比我对你的爱更好吗？你在那里会比在这里更快乐吗？"他把她抱在怀里，好让她能感觉到他的心强烈地撞击着她的心。

她瑟瑟发抖。

"西奥朵拉！"

她抽身走开，独自伫立。

"会更好吗？"尖锐的一问。

她紧握自己的手，平静地站着。她不会说谎。

"不会更好。"她坚定地说，"如果遵从内心的话，我知道，在即将去往的天堂里，没有什么比我失去的更珍贵。但我不能成为你的妻子，道格拉斯·帕尔默。"

他的脸上闪过一丝诡异。

"那就是单纯的自私了？你怕失去你的报偿？我可怜的爱情，跟你能用它换来的永恒幸福相比，算得了什么呢？"

一股骄傲的热浪冲上她的脸。

"你知道你说的不是真话。我没有理由受这种嘲讽。"

他的嘴角又掠过了同样诡异的一笑。他沉默了片刻。

"我高估了你的牺牲——你可以不用付出什么代价，像老法利赛人一样，说出'站一边去，我比你更圣洁！'你从没爱过我，西奥朵拉。让我自己下地狱——到你认为一切都会被遗忘的地方。这对你来说又是什么？在地狱我可以抬眼看……"

她凄厉地哭出了声，如同承受着剧痛。

"我不会抛弃我的主。"她说，"他是真实的，比你更珍贵。我放弃你了。"

帕尔默抓住了她的手。她的眼中隐约透出的一种死气沉沉的神色让他感到害怕。他没想到这姑娘受了这么深的苦。

"现在你看——"她急促地喘着粗气，抬起头来，好像有神灵站在附近，"为了你，我已经放弃了一切！让我死吧！放我的灵魂出来！我哪里在乎什么天堂？"

帕尔默为她洗了脸，给她嘴里喂了点甜酒，自言自语地嘀咕了几句。"她负的罪很多，但应该被原谅，因为她有更多的爱。"很久之后，她坐在低矮的座位上，安静下来，他站在她面前。

"我有话要对你说，西奥朵拉。你了解我吗？"

"我了解。"

"我要走了。我确实最好不要待在这里。我要你感谢上帝，你对主的爱坚定不移。真的，我相信你——有一天我可能会通过你来信仰他。听到了吗？"

她低着头，疲惫不堪。

"西奥朵拉，走之前，对于你所膜拜的信奉我有个想法要留给你。在这件事情上，你的基督是被人误解了，并把这误解的基督传给了你。我很高兴你对自己理解的上帝付出的是真心，但你错了。"

她绞着双手。

"如果我能看到我就信，道格拉斯！"

"你会看到的。冈特教给你的那种对灵魂的自私呵护是个谎言，他那个狭隘的天堂也是谎言——我的上帝给我指引的是另一种爱，是不一样的目标。耶稣的古老传说是什么？——在他祝福之前，将他的手放在最卑劣的人身上？所以让他来到我身边——用爱的双手。你想像某些女人那样向暴徒传福音吗？我认为你的专长就在这里。你要把福音传给爱你的人。"

她漠然地摇摇头。他看了她一会儿，然后转身离开。

"你说的对。你我之间有巨大的鸿沟，西奥朵拉。什么时候你准备好跨越了，就来找我。"

他就这样离开了她。

下

天色已晚。帕尔默把马从栅栏上解下来，骑上马飞速下山了。他要失去这个姑娘了——他已清楚，并且认命。除了对她的爱之外，她还让上帝成为他的真理。他厌了，被打败了，就好像今晚有什么外在力量意外地占了他的便宜，逼他认输。生活没有什么可期待的了，就像以往的生活那样：学习、战争、确凿的常识，还有看戏、打牌。我并不是男人，说不清他到底失去了多少。但我知道，沿着有车辙的马车路走下去的时候，他温润的脸庞慢慢地变得让人认不出，憔悴而空虚——他在一个小酒馆驻足的时候，有一两个人问他是不是生病了。我还觉得他向他所能想象的上帝祈祷了一两次，眼睛干涩，闭着嘴唇仰望——没有祷告词的祈祷，从内心深处挤出来，就像基督徒临死前从泥沼中被拉出来一样[1]。但他确实在小酒馆歇了会儿脚，喝了点白兰地来稳定情绪。他没忘记在布鲁斯峡谷有对叛军的伏击，白天对他们的袭击行动他也得参加——接近罗姆尼时他策马狂奔。朵朵，像所有女人一样，想着失去了的爱情，坐在火炉旁，茫然地呆望着。而这种失去对他们两人来说代价都很大，所以刻骨铭心。

他来到举行聚会的教堂。聚会刚刚结束。拥挤的房间里弥漫着

---

[1] 在《天路历程》中，基督徒陷入沮丧沼时，大声呼救，被恩助这个角色救出。

烟草和牛油蜡的烟雾，讲坛上挂着一面美国国旗，门口有个人在敲鼓，台阶上站着一大群穿着乐福鞋的人，有的为联邦呐喊，有的为杰斐逊·戴维斯 [①] 呐喊。帕尔默下了马，走向讲坛，他们连的中尉戴克就在那里。

"准备好了吗，戴克？"

"好了，上尉。"

帕尔默磨蹭了一会儿，听这些人说话。戴克以前是俄亥俄河的领航员。战争开始后，他跟政府签下了一份猪肉合同 [②]。但正如我所说，他现在是陆军中尉。他跟帕尔默说，军官的津贴比做猪肉买卖的利润更丰厚——天气越潮越如此。帕尔默没有挖苦他。帕尔默知道，不论北方南方都有戴克这样的人，放弃杀猪转行杀人，无非就是看哪个收益更高，但他认为腐烂的是比他们的心肠更深层的东西。帕尔默站在那里低头看着人群——贫困阶层的劳动人群——他们的四肢裹在松松垮垮的上衣和绿色粗呢子紧身裤里——那些面孔像他们自己养的公牛一样顽固而焦躁。

"他们一半都是脱派的。"吉姆·戴克低声说，"加不加入脱派，取决于是谁烧了他们家的仓库。"

吉姆最近在招募新兵，好填补帕尔默连队的缺额。那天他招到不少，他对上尉眨眨眼说道——

"一边是每月 20 美元，另一边是'效忠宣誓'，要多忠诚有多忠诚。"

他一边向帕尔默介绍新兵，一边装模作样地整理着自己粉红色衬衫上的假链子。

---

① 杰斐逊·戴维斯（1808—1889），内战时期美利坚南部邦联总统。
② 政府与公司签订合同，向战场上的士兵运送桶装猪肉，但猪肉到货时往往已经腐烂；因此，今天"桶装猪肉开支"一词出现，到今天仍然流行，表示美国政府交易更多为供应商服务，而不是为人民服务。

"这位是普拉特绅士。已经有两个儿子当兵了，这次他自己上。大家都在谈这件事！查理·奥尔，出来！这小子的爸爸在床上被镰刀队射杀了。"

一个半大小子走出来，瘦弱不堪，形销骨立，胸腔凹陷，满头金发，眼神呆滞，帕尔默一看就知道是那种妈妈宠着的男孩。他伸出手。

"查理才不会只为复仇而战。我从他的脸上看出来了。"

小家伙眼中闪过一丝光彩。

"是，上尉。"

在这之后，小家伙用一种骑士看向斯图亚特王室的眼神看着帕尔默。但他很快就开始咳嗽，然后溜回女人们坐的长凳上。帕尔默听到其中一个褐黑皮肤的女人哽咽道："哦，查理！查理！"

妇女们并没有多少热情。帕尔默看着她们，脑子里满是沉闷的思绪。她们是未开化的、浑浑噩噩的美国人类型——人情浓厚、性烈如火、面似碟子、四肢僵硬。她们像她们南北方的姐妹们一样，为战争全力以赴——就像她们为了做妻子或母亲而需要为她们的头脑和心灵的力量或是本能冲动找一个出口，女人们可以因此贪婪地做任何事情。他带着怒气想，西奥朵拉像这些女人一样看待战争，没有浪漫情怀，也没有掌握任何一方的宏大抽象理论。她不会像废奴主义者那样将其视为一项炽热的侠义事业，也不会像联邦拯救者那样将其视为一种严峻的必须。这位体弱多病的路易斯安那州人——她跟随她儿子从皮肯斯①来到里士满，带着骨子里的焦躁，不断哀求上帝，要求报仇，还有这位在死去的英雄小伙子旁祈祷的

---

① 皮肯斯堡位于佛罗里达州彭萨科拉附近。1861年1月，美国联邦军在那里击退了一小群企图夺取堡垒的南方人。有些历史学家认为这是内战的第一场真正战斗。

清教徒母亲，都会说朵朵懦弱而无趣。像法国的巴康特①一样激情放纵的，将盛满鲜血的杯子举到唇边的那些滔滔不绝的蓝眼睛姑娘也会这么说。帕尔默鄙视她们。她们在爱国主义的说教中找到了她们污秽的生活需要的色彩和实质，在杀戮之后用彩灯装饰窗户，在桌上摆着用钢盔盛的糖②（按照白宫的时髦做法）——都是精致的"战争的纪念"③！

　　但西奥朵拉和这些女人看到过自家门柱上的羊羔血④——这就有了区别。在他前面的这个女人知道了她儿子半焦的尸体被叛军的侦察兵绑在树上。她的爷爷叫奈勒，七十岁了。有几个联邦军曾在他的屋子前被枪杀，第二天，老人站在门槛上失语了，那之前，他从未呼唤上帝要求复仇。帕尔默知道这些都是真的。然而朵朵不该因此而贬损战争。她说过——用直截了当的撒克逊⑤方式谈到了战争对男人的影响。她说没有任何理由可以将如此卑鄙的行为神圣化——把老实人变成强盗和杀手的东西不可能是神圣的。她厌恶战争，帕尔默认为这是因为他的缘故。上次他来的时候，他们就谈过了。她认为他们找到了某种永恒真理，一种比爱国主义更广泛的人道。呸！他对这种牢骚般的说教感到恶心！这个小上尉从骨子里崇尚常识，眼里容不下一粒沙子。他是美国人，天生沾染了美利坚的自负，但他表里如一，说到做到。因此，他从不为战争洗白，尽

---

① 希腊神话人物巴克斯（也称为狄俄尼索斯）的女性追随者的法语音译，象征着野性和迷乱的行为，通常是性行为。
② 指林肯的白宫餐厅中用于聚会的装饰品——象征战争的头盔上装饰着一缕缕棉花糖。
③ 原文为法语。
④ 这是逾越节的典故：耶和华告诉摩西和亚伦，每个会众都要找一只完美的公羊羔，在第十四天，会众要把羊羔宰了，"取点血，涂在吃羊羔的房屋左右门柱和门楣上"（《出埃及记》12∶7）。那天晚上，耶和华要杀死所有住在没有血迹的房子里的埃及人，放过那些房子门柱有血迹的埃及人。
⑤ 撒克逊英语源自德语而不是拉丁语。这里暗示朵朵直言不讳，而没有文过饰非。

管在弗吉尼亚和密苏里见证了最惨烈的一幕又一幕，但他对此一一接受，认为再恐怖再野蛮也是一种必要。这是没办法的，因为人是人，而不是天使。

当他站着看着人群时，纽约一家报纸的记者纳布斯正瘫坐在讲台上，开始笑他。

"我说，上尉，你们弗吉尼亚人拥趸参战不积极啊。你干的可是个苦差事。"

帕尔默的脸红了。

"你说得对，感谢上帝。"他小声说。

纳布斯把手插在口袋里，吹着口哨。精明的记者怀疑帕尔默不够"纯粹"。爱国者不会带着这样一个苦相参战。然而他在山上战斗时如出笼猛虎一般。当然，战争是个糟糕的事，还有赋税——别提了！去年夏天，一切都被打碎，威尔（他的兄弟）随谢尔曼的远征军出航的那天晴空万里，但他的母亲和姐妹们不知接下来怎么过！（顺便说一句，一大家子都是纳布斯和威尔养活的，纳布斯除了满口俚俗、爱打台球之外，心肠还是很好的。）然而，这个国家现在正向上看。我们取得了胜利，而且他自己的薪水也提高了。威尔在罗亚尔港的生活很惬意——总给家里的女孩们寄送一些十分漂亮的珠宝。她们比蜜蜂还忙，织着袜子，还有——可恶！我们会被戴维斯和他的手下粗暴对待吗？北方人智勇双全，会很快地平息一切。于是他从《圣经》上撕下一张活页，记下会议的笔记——"西弗吉尼亚忠诚之心的倾诉"——打了个呵欠，准备睡觉，对世界、自己和上帝都感到满意。

戴克拍了下帕尔默的胳膊。

"天啊，上尉，"他低声说，"那个不是老斯科菲尔德么！他站在那里盯着你呢。他儿子死在马纳萨斯——叫乔治的，你知道吗？"

"我知道。"

"脱派里我谁都不服就服他。"戴克脱口而出，"他可用不着宣誓效忠。他那胆子可壮哩。唉，上帝保佑吧！"

帕尔默从讲坛上走下来，但是老人看到他走近就转身挤开人群走出去，那张憔悴的脸满面通红。

"冈特都入伍了，那老家伙会怎么说？"戴克说。

"冈特入伍了？那个牧师太棒了！"普拉特先生说。

"牧师入伍了？"记者说，"他们和妇女们都争先报名。真让我高兴。"

"不晓得。"戴克环顾四周说，"因为上面有冈特的名字，又有十多个人报名了。不过打仗怎么说也是脏烂事儿。我是希望让别人来干，不要让他污了自己的手。"

"这是主的事业。"作为布道班班长的普拉特带着鼻音说。

"是……吗？波尔克主教也会这么说。信的是不是一个主呢？有可能。亨利·怀斯过去常常提'弗吉尼亚的上帝'。"

"这个家伙，"纳布斯一边说一边揉脚，"真能让我沉下心来做事。国会的一个牧师，在我们吞下梅森和斯莱德尔的苦果①之后，向耶稣祈祷，在我们准备好报复英格兰之前，保佑我们安全，'帮助我们耐心地观察守候，铭记受辱的时候'②。老伙计们，我想，如果那就是基督教，就太掉价了。我会趁机买这个股票的。半价的时候入手，我想好了。"

"我对这种基督徒应拒绝参战的陈词滥调感到厌烦。"帕尔默不

---

① 也称为特伦特号事件，是发生在 1861 年 11 月的美英之间的外交事件。联邦军舰在巴哈马运河拦截了英国邮轮特伦特号，南方邦联官员詹姆斯·梅森和约翰·斯莱德尔当时在船上。他们被押赴波士顿监禁——此举违反了美国惯例遵守的海洋法。英国为抗议提出如果不释放二人，英国将支持南方邦联，并对美国联邦政府宣战。二人于 1862 年 1 月通过外交渠道获释，避免了与英国的战争。
② 出自拜伦（1788—1824）诗作《马捷帕》（1819）第十节："耐心观察与守候，铭记其受辱的时候。"马捷帕的形象成为耳熟能详的浪漫主义精神象征。

耐烦地说，"上帝允许有战争，这样有助于他的事业。"

"呵！犹大也这么说的。"戴克咕哝道，"好吧，我也不是大学教授。小伙子们，走吧！集合时间到了。你们走运了。早上之前我们有事儿干——而且，要是不守规矩不去参加就死定了！"

新兵出去后，会议就散了。帕尔默戴上帽子，走出侧门，走进教堂周围白雪皑皑的田野，一边走一边看了看手表。他没多少时间了。联邦军营位于罗姆尼下面远处的山坡上——透过冬日的暗影，他可以看到光点从一个帐篷转移到另一个帐篷。一声号角声在山间响起一两次。他就此得出结论，受命进行攻击的团已经装备好了武器。他们面临着一场长途奔袭——南方邦联军藏身的峡谷距此十六英里。除非联邦军队成功达成突袭，否则帕尔默知道这场战斗将是十分惨烈的。他们占据的阵地几乎是坚不可摧的——扎营在山上一道陡峭的裂口后面——随便几个人就把缺少掩护的整个邓宁旅挡住。在这些山上几乎不可能出现奇迹，叛军游击队潜伏在每棵树后面，村中棚屋里每个女人都准备冒着缺胳膊少腿甚至送命的危险为叛军送情报。然而到目前为止，他认为这一行动一直处于保密状态——即使是士兵们也不知道他们要去哪里。

他匆匆穿过田野，看到两个人在荆棘丛后面热切交谈。其中一个转身朝他走来，帽子低垂在脸上，是斯科菲尔德。当斯科菲尔德走进澄澈的星光时，帕尔默认出了他那粗墩墩、慢悠悠的身子，还有他那张憔悴的脸。他站在那儿等着帕尔默，帕尔默很快就回想起了那些漫长的夏日，那时他和乔治，还有其他男孩子一起，把这个男人当作最聪明最强壮的人，他们坐在他身边挖虫子或做黄蝇饵，好让他在大卡卡彭泉里钓鱼——之后他们会有鲜美的烤鳟鱼当晚饭——朵朵当时是个胖乎乎的小姑娘，穿着白色围裙，闪着棕色大眼睛，当他们一起走到餐桌前就餐时，她总会选择坐在他的腿上，淘气地把手伸进他的咖啡里。此时此地想这些可真不是时候！乔治现在僵硬地躺在坟里，头上方插着一块木板，表明他曾经活过。在等斯费科尔德走近的时候，这些想法在帕尔默的脑海中一一闪过，以至当他向老人伸出手时，他的手不禁有些颤抖。

"斯科菲尔德大叔！战争会发生在你我之间吗？看在乔治的份上！我之前在哈珀渡口见过他——马纳萨斯之前。我俩是朋友，这点从来没变过。"

当老人终于与他面对面时，老人的眼睛在灰色的眉毛下蔑视地瞪着帕尔默，但那双瘦削的大手一直焦躁地摸索着领带。

"是的，道格拉斯。我不想见到你。红白才是我的颜色——红色和白色，上帝保佑我！"

"我知道。"帕尔默平静地说。

一片寂静——俩人久久地看着对方。

"你看到乔治了吗？"老人目光一沉，说道。

"对。在哈珀渡口。我当时正在穿越邦联军防线。乔治冒着生命危险把我放了，然后报告自己被捕。他的任务没有失败，你们的将军只是……"

斯科菲尔德的脸动了一下。

"是我儿子！他的祖辈没一个会相信这孩子会做坏事！斯科菲尔德家族的人没啥文化，但都有真正的荣誉感，道格拉斯·帕尔默！"

帕尔默的眼睛亮了起来。尽管他们对衣着打扮与世袭地位的观点不同，但他们身上共同拥有的雄狮品格却让他们一眼认出彼此。

"你今晚去我家了吗，小子？"老人声音柔和了下来，"是不是？没错。你知道我的。我为了躲开你就走了。我很抱歉。乔治走了，道格拉斯，但他如果想到我们俩还跟以前一样，他会欣慰的——他会的！"他伸出手。两个人的握手中蕴藏了各自家族的荣耀，这种荣耀使得他们即使在血溅五步之时也不会彼此怨恨。他们一起走过田野，老人把手搭在帕尔默的肩膀上，似乎是为了支撑，尽管他并不需要。这是他以前和乔治走路时的习惯。这是他儿子的朋友——这个想法充斥着他的内心，也温暖了他的心，居然让他忘记了自己的手是搭在联邦军的制服上的。帕尔默出奇地沉默。

"我看到了西奥朵拉。"帕尔默终于严肃地说。

斯科菲尔德被这种语气吓了一跳，警觉地看着帕尔默，一些新想法闯入了他的脑海，让他害怕，让他烦恼。他没有回答。他们穿过宽阔的田野，终于来到了山路。老人终于开口了，费了很大劲。

"道格拉斯，你是说你和我的小女儿还是朋友？你们之间没有发生什么不愉快吧？"

"我们之间不会有任何事。"——他的眼睛静静地注视着老人的眼睛。一个人的一生都在这个眼神中了。

斯科菲尔德带着怀疑，又几乎带着庄重与他对视。没时间解释了。他用颤抖的手抚过自己粗短的白发。

"好吧，好吧，道格拉斯。这些日子够难的了。但会好的！上帝都知道。"

这条路现在空荡荡的——下山方向的路狭窄而光秃。月亮已经落山，雪云使得上方苍白的光线变得灰蒙蒙的。只有一记刺耳的小号声打破了山峦的孤寂与静谧。这是一个寂寥的、让人预感不祥的夜晚。老人将手搁在栅栏上，不时地发出一声含糊不清的呜咽，脚踩在深深的雪地里，帕尔默在旁注视着他。

"我得跟你道别了，道格拉斯。"他终于开口，"今晚我有很长的路要走。指不定更糟——兴许我再也见不到你了。这些日子谁也说不准下一刻会发生些什么。很高兴我们还是朋友。无论天亮之前会咋样，我都挺高兴的！"

"您没别的要跟我说的了吗？"

"有，道格拉斯，关于我那小女儿的。如果我有一天跟着我儿子走了，我希望你还是朵朵的朋友，道格拉斯。对！我希望这样。"他带着一丝犹豫，有湿润的东西从他黑色的小眼睛里渗出，消失在鼻子上的皱纹里。

帕尔默被感动了。那滴眼泪在内心的艰难苦痛中挣扎而出。老者跟他握手足有一分钟，然后转身赶路了。

"咱俩不管谁先见到乔迪，可以告诉他，另一个活着的仍然坚定诚实，别管他是北佬还是弗吉尼亚人——说这些就够了！再见吧，道格拉斯！"

帕尔默骑上马，向营地疾驰而去。老人在路上稳步前进。马蹄渐行渐远的时候，一个瘦弱的身影从田间灌木林里走了出来，与他相遇。

"咦？大卫小子！你今晚去哪了？"斯科菲尔德的声音在过去的一小时里变得异常温柔。

冈特犹豫了。他并没有道义上的勇气告诉老人他入伍的消息。

"我等着呢。我得给教堂通通风——净是腐败的臭味。"

斯科菲尔德对大卫的"怪念头"暗自嘲讽一笑，但他很快止住笑声跟着这个年轻人大步穿行在田野上。他对今晚战斗的结果有一种沉闷的预感——在他去之前，他像这个冈特一样，以一种女人般的感情紧紧抓住属于他家的一切。直到现在，斯科菲尔德在这个年轻人身边深一脚浅一脚并排而行的时候，才想到冈特对自己如此亲近，同时想着明天早上之前他可能会死在峡谷里。有多少人会在乎？大卫会，朵朵会，骨头叔也会。

冈特赶紧进去了——他本该在军营里，但他没法不管被污染了一夜的上帝之家——打开了窗户，甚至把国旗都拿到外面。当然是那个象征自由的国旗，但是——他甚至不怎么知道他为什么要这样做。每个卫理公会教堂几乎都有国旗——该教派已经加入战争，以

爱之名 ①。但冈特进入这个教派属于误入歧途。他天生的本性太弱，不适合这个教派——至于他对教会的感觉，其实他天生就受到泛神论的微弱影响，本可以成为一名优秀的圣公会教徒。地上的木板对他来说比其他木板更重要；阳光经常透过小玻璃窗照在他身上——他总是轻轻地抚摸这些玻璃；他走在过道上的碎布地毯上时从来都是轻手轻脚的。耶和华在**他**的圣殿里。紧接着，他想到一年多以前教堂建成的时候——那是秋收后的午后，他们度过了一段多么快乐、惬意的时光啊，教徒们献出木材，搭建的时候还相互嬉闹着。现在他们都加入这支或那支军队——其中一些人就在布鲁斯峡谷。天亮后他就得加入袭击他们的行动。他颤抖着，由来已久的疑虑在猛烈地揪着他的心。他这么做是对的吗？这场战争是上帝重要的审判之一，但他应该参与其中吗？现在问这个为时已晚。

他走上讲台，取出搁在架子上的《圣经》，点燃蜡烛，不安地瞥了一眼台阶上的老人。他以前从不害怕与其对视。他翻到《圣经》的扉页，对着蜡烛端着。不知是什么古怪的念头让他想阅读写在那里的笨拙的、污迹斑斑的文字？他早就对其倒背如流了。"致我亲爱的朋友大卫·冈特。1860 年 5 月。主在尔我之间。乔·斯科菲尔德。"两年前老人把这本《圣经》送给了冈特，当时乔治患上了霍乱，奄奄一息，是大卫的悉心照料使得乔治顺利渡过了难关。冈特觉得他的照顾在软化父子俩的心肠方面比布道更管用。在乔治的病情渐渐好转的时候，他常常在晚上和他们一起祈祷，他几乎忍不住像女人一样哭泣，因为乔治对他来说太珍贵了。后来老人来教堂比以往更频繁了，乔治也不再骂人、不再玩牌了。他还记得老人送他《圣经》的那个晚上。斯菲科尔德那天去了惠灵镇，回来后在玉米地里找到了冈特，并把这本《圣经》拿出来给了他，是用老人最好的

---

① 原文为意大利语。

红色大手帕包着的——老人的脸变得又红又白。"这是那本书,大卫。我觉得你传道能用上。兴许我这么一个有罪的人送这个给你不合适,但是——我想,不知怎的,我就想送你这个。"老人边说着边翻到扉页,"我写的这个——不知道写得对不对——'主在尔我之间'?"

冈特现在用手指轻轻地抚摸着上面这些拼错的字词,就像在抚摸一张死人的脸。然后他熄灭蜡烛,将《圣经》塞进外套,走了出去。

斯科菲尔德在台阶上等他。冈特觉得老家伙一脸苦恼,但他不知道原因为何。老人粗鲁的声音时不时地哽咽,眼神看起来好像再也不想见到教堂或冈特了。

"嘿,大卫!"老人带着傻笑,"你会觉得我开玩笑,小子,但我有个怪想法。"

他突然停了下来。

"是什么?"

"这儿挺孤单的。"他迷茫地环顾四周,"上帝似乎就在山上不远处,你觉得呢?大卫,我今晚要出去,现在的事没人说得准。我觉得我有可能再也见不到朵朵,还有你了。大卫,你比我更亲近上帝。是你把我带到他面前的,你知道的。假如——你现在可能觉得我犯傻——要是我走之前我们在这里祈祷一下,你觉得怎么样?嗯?"

冈特吓了一跳。不知怎的,今晚他倒没觉得上帝就在山上,不像斯科菲尔德想的那样。

"我可以。"他带着犹豫,"去之前你不用先看看朵朵吗?"

"朵朵?别提她,小子!我难受!跪下祈祷吧——主祷文就行——我母亲教过我。"老人低下头,露出灰白的头发,而冈特则抬起头,将自己那张疲惫的脸转向天空,再次念出了祷词:"原谅……"老人喃喃道："不要反抗邪恶。"他的脑海中闪过了一些记忆碎片，令他十分烦恼。"主是这个意思吗？大卫小子？**他**的意思是**他**的子民信神以纠正自己，就像**他**一直在做的那样？呸！现在时代不同了。"他把帽子拉到额头上准备离开，"再见，大卫！"

"你要去哪里？"

"我告诉你也无妨，但你要保密。骨头叔现在已经牵好马在路上等着了。我去峡谷给小伙子们报信，然后跟他们一起作战，知道吗？"

"峡谷？慈悲的上帝啊，不要去！"冈特喊道，"你回去……"话哽在喉咙里戛然而止。如果他在那儿遇到对方该怎么办？

斯科菲尔德困惑地看着他。

"那儿不会有危险。"斯科菲尔德平静地说，"你胆子太小了。但你对我的感情是真的，大卫。这个我敢肯定。"他带着微笑说："但我必须得给他们报信。再见。"他有点犹豫，脸也越来越红："要是真出事了，我在书里写的，那次写的——'主在尔我之间'，不管死了还是活着都一样，记住了吗？写的可都是好话呢。再见。上帝保佑你，小子！"

冈特拧着双手，看着他走向马路。冈特看见骨头叔牵着一匹马跟他会合。老人骑上马，转过身来，看到了冈特，欢快地点点头，吹着口哨下了山。"要是我再也回不来，他会告诉朵朵我临死前是心安的。"他想。但是骑到他认为自己不再被听到的时候，他停止了吹口哨，开始快马加鞭。

在分秒必争地赶路的同时，他的脑子被一片混沌的思绪占满：一会儿是朵朵独坐空闺，一会儿是乔治和杀死他的敌人，这些都"坚定了他的勇气"——是非混杂在一起，难分难解。就算一个温和的拿撒勒人的影子时不时穿过他的脑海，对其追随者说，让世界顺其自然，不要反抗邪恶，他也会迅速排挤掉这种想法。今天不是顾虑这个的时候。几个小时过去了。夜晚溜走，清晨来临，更冷，更静。一条微弱的灰色光线落在山顶，寥廓而苍茫。错落的群峰被映得更加苍白。你可以听到路边的灌木丛中传来的雪鸟的啁啾声，也不知是被马蹄声还是自己翅膀扇动的声音惊醒。头顶上，像火苗熄灭一般，星星消失了。天空似乎与大地更近了，染上了更有生气的蓝色。他可以看到峡谷所在的那座山，近在咫尺，却有几英里远。

他没有遇到警戒哨——他确信那里的整个南军军营都沉睡着。而在他身后，在他刚刚走过的路上，沿着山坡往上爬着的，是一条弯曲而潜行的队伍，每分钟都在慢慢靠近——邓宁麾下的一列列灰色的队伍。老人不住地用马刺上的小齿轮刺着马——小伙子们会在沉睡中被杀掉的！路上留下的马蹄印很深——这匹乡村老马艰难地赶路，每一步都磕磕绊绊。"如果我的老骨头们还跟以前一样，我最好相信它们。"他喃喃道。又一个小时过去了。离峡谷只有两英里远了——但是老母马在路上的每道沟沟都会喘着粗气迟疑一会。联邦军就在附近，就连他们的鼓声也早已停止。他们的行军现在如同饿虎扑食之前那样安静。他们就在他身后不远，而且每一分钟都在靠近。他粗野地拉着缰绳——这头笨马怎么就不知道她的步伐决定着生死大事呢？这头可怜的老马突然眼睛一亮。她集中全身的力气向前一跃，踏在了一层冰面上，然后摔了个结实的跟头。老人挣扎着自己起来了。"可怜的老金！你已经尽力了！"他说。他的腿刚才摔得不听使唤了。现在没有时间去想这些了。他跛行前进，脸上因为疼痛渗出冷汗。到了过小溪的桥上，他回头看了一眼。看不见联邦军队，但听到了他们沉闷行进的声音——就像巨人缓缓地踩在厚实的积雪中的脚步声。越来越近，每分钟都在接近！他厚重的靴子上沾满了雪。疼痛甚至让喘着粗气的肺无力呼吸。他爬上与道路平行的狭窄的山脊，然后匆匆前行。再给他半小时，他就能救他们！

那是寒冷而凝固的空气——冈特正大口喘着。以前有过如此寂静的夜晚吗？他的身后是一条匀速前进的长长的深色队伍，闪着钢铁的色泽。有时他能瞥见这个整体中某个生动的细节：一只手，紧张地来回摸着剑柄；一张张面孔并排在一起——有的兴味盎然，有的索然无味，有的昂然傲视，但都因一个最高目标而显得锋芒毕露，每个人都口唇紧闭，敏锐的目光时常侧眼瞥视。

冈特走在队伍前面，只有一人与他并肩而行——戴克。戴克认为冈特最了解这片乡村，并且是一位值得信赖的向导。所以这就是派给他的工作！这是能给一个男人的最切实的工作。在这样寂寥的夜晚长时间行军让他有很多时间思考。戴克几乎没怎么和他说话，只有一次说道："兴许牧师是醒悟了，然后跟其他人混在一起。进了军营就能跟他们讲原罪了，他猜的。这就是打仗能给人带来的好处。要么成全他们，要么毁了他们，一般来说。"然后就沉默了。冈特听懂了这句话。是的——教士们最好舍弃神职人员的特权，像他们的主一样面对面地蹂躏敌人。这样，他们中卑鄙的骗子会少一些。但是，用这个嘛？他手里紧握着上膛的手枪，想到了克伦威尔和赫德利·维卡斯。自由！这是一个比他们更高尚的事业。但在他面前有一张白色的、戴着荆棘冠冕的面孔，俯身注视着这个世界。他是耶稣派来的。来做什么呢？用杀戮来宣扬和平吗？他的主是怎么说的？"你们不要抵抗邪恶。呸！"帕尔默说，不抵抗的学说是叽叽歪歪的说教。只要人性相同，对与错就只能交给蛮力裁决。然而——基督教难道不是应该比这种历代往事更神圣吗？"你们是世上的光。"就连那些"粗人"也讥笑参战的牧师。现在想这个为时已晚。他把淡黄色的头发往后拢了一下，思乡的双眼向上游移，嘴巴变得干巴巴的。

他们现在已经接近那座山了。黎明来了。灰蒙蒙的天空炙热放光，直刺玫瑰的内心深处。清晨的新鲜空气从不知在哪里的温暖巢穴中涌出，迎面而来，就像有人在呼吸中唱着一首动人的歌曲。队伍的面孔在光芒中显得更加僵硬、苍白——面临死亡的人没时间在清晨遐想。

他们离峡谷只有数步之遥了。但至今还没有哨兵的迹象——甚至连步枪的咔嗒声都没有听到。"他们睡得像死人一样。"戴克小声道，"我们再过五分多钟就到他们跟前了。"冈特一直跟着他的步伐，爬上山坡，颤抖着。冈特觉得自己看到了手上要沾的血。这就是他要干的事！他的全身像是在跟着脉搏一起跳动。在他身后是一条很长的纵队；他激动的神经感觉到了他们的脚步踏出的缓慢节奏，就像某种巨兽的呼吸。他蹲在路边的一片胡荏地里，看见一个黑人——不远处有一匹马。是骨头叔，他一直跟着他的主人——这个想法在冈特脑海中模糊掠过，冈特还没有反应出这意味着什么。继续！继续！他身旁的男人，低着头咬着牙，瞳孔收缩，像猫在接近猎物。他们面前的路光秃秃的。

"停！"戴克说，"让后面的跟一跟。"

冈特停止了他蹒跚的脚步。

"看！"戴克嘶声说，"有奸细！"一个身影从藏身的沟里爬上来，冲向叛军营地。"他们会跑掉的！"他一边骂着一边朝那人身后开枪。手枪哑火了——只在枪膛里闪了一下。"湿了！"他往地上磕了磕枪，"冈特，开枪！快！"

那个男人看了四周一眼，跛着脚奔跑——粗壮的身材，憔悴的脸。冈特的手枪放了下来。朵朵的爸爸！这是唯一一爱过他的人！

"你这该死的！"戴克喊道，"你要逃避吗？"

这就是他要干的事！冈特扣动了扳机，发出一道刺眼的闪光。老人在山脊上站了一会儿，风把他灰白的头发吹向脑后，然后摇摇晃晃地栽倒了——就这么简单。

整个纵队跑步前进，裹挟着冈特。峡谷的谷口就在他们面前——敌人。就算他面色发白，虚弱地呼喊着，再回头看一眼被自己杀死的那个人，又能有什么区别呢？

一时之间，寂静尚未打破。冬日的黎明，带着粉色的红晕和不安的轻叹，还没有完全放亮。紧接着，静谧的空气被山间隆隆的枪炮声、叫喊声、咒骂声和死亡前的呼喊声打破。多年后的今天要说出的话语是古老的恼怒呼喊："主啊，要多久？要多久？"①

一场战斗，短暂而惨烈。在战斗最焦灼的地方，人们都挤在一个领头人的身后，一个身材矮小的男人，脸庞温和而沉静——道格拉斯·帕尔默。他想，战斗的崇高目的，甚至最高目的，就是维护他的政府。他的攻击雷霆万钧且毫不迟疑。

你知道故事的结局。联邦军获得完胜。叛军只剩下被押往罗姆尼的俘虏。在我们内战的每一场战斗中，双方损失了多少人，没有人知道——也许我们不知道更好。

联邦军纵队返回时并没有像来时那样阵容严整。他们中有负伤的，情况或轻或重，也有因战斗而直接牺牲的。此外，他们在返回的路上还有事要做——叛军隐蔽在附近农民的房子里。"巢穴必须被清理干净"——从罗姆尼到峡谷，除了两个民宅之外，其他每个房屋都被化为灰烬。军官们看到妇女儿童无家可归，半裸身体，在雪地里落荒而逃，他们并不以此为乐，也不认为这会增强联邦军队的士气，但他们又能怎么样？叛军一方也犯下过这样的暴行。正如帕尔默所说，战争是一种必然的残忍。

战斗快要结束时，帕尔默骑的马脱离了肉搏混战，冲回了马路。这并不是它主人的意思。他的脸色凝重而苍白，嘴唇上有一层薄薄的泡沫。在第一次交战时，他感觉到自己的身体被马刀割伤了，但没有注意到。现在他看东西越来越模糊，在马鞍上摇摇晃

---

① 《诗篇》（94：3）："主啊，恶人还要得胜多久，还要得胜多久？"

晃。马每踏一步都让他痛苦不堪。他正在渐渐失去知觉，他知道。他模模糊糊地想知道自己是不是要死了。一切就这样结束了，对吗？他对上帝许愿希望联邦大业最终取得胜利。西奥朵拉——他希望西奥朵拉跟他还是朋友。男人重重地向前摔倒，马受惊发狂，跳到路边岩脊上，就在一条深深的山沟的边缘。雪覆盖的地方只有沙子，马刚踏上就塌了下去。这只畜生疯狂挣扎着想找个落脚处，但整片地面都在下滑，于是连人带马都毫无知觉地滚到了沟底。那天中午的太阳照耀在黑暗的缝隙中时，帕尔默躺在那里，僵硬挺直。

早上联邦军队过去之后，斯科菲尔德感觉到有人轻轻地把他从倒下的地方扶了起来。是骨头叔。

"甭总想站起来，乔老爷。"他说道，"我驮你像驮个羽毛差不多。您啥事都没有。要不了多久就能好利索。"他说话时脸慢慢变成了烟灰一样的颜色，因为看到了老人马甲上的血渍颜色有多深。

即便在那时，他的主人还是忍不住笑了出来。

"骨头，"老人喘着粗气，"你啥时候才能不扯淡？放我下来，老家伙。慢点放。我就快不行了。"

死亡并没有让老人措手不及。他一整天都想着会是这样结束的。但他并不知道是谁打中的他，以后也不会知道——对此我很欣慰。

骨头把他放在灌木丛后面的一堆木头上。骨头无能为力，只用大手用力捂着伤口，心里只有一个模糊的想法，觉得这样就可以让他的主人活下去。他还不明白他的主人快要死了，现在就足以让他感到难过。他反而有一种自豪感，在这种时候他才是离乔老爷最近的人——只有他跟老爷在一起。没错，他们不是从小就在一起，在南枝山设陷阱逮兔子吗？但是老人眼中出现了一种古怪的神色——一个新的可怕想法，骨头叔并没有注意到。时不时，火枪发出的尖锐声响惊动了他。

"俺觉着北佬在峡谷里全都见鬼了。"骨头叔安慰着说,"您想知道仗打得咋样了吗,老爷?"

"有什么关系?"老人喃喃道,"他们的事儿还是没啥要紧的,现在……,现在……"

"您想让俺给你拿点啥,乔老爷?"骨头叔在抽泣中说。

将死的老人的知觉正在迅速减弱,他开始嘟囔着朵朵,还有哈珀渡口的乔治——"今晚给科利来点热乎乎的土豆泥,骨头叔。"

"主啊!"黑人哭喊道。"朵朵小姐要是在这就好了!他就要走了,他最后一口气都留给那个畜生了!乔老爷,"他在老爷耳边呼唤,"看在上帝的份上,祈祷一下吧!"

老人不安地动了动,迷迷糊糊。

"我希望大卫在这儿为我祈祷。"

黑人咬了咬牙,忍住了骂娘。

"我希望——我以为我会死在家里,一直这么以为。死在我睡了三十年的那张床上。我希望死在那间房子里。"

老人的呼吸很重,而且每次都要隔很久。骨头叔发狂似的看了一眼路,疯狂地想着带主人回家。但现在已经快完了。老人的目光黯淡,他的眼睛再也见不到朵朵了。就在此时此刻,她正站在门廊上守望着,因为一夜无眠,脸上没有血色。她一直以为他在罗姆尼附近,不一定什么时候就会从那条路的拐弯处出现,跟她打招呼。她还不知道这再也不可能了。他现在躺着,四肢伸展开,灰白苍老的头枕在骨头叔的怀里。

"告诉朵朵我没参战。她知道会欣慰的。我手上没有沾血。"他摸索着口袋,"我的烟斗呢?是不是摔倒的时候摔坏了?朵朵会想留着它,很可能。她总是替我点上。"

瞬间的闪光渐渐熄灭。之后,他咕哝了一两次"朵朵"还有"我主耶稣"——然后就闭上了双眼。就这样结束了。

他们把她的亲人的尸体埋在了她视线所及的地方之外。现在没有时间哀悼或举行葬礼。他们只给她一天时间与他独处，她的头俯在那粗糙的旧马甲上，马甲下面那个死去的人曾经跳动的心对她如此宽厚而温暖。她把这冰冷憔悴的脸拥抱在她的胸前，抚平他的白发。她终于知道这个老人对她意味着什么！他曾用以表达对他的小姑娘的那种说不出的骄傲和爱的种种朴实做法如今都让她心如刀绞。她一直爱他。但她现在知道，要是她更多地将这种爱表现出来的话，他坎坷的生活会变得多么温暖和光明。她之前对他的每一句气话、每一次怒容，如今都让她苦涩回想，痛不欲生。要是能知道他原谅了她就好了！但已经太迟了。她厌恶自己，厌恶自己的冷漠，厌恶自己对他的爱——对全世界的爱。要是她能再对他说一句她爱他就好了！她把脸埋在他的胸膛里，恨不得自己也像他一样冰冷而平静地躺在那里，她不断地低声叫着："父亲！父亲！"他听不见吗？当他们把他带走时，她没有哭，也没有晕倒。朵朵不是那种面对突如其来的打击会求助的人，而是会像一只受伤的鹿一样独自前行，直到伤口愈合或死去。这是一生的损失。当然，这种阵痛会渐渐消逝，但在接下来的岁月里，没有人会取代老父亲在她心里留下的空缺。丈夫和孩子可能更亲，但她再也不会成为任何人的"小朵蒂"了。她把这一丧亲之痛关进自己的心里。之后再也没有叫过他的名字。

那是葬礼后的一个寒冷的冬夜。一月的风锋锐而阴郁地吹着，飒飒的风声吹进了山丘的泥泞中，被风吹过的雪地上结了一层冰，在阳光下珠光点点，让崎岖的山峰整洁了许多。雪在山尖上纷飞、拱起，卷曲如泡沫波浪般向后落下，在白色的光芒中精致如玫瑰般绽放。那些整个冬天都光秃秃的树木耐心地站在那儿，举着它们无声的手臂，好似凄然地哀求着。然而，今天这些树木的每一颗树干、每一根树枝和每一支树杈都一下子披上了闪闪的冰霜，用千种华丽染料，对灰色的天空致以紫罗兰色、琥珀色和深红色的盛装问候——向上帝表明他们不需要等到夏日再来赞美他。寒冷的下午——就连藏在雪下的土里的种子都冻透了，觉得肯定过不了冬天了。当骨头叔独自一人郁郁寡欢地出去喂牛时，他觉得牛正看着从它们自己鼻孔中冒出的稀疏而寒冷的蒸汽，眼里噙着泪水。

寒冷的一天——这天气对那些被用救护车从颠簸的山路上推下的伤病号士兵来说是如此的寒冷。因为联邦军队已经撤离了罗姆尼。杰克逊手下的叛军在被发现之前差点已经完成对山上营地的合围——他们有两万人。相比之下兰德的部队屈指可数——于是他和他们一起逃了出来，让这里的城镇和山丘完全被南方邦联军占领。

这也是凄凉无情的一天——对朵朵来说最冷，她躺在她小房间的地板上。整个世界对她来讲广阔而空虚！她能做什么？她为什么要出生？她必须在外人面前信奉她的主，但现在她是一个人——她所爱的每个人都被夺走了。她希望自己死掉。她躺在那里，时不时想要祈祷——一动不动，就像生命的某些部分已经死去。灰色的阳光透过窗子看着她，似乎想知道她到底怎么了。在夏天到来之前有这样灰暗阴冷的阳光就已经很满足了。

房间外的小厨房里早已奇迹般暖了起来。朵朵的姨母佩兰是个三十岁的寡妇，她过来"处理些后事"。她带了发箱和帽盒，所以很可能在这里长住不走。她的到来对朵朵来说如同荨麻疹发作一样。佩兰太太和与她一起忙活葬礼的"布劳斯特夫人"已经吃了一顿丰盛的煎牡蛎晚餐，除了葬礼带来的暂时的压抑气氛之外，她俩一直都很享受。

佩兰姨妈当天早上作为主祭主持了葬礼，她可不是不争不抢等别人安排的人。

"简·布劳斯特，你可不懂啥叫难过。你的八个姑娘都嫁人了，还都嫁得很好，简，你不能否认吧？你能知道我今天的感受吗？现在玛哈拉的丈夫死了——你刚才说要茶还是咖啡来着，简？——乔瑟夫·斯科菲尔德，我一辈子的好姐夫，今天就这么入土了。你可能摇头不信！但谁能有我难过？朵朵还年轻，过几年就没事了。真正难受的是我。"她又哭了起来，轻蔑地推开牡蛎盘，好为她伏案哭泣腾出空间，"我才是那个老无所依的枯树。"

布劳斯特夫人自顾自地吃着牡蛎。

"不是我不服，"佩兰姨妈故作克制地说，"作为基督徒应该承担这些。"

她又拿起了勺子。

"而且我希望，"她提高嗓门严肃地说，"所有其他人都能分到些好处。他们被臭脾气害惨了，跟教廷信徒厮混，主知道发生了什么，如果他们愿意的话，可能会在大审判上见了。"

布劳斯特夫人也附和着哼唧起来。

"你可用不着这样，简·布劳斯特，"佩兰姨妈小声却又斩钉截铁地说，"朵朵·斯科菲尔德跟布劳斯特家的姑娘可不一样。你还是留着回自己家哼哼吧。我是在她还年轻柔弱的时候帮她渡过难关，这跟你有什么关系？你最好看看家里，我说！"

布劳斯特夫人是一位总有办法的英国范儿的女人。她总是能笑到最后，她的头发是太妃糖的颜色，眼睛是褪了色的蓝，而佩兰姨妈则是温和的印第安人发色。布劳斯特夫人的两个女婿被北佬"烧死"了，另一个是在联邦军队中。这些是她能尽情发挥、哭天抹泪、击溃对手的苦情牌，而现在只能不露声色，缄口不言。

"好吧，好吧，"佩兰姨妈喃喃自语，喘了口气，"家家都有难过的事，我们就不用自己说自己的难过了，简·布劳斯特。要不我们把骨头叔叫进来，听听布鲁斯峡谷的混战到底咋回事吧。我都很久没时间关注新闻了。"她终于哼唧着结束了这个话题。

布劳斯特夫人叹了口气，算是同意了，无奈地喝了一口咖啡，坚信内战是为了给她特殊考验。

于是骨头叔就被从牛棚里叫了进来。他的眼睛明显红肿着，因为这个可怜的傻家伙一直在为他给科利准备的"热乎土豆泥"而痛苦。"他最后说的话居然提到你，你这可怜的畜生。"他大声抽泣着说。他在马厩里待了一整天："希望那些母猫都赶紧回家，给老爷和朵朵小姐留点清净。"

不过，刚刚得知这个只有他能讲的故事如此重要，他倒是有些受宠若惊，佩兰姨妈点了下头，他顺从地坐在阁楼楼梯的最低一阶，小心翼翼地拿着他之前哭着缠上黑纱的旧毡帽。

朵朵用手捂住耳朵，只听到他们低沉的嗡嗡声。她有时会闭上眼睛，并尝试幻想她其实在做梦，并且很快就会醒来——她会听到她父亲用他的牛皮鞭敲打窗户，然后喊道："晚饭好了吗，亲爱的朵蒂？"她还想道格拉斯·帕尔默被她赶走后永远离开了也是一个梦。她做得对吗？上帝知道，她却说不准。

天更黑了，灰蒙蒙的下午在狂风和断断续续的降雪中逐渐逝去。朵朵疲倦地抬起头来——佩兰姨妈发出的尖声惊叹唤醒了她。

"死了？道格拉斯死了吗？"

"人已经没了，夫人。俺忘了——告诉您——之前一直在想别的事。"

"死在山沟里？"

"俺去拿弗林的推车的时候，因为想带——带乔老爷回家嘛，就看到他躺在那儿。死了。现在好像还在那儿。大雪应该很快把他埋了，北佬也没多少时间找失踪的人。就这样！"他想挤点笑出来。

"道格拉斯死了！"佩琳姨妈说，"啊！——他还年轻啊——你要走吗，简？你急什么？你家那么近。今晚留这儿吧。朵朵和我有你陪着多好。你知道的，上门吊丧总好过上门蹭饭。"

"你真该感谢你现在有个房子可以为你遮风挡雨，安·佩兰，还有……"

"对，我知道。我是没办法。但没有比死人更难受的了——骨头叔，给布劳斯特夫人开门。那门闩也该修修了，我过去常跟乔瑟夫说——唉！"

两个女人互相亲吻了一下——无非是女人之间频繁而廉价的亲吻，于是布劳斯特夫人就上路了。骨头叔转身关门时，感觉有一只冰凉的手搭在自己的胳膊上。

"哎呀，俺的天啊！朵朵小姐，你咋啦？"

那个身着蓝色斗篷站在雪地里的身影一经触碰就颤抖起来。她也被死亡击溃了吗？她眼睛通红，脸苍白而湿冷。

"他在哪儿，骨头叔？在哪儿？"

老人一切都明白。

"他死了，亲爱的。"他温柔地握住她的手，"别激动，孩子！掉进扯衣沟①里了。死了，孩子，死了！你还不明白吗？"

"他没死。"她平静地说，"开门。"她扯着坏掉的门闩。

"看在上帝的份上，朵朵小姐，进屋泡泡脚上床吧！孩子，你疯了！"

就在这时，朵朵棕色的眼睛道出了常识及其背后的闪光。

"进马厩里牵匹马跟在我后面。推车坏了吗？"

"坏了。那个天杀的本……"

"牵马过来——再拿点白兰地，骨头叔。"

"天啊，你这样会死的！孩子，我跟你说，他死了。俺要告诉佩兰夫人。"

---

① "扯衣沟"可能在位于西弗吉尼亚州罕布什尔县的扯衣溪（Tearcoat Creek）地区。据说这条水道是在法国和印第安战争或美国独立战争期间得名的，当时英国士兵试图洇渡时外套被低垂的树枝扯坏。

她的眼睛现在是黑漆漆的颜色，只一瞬间，然后就变得柔和了。

"他没死。来吧，骨头叔。现在只有你能帮我了。"

老人松弛的脸抽动了一下。他一言不发走进马厩，不一会就出来了，牵着马，怯生生地瞥了一眼窗户。很快他就追上了匆匆走在路上的女孩，把她抱上了马鞍。

"孩子啊孩子！你可真能折腾你的骨头叔。"

她没有说话，她的脸，还有那直勾勾的眼睛，一直朝着远处扯衣沟所在的山峰。蓝色兜帽下是一张白皙的脸，尽管因痛苦而发白，却也是一张值得敬畏的脸——女人生命中最珍贵的傲骨和爱都可以通过它来展现。

"朵朵小姐，"言听计从的骨头叔哀声道，"你要干什么呢？带他回家？"

"是的。"

"我的老天爷啊！"他短暂地停了一下，"北佬的上尉在咱们家，而且杰克逊手下还像恶魔一样在乡间扫荡！他们要是发现他，会把房子烧成灰的。

"我知道。"

骨头叔发出可怖的呻吟，然后顽强地继续前进。命运总跟他对着干——他的白发注定要带着伤痛进坟墓了。过了一会儿，他若有所思地抬头看着她。

"佩兰夫人会怎么说？"他问。

朵朵的脸涨得通红。对于山间的冬夜，杰克逊的军队，她无所畏惧，但是佩兰姨妈那恶毒的眼神确实让她心里发怵。

"没关系，"她说着，眼里充满了泪水，"我管不了那么多，骨头叔。"当他走到她身边时，他将她的小手放在他的肩膀上。你知道，这孩子太孤单了。

这条路空无一人，这是一条斜穿过山丘通往公路的狭窄山路。阴暗的山丘、天空和山谷奇异地陷入了冬日暮色的凄凉思乡情绪。太阳已不见，只剩一两片悲伤的红色阴影横在一片灰色之中。夜幕很快就降临了，他僵硬地躺在雪地里。没有死——她的心从一开始就不容分说地告诉她。一刻也不能耽搁。

"我等不及你了，骨头叔。我得自己去。"

"路不好走！俺把你送到金特里家，俺骑马自己去吧。"

"你找不到他。除了我没人能找到他。"

这姑娘已经不仅仅是她自己，而是被什么附身了。她轻轻地将他的手从缰绳上推开，然后离他远去。骨头叔站在那儿拧着手。

"还有游击队——还有别的妖魔鬼怪！"

她知道。朵朵并不是英雄——是个可怜的胆小鬼。路边每根黑色的树桩，每次松鼠在树上发出的沙沙声，都让她的心在紧身胸衣下方狂跳不止。她的马慢慢爬上了石板路。我告诉过你，那个女孩认为可以帮她的上帝还活着，而且离得很近。她今晚就是这么想。她认为神就在她身边，在这条无人的路上，她知道自己一定会安全。她觉得她好像可以握住**他**的手。天更黑了。积雪覆盖的山峦像阴间死去的国王一样泛着白光，在她经过时，一望无际的黑暗森林低声说着一些破碎的神秘语言。有时，在突然出现的林间缝隙中，她可以看到位于远处山坡上的营地的红色火焰。她忍不住喉咙里的不适感，也没法让自己的手不抖。但她越是孤单，他就离她越近——那是那个拿撒勒人的苍白脸庞，他爱他母亲和玛丽①，他把小

---

① 在戴维斯的时代，玛丽·玛德琳象征着堕落的女人（或妓女），她的形象通常含贬义或警示。然而今天的学者指出，"玛德琳"可能源自她的出生地抹大拉（当时她的名字是"抹大拉的玛丽"用以将她与圣经中的其他的玛丽亚区分）。其实圣经中并未提及玛丽·玛德琳是妓女，她是耶稣的忠实追随者。前一种刻画是一种延续了几个世纪的讹误。此外，某些宗教和世俗学者推测她可能是《约翰福音》中"亲爱的门徒"或"耶稣所爱的人"，但没有足够确凿的证据支持这一论点。

孩子抱在怀里祝福他们。比以往任何时候都近。所以，她在去的时候不怕告诉他当时她如何痛苦，她爱那个躺在雪下垂死的男人——请求让她能找到他。他们之间存在着巨大的鸿沟。如果她跨越了这个鸿沟，他会与她同去吗？她知道他会的。

姑娘获得了从未有过的安宁。她解开兜帽，往后一推，好让她的整个头部都能感受到静止的空气。多么纯净！上帝就在其中——无处不在。群山、天空、那边的军队、她自己的心和积雪下埋着的他的心，都在**他**的注视里，就像阳光下的尘埃。

月亮从一团云层后面升起，不时在小路上投下几道光——当她骑马穿过时，月光照到她的头，她就很快松一口气。那并非圣徒的面孔——只是女人的脸，苍白而矜持的美丽，因痛苦而紧张，她的胸膛充满世俗的爱，但她的眼神一定与玛丽别无二致，当她认为她的主死了之后，他呼唤她"玛丽！"她抬头说："主！"①

她终于到了大路。她可以看到，那道沟在白雪覆盖的田野上划出漆黑一条。还有一段距离。这条路在其上延伸，沿着山坡蜿蜒曲折。策马在小路上疾驰的时候，她觉得她可以看到道格拉斯躺着的地方了。没死——她知道他没死！她现在来到这里。这里一片死寂！当她把马拴在栅栏上，穿过雪地爬下悬崖时，她隐约意识到空气更暖和了，纯净的月光围绕着她，亲切而充满希望。在她经过时，一只受惊的雪鸟向她鸣叫。这是幸福的承诺！为什么不该幸福？他没有死，她离家来找他。

然而，在她还未到沟底之前，全身脉搏虚弱让她感到不适，眼睛也愈发看不见了。她没看到他。她发现了他的灰马，被雪覆盖了半个身子，摔死的。帕尔默却不在。沟里覆盖着上冻的泥，中间有一道裂痕，下面黑色的水在凝结起泡。他是掉在那里了吗？那个在

---

① 在《约翰福音》（20：11—18）中，抹大拉的玛丽在耶稣复活后没有认出他，直到他说出她的名字。

老柳根上起起落落的东西是他的手吗？水中漂浮着一丝黄色，像是头发。朵朵把手放在她灼热的胸前，紧闭着干燥的嘴唇。他没死！上帝不可能骗她！

她弯下腰继续向前走，那是一片白茫茫的荒地——直到靠近水边，她发现西洋参有被撕扯和踩踏的痕迹。往后的日子里，每当她闻到这种肮脏刺鼻的气味时，今夜所感受到的窒息之痛就会突然涌上心头。她跪了下来，发现了脚印——只有一只靴子的鞋印，还有马刺的痕迹。她知道——他一定是碰到了什么她不知道的东西。他还活着——这种喜悦让她魂飞天外，她没有为此大哭，也没有大笑，只是将手深深地伸进他的脚曾踏过的雪地中，迅速激烈而又温柔，抽回手的时候她的脸红了——刚才她仿佛忘乎所以，在心里爱抚着他。她听到山坡另一边有声音，低沉的嗡嗡声，就像有人在含糊地唱着赞美诗。

她穿过灌木丛——那里月光照不进来。山上有一个阴暗的裂缝，不知哪个农家小子在那里搭了个棚子。现在里面有一团火在闷烧着，似乎生火的人害怕这红光会被远处的纠察队看到。她走上前，站在入口处。道格拉斯·帕尔默躺在地上的一堆毯子上——她看不到他的脸，因为一个瘦弱懒散的身影正弯下身子擦着他的头。是冈特。朵朵走了进去，在受伤的男人身边安静地跪下——对她而言，她就该如此，自然而然，毫无疑问。帕尔默双眼紧闭，呼吸沉重而不稳定；但他的衣服已经干了，肋部包扎了绷带。

"就是皮肉伤，"冈特用他一贯含糊的方式说，"虽然很深。我知道怎么包扎。他死不了，道格拉斯死不了。"

这姑娘的到来似乎没有让他感到惊讶。不管什么离奇的事，他那阴沉混沌、充满奇思怪想的脑子都能接受，都被其视为司空见惯的事。他从来就没想过她怎么会来这个问题。他双臂交叉着站在那里，瘦骨嶙峋的肩膀靠在墙上，看着她跪着，双手放在帕尔默的枕头上，但没有碰那男人。冈特瘦削的脸庞有时看起来很可怜，就像他心中那个孩子的样子——饥饿、渴望，好像在寻找着一些你可能已经拥有的东西。他看着朵朵——他杀死的那个人的孩子。她并不知道。她进来时，他想和她握手，像以前那样。再也不会了，永远不会。他杀死的那个人？不管这对他意味着什么，当她跪在那里时，他那精致的双眼敏锐地观察着朵朵，尽管眼神里藏着悔恨和痛苦——她高贵又柔弱的头从粗糙的蓝色兜帽中昂起，他看着她一圈圈暗色的卷发，苍白而清晰的脸庞，红彤彤的嘴唇，她一双眼睛心无旁骛地注视着躺在那里的男人。他知道这一点，但他从未像现在这样强烈地爱她——现在，在她父亲的血已经横亘在他们之间的时候。

"是你找到他的吗？"她头也不抬地问道，"本该是我先找到他的。我希望是我找到的。我希望救回他的命。这是我的正道。"

是人都会觉得她在说梦话。

"为什么是你的正道？"他轻声问道。

"因为我爱过他。"

冈特突然把手举到头上。

"是吗，朵朵？我有比这更好的正道。因为我恨过他。"

"他从来没害过你，大卫·冈特。"她像一位罗马夫人为贵族老爷辩护时那样骄傲而镇定。

"我救了他的命。朵朵，我在努力行正道——上帝知道我在努力。但我恨过他。他夺走了唯一会爱我的人。"

她胆怯地抬起头，脸变得暗红。

"我并不会爱你的，大卫。"

"不会吗？你这么说我很难过，朵朵。"

他就说了这么多。他温柔地帮她把地毯和旧毛毯放在受伤的男人身下，然后说他感觉不舒服，出去透透气。她很高兴他离开了。

帕尔默不安地动了动。她希望他第一眼看到的只有她自己。她向后拢了拢他的金发，露出那宽阔而忧郁的前额。这个人想要有点信仰——想要在生命中找到上帝——从他的脸上可以看出来。这正是她要带给他的——一想到这里她就忍不住泪流满面。下一分钟，她把白兰地放到他的唇边，像孩子一样笑了起来，脸上也有了颜色。他以前是医生——现在却要任她摆布了。他终于抬眼，看了看她的眼睛，迷惑不解——他的脸在努力恢复理智，想要区分眼前的一切。然而当他说话时，却是一如既往的平静的声音。

"我刚才睡着了。冈特哪去了？他给我包扎的伤口。"

"他出去了，在山坡上坐着。"

"你在这守着，西奥朵拉？"

"是的，道格拉斯。"

他沉默了。他因失血而虚弱，但思绪却前所未有的敏锐清晰。他生命中逝去的岁月仿佛凝聚在一起，结成一大块；那些岁月里满是饥饿、艰难和残忍！他从来没有像现在这样有如此的感受，他无助地躺着，解读着女人看他的眼神。她的眼神纯洁而宁静，目光中无处不是爱与家的温暖，在此之上还有一种他还无法理解的平和。但这种生活不适合他，他记得。这个女孩现在对他来说什么都不是——他还没有傻到用虚幻的希望来羞辱自己。她来这里是出于怜悯——任何女人都会为一个受伤的男人做同样的事情。他绝不会再骗自己，再为情所困了。失恋的伤太深了。于是他强迫自己的脸变得冷酷和挑剔，而可怜的朵朵则在等待，天真地怀疑他并不欢迎她，只是为她父亲的死而可怜她，全然忘记了他对此一无所知。他则看着那团火，想知道叛军的侦察兵是否也能看到它——他认为用不了多少天，兰德就会赶走杰克逊——他试图思考任何事，就是不要想他自己和跪在那里的美丽女人。

他一直不说话，她的眼睛终于噙满泪水，背过身去。血涌到了帕尔默的脸上——肯定不只是怜悯！但他不会再招惹她——他再也不会像以前那样让她烦恼——就算她来找他，也是因为以为他快死了，也许是以妹妹的身份，他不会用她曾对他的旧爱来嘲弄她了。

"我觉得我可以站起来了，"他欢快地说，"搭把手，西奥朵拉。"

朵朵的手臂强壮而美丽。她扶他起身，扶他到门口，因为他走路不稳。他立刻把手从她的肩膀上拿开，没有看她。他的眼睛注视着山峦起伏的黑色轮廓，以及远处营火的微光。西去的道路要穿过叛军营地。

"脱险的路还挺长。"他笑着说。

"你要走吗？我以为你得休息。"

足够冷静，甚至冷冰冰的——他对她展现出漠不关心。在他还没走的时候，她知道如何抑制自己的痛苦。

"休息？是啊。你的意思是我在哪儿休息？"他突然而尖锐地面对着她，"我该躲到哪里去？你家里吗，西奥朵拉？"

"我这么想过。我现在明白这种希望很愚蠢，道格拉斯。"

"你怎么希望的？你为什么来？"他浑厚的声音因激动而颤抖，"你把我带回家，是不是就像慈善修女会对待受伤的狗一样？你我之间只剩下怜悯和感激了吗？"

她没有回答——她脸色苍白，在月光下一动不动，静静地转向他。这些疯话没有影响她。

"西奥朵拉，你可能是太冷了，冷到烧过你的火还能烧你第二次。我可不行。"

她没有说话。

"与其在你身上找妹妹一般的救助和安慰，我不如冻在雪里了，反而不那么冷了。除非你打破我们之间的隔阂，否则我永远不想再见到你的脸——永远，无论生死！我不想跟你只是朋友，上演相互施恩受惠的那种虚假闹剧——你握我的手跟握骨头叔或大卫·冈特的手没什么区别；像刚才一样，你的声音在我耳边响起，冷静得像朋友一样。这让我发疯。现在，在你面前休息，我做不到。"

"我理解你。那我要回去吗？回去的路又长又冷，道格拉斯。"

他突然停下，定定地看着她。

"不要耍我，孩子！我从来直言不讳——对我来说，话是什么意思就是什么意思。你爱我吗，西奥朵拉？"

她没有说话，躲在对面门口的阴影里。他倾身向前，呼吸急促而低沉。

"你冷吗？你看这大斗篷有多宽松——够不够我们俩一起穿？你会来我身边吗，西奥朵拉？"

"我就是到你身边来的。但你看看你！把我推开了——什么'我们之间不能来施恩受惠那一套'。"

"'你为什么来？'不算那些幼稚轻浮而伤人的话，这是一个男人对一个女人应有的认真严肃，'带我回家'又是什么意思？是作为一个纯洁的、敬畏上帝的女人把她所爱的男人带回家吗？让我进到你的心里，进到你最神圣的思想里？从我的力量中攫取力量，将我的能量作为你的能量，让你的上帝成为我的上帝？与我合二为一？你是为这个来的吗？"

他等了一会儿。这是多么寒冷孤独的夜晚！这个站在那里的女人，能够给他休息和家的温暖！他会得到吗？再过一会就知道了。再开口时，他的声音低沉而无力。

"你我之间有道鸿沟，西奥朵拉。这个我知道。你会跨过来吗？你会来到我身边吗？"

她来到了他身边。他把她抱进怀里，就像抱个小孩子一样，这样再也不会冷了；他感到她的心在他自己的身上剧烈地跳动着；他从她火热的嘴唇上尝到第一次单纯而温柔的吻——她整个人都是他的了。可当她转头的时候，眸子飞快地向上扫了一眼，不知道是恳求还是感谢。世界上有一种东西比他离她更近、更真实，他因此更加爱她了——然而在他找到自己未知的上帝之前，他们还不是一体的。

硬结的积雪上传来一声迟疑的脚步，打破了沉默。

"咦，冈特！"帕尔默说，"干什么在那么冷的地方？来火堆这边，小伙子！"

由于宽厚的胸膛中蕴藏着十足的温暖，他才能够如此亲切、由衷地说话。西奥朵拉在向火堆的余烬里添木屑。冈特从她手里抢走了木屑。

"让我来吧。"他喃喃道，"我想让你的全部生活都变得温暖，朵朵——你的生活，以及——所有你爱的人。"

朵朵脸红了，洋溢着幸福的笑容。连大卫也再不会觉得她孤身一人了。可怜的大卫！她从来没有想过他多么天真，他的生活多么可怜和孤独。

"和我们一起回家吧。"她伸出手，渴求地说。

他缩回手，擦了擦脸上的汗水。

"我手上沾了你看不到的东西。我不能碰你，朵朵。再也不能。让我一个人吧。"

"她说的没错，冈特。"帕尔默说，"你留在这里有生命危险。跟我们回那个房子吧。西奥朵拉可以把我们藏起来。如果被他们发现，我们可以一起保护她。"

冈特淡淡一笑。

"我明天得去斯普林菲尔德。那儿有我的工作——新工作，帕尔默。"

帕尔默看起来有点困惑。

"希望你还没决定接受。这场战争可能是必需的，为了以后的时代人与人之间和平友善。但是你，是要为预见和迎接那个时代而布道的人，你只有一个工作——让我们现在在俗世中看到那一天，就像你的主过去所做的那样。"

冈特没有说话，翻弄着火堆中的木屑。他终于站起来了。

"我在努力做正确的事。"他用压抑的声音说，"我的生活并不愉快，但也许最终会好的。"

"会好的，大卫！"女孩说。

他的脸上放了光——她欢快的声音听起来像是对他未来岁月的欢迎。这是她给他的一个好兆头，而他却最对不起她。

"你现在要走吗，冈特？"帕尔默看着他扣上薄外套，问道，"拿上我的毯子——不，你得拿着。只要我身体好得差不多了，就会到斯普林菲尔德找你。"

帕尔默希望能用什么办法鼓舞一下这个可怜无力的灵魂。

冈特在外面停下，看着他们——他的脸上浮现出一些不确定的想法。

"不管你怎么想，我都要说出来。朵朵，我给了你刻骨的伤害。别问是什么——上帝知道。我走之前，我想用一种纯粹而光明正大的形式表明我对你的爱，你和你的丈夫……"

他的话哽在喉咙里，让他一时无法继续。

"无论你做什么，都是光明正大的，大卫。"帕尔默温和地说。

"我想——上帝可能会把它当作赎罪。"他把手放在自己头上。

他半晌没再说话，然后说道——

"我再也看不到这些古老的弗吉尼亚山丘了。我要往西去，他们让我在一所医院照顾伤病号——比我手头上的事好多了。"

不管这些话里有什么难以忍受的痛苦，他都忍住了，保持着声音的平稳。

"明白吗，道格拉斯·帕尔默？我再也见不到你了。也见不到朵朵了。你爱这个女人——我也是，跟你一样。走之前，我来做主，让她嫁你为妻——就在这里，在这片天空下，上帝俯视着我们。可以吗？如果能把这事做成，我会很开心。"

他等着激动的道格拉斯把他的话对朵朵说完，然后他继续——

"西奥朵拉，看在上帝的份上，不要拒绝！我伤害了你——这个伤痕你我都会带进坟墓。我走之前得知道你原谅我了。我就这一个请求，答应我。"

她有没有猜到他对她的伤害？尽管怯生生的，脸也红红的，她还是大度地开口了。

"我不想知道你到底怎么对不起我的。不管是什么事，我都相信你不是有意的。上帝会原谅你，我也会。我们之间不会有仇的，大卫。"

但她没有再提出握手——站在那里，脸色苍白，身子发抖。

"就按你说的来吧。"帕尔默说。

就这样，道格拉斯和朵朵在这个冬夜结婚了。短短的几句话，直击心灵深处，使他们合而为一——简单的几句话，从这个男人薄薄的嘴唇里挤出来，带着只有他自己知道的痛苦。

"上帝作合者，非人可离之。"就这样，他永远与她隔绝了，但是他祝福他们的心像孩子一样纯洁。说完，他愉快地向他们道别，然后转身要离开，但很快又转回身，再次道了晚安，坚定地看着他们的脸，然后独自一人穿过山丘。他们再也没有见过他。

骨头叔弄到了两匹马，不知是用感情还是用钱换的，抑或是从哪里顺手牵来的，他默默地站在后面，看到这个场景，把自己的想法咽了回去。他现在没有说出来，只是暗示"得赶紧走了"，而当他独自一人在雪地里跋涉时，用不断抚平他的毡帽和一句气喘吁吁的"也不晓得佩兰夫人会咋说"聊以自慰。

六月的一天。弗吉尼亚州的老山吸走了冬天的冰雪，再次热闹起来，蔚蓝的天在整个夏天中俯瞰着茂盛的树木在缠绕的苔藓和一层层蕨类植物中摇曳着。落在它们身上的血生出美丽而感恩的鲜花，赞颂着那位凡事善行的主。健康的心灵，就比如山丘，你知道的，它们承受痛苦，但却会用新鲜灌注的宁静、生命和爱来表达。今天傍晚的阳光在朵朵的小房子里徘徊；棕色的墙壁和它们女主人的灵魂一样，有着同样愉快的兴致，抓住最后一缕暮光——不会放手。骨头叔在菜园门口抽着烟斗，昏昏欲睡中扬扬得意地看着这所房子。他现在称之为"朵朵小姐的温馨小屋"——她的幸福所带来的丰富而饱满的活力是这一切生机和美丽的萌芽，这点他并不知道。但他知道的是，阳光从未像这个夏天那样温暖，空气从未像这个夏天那样纯净——安静的农场和家园处处洋溢着亲切祥和的气氛——经常来这里接受治疗的伤兵不但身体恢复强健，心境也更加平和。战争对他们来说似乎遥不可及，他们不知何故离内心的天堂更近了一步。骨头叔饶有兴致地向他们展示这个地方的奇观，将科利装扮得亮闪闪的，把它与"政府牲畜"相对照，谈论着巨型红甜菜或皱巴巴的绿色花椰菜，还有犁着的菜园的沃土。"俺敢打赌，北方可长不出这样的樱桃、土豆和树莓！"就连墙上的深红色喇叭花也是"弗吉尼亚藤蔓"。但骨头叔也从他们那里学到了一些东西。他现在不再经常吹嘘自己是"乔老爷的人"了——经常坐下来想事，直到入睡。"俺不离开你，朵朵小姐，俺知道北边的自由黑人，但俺毕竟有自己的念想。"说这些时，他不是在花圃上除草，就是给牲畜喂饲料，朵朵对他的深思熟虑只是淡淡一笑。她自己也是半个废奴主义者，而且她知道她的国家很快就会自由。

所以，朵朵的眼睛更深处闪着光，鲜花一样的脸颊也比以前更显红晕，她在这样一个夏天的晚上站在门口等她的丈夫。她没法经常见到他，因为他还有一项他称为正义而神圣的事情要做。但他现在来了。非常安静。她能听到自己的心跳缓慢而坚定；温暖的空气让三叶草的清香凝住不动；蜜蜂经过时向她哼了一声昏昏欲睡的晚安；菩提树丛中的蝗虫刚刚开始唱歌哄自己睡觉；但让她怅惘最久的是西方的那一抹暗红色。她喜爱色彩，也理解色彩——这个色彩告诉她等待即将到来的那一天。她的眼里充满了泪水，她自己也不知道为什么——她的生活似乎圆满而完整，包裹在无尽的祥和之中——马纳萨斯的坟墓和山的另一边种满苔藓的坟墓都被笼罩在这种祥和之中，它们只会让她更加温柔和圣洁地享受生活。

他现在来了，停下来看着他妻子的脸，似乎她的美貌和意义对他来说永远都是新鲜的。他最喜欢看她的眼神。有时她觉得他也有——但她知道"这将照她的信仰归于她"。今晚无人打扰他们——骨头叔睡着了。但在人群中，彼此相爱的他们同样孤独——上帝俯视下的寂静世界中的第一对男人和女人彼此对面而立，两人之间只有他们的爱。

在这个六月的晚上，西部一家医院的窗户被点亮。新英格兰的村庄或佐治亚稻田里的每一种清新的草地气味都会让生病的人想家。窗户是开着的，因为他们认为纯净的光会给充满瘰疬的房间带来安息日的祥和。一个人在匆忙的工作中停下来，向外望去，在安然的静谧中变得冷峻起来。过去在老弗吉尼亚，太阳也是这样落山的，他想。一个高而瘦削的男人，穿着医院护工的衣服——脸上写满风霜，但行动起来快速而敏锐。病人最喜欢他——看起来这个男人埋葬了他一生中的巨大痛苦，现在又回到了炎炎夏日中。他的眼睛如孩童一般热切，随时可能笑也可能哭；他的声音温暖和谐，他双手的触感有说不出的温柔。

他过着忙碌的生活，一刻也没有闲着。但是这个人越来越有干劲——一个健康的人为别人的健康服务。当他依次来到每个人的病房时，病人都很高兴。窗户怎么开了，新鲜空气进来了！那些懒护工怎么又对他们颐指气使了！他的内心世界是多么充实！他的上帝在他看来是多么真实！

他现在向窗外看着，终于有时间让思绪独处。他带着幸福的微笑向上帝展示了他忙碌而孤独的生活。他回忆那个痛苦的过去，畏缩不前，但他现在已经知道其意义了。当温暖的夜晚渐渐变得阴冷而灰暗，他生命中一种无法言说的痛苦又回来了，他欢愉的脸庞变得惨白。他的手上沾着血。他再次看到老人的白发被风吹散，看到老人晃晃悠悠地栽倒。冈特用手捂住他瘦削的脸，但无法将这个回忆关在外面。然而他正渐渐学会用健康而充满希望的眼睛回望过去。他每天都会再看一遍那部《圣经》上拼错的字句——想到老人那张憔悴的脸庞带着慈祥和宽恕的微笑俯视着他。他的手上沾了老人的血又该怎么办？他现在望向暮色渐浓的夜空，望向那个国度——那里所有的魂灵正等待着我们，像见到老朋友一般，他说——

"让你所写的成真吧——'主在尔我之间'，永远！"

盲汤姆 [1]

（1862）

张 慧 译

藏在枯萎的花里的胚芽

总有一天

雨水会让它萌发

　　1850 年的某一天，一位来自佐治亚州南部的烟草种植园主（他叫佩里·H. 奥利弗）买下了一个看着挺合适的女黑奴和一些农场黑奴。这个女黑奴身体结实，肌肉强健，机灵能干，看起来买来做仆人会物有所值。一起买过来的还有她那仅有几个月大的儿子，与其

---

[1] 本故事根据真事改编。盲汤姆，即托马斯·格林·威金斯（Thomas Greene Wiggins，1849—1908）是佐治亚州的詹姆斯·贝休恩（James Bethune）买来的奴隶。托马斯是一位有着非凡音乐才能的孤独症患者，他演奏的曲目有 7000 首，其中近 100 首是他自己创作的。当贝休恩发现托马斯的才能时，让他以"盲汤姆"的身份做了数百场展出，为其家族带来了巨大的利益。奴隶解放运动结束很长时间后，签了契约的托马斯才回到母亲夏绿蒂·格林的身边，这是一场漫长的法律斗争的结果。之后，格林以"美国最高法院命令释放的最后一个奴隶"为名，继续让托马斯展出在音乐上的才华，一直到他去世前夕。

说这小孩子是这桩讨价还价的交易中的附赠物,不如说是因为奥利弗先生不愿意让他们母子分离。他收下这个小黑孩,仅仅是出于慈善,因为事实上,这个小孩子简直就是一大坨黑肉,不仅眼瞎,脸上还带着傻子特有的蠢笑,他们觉得这种傻气早就印在他脸上了。这两个奴隶,我估计,是从人贩子那里买来的,因此,我无法确定汤姆是什么时候、在哪里出生的。与犹太人不同,佐治亚州的黑奴不太了解自己的先辈,也不保留族谱,他们不寄期望于弥赛亚。你知道的,白人总在内心里下意识地怀着一个模糊的期望,期望他自己或者他的孩子成为自己这个种族的一个伟人,一个助手,或是一个拯救世界的人,所以他会小心守护他自己的血脉。死去的爷爷可能会预想到了未见面的孙子,还会觉得他还欠这个未出世的扫罗一个有关自己来自何方的交代。但是有一些阶层,不论自由人还是奴隶,他们的这种希望都被社会摧毁了,因此他们既没有宗族,也没有姓氏。这个被上帝选中用圣礼受膏的傻孩子,就只被叫作汤姆——"盲汤姆",在南部各州他们这样叫他,总是带着亲切的语调,满是骄傲与喜爱,可是——他只是有名无姓的汤姆吗?可怜的人啊!就像一朵蘑菇一样——无亲无故,突如其来,不被指望,就这样一代又一代,没有姓名供后人去缅怀致敬,死后踪迹皆无。他的妈妈依然在奥利弗种植园里劳作,她永远都不懂她的儿子为什么出名。上天对他的恩赐对她来说毫无意义,最可悲的是,对他自己来说也毫无意义,他戴着这顶皇冠,却像个白痴一样地对此无知无觉。这些到底是谁的错?答案可不单是邪恶的奴隶制那么简单。

奥利弗先生对这个男孩很尽责,是一位善于体察和充满善意的主人。种植园很大,生机勃勃,阳光普照,园子里黑人野孩子很多,他们不愁吃喝,也无所事事。

从婴儿长到胖胖的男孩,汤姆一直都傻里傻气、软弱无力、迷迷糊糊,他需要的只是待在一个温暖的地方——一小块草地或者厨房的炉火旁，别的黑奴时而会踢他两脚，时而会轻拍他两下。他有个习惯，就是爬上宅子的门廊或阳台，蹲在那儿的阳光里，等着进进出出的人来夸他几句或来摸他几下。他几乎总能成功。南方人对于触碰黑奴没有一点儿厌恶感，而北方废奴主义者却做不到。就这样，生活完全不能自理的汤姆，成了这个家里的一个宠物，偶尔也是奥利弗先生幼小的孩子们的玩伴。这个男孩日复一日地在炙热的阳光下爬来爬去，就像附近沼泽地里让人反感的蜥蜴一样，对他的主人来说，他没什么大用。他属于那种用处最少的黑奴，只能在农场干活。他的皮肤像炭一样黑，脚后跟突出，猿猴一样的下巴，肥厚的嘴唇总是张着，瞎掉的眼睛闭着，头大幅度地向后仰着，像是想要靠到后背上，事实上，他一直保留着这个习惯，这更加重了他脸上显露出来的白痴神情。在种植园里，一直到他七岁，汤姆一直被看作傻子，这个评价确实没有一点不公正，因为就目前来看，他的判断力和理性思考的能力就和那些四岁小孩一样。他对家里的一些人——尤其是奥利弗先生的儿子，表现出像狗对主人一样的爱，而且对他们的最轻微的责备或赞扬都表现得十分敏感，甚至有些神经质。他还会像低等动物一样易被惹怒，发怒时，会口齿不清地愤怒吼叫。这就是关于他的全部了，到目前为止，我们从这个男孩身上看不到任何智力或者心性的成长，他和成千上万的黑人低能儿没有什么不同。一代又一代儿童经过异教和奴役的浸染，原有的头脑和性情荡然无存，力量与纯洁的痕迹也几近消失，他们的头脑变得麻木，他们的天性变得残暴。汤姆显然没有比他的同伴们强多少。

　　直到 1857 年，潜藏在这个孩子身上的惊人才能才突然显露，人们这才发现他的与众不同。

　　在那年夏天的一个夜晚，奥利弗一家人被客厅里的音乐声吵醒了：不只是那种简单的曲调，还有他的女儿们经常练习的最难的乐曲，都在被一遍遍地反复弹着，这位乐手的指法虽有些羞怯，却出奇的准确与细腻。他们下了楼，发现一直睡在大堂里的汤姆正坐在钢琴旁，极度狂喜，每成功地弹完一首赋格曲后，他就会放声大笑，手舞足蹈。这是他第一次接触钢琴。

自然而然，汤姆成了种植园里轰动一时的人物。他被当作人们茶余饭后的消遣话题。人们提起他时，都会把他当作这个地方的一景，而那些听过他弹奏的人完全不会意识到这个奇迹的起因有多么深刻。附近的种植园主的妻女们既不善于把音乐当作一门科学来理解，也不善于把它当作一种语言来使用。她们仅仅在这个小黑鬼身上看到了他能重复弹奏她们在钢琴上弹过的曲子的惊人才能，而且他的弹奏方式与她们的不太一样，这令她们十分困惑。人们还注意到，无论这个孩子的手指以何种方式落在琴键上，破碎、飘忽的旋律就随之而出，而且他弹奏出的音乐都带着惊人的美与伤感。仆人们从敞开的门里望着矗立在钢琴前的那个小小的、黑黑的身影，听着夜晚的空气中飘荡着不知名的、狂野的乐曲，他们有些看懂他了：他是魔鬼附体了，一些鬼魂通过他来说话。这个说法是这些佐治亚州的黑奴对天才所能给出的合理解释。

奥利弗先生，正如我们所说，是个宽容的人。汤姆被允许可以经常弹琴，事实上，离开了钢琴，汤姆也活不下去了。如果没有音乐，他的身体就真的虚弱不已，他就会像只到处寻食的小东西，直到他最终能够找到他的"食物"才罢。然而没人打算给他任何科学的音乐教育，希望大家记住这一点——他也从来没有受过这样的指导。

这位农场主开始纳闷，他买来的这个小家伙究竟有着怎样的肉体和灵魂。这个丑陋得像具尸体似的躯体里怎么储藏了那些古老的乐曲，那些被每个人都遗忘了的曲子。有些曲子，这孩子只听过一次，却把它们重新呈现了出来，这些曲子的每一个音符都弹得准确无误，没有遗漏，而且能还原这些曲子的原创者的独特风格。更奇怪的是，这个孩子还会弹那些他从未听过的和声，从没有任何人教过那些和声。萧条迟缓的老房子，似乎被施了魔法，充满了古雅而神妙的音乐奇想，它们从来不重样，每天都在变化。这些曲子从来没有欢快的，总是犹疑的、悲伤的小调，令听者烦恼——它们都化作了一种对痛苦的无法言说、无法回答的疑问。甚至最粗俗的人听了也会感觉难受，还说不出为什么。汤姆的音乐是多么的悲伤！

终于有一天种植园的门被敲开了，有个鉴赏力不俗的听者认出这个孩子是上帝赐予的，就劝主人把他带离种植园。应该让他做些什么。这个世界不应该缺少这种快乐；除此之外，还能赚到钱！所以，奥利弗先生对汤姆心怀仁慈，也为自己的种植园养出这样可爱的怪物而骄傲，同时他意识到，这是比种烟草赚得还多的来钱之道，于是他带着这孩子启程，到外面去寻找财路。

汤姆的第一次展览，我想，是在佐治亚州的萨凡纳，从那里，他被带到查尔斯顿、里士满，以及南方各州的主要城市和乡镇。

那是 1858 年的事。从那年起直到现在，汤姆一直生活在大众的视野下，被抚摸、被款待，过度的夸赞掩盖了他真正的才气。人们对他的纵容过分得使人怀疑他们的目的就是搞垮、耗尽他的才气。出于这些考虑，我的叙述很谨慎，仅讲述清晰、已知的事实。

汤姆一被带到公众面前，他的主人就提出邀请，让持怀疑态度的人对汤姆加以科学的音乐的考查。他的能力受到严格的测试。幸运的是，这孩子不仅经住了那些非常严厉的却也设计巧妙的试验，而且还被承认他的指法很有技巧。每天，汤姆都有新的能力被挖掘出来，直到达到了极限，一个他永远无法超越的极限。然而，这一极限也足以确立他在音乐科学中的超常地位。

在身体和动物脾性方面，这个黑鬼仅高于最低级的几内亚人种——食欲旺盛，身体粗大，但有一点除外，这一点我们将在后面提到。一方面，在日常的智力表现，在理性或判断方面，他只比白痴高了一丁点，他不能理解与寻常话题有关的最简单的对话，会为那些只会影响三岁孩子心情的小事高兴或生气。在另一方面，他的感情是丰富的，甚至是强烈的，有着狗或婴儿的本能一样的敏感：他会在人群中察觉到他喜爱的人的脚步声，如果跟他说不友好的话，他就会大哭起来。

他的记忆力很好，他可以一字不落地重复一段他完全听不懂的长达十五分钟的讲话。对歌曲也是如此，无论是法语歌还是德语歌，在听过一次之后，他不仅能重复歌词，而且能还原歌曲的曲调、风格和表达。然而，他的声音却有些五音不全，音域较窄。

在音乐方面，这个生来就眼瞎、对音符一无所知、对所谓音乐科学的每一个阶段也都毫无知晓的十二岁孩子，却能够出色地对纯古典作曲家做出概念清晰的解读。他的弹奏技巧可与我们的二流艺术家相媲美。他通常在音乐会上演奏的都是被更高水平的法国歌剧或德国歌剧观众选择的主题。他对音乐的理解是清晰而生动的，他弹奏出的声音是一种预言或历史的声音，很少有人发出，也很少有人理解。只要他有了一定的素材，哪怕再少，他都能够将其演绎成音乐，指法、戏剧性效果等无可挑剔。就像大多数艺术家一样，这些对他来说，只是手段，而不是目的。人们喜欢汤姆从来不违背音乐主题中的意志和灵魂。上帝或魔鬼要通过这首或那首曲子来表达什么，一个人的灵魂在向另一个人的灵魂大声疾呼什么，这孩子是知道的，而且他是忠实的见证人。他那失聪的、未经教化的灵魂，从来没有被那些艺术评论家所束缚。这些评论家对音乐躯体很了解，但对这躯体里的生命却一无所知。这个世界充满了这些庸俗的灵魂，他们曲解永恒的自然和永恒的艺术，无视居住在我们中间的以肉身显现的道。汤姆，或者在汤姆体内的精灵，与他们不同。

关于他对乐器的掌控，音乐家们特别注意到了两点：在他的演奏中使用特技的频率异乎寻常；他的按键方式科学、精确。例如，在一个和弦增强中，他的指法总是和学院教的一样，对于一个从来没有学过指法的盲童来说，这似乎并不寻常。即使是让他背对钢琴坐着弹奏（这是他在音乐会中最喜欢表演的技艺），他的指法也总是科学、准确的。

然而，汤姆还拥有一个特殊能力，就是那种让不具备音乐知识的观众能够欣赏他的音乐的能力。和任何音乐家一起坐在钢琴前，在第一次听到高音部的演奏时，他就能配合弹出完美的低音部。随后，他坐到这位演奏者空出的位置上，立即演奏出整首曲子，清晰动人，和声匀称，没有漏弹或错弹一个音符。两年前为了测试汤姆这种能力的音乐选段，有时会有十四到十六页那么长。有一次，在白宫的一次展览上，在一场漫长的音乐会结束后，他被测试了两首曲子，一首长十三页，另一首有二十页长，他都成功了。

我们在音乐史上还不曾有过类似的例子。莫扎特的导师格里姆告诉我们，莫扎特作为天才儿童的最出色的表现之一，是在他九岁的时候，他被要求为一首咏叹调伴奏，这首咏叹调他以前从未听过，而且没有乐谱。莫扎特在第一次尝试时有一些不和谐音符，但他的第二次尝试是完美无瑕的。当汤姆演奏的第二声部是非常古典的音乐时，有时他会在某些乐段间犹豫片刻，否则的话，他的创作能力将堪比作曲大师。但是，如果曲子从头至尾都是悦耳的和声时（这些是黑人闪光的灵魂可以捕捉的，你知道），他就不会像儿童时期的莫扎特那样弹出"不和谐音符"。我想对这个男孩的这个能力给以特别关注，不仅因为这是——据我所知——任何音乐天才都无法能够与之媲美的才能，并且还因为——考虑到他的整体智力水平——这个才能涉及了一个令人好奇的问题。

对仅仅听过一次的音乐，汤姆就能重复弹奏，而且准确度令人难以置信，哪怕是时隔多年，做到这些也只需要拥有娴熟的技法和超常的记忆力；但是对从未听过的音乐，演奏第二声部意味着要理解所合奏的乐曲的全部主旨，简言之，汤姆具有一种创造力。然而，汤姆为了发表而口述的音乐中却看不出他有这种创造力。它们只是几首轻快的进行曲、加洛普舞曲等，简单而忧伤，但很容易发现其中有他所记忆的乐曲的痕迹，与每天新奇、怪异的即兴演奏全然不同。人们不禁会猜想，把藏在他体内的这个神秘的天分带到外部世界的举动，唤醒了他白痴的天性，让他发出那无力的哭喊。可怜的汤姆的灵魂被囚禁在混乱又带着兽性的头脑中，而这并不是唯一的禁锢。在经过了太长时间的竭尽全力之后，像我刚才提到的那些测试，他的整个身体都垮了，接着就是大脑的精疲力竭，并伴有癫痫痉挛。之前提到的那场在白宫进行的测验是成功的，但随后他病了好多天。

由于是个奴隶，汤姆从未被带到一个自由州；出于同样的原因，他的主人拒绝了欧洲经理们提出的条件优厚的邀请。巴尔的摩和西弗吉尼亚的城镇是他的音乐巡演去过的最北端的地方。我在 1860 年的某个时候看过他的演出。他在城里待了一两个星期，每晚都演。

这些音乐会非常独特。它们被安排在一间大谷仓似的房间里举办，房间装饰俗丽，挂着流行的、煤烟熏污的壁画，枝形吊灯，缀着金色斑点的墙壁。观众总是很多，镇上为那些音乐批评家提供了算不上是最干净的长凳，位置最靠近可怜的汤姆。观众有年轻的俊男靓女，是古老的乡村家族经过世代改良的成果，他们的祖父诱捕印第安人、与印第安人做贸易、与印第安人结婚，野蛮的血统能从他们高高的颧骨、闪闪发光的珠宝和狂饮香槟酒的举动里流露出来，从对苏格兰慢舞和波卡尔舞的手鼓音乐的理解能力中显露出来；观众中还有有钱的男人和他们的妻子，他们为了显示自己作为上流社会人的体面，城里举办的音乐会都要去听，夏天要喝硫黄酒或五月角酒，晚餐要吃牛肉，冬天会做猪肉生意，这些都是他们生活的节目单；观众里也有城镇里的粗俗人、男孩子、学龄儿童——

汤姆的票价只值黑流浪艺人的四分之一；时而也有一双拘谨缄默的、充满乡愁的眼睛，一张特别的、沉默的脸，他们也许是面色苍白的老师，或者是一些德国鞋匠，透露出他们灵魂的饥渴，贝多芬和门德尔松知道如何向他们宣讲福音训诫，以免他们误入歧途。舞台很宽，铺有木板，后面垂着幕布，有些像《总督的大海结婚仪式》①那幅画，前面有一架钢琴和一把椅子。

不一会儿，奥利弗先生，一个心地善良的人（有人会这么认为），牵着一个小黑孩子，一路哄着他走向前来。这个穿着白色亚麻布衣服的孩子，有点胖，有些固执。那天晚上汤姆心情不好。前一晚他完全拒绝演奏，因此，他的主人在还没来得及让他坐在观众面前的位子，还没来得重复一遍听起来像佐治亚州人餐后闲谈一样的简短演说的时候，就已经急得汗流浃背。像我之前提到过的那样，这孩子的头向后仰着，嘴巴一直张得大大的，因此，当他正面朝着你的时候，你所看到的只是他那肥厚的嘴唇和闪闪发光的牙齿。他和其他弱智的孩子一样需要被爱抚和收买。这场音乐会成了一场混合了音乐、烦躁不安、甜言哄骗和许诺蛋糕糖果的音乐会。

他终于在钢琴前坐了下来，离钢琴足足有半码远，伸直了胳膊，像一只要去抓食物的猿猴——不踩踏板时，他的腿就不停地扭来扭去——对主人开的一些玩笑，报以"耶哈耶哈！"的大笑。没有什么比这种笑更能表明他大脑确实有问题了，他确实是一个白痴。

"现在，汤姆，好孩子，来个我们都喜欢的威尔第的。"

他的头向后仰得更厉害，两只爪子开始弹奏，威尔第的那些对激情诠释得最纯粹的乐曲，开始在房间里飘荡开来。接下来是韦伯、贝多芬和其他一些我已经记不清的作曲家的音乐选段。每一曲结束时，汤姆不等观众有反应，就使劲地鼓掌、踢腿、捶打双手，

---

① 约瑟夫·马洛德·威廉·透纳的未完成画作《威尼斯，广场与总督的大海结婚仪式》（约 1835 年）。

还总是转身朝着他的主人，求得主人的赞许，让主人拍拍他的头。歌曲，以及像我前面所描述的那些乐曲的重复演奏，构成了晚会的第一部分。之后，观众中有一位音乐家走上了舞台，对男孩的才能进行最后的考验。他所弹奏的歌曲和复杂乐曲，都是这孩子从来不可能听过的。汤姆站在原地，一动不动，直到弹奏完毕。一两分钟后，他在钢琴前坐了下来，一气呵成地把曲子重复了出来。后面接下来的曲子变得越来越难，他先是以我前面所描述的方式弹奏低音伴奏，随后立即重复曲子的高音部。在这部分测试中，这孩子看起来无精打采，非常疲倦，他的主人注意到了，并宣布展览结束。而这时，这位音乐家（顺便说一下，他是这个小镇的公民）却抽出一卷厚厚的乐谱，他解释这是他自己创作的、从未发表过的幻想曲。

"这孩子不可能听过这个，这次他也不可能依靠记忆玩什么把戏，"他得意扬扬地说，"这次测试，汤姆一定失败。"

手稿大约有十四页长，是一个主题毫无生气的变奏曲。奥利弗先生拒绝让这孩子的大脑接受如此残酷的考验，一些观众甚至也跟着反对，但这位音乐家坚持要这么做，并在钢琴前坐了下来。汤姆坐在那音乐家旁边，他的头紧张地转来转去。他敲下了开头的节拍，然后从第一个音符直到最后一个音符，汤姆成功地完成了第二声部。紧接着他一跃而起，把那个音乐家从座位上挤了下去，继续演奏那首曲子的高音部，其气势和力度比谱曲者本人弹得还要大。当他弹下最后一个八度音时，他跳了起来，高兴地喊道——

"我打败他了，主人！我打败他了！"他在舞台上又欢呼又打滚。

观众的欢呼声——这男孩从不等待观众的掌声——使他更加激动。他的主人花了一个小时才使他从歇斯底里的躁动中平静下来。

我之前没有提到，音乐会最令人痛苦的部分，是当他的主人讲话的时候，汤姆一个人待在那儿，那张歪扭的脸上满是疲惫的绝望，那短粗的黑手指在琴键上摸来摸去，诉说着他那被囚禁的灵魂。这些断断续续的旋律中从来没有欢快的、孩子般的笑声，或温柔或狂野，那是反抗的呼号，那是疲倦的叹息，最后都变成了沉默。那声音无论怎样疲倦，这个痛苦、绝望的灵魂始终在诉说："求你也为我祝福，我父啊！"①世界上所有的痛苦和悲伤都化作了软弱、可怜的哭泣。

我们需要知道，一些美丽的灵魂被囚禁在那荒蛮的身躯和愚蠢的头脑中，依然挣扎着呼吸。我想知道什么时候他能摆脱这禁锢。或许今生无法实现，这些枷锁太过沉重。

你帮不了汤姆。可这些战争会发生在你的身边。汤姆五月份去了里士满，但是（你讨厌有寓意的故事吗？）在你自己的厨房里，在你住处附近的穷街陋巷里，有许多美丽的灵魂，它们被禁锢在兽性的躯壳里，只要你愿意，你可以把它们解放出来。不要怪我为他们说话。你知道他们比汤姆更值得同情——因为他们是无法言说的哑巴。

---

① 引自《创世记》（27：38），以扫听了他父亲的话，就放声痛哭，说："我父啊，求你也为我祝福！"

黎明的曙光

（1863）

李珊珊　译

　　冬日的一个傍晚。夜幕是如何降临在这环抱密西西比大峡谷的群山之间的，你知道吗？从新英格兰地区吹来的海风稀释了空气，漂白了天空，吸食着大自然的活力，我想，也应该让海风吹进人们的脑子里。在这个地方，一年到头，大地通过山丘、草地和溪流脉动出来的完全是一种未被驯服的、像动物一样的生活——春天，为了让不合时宜、无用处的植物开花，它早早地抖掉冰雪，尽情挥霍无穷的力量。因此，当这一个冬夜走近西弗吉尼亚州与俄亥俄州边界山区的这座慵懒小镇时，它看到十二月的冷风正猛吹着密布在山顶的雪云，它精力旺盛、冰冷如霜，显得格外与众不同，乌云上方的天空看起来不像北方的天空那样苍白暗淡、精疲力竭，这里的天空广阔无边，虽然也略带倦容，但那是令人难忘的秋日留下的荣光，因而那略微发黄的倦色也让人感到愉悦和欣喜。

　　太阳最清楚哪里的人儿会对自己感激涕零，因而他将最明媚的笑脸赠给了正酣睡在雪下的西部大峡谷，向它道晚安：今晚他和蔼可亲，虽然他知道今年美国大获丰收的是被屠戮的死者，但他仍然予以平静、充满深情的关怀，和很久之前的那个清晨一样，那一天清晨，他将同样明媚的笑容送给了那个年轻的、未被玷污的世界，那时上帝保佑它，并且知道它还十分美好。然而你瞧，尽管死亡者众多，今天是圣诞前夜。明天基督即将降临——不管他——基督，对你来说意味着什么。太阳十分了解这一点，因此，他射出愉快而沉稳的光芒，照耀着如河的鲜血。呃，上帝主宰世界！让他们恼羞成怒，割断彼此的喉咙吧。上帝主宰一切：基督即将降临。然而，人们觉得沐浴在爱河中的大地也并非高枕无忧，在六千年的渴望中她已经学会了怀疑，听到这个消息时她如释重负，激动不已。拯救者要来了吗？是真正的拯救者吗？希望向脆弱的、羞红了脸的玫瑰，向阴森水面上闪烁的稚嫩的光暗示了它的意义。它们听见了，明白了。整个世界都在回答。

　　明天是圣诞节，亚当·克雷格是这样想的，他正一瘸一拐地走在这个破败的小镇冰冷的街道上。他搓了搓皮包骨头的双手，心想，就连风都知道圣诞节要到了，这是基督诞生的日子：它吵嚷着吹过山谷，那个粗野的灵魂因喜悦而震颤。他想，城市自身具有一种新奇之美：这个冬天，城里的工厂都停工了，因此冬季有足够的时间为陡峭的街道披上一尘不染的雪和冰柱；欢快的红光透过窗户照进城市的冬夜，这个古老的城镇就像工厂里的工人那样，做完所有的工作后，坐下来欣赏夜色，尽管它没有一张干净的脸，但可以肯定的是它拥有一颗坦诚、快活、不再年轻的心，这颗心狂野、欢乐、竭尽全力地跳动着。亚当·克雷格胡思乱想着：他那颗顶着个又旧又脏的棕色假发的脑袋里塞满了各种各样的古怪念头：说古怪，也许是吧，但它们又像先知约翰的那样纯洁和稚嫩，你知道的，两者之间有亲缘关系。四十年来亚当一直小心翼翼地守护着自己的幻想。他是一个跛足的老家伙，每天马马虎虎地修鞋补鞋，他得拼命糊口养活无父无母的兄弟姐妹们，因此他没有时间将上帝和自然赋予他无知灵魂的意义用语言表达出来，不是吗？但是他的那些幻想却不知怎地找到了自我表达的方式：它们会在他皮包骨的脸上，甚至在他灰白的胡子中显露出来；它们也会出现在他机敏精明的笑容中，出现在他那双敏锐却天真无邪的眼睛里。在溪岸边的一个小商店里你就能看到他，二十多年以来他一直待在店里修修补补，嘴里一边嚼烟叶一边用鼻子闻烟草的气味（他母亲就有这个习惯），他的小店非常整洁，凡是有脑子的人都看得出来小店的主人拥有一颗干净灵巧的心；人们也可以通过其他方式，比如他粗鲁、刻薄，甚至满口的脏话中了解到这一点，如果他们愿意的话；对亚当而言，他更希望恳求撒旦，因为以基督或者女人之名祈祷往往是白费力气。于是，那些愚蠢的念头——他这样称呼它们——就露出了马脚。一定是这样的，你也知道：不管你信仰什么，也不管你自称骑士还是三宝①，灵魂与上帝和魔鬼对话时会自动转换语言模式，你刺耳的笑声表明，你忍不住。

　　今天是圣诞前夜。对于这一点亚当再清楚不过了，因而即使呼吸着冷如冰霜的空气，他也比平时快乐。今天和往年任何一个平安夜都不同：他摘下磨破的帽子感受"酷寒北风"的蛮力。哟！好家伙！风是从北极的冰原直接吹过来的，他心想。那里几乎没人为基督的来临而感到欣喜！然而那些肮脏的小矮人也需要他，每个人的身体里都藏着一个魔鬼，撕扯着他的灵魂，我们也一样，他也很孤独，也需要上帝的救助，需要一个妻子来爱他。亚当突然停下了脚步，似有什么东西卡在了他的喉咙。"吉妮！"他轻声喊道，他温柔又满怀敬畏的样子像是在触摸一个新生的婴儿，他心中又燃起了新的希望。"吉妮！"他默默地祈祷，泪眼模糊。我想在那一刻，基督

---

① 原文为"sambo"，三宝，指黑人、黑人与印第安人的混血儿，以及黑人与欧洲人的混血儿。

走近了那个沐浴在爱河之中的女人，将她的手放在**他**的怀中，赐福予她。亚当继续慢慢地向前走，他想吹口哨，但是口哨最终变成了一声痛苦的嘟哝：心脏在他那被烟熏得干枯的皮肤下跳动着，他的心像女人一样蠢，虽然跳得轻快，但却载满了忧虑。

"快点啊，老瘸子，帮把手儿！"几个男孩子嚷嚷道，他们坐在雪橇上顺着结冰的人行道滑行。

"嘿！你们这群小鬼！"亚当说着推了他们一把，同时发出一声欢呼：他一直很喜爱小孩子，但从未像今天这样喜爱。

毫无疑问，以前还从未有过这样的圣诞前夜！冰冷的空气向天空折射出灰暗的光，他想。被雪覆盖的街道上生气勃勃，热热闹闹——活泼和嘈杂甚至钻进了街道两边的地下室和棚屋里；太阳只能遗憾退场了。这也难怪。他令人炫目的、像红宝石一样的光照在小镇后面银白色的弗吉尼亚高地上，将河对岸俄亥俄州的连绵群山也映衬得更加壮丽。自由和奴役（亚当是一个废奴主义者）。嗯，随它吧。上帝的权力之手，像**他**的太阳光一样，将让主人和奴隶忠诚相伴。明天就见征兆。

在城中央的一条小溪上有一座摇摇晃晃的小桥，修鞋匠在小桥上停住了脚步。黯淡的橙黄色的余晖从西边洒向远处的山林、河流，照在亚当脚下的石桥上，石桥宽阔的石墩在懒散的海蓝色河面上架起了几个连续的石拱。从远处的铸造厂里冒出来的烟恰好一动不动地飘浮在桥的上空，阳光将这一团灰色的残烟浮云染成了清澈的土褐色和紫色。画面静止了。有点威尼斯的味道，可怜的亚当心想，而他从未离开过惠灵。这个古怪奇特的美国小镇就是他的全部世界：他把全世界都装进了自己对这个小镇的想象里。小镇有印第安人留下的古堡和土堆，既能看到往昔时光的留痕，又是新世界的一个缩影。生活在小镇里的人，和小镇周围的群山中蕴藏的煤一样，是旧时光的沉淀，但修鞋匠只是隐约地意识到这一点。爱尔兰人、荷兰人、白人、黑人、摩尔人，还有约翰牛^①：在美国任何一个工业城镇里你都能看到各种各样生活在社会底层的渣滓。亚当模糊地察觉到了这一点。世界迎来了平安夜，这里也一样。

当脚下的小桥晃动时，亚当靠在铁丝上看着炫目的阳光竭尽全力穿过烟云。他思忖着，阳光就好像"旷野中的声音在叫喊着，'预备主的道，修直他的路'"^②。它唤醒了这颗平庸之心深处的某种东西，他的内心深受触动，甚至比想起那个他为之祈祷的女人时更受触动。他的脑海中突然出现了一幅天下太平的画面，就像云层上方的光芒：他在风平浪静的世界中休息。街道旁边有几个台阶，台阶上矗立着老剧院的高墙，现在它成了关押联邦军俘虏的监狱：监狱早已人满为患；他能看见铁窗后面那些肮脏不堪、衣衫褴褛的犯人正在向外张望。在遥远的北面，在渐暗的夜色中他清楚地看见了伍兹山上林立的白色墓碑。他的敌人、喧闹的街道、战争，以及那些死者的尸骨和灵魂——都被和平包围。我们可以称它们为罪恶，但它们来自上帝，也将回到上帝那儿去。一切都在**他**的手中。

当真相进入可怜的修鞋匠的脑子里时，它也混进了南北双方各自的龌龊之事中，钻进了他要修补的鞋子和明天的火鸡里，这一刻他的眼眸里流露了一个伟大诗人的洞察力。圣约翰在写下"神就是爱"这句话时眼中就是这种神情。补鞋匠与圣约翰，还有那位垂死的牧人一样，需要伟大的思想和上帝之水让自己重新振作起来，相信我。

亚当飞快地朝前走，几乎没用上他的山核桃木手杖，他看见了溪岸边那个灰褐色的小铺子。天色完全黑了：你还见过比起居室鲜红色窗帘后面的灯光更亮的东西吗？这是那个小妇人喜爱的风格！两年前修鞋匠完成了他一生的事业，他想：为了父母留下的两个孤

---

① 原文为"John Bull"，指典型的英国人。
② 引自《马可福音》（1：3）。

儿，自己既当爹又当妈，勤勤恳恳地照料他们，为某种比兄妹更亲近的东西压抑内心的渴望。而就在两年前，他们离开他独自闯荡世界去了。

"那么，你也知道，"亚当过去常说，"现在我已经变成个老头子了，也快到了油尽灯枯的时候，你是知道的吧？我想，当主对别人说'来吧，现在该轮到你拥有家和爱了'的时候，**他**早把我忘得一干二净了。他们年轻人很金贵，可谁都渴望得到属于自己的东西。但是我想，现在也来不及了。真是苦不堪言；我真是怀疑主的眼力；我想他既看不见我，也不关心我怎样才能远离地狱。我信仰上帝，像大多数可怜人一样，觉得他冷酷无情，在我们大声喊着需要工作、需要妻子，或者需要孩子的时候，他却听不见。*我没有喊过。我也从来不祈祷*。可你朝那边儿看。看见了吗——*她*？吉妮？"亚当在浸礼会牧师来乡村走访他妻子时说了这番话。"那就是**托他的福**。现在我不再为祈祷感到羞耻了。我每隔一小时就会求他一次，恳求**他**让我牢牢地抓住她，这样我也能跟着她多了解些**他**做事的方式。那就是我的宗教体验，先生。"

那位年轻的牧师有气无力地咳嗽了几声之后，便开始询问老克雷格对浸礼的信念。在回答之前，老补鞋匠一瘸一拐地在厨房里转悠了一会儿，他在克制自己。然而当他张嘴时，他的脸还是涨得通红，满口粗话和脏话，这是牧师事后说的。

"我不去教堂，先生。我的妻子去。我*现在*不说'该死的教堂！'了，也不再说你，还有和你一样的那群人，还有你们的主人统统都是骗子这类话了。现在我了解**他**。对我来说**他**是真实的。所以现在，我知道是你们掩盖了**他**的真实性，是你们对成百上千信条的争辩使人们对**他**敬而远之，我看到教堂门外诚实坦荡的爱与教堂内的一样多，我不再把你们这伙人的偏执和卑鄙算在**他**头上了。我只是感到，人们犯了一个极为低级的错误：教会自以为是基督的身体，而我们这些家伙是局外人，我们也这样想，因为你们这些吝啬的灵魂，我们鄙视他，大打出手，争吵不休；我们都没有看清教堂只是一座医院，是一些病入膏肓的病人试图得到救治的地方。"

牧师再也没回去过；在不久后的一次教堂聚会上，他说托马斯·潘恩的观点在底层民众中很流行。我们中有一半假教士给所有基督的反对者都扣上"潘恩"的帽子——当然没把他们自己列入其中。[①]

亚当以为自己打了一场胜仗。"你可能听说了我让牧师哑然失色的那件事情吧！"他过去常这样说，怀着一种妒忌的焦虑之情把基督关在有形的教堂之外，对其中真正的纯洁视而不见，对医生就在他的医院里的事实视而不见。今晚某种无限的福音触动了他。"晚上好啊，皮茨先生。"他遇见浸礼会牧师时说道。"圣诞快乐，先生！"牧师说着，瞥了一眼亚当脚上的破靴子，"明天我会在他毫无察觉的情况下送那家伙一双鞋！他干活儿很卖力气，但并不是为了钱。"

亚当模糊地意识到，祥和的气氛甚至笼罩了犯了错的教堂。街道上也慢慢黑了下来，但仍有许多孩子在各式各样的店铺间推推挤挤，进进出出。然而没有哪个孩子比亚当更忙碌了，他扮演着一个至关重要的角色，他也比其他任何人都渴望欢声笑语，他把篮子挎在胳膊上，将手插进口袋里紧紧攥住却不得不花出去的钱。为了这次圣诞节他必须这么做！收工后，晚上他趁着吉妮和孩子睡觉的时候出来办事。他出色地完成了任务：篮子里堆满了东西：至于火鸡，火鸡不是已经在后院养了好几周了嘛，它已经被喂得快走不动道了。你知道吗，那只火鸡是继蜡烛之后第二件吸引孩子注意力的东

[①] 托马斯·潘恩（Thomas Paine）的《理性时代》（*The Age of Reason*, 1794）批判宗教组织，使自然神论的基本原则直达"下层社会"。在这里，戴维斯批判"假教士"，他们声称在宗教组织体系范围内布道，谴责那些有其他信仰的人，将他们说成是"基督的敌人"。

西。因为这个，吉妮不同意将火鸡杀掉，她提议杀掉鸭子；可老吉姆·法利和辛普森奶奶已经收到了共进晚餐的邀请，并且他们知道晚餐能吃到火鸡，因此这件事还得按照原来的计划办。

"可怜的人啊，珍妮特，我在想，瞅着眼下的光景，他们一时半会儿也不大可能再吃上火鸡了。我们总是款待他们，好像是谁安排我们这样做似的。这是主的吩咐，你知道的。"

可布丁还没买呢。亚当手里有一片脏兮兮的纸条，吉妮将需要买的物品和数量都写在了上面。"女人写字的手！"走过街道上的每一盏路灯时，他都要查点一遍。你们见过比牛舌更美味的东西吗，布满褐色汁液与金黄色油脂的牛舌？或乳白色的酥脆的油脂？吉妮提议买小牛肉：她真是个节俭的小妇人！可我们都知道布丁应该是什么样子的。下面是苹果点心，那些黄色的苹果点心还带着夏日的气息；要是再洒上几滴白兰地——就是橱窗里摆的那种白兰地，每一滴都闪着光泽，透着温暖，苹果点心就有了灵魂，然后，他停在糖果店前：他只停留了一会儿，目的是让自己冷静下来；因为这是一个了不起的时刻。它们就在那儿，就摆在大大的、闪光的橱窗下，香甜的马拉加葡萄干静静地放在箱子里，嘴巴尝起来表面冰冰凉凉的，但里面洋溢着甜蜜与激情；还有凉的小醋栗果。吉妮要是能看见那橱窗该多好！还有小宝贝儿，当然，小宝贝儿这会儿还不明白，然而——裹着白色糖霜的蛋糕看起来就像仙女的宫殿，还有成堆的金橙，在精美的蜡烛间闪耀着紫色的、玫红色的光。"我们一起来看看吧，小伙子们！"亚当挤进了店外的人群之中。

在这些店铺的上方耸立着一座砖石结构的建筑，那是一座音乐厅。你可以感受到有一股温和又梦幻的气流从音乐厅里流淌出来，那气流将声音变成了无声的爱和怜悯。亚当忘掉了橱窗的夺目光彩，全神贯注地听起来；他的心脏在单薄的大衣底下深沉地跳动着；他的心因某种无限的柔情而痛起来。老补鞋匠的眼眶里溢满了泪水：那时他已将基督和这个伟大的世界都拥入了怀中。那真是一个富有爱心，又无比纯洁的世界！人们听见了基督的脚步声。永远不落的群星守在空中；人群中的每一张脸上都洋溢着喜悦。优雅纯洁的女人轻盈地从他身边走过，走进灯火通明的音乐厅里——那幅画面令他兴奋不已，他激动地看着她们。基督的世界！他的造物。

他将手伸进篮子里，小心翼翼地取出他买的一束花——是真花，娇嫩甜香的小天使。如果早上吉妮在桌子上看到它们，她怎能不惊喜呢？花的芳香如此甘甜、天真，它弥漫在冰冷的空气中，就好像这一天到来时呼出的纯洁气息。正当他要把它们小心翼翼地放回篮子的时候，人群里伸出一只手抓住了它们，那是一只脏兮兮、长满疮疡的手。从一顶邋遢的帽子下面露出一张女人的脸：一张年轻、惨白的脸，某种可怕的激情割花了它的轮廓；她的嘴唇被腥臭的血染成了鲜红色，你也许会想，那张嘴在地狱里都能讲出粗俗的笑话。

"把花给我，老家伙！"说着，她用力拽那束花，"我比你更需要它们。"

"抢走它，洛特！"一帮男孩子起着哄。

他打了她。是个女人？是的，一条黏糊糊、笔直地立在那里的鳗鱼都没有她脏。

"该死的！"她嘟哝道，摸摸自己受伤的手臂。不管从女孩子的牙缝里又挤出来什么话，对她来说都没什么意义了。

"让我瞧瞧，洛特。"

她伸出胳膊，说话的是一个黑人男孩，他取了些阴沟里的污泥涂在女孩子的伤处。其他男孩子吵吵嚷嚷的，一副兴高采烈的样子。亚当急匆匆地离开了。纯洁的空气？愿主保佑！他咬牙切齿地把花儿扔进了排水沟里。如果她碰到了这些花儿，她的手指就要被玷污了。他不会告诉她刚刚发生的事情：他宁愿砍掉自己的那只手也不会告诉她——绝不能让她知道这世界上竟有这种事情。她太纯洁、太神圣了，他朴实娇小的妻子！她拥有一颗无比干净的仁爱之心。而鞋匠自己的血管里则流淌着苏格兰人的血液，他像圣杯故事里的骑士们那样纯洁又愤愤不平。他擦了擦手，好像那只手被麻风病人玷污了。

亚当沿着教堂街往前走，教堂里的旧钟正在报时。今天他听到的每一声钟鸣都那么轻快、柔和、甜美。圣子即将诞生；全世界的信徒都已合上双手，恭静地等候；人们只需要爱**他**，因**他**的诞生而欣喜。今天的钟声与以往不同：震动空气的那个沉闷声音中带着痛苦野蛮的呼喊——似有一个声音在和上帝说着什么，然而亚当却毫无察觉。在愤愤地咒骂了一声之后，他就把那个女人抛到了脑后：他太渴望过一天好日子了，他希望感受世界的伟大和欢乐，期望与吉妮和孩子一起靠近基督！他沿着街道向前走，很快就将那件龌龊之事抛到了九霄云外；今天的街道显得格外温馨和热情，临街的客厅开着窗子，红色的窗帘令人赏心悦目，这就是南部和西部小镇里的习俗；人们会对每个路过的行人说"圣诞快乐"。房屋的主人，进屋时都会热情洋溢地和亚当打招呼。"啊，克雷格呀，一切都好吗？"或者有人会说，"好家伙，真是个大冷天呀，先生。"人们的问候声总能让修鞋匠精神抖擞。他为很多人做过鞋子，不管他的顾客是不是自由之身，每个鞋匠都得尊重顾客啊。

亚当加快了脚步，他的脸色微微红润起来，微曲的前胸紧贴着篮子，喜悦之情溢于言表。她就在那儿，她的轮廓在雪中已清晰可辨，她正站在路边石旁等着他。她接过篮子，亚当假装让她感觉是自己担起了整个篮子的重量！欢腾的火光映照在鲜红的窗帘上，火红的光透出窗外，为了让他能早一点儿看见她！——看见她贴身的咖啡色连衣裙和她脖子上系的桃红色丝带，让他看见她别在耳后的美丽卷发和那一对蔷薇色的娇小玲珑的耳朵，让他看到她还很年轻，尽管过去的苦日子已让她枯萎、凋零、精疲力竭，让他看见他的大爱让她重新焕发了生机与活力，让这个被生活挫败的女人孕育了一个孩子，让他看见——这尤为重要的一点是，他的灵魂屏息凝神，日日夜夜地等待着——她爱他，他懵懂的仁慈之心和长满茧子的双手使她饥肠辘辘的命运有了色彩和芬芳。"要到圣诞节了，我的小媳妇！"当然了。如果说圣诞节还没有将整个世界拥入怀中，至少它已经满满当当地塞进了这个温暖的家里，浓缩在爱、温暖和舒适的每一束光中，照在吉妮和孩子身上。圣诞节本身——特别是他亲吻她时，她脸红大笑时，她眼含泪花时，她对那卷奇怪的白色法兰绒大发牢骚时——已无处不在。

亚当脱下外套，他习惯于穿着衬衫照着孩子。经常是还没等完成这项艰巨的任务，他就已经满头大汗了。他把脚靠近炉火。"我肯定，多数东西都买对了。"他过去常常这样说。吉妮一边小心谨慎地把一捆一捆的东西放好，一边心里盼望着珀金斯太太能碰巧走进来看到这些东西：人们并不喜欢听别人说他们晚餐吃了什么，可如果是碰巧知道的那就不一样了。——你们诗人，你们的大脑总是冷落胃，对胃的需求不屑一顾，这样，你们永远也无法想象，布丁如何在鞋匠和他妻子眼中变成一首诗，他们如何通过布丁感受到耶稣的仁慈——在滚热的蒸汽里他们找回了在过去一年虚度的光阴中失去的欢欣与欢乐。打理好一切之后，她搬来缝纫椅，坐下发呆。

"咱今天晚上不干活儿了！我教你怎样过圣诞节，珍妮特！"

可以说这是她的第一个圣诞节。吉妮以前是个孤女，靠着走家串户为人缝补糊口度日，她总忘记过圣诞节。对她来说这是一种全新的体验：有人会想，她正在用一双真诚的蓝眼睛，用关闭在窄窄的额头后面的大脑，用一颗仁爱之心，竭尽全力领会它的含义：订约的租户，顺便说一句，那颗心适合于单身房客。她不确定圣诞节到底是不是天主教的遗产——因为吉妮是一个彻头彻尾的新教徒：

她是一个基督徒，就她对于**他**的理解而言，基督教对印第安人的使命使她产生了浓厚的兴趣。"让我们从自己的国家开始。"她常说。在为亚当和孩子祈祷完之后，她总是会为苏族人祈祷。其实，如果我们都是神殿的一部分，那么吉妮就是建造神殿的材料中那必不可少的具有黏合力的灰泥。亚当大开善门：甚至可以容纳整个世界，尽管众所周知，牧师是绝对不会推门进来的。然而，今天是圣诞节：这个词语关照一切寻常之物，屋外的狂风、整洁的炉灶、他脸上和颜悦色的神色、他们的孩子，并将一切融入一首宏大的、甜美的诗中，在18个世纪以前天使们讲述的正是同样的故事："在至高之处荣耀归与神，在地上平安归与他所喜悦的人。"

晚上他们坐在一起时，亚当总是侃侃而谈：他知道的趣事逸闻可真多！吉妮几乎没听过重样的故事。今晚，说起过去自己家里过圣诞节的情形，两个人都唏嘘不已：他的心也变得温柔了，那时候他和内莉形影不离，他们会在圣诞前夜把袜子整齐地挂在床头。

"我和内莉是双胞胎，是家里最年长的孩子。我给洛老爹当了学徒之后，日子就不好过了，我还没攒够钱为她买蝴蝶结丝带，圣诞节就到了。内莉卖掉旧面粉桶和破衣服，在那天早上，把礼物放在我的盘子旁边，每年都是如此。那时我没有比她更亲的人了。"

吉妮将一只手放在他的膝盖上。

"你听了会高兴吗，小女人？哎，哎！我只在乎埃伦一个女人。她是这世上唯一靠近我的人。我拼命地抓住她，我只有她。可是她——她不只有我。"

吉妮对后面发生的事就很熟悉了。

"她跟他跑了？"她轻声问道。

"是的，她的确跑了。我不怪她。她年轻，没有经验。没有人关心我们的灵魂。因此，当她深深地爱上他时，她以为是上帝和她讲话了。就这样她被人从我身边拽走了，她离开了。"

他轻轻地拍了拍婴儿，那只皮包骨头的手不停地抖起来。吉妮用双手握住它，倾身抚摸他的头发。

"你一定吃了不少苦，头发白成这个样子。"

"没有什么比他抛弃了她更让人烦恼的事了，老婆。"

"他离她而去！之后她就开始厌烦上帝，厌烦生命，或者死亡。她太爱他了！你知道，我的丈夫。就像我爱你那样，可他却弃她而去。她后来做出那样的事来还有什么可奇怪的呢？孤苦伶仃的一个人！她仍然深爱着他！上帝也闭上**他的**眼睛，不理会她的所作所为了。"

"**他**真会如此吗，小女人？*你知道。*"

"的确如此，而正当她要努力忘记一切的时候，这是她能想到的唯一出路了，上帝派了一位天使来拯救她，洗涤她的灵魂。"

亚当苦涩地笑了。

"你知道，我六个月后去了那儿：到了纽约。我从一张旧报纸上看到了这几行字：'埃伦·迈耶斯，女，昨日在某码头被人发现时已死亡。死于饥饿和酗酒。'那正是内莉，是那个过去和我一起挂袜子的内莉。基督徒们都读到了那则新闻。然而为她哭泣的只有我一个人。"

"现在在五点区①人们正设法帮助他们。"

"就像上帝在这个圣诞夜救助其他人那样，上帝也一样会救助生活在那里的人！但是，珍妮特，我并不是因为这个才和你提起五点区，"他振作起来，"今晚到底是什么让我想起了内莉？不知怎的，好像今天一整天她都待在我身边儿，那感觉就好像她一直在扯着我的袖子，乞求我做什么，可是却一个字也说不出来。"

闷闷不乐的人将眉头皱得更紧了。

---

① 位于纽约的五点区（Five Points）是当时西方世界最臭名昭著的贫民窟。

"孩子！看，亚当，他要醒了！快，当家的！"

亚当吓了一跳，他赶紧模仿猩猩的样子让孩子安静下来。教堂那口老钟又响了：那钟声是多么亲切，富有爱心啊！

"九点了！让我起来，臭小子们！"洛特·廷代尔说着，猛地将他们从音乐厅的台阶上推到一边。他们把路让开：她雪白瘦削的胳膊疯狂打在身上的滋味，他们可是尝过的。另外，有一次，他们还看到过她被激怒之后倒在了一个地下室门口，当时她不停地抽搐，僵死的脸上面色铁青。他们怕她。她起身时，湿漉漉的脏裙子垂落在她的脚面上；她扣紧头上那顶耀武扬威的帽子。台阶的最上面有一个小屋，类似演员们的休息室。洛特推开屋门走了进去。一位夫人，或者女主角，如果你更喜欢这样称呼她，正坐在里面：她是50多年来最耀眼的明星，她身上穿着洁白的缎面礼服，礼服上镶着珍珠——一支凋零的大丽花。女人们暗示大丽花的香味对身体有害；但是人们仍然蜂拥而至，来听她演唱：她是一位极为出色的女低音！音乐厅的经理是一个瘦削的老头，他长着鹰钩鼻，脸上总是挂着温和、迟疑的微笑，他站在火炉旁边，身旁站着几位绅士。从街上走进来的可怜女孩子摇摇晃晃地朝他走过去。

"洛特喝醉了。"一个看门人悄悄地对另一个人说。

"不仅如此，今晚她还被魔鬼附身，简直就是一只母老虎。"

然而当她看着经理，突然对他低声说话的时候，人们仍能在她的脸上看到优雅和美丽。

"我不是要饭的，我需要钱——干净的钱。今天是平安夜。有人说你们唱颂歌的合唱队还缺个人，把我摆在后排的哪个位置都行，我为你们唱。"

经理放在表链上的那只手一下子掉了下来。斯托尔斯，本地的一位年轻律师，轻轻地拍了拍他的肩膀。

"别这么大惊小怪的，庞弗里。就让她唱首民谣给你听听吧。

她的声音还真叫人好奇。"

夫人疑惑地看着屋里发生的一切：她的黑人女仆早已将事情的来龙去脉悄悄地告诉了她。洛特来自一个她素未谋面的群体：他们活在地狱边上。

"就让她唱吧，庞弗里。"

"如果——"庞弗里神色不安地看看夫人。

"当然，"她慢吞吞地说道，"如果对她的声音很好奇。"

"那么，你唱吧。"说着他对着女孩子点了点头。

从她无精打采、灰暗的眼神中突然闪出一道陌生的凶猛的光。

"你今晚就打算雇用我吗？"

正如我说的，她的声调低沉柔和，是她咬着牙说出来的。然而，她身体内的灵魂却绑着锁链：一个年纪轻轻的女孩子，她的年龄和你们家里的小女儿差不多，晚上女儿会为你演唱她在主日学校里学的赞歌。然而，有人会想，如果这个小姑娘的灵魂挣脱锁链，获得了自由，它发出的将是比地狱里的任何魔鬼都疯狂的叫喊。

"你今晚打算雇用我，对吗？"她不停地啃咬自己的指尖，直到最后把它们咬出了血。

"别犯傻了，洛特，"斯托尔斯低声对她说，"没把你送去监狱，你就该千恩万谢了。你竟还想为他演唱。他会赏你点儿什么，也许。"

出乎他意料的是，她并没有咒骂他，而只是静静地站在那儿，眼皮低垂，过了好一会儿，她的身体放轻松了，像是卸掉了难以言说的疲倦。一个黑人门房走进来往炉子里添煤：他太熟悉"那个魔女洛特"了，哎呀：一两天前他还帮着把这个喝得酩酊大醉的女人拖去拘留所。此刻，在白人面前，他把外套拉到了一边，他不想碰到她。她呆呆地看着他。

"你知道我是什么样的人吗？"她对经理说。

她的声音中听不出令人同情的东西了。什么都晚了。

"他不会碰我的：我不配。我需要帮助。给我一份正经工作吧。"

她顿了一下，然后把手搭在他的大衣袖子上。那一刻从她的脸上也许能看到过去她儿时的影子，可她再也不是那个孩子了。

"我想是上帝创造了我。"她谦卑地说道。

经理消瘦的脸红了。

"愿上帝也保佑我！我该怎么办，斯托尔斯先生？"

年轻律师的厚嘴唇和更厚的眼睑耷拉下来。他笑了，随后低声说了一两个字。

"是的，"在确认了什么事情之后，他粗暴地说道："外面有警察。乔，把她带出去，让警察来管她吧。"

在斯托尔斯先生面前，黑人拿着手里的一根小木棍朝她比画了一下。她笑了。正是那笑声使她得到了"魔女洛特"这个称呼。

"呃，"她满眼怒火，而那火焰并不是上帝点燃的，"我以为你需要我唱！我会唱。我们将合唱一支圣歌。圣诞节到了，你知道的。"

她跟跄着走着。酒精，或者是某种不易察觉的毒药，正在她的血管里流淌。然后，她抓着门楣，爆发出饱含最深沉敬意的歌声——

"我知道我的救赎主还活着。"①

一个陌生的声音。站在她周围的都是音乐评论人：他们专心地听着。声音低沉，虽未经过训练，但是音色饱满，有一种儿童特有的美和活力；可是它却不时变为一声声哀鸣，为一种无法言说的痛苦而悲叹。

"你赶紧走吧。"黑人抱怨道，对于宗教，他有自己的见解，"你的舌头真是脏了主的名声！"

---

① 《约伯记》（19：25），这句话是德国作曲家乔治·弗里德里希·亨德尔的清唱剧《弥赛亚》（1741—1742）第三部分的开头，讲述的是悔罪之人肉体复活和救赎的故事。

洛特笑了。

"只是开个玩笑，乔。*我的救赎主！*"

他推着她走下楼梯。

"你要去监狱吗，洛特？"他语气温和地问道，"今晚外面实在太冷了。"

"不了，让我走吧。"

她穿过人群走上空旷的街道，朝着码头的方向走去，一边走还一边哼着某支街头流行的歌曲——看来，这是出于习惯；她在一堆木材上坐了下来，从鞋的漏洞往外抠沙土。天色很暗；因此她并没有注意到自己身后跟着一个人，直到一只戴着白手套的手轻轻拍了她一下。是经理，他迟疑不决的脸又红了。

"小姑娘——"

洛特站起来，摘掉帽子。他看着她的脸。

"我的天哪！你和苏西差不多一样大。"他惊叹道。

借着煤气灯的灯光她看清了他的脸，也看见了他脸上的愁容。

"怎么？"她又咬起了自己的手指尖。

"我感到很抱歉，我——"

"何必呢？"她厉声打断了他，"像我这样的人太多了。光纽约就有一万五千多个。我就是从纽约来的。"

"他们跟你不一样，孩子。"

"不，和我一样，"一个哽咽的声音反驳道，"我和其他人都一样。"

她坐下来，开始在雪上挖洞，她的脸色阴沉又绝望。友善的话语触到了她饱受折磨的灵魂，它为自由疯狂地挣扎着。

"我能帮你吗？"

没有回应。

"你脸上的某种东西让我感到伤心不已，我有一个和你一样大的女儿。"

她马上抬起头。

"你是谁，小姑娘？"

她又站了起来，稚嫩的脸十分苍白，乌黑的河水在她的脚边翻滚。

"我是洛特。我一直就是你看到的样子。我的母亲醉死在鲍威利区的非法酒馆里。我就是在那儿开始干这一行，慢慢地，但十分确定地入了行。"

伴随着一声疯狂的哭喊，她将双手伸向了黑夜——

"上天啊！我必须活下去！"

该怎么办？该由谁来帮助她？他思忖着。他不想碰她。但她的灵魂也许也像小苏西那样纯洁，在黑暗之中摸索前行。

"我真希望能帮上你，小姑娘，"他说道，"但我是个品行端正的人。我得爱惜自己的名声。另外，我绝不能让你和我的孩子待在同一个屋檐下。"

她没有出声。

"我知道。在那边的一个小镇里，没有一个信基督的女人肯把洛特带进厨房，给她一个将自己从地狱拯救出来的机会。你以为我在乎吗？我并不是为了自己。对我来说一切都太晚了。"

当这个孩子——还不能说她是个女人——彻底出卖了自己的灵魂时，她的嘴唇变得惨白。

"这世界上有千千万万像我们这样的人。可是有谁在乎呢？坐在宏伟的教堂里的那些牧师难道会走进我们污秽简陋的窝里，教我们当个好人吗？"

庞弗里惴惴不安起来。

"是谁教你唱歌的？"他问道。

女孩子一惊。过了一会儿，她才回答。

"你说什么？"她问道。

"是谁教你唱歌的？"

她温暖而又纯洁的脸上泛起了红晕；她的眼神恍惚了，眼睛里满是泪水和幻想；她轻轻地将头发绕在自己的手指上。

"我——我不想说这个，"她小声回答道，"他已经死了。*他叫我洛蒂，*"她突然露出孩子般的笑容，抬起头向上望去："那时我才十五岁。"

"现在你多大了？"

"我又长了四岁，但是我告诉你，那个时候我就见过世面了。"

现在是魔女洛特在低头看脚下乌黑的河水。

他转身走上码头。拿这样的脏东西真的没有办法。即使有补救的办法，他也不敢去做。她跌坐在地上，阴沉地怒视着他的背影，但是她马上站起来，蹑手蹑脚地跟在他身后。呃，这可是她唯一的机会，她要从上帝造的人那里得到帮助！

"老实告诉你，"她扶着消防栓说，"我在乎的并不是我自己。我是为了本尼。本尼是我的小弟弟。是我把他养大的。他爱我；*他还不知道。*我一直把他一个人留在家里。你知道，我并不祈祷；可是每当晚上本尼用白白的小胳膊搂住我吻我的时候，我似乎能听见有个声音在对我说，'上帝爱你，洛特'。我发誓，那个男孩永远不会知道他的姐姐是个什么样的人！他越来越大了。我想找份工作，在他懂事之前。现在，你能帮我吗？"

"我怎么能？"

这个可怜的经理说的话就是整个社会的回应。

"我可以给你钱。"

她的脸僵住了。

"洛特，老实说，这个世界上没有你们这种人的容身之地。让你落得如此下场的那些人都是有头有脸的人；女人一旦堕落，她就永远没救了。"

"永远？"

"永远。"

她呆呆地站在那儿，用手把脸上的金发撩到脑后，她的眼睛渐渐没了神，最后眼珠一动也不动了。

"再见，洛特。"

不知怎的，独自站在黑夜中，她似乎觉得自己的手指碰了他一下。

"最初并不是我的错，"她漫无目的地晃荡，"没有人教我怎样做个好人。"

"*我*不是教会的成员，真是谢天谢地！"庞弗里自言自语道，就这样他洗手表明无辜。[1]

"那么，再见吧，小姑娘，"他亲切地说，"试试过一种更好的生活吧。我真希望自己能给你一份工作。"

"只是为了本尼，我在乎的只有本尼，先生。"

"你病了？还是——"

"药效已经持续不了多久了。现在我只能靠鸦片来苟延残喘了。你知道吗？今天我在音乐厅旁边昏倒了；他们说是昏厥，其实那不是昏厥；是死亡，先生。"

他笑了。

"可那会儿你怎么没死呢？"

"我不能死。那样的话本尼就知道了，我说过——'我不会死。我必须先照顾好他。'再见。最好别让我再看见你。"

就这样，她走开了。

就在那一瞬间，她迟疑了一下，她孤身一人看着脚下翻滚的黑

---

[1] 这句话是《诗篇》（26：6）中大卫所说之话的回响。

黢黢的河水，河面上结了冰。

"还有一个机会，"她喃喃自语，"虽然很难；但我要试一试。"说着，她哆嗦着叹了口气；然后她沿着码头慢慢吃力地向前走，嘟哝着一些跟本尼有关的话。

穿过灯火通明的街道时，她的脚步变得轻盈了。她抬起头。哎，从某种意义上说，她还是一个孩子，你知道；现在正是圣诞节她竟已没有机会了。不是吗？她加快脚步走在房屋的阴影里，这样就不会有人注意她了，随后，她走上开阔的街道——一片老旧的"平民区"。她在一个小巷子的入口停下来，走到一个抽水泵前，洗脸、洗手、梳头发，她长着一头美丽柔顺的长发。

"我得试一试。"她又说了一遍。

突如其来的希望使她的脸涨得通红，眼中闪着泪光。你不禁会想，她本该是一个多么清纯、美丽、快活的少女呀，可社会没有让她成为那样的少女。

"他是我母亲的兄弟。他长得慈眉善目，虽然他打过我。他要是再打我，我就宰了他。"她的眼中透露着忧郁。"但是或许，"她拍拍自己的头发说，"或许他不会了。他会像本尼那样叫我查莉，他会像帮她妻子那样帮我，我还有机会上天堂。"

她转身向一幢高高的砖楼走去，轻快地爬上室外的楼梯。这幢楼房以前是一家棉厂，但现在是廉租公寓。洛特的房间位于楼顶层的门廊里：她租了两个房间。棉布窗帘没完全拉开，红色的火光映到窗外。她微笑着朝窗户里看。房间又干净又整洁：墙壁是她自己粉刷的；房间的一角放着一张白色的吊床；炉火烧得正旺，炉子前面有一个小矮凳，矮凳上坐着一个小男孩，他正在用积木搭房子。小家伙长着一张勇敢诚实的脸，一双清澈矜持的眼睛，和一头金色的卷发。小姑娘洛特在他那么大时和他长得很像。

"本尼！"她拍着窗棂喊道。

"来了，查莉！"他立刻向门口跑去。

她一把将他抱进怀里。

"我的小宝贝等姐姐等烦了吧？我去为你挑选圣诞礼物了，你知道的。"

他搂住她的脖子亲吻她，吻了一次又一次，然后他把自己的头靠在她的肩上。

"你回来我真开心，查莉！真开心！真开心！"

"我的乖孩子挂好圣诞袜了吗？这么大的男子汉可以自己挂圣诞袜了！"

他大笑起来，并赶忙用胖乎乎的小手挡住了她的眼睛。

"别看，查莉！不许看！本尼要捉弄你一下，我告诉你！"本尼拽着她面朝着炉火，"现在看吧！不是本尼的袜子：是查莉的，我想。"

女孩子坐在小凳子上，把他放在自己的腿上，和他一起搭积木，好像她也是个和他一样大的孩子。

"哎呀，小不点儿！那只袜子居然能装下这么多的糖果！"说完两人哈哈大笑，"它能把圣诞老人袋子里所有的糖果都装下。"

"圣诞老人！哦，查莉！我已经是大孩子了；我已经五岁了。你不能再说谎话骗我了。"

女孩的嘴唇变白了。听到他幼稚的话，她站起身把他放下。

"是的，我不会骗你，本尼——绝对不会再骗人了，再也不会了。"

"你要去哪儿，查莉？"

"我就出去一会儿，"她边说边将一条素色的披肩裹在身上，"我去找圣诞节，你知道的。为了你——也为了我。"

他快步跟着她跑到门口。

"你会赶回来抱我睡觉吧，查莉，亲爱的？我一个人太无聊了！"

"是的，小家伙。吻我。一下，两下，三下——愿我交好运。"

他吻了她。洛特走进了广阔、黑暗的世界——走进了圣诞节之夜，她要去找一个朋友。

几分钟后，她走到一栋低矮的框架结构的楼房前，楼体被刷成了褐色：亚当·克雷格的家和店铺就在这儿。不大的起居室里亮着灯：他的妻子和孩子应该在里面。洛特对他们很熟悉，虽然他们从没看见过她。不知有多少个冬日的夜晚，她站在窗外看他们，一看就是几个小时。好像是某个受到诅咒的灵魂在望眼欲穿地看着天堂：她可怜自己，她觉得屋里的那个人更像上帝，而不是受上帝保佑的人，她了解自己心灵的痛，那颗心艰难挣扎着想做对的事情，她对它充满了怜悯之情。每当面容和蔼的老鞋匠从她身边路过时，她身上的血就因某种渴望而疼痛不已，这是情有可原的。她是内莉的孩子。她来西部就是为了找他。

"绝对不行，绝不能让他知道是*我*！绝对不能！如果不是为了本尼。"

假如本尼能把她带到他面前，说："看啊，这就是查莉，我的查莉！"然而亚当知道的是她的另一个名字——魔女洛特。

她站在那儿向窗子里张望，纷纷扬扬的雪花飘落在她的头上，这时，有两个路人驻足停留了片刻。

"啊，父亲，你看！"说话的是一个年轻的女孩子，"让我和那个女人说说话吧。"

"你想干什么，玛丽亚？"

她试图将手从他的臂弯里抽出来。

"让我去吧，我想，她就要死了。那张脸多年轻多美啊！她一定以为上帝把她遗忘了。看啊！"

上了年纪的贵格会教徒迟疑了片刻。

"你不能去，玛丽亚。你母亲明天就会来找她。我绝不允许你和她说话！可恶！'她的家是在阴间之路，下到死亡之宫。'"①

他们走开了。他们的对话洛特全都听见了。上帝刚刚为那位纯洁的少女提供了一个拯救灵魂的机会；但她把它丢到了一边。洛特没有笑：她欲哭无泪地看着他们，直到两人的背影消失在视线里。然后她走到屋门口。"为了本尼。"她吞下哽在喉咙让她无法发声的硬块喃喃自语。她敲了敲门走进屋里。

屋里只有吉妮一个人，她坐在炉火旁，一边摇着婴儿，一边哼着歌儿：

> "来，让我们赞美主，
>
> 为我们所行的道路哀哭的主：
>
> 来，让我们赞美主，
>
> 胜过试探的主，全能的主。"

听到歌声，一束温暖而幸福的光点亮了查莉的心。她不知道为什么；但是在那一刻她的恐惧完全消失了。她看见了那个婴儿，一个白嫩的、纯洁无瑕的小家伙正躺在摇篮里，心满意足地嘤嘤自语。富有爱心的女人都有母亲的天性；女孩子快步走到他跟前，摸了摸他的脸蛋，她笑了，情不自禁。

"他真漂亮！"她感叹道。

吉妮满眼喜悦。

"我也这么想，"吉妮坦诚地答道，"这是我的孩子。你是来找我的吗？"

洛特缓过神来。她向后退了一步，她的脸色变得铁青，没有了一点儿血色。

---

① 《箴言》（7：25），避免受到淫妇玷污的警示。

"是的。你认识我吗？我是洛特·廷代尔。别猛地把孩子抱开！别这样！我不会再碰它了。我想找份正当的工作。我还有个年幼的弟弟。"

屋里一阵死寂。我和你说过，吉妮头脑里的世界很狭隘，她的心胸既不慷慨也不开阔；她所信仰的宗教可没有教她该如何应付如此反常的事情。她近在咫尺，你知道。可洛特既不是苏族人，也不是反叛者。

"我是洛特，"她不顾一切地说道，"你知道我是什么样的人。我想让你们接纳我们，不让街上的那些男孩再嘲笑我，我想让你把我变成一个体面的基督徒。我说得再明白一点儿。你能答应我吗？我给你干活。我为你照顾孩子，照顾好那个可爱的小家伙。"

吉妮紧紧地把孩子搂在胸前，望着眼前这个不幸的小姑娘，她看看她的脏衣服，又看看多年的罪行在她脸上留下的斑斑劣迹。别指责吉妮。孩子是上帝赐予她的礼物：她是这么看的，你要知道。她并不知道那直白的粗话是一个即将溺亡的灵魂为寻求救助而发出的最后呼喊，那个灵魂正慢慢沉入深渊，还没有哪个灵魂掉进去之后能回来讲述自己的悲惨过往。只有耶稣。你知道他为"监狱里的灵听"①带来了什么样的信息吗？

"我不敢这么做。别人会怎么看我？"她结结巴巴地说道。

洛特没说话。过了一会儿，她示意吉妮去店里。亚当在店里。妻子进去找他，怀里抱着孩子。查莉明白，事情并不乐观；亚当进来的时候，她看到了他脸上的愤怒和忧郁。

"今天是平安夜。"她招呼道。

她还想再说点什么，可是却什么也说不出口。

"你必须离开这儿！"他毫不客气地嘶吼道，"我不再相信你们

---

① 引自《彼得前书》（3：19）："他借这灵曾去传道给监狱里的灵听。"

喋喋不休的假话了。出去，珍妮特。这不是你和孩子该待的地方。"

随后他打开临街的房门，让洛特出去。他不相信她。精明、有常识的人不会相信她。更何况今天还是属于他的圣诞节之夜：是新生活的开端，是他在幸福的家中，在伟大的爱里向基督靠近的时刻。难道他能让这个活在阴沟里的肮脏的蠕虫爬进来毁了一切吗？

她在门槛站了一会儿。门槛里是一个家，一个去天堂的机会；而门槛外是黑夜——等待她的是什么？

"你要把我赶出去吗？"她问亚当。

"我了解你们这号人。我帮不上你们什么忙。"说完，他关上了门。

她坐在路边石上。雪下大了。她一动不动地在那儿坐了一个小时。温暖蓬松的雪花飘落在她身上，当有雪花落在她胳膊上时，她马上将雪抖掉：它这么纯洁这么干净，而*她*——她真恨不得把自己的皮肉从骨头上撕下来，那个夜晚在她的眼里实在是太龌龊肮脏了。可怜的查莉！倘若她知道上帝怜惜她身上的某种东西，那是一种比雪花更洁白，鲜血和环境都无法玷污的东西，假如你在她的身边，你会告诉她吗？她不时嘟哝着，"永远不""永远也不能了"。

这时，一个小男孩走了过来，他的胳膊底下夹着一片面包——这个小家伙儿既有男子汉气概，又温文尔雅。她有时让本尼和他一起玩儿。

"哎，洛特！我要和你一起走，我害怕。"

她站起来拉住他的手。她几乎说不出话来了。她身心疲惫，精疲力竭；多年以来她的双脚一直蹚在比死亡之河更加冰凉的水里：不过现在一切都要结束了。

"以这种方式了结一切，对本尼最有利。"她说道。

她清清楚楚地知道一切将会怎样结束。

"罗伯，"当男孩转身朝自己家走去时，她叫住了他，"你认识亚当·克雷格吗？我想让你明天一早把他带到我家来——黎明时来。你告诉他，在那儿他能找到他姐姐内莉的孩子：还要记住，永远也不要告诉那个孩子'查莉'就是洛特·廷代尔，都记住了吗，罗伯？"

"是的。圣诞快乐，查莉！"

不一会儿，她的双脚走上了楼梯。

"罗伯！"她有气无力地喊道，"你和本尼在一起玩的时候，我希望你称呼我查莉，永远也别提——那个名字。"

"我记住了。"男孩儿依依不舍地看着她答道。

现在只剩下她一个人了。楼梯竟然那么长那么陡！她一步一步慢慢地向上爬。爬到楼顶层后，她从兜里掏出一团褐色的东西，目不转睛地盯着它看了一会儿。然后，她仰起头朝上瞥了一眼。

"只有这样做，本尼才不会知道。"说完。她将它吃了下去，几乎全吃光了，然后她看看四围，看看脚下，她的脸上露出一种奇怪的专注神情，通常，人在告别时，脸上才会出现那种表情。钟敲了四下。钟声传递着一种无法言说的痛苦——也许那是像洛特一样沉默的灵魂在向上帝大声疾呼。

"圣诞节离我们又近了一个小时，"亚当·克雷格不安地说，"假如这是一个美好的世界，基督降临应该含有更多意义，珍妮特。如果不是为了社会需要的——"

他没有再说下去。吉妮也没有吭声。

洛特走进自己的房间，她的吻唤醒了本尼。"我留在他脑海中的最后记忆应该是美好而欢乐的。"说完，她把本尼抱到她的大腿上，为他脱掉鞋子。

"我的小宝贝今天在罗伯家的马厩里找鸡蛋了吧。"说着她把沾在他袜子上的干草抖掉。

"哎呀，查莉！你是怎么知道的？"本尼的眼睛睁得大大的。

"我知道的事情可多了！哦，查莉聪明着哪！明天，我的小家伙就会有新朋友了——非常棒的朋友！查莉知道。他是一个小宝宝，本尼。我的小男子汉一定会喜欢他：本尼站在他旁边时就像个小巨人。本尼可以抱他，摸他，还能亲他。"

看着他那双纯洁的小手，她的眼睛里装满了渴望。

"接着说。除了小宝宝还有什么？"

"还有善良的朋友，比查莉更好更善良的朋友。"

"那不可能。你要去哪儿，查莉？我讨厌新朋友。我只想和你在一起。"说着，他大哭起来。

她的眼中燃起了微微的亮光，像孩子那样天真地笑了。

"我要去的地方很近，小家伙，我要走了。你等我——你要一直等我。总有一天，我们俩会一起回到乡下，一起长成好孩子。"

这是她心中燃起的新希望的曙光吧？她并不觉得自己是在说谎。总有那么一天——也许那是真的。然而，她心中那一点微弱的光熄灭了，当本尼穿着洁白的睡袍，跪下念诵母亲教他的祈祷文时，"魔女洛特"已经死了，现在弯腰看着他的正是洛特的那张罪迹斑斑的脸。

她把他放在床上，然后，她静静地沐浴，把糖果装进他的圣诞袜里，躺在他的身边，她的四肢慢慢地没了力气，然而她的大脑却充满活力，越来越清晰和专注。

"时间不多了，"她想，"爱我，本尼。吻我，和我道晚安吧。"

小孩子搂住她的脖子，亲吻了她的额头。

"查莉的身上好凉，"他说道，"当我们都成为好孩子的时候，我们就住在帐篷里。怎么样啊，姐？我们现在就来搭个帐篷吧。"

"好的，亲爱的。"

她挣扎着坐起来，把盖在他身上的被单系到床头板上；这是本尼最喜欢玩的游戏。

"那是一个很棒的查莉，"本尼睡眼惺忪地说，"晚安。我会一直守候你，一直。"

他睡熟了——就连她紧紧地把他搂在胸前时发出的恸哭声都没能把他吵醒。

"再见了，本尼。"说完她静静地躺下。"我们本可以成为好孩子，只要——我不知道这究竟是谁的错，"绝望中她伸出两只消瘦的胳膊，"我希望——噢，我真希望曾经有人善待过我！"

说完，她的胳膊无力地掉落下来，查莉再也不动了。但她的灵魂是清澈的。生命在消失之前会慢慢地徘徊在潮汐间。在她上方的天空中出现了一道光；她抬起头望向天与地之间广阔而静谧的黑暗深处——魔女洛特，她的灵魂必须独自走进那片黑暗之中。她说过，那一晚她对自己厌恶至极，就连一直将她踩在肮脏的脚底下的世界都不曾那样憎恶她。

至暗的时刻慢慢过去了。圣诞节近了，更近了——钟声响了。那声音对于她来说已没有任何意义了：它只会引起她的些许恐惧，她担心如果自己在黎明前还没有死，那么所有再次看到她的目光就会恼羞成怒。午夜已过。广阔无边的黑幕慢慢变成灰色，变得柔和。她还在等什么呢？醒醒的蠕虫洛特——无论是尘世间，还是天堂里，有谁会在乎她什么时候死去呢？*之后，上帝转过身来，看着查莉*。还没见过这样令人憎恶的灵魂，它罪恶深重，仁慈的基督从没用**他的**手碰过它，一次都没有，基督说"你要来我身边吗？"你知道**他**是怎样来到她身边的吗？当动荡的尘世需要**他**时，天堂的深处便会射出最美的晨光迎接造物主的诞生，**他**来了，看见了可怜的查莉，以死来拯救她，将**他**治愈一切的妙手放在她身上。脆弱无知的她遇见了**他**。而她，洛特，躺在床上任由身体和灵魂腐烂，她想起来，很久之前，比她更加堕落的抹大拉如今已站在了离耶稣最近的地方。抹大拉富有爱心，也因而得到了宽恕。

就这样，过了一会儿，查莉，本来还是个孩子的查莉，谦卑地匍匐在**他**的脚下，痛苦地抽泣。"主啊，我太累了！"她说道，"我想再活一次，我想变成另一个女孩子。"仅此而已。涉过深水时，她紧紧握住了**他**的手。

本尼的好梦被搅扰了，他探过身子，吻了吻她的嘴唇。"这么凉！"他迷迷糊糊地小声说道，"愿上帝——保佑——查莉！"她笑了，尽管她的双眼紧闭着。

黑暗散去了：灰色的穹顶因不断涌来的辉光而不停地战栗；一道模糊的红晕从人子诞生的东方照射在了大地上：那是黎明的曙光。洛特污秽的身体同黑夜一道死去了：而耶稣将小女孩查莉抱在怀里，并祝福她。

圣诞节的夜晚。多么平静安宁啊！救赎主到来了。不是来到在傍晚绯红的雾霭中、在冰天雪地覆盖下安睡的古老大地：那里不需要**他**。旧世界里的一切，从红色的花岗岩到红海蕨上的灰尘，都能履行好自己的职责，并从繁茂之美中酝酿出一首首感恩的赞美诗。你们在教堂里谈论的圣灵从最开始就存在于旧世界之中，从它苦苦思索江河湖海的那天开始，从它在花岗岩或红色的海蕨中显现出生命之灵开始，从它体现在每一个英雄行为中的真理精神开始，从它显露在诗人或先知的每一句真言中开始，从它作为爱的精神开始——就让你饥渴的心来讲述方法吧。今天它作为救赎主来到人的身边。我们都依稀觉察到了，我们表达了自己的喜悦之情，虽然我们表达能力不强。上帝俯视着尘世，他看见了子民脸上的微笑。

亚当家的小屋里炉火烧得正旺；屋内点着油灯；吉妮把餐桌布置得赏心悦目。本尼围着它转了一圈又一圈。他在一阵无言的狂喜中轻轻地搓着自己的小手。还有这样的橙子！还有布满糖果碎的奶油蛋糕！瞧中间那棵树，悄悄燃烧的蜡烛挂在树上，在树的枝丫间还藏着一个白色人偶，那是仁爱的基督幼年时的样子。这是亚当喜爱的。此刻本尼正坐在吉妮的大腿上，他的头枕在她的胸脯上。她一边哼着欢快的儿歌，一边摇着他哄他入睡，虽然此时她自己的孩子还醒着躺在摇篮里，被忽视的小家伙吃惊地张着嘴巴。今天一整天吉妮的眼里只有"本尼"——她跟在本尼身后惴惴不安，一会儿担心开门时他被冷风吹着，一会儿担心屋里太热，或者不应该把每时每刻都满当当地塞上欢笑和乐趣，她不时温柔地摸摸他的头或小手，她感到悲伤不已，如鲠在喉，一双蓝色的眼睛也湿润了，她在内心深处不停地哭喊："宽恕我吧！"

"多给我讲讲查莉的事儿。"晚上她对本尼说。

那之后他已经醒了很久了，他给她讲查莉的故事，快讲完时他说——

"她说，'你等着我，老弟，一直等着我。'她是这么说的。所以呀她会来的。她总是说到做到。然后我们就一起回到乡下，我们会长成好孩子。我会一直等她的。"

说着说着，他睡着了，吉妮吻了他——盯着他看了一会儿之后，她的脸色变得十分苍白。

"刚刚是在吻你，本尼，"她自言自语道。"而这一次，"她俯身再次吻了他的嘴唇，"这个吻是给查莉的。要是昨晚，"她痛苦不堪地咕哝着，"它本可以拯救她。"

老亚当坐在死去女孩子的床边。

"她是内莉的孩子！"他轻轻地抚摸着她的手，捋齐她美丽的金发，一遍又一遍地说道。一整天他就只说了那一句话，"她是内莉的孩子！"

那孩子长得很像她——那个省吃俭用为他买圣诞礼物，然后红着脸蛋，羞怯地把礼物放在他餐盘里的小内莉。如果这孩子听到一句亲切的话，她的脸颊也一定像内莉的那样羞得通红；她充满天真的小酒窝笑意盈盈——只要一句亲切的话就能让它活过来了。现在她已经死了，而他——昨天他还打了她。她死了，她的爱心，她温柔天真的美都随她而去了——她是一个妓女——魔女洛特。没有别的了。

老头儿用颤颤巍巍的双手把自己的头发捋到脑后，抬起头仰望天空。"主啊，别让我来担这罪吧！"说完，他的嘴唇没了血色。无论在哪座城市，无论在哪条街道上，这一类女人都有一只肮脏的手和一颗痛苦不堪的心。她们从上帝那里来，最终会回到上帝那里去。今天，救赎主来了；然而，是谁指引**他**看到了他们，看到了内莉的孩子？

老亚当握住她冰冷的小手，小声嘀咕着什么。我想他在说："我在这儿，主啊，还有您赐予我的妻子。"此刻，他好像找到了自己毕生的事业，并发誓要尽心尽力完成这项事业。一个按照基督的旨意宣誓的骑士。

圣诞节到来了——黎明的曙光已变成完整又完美的一天。在曙光即将消失时，一束平静的金光，一束伟大的和平之光照在天地间，照在已死的洛特身上，老亚当跪在床边。他想，那道光一定是冲破西面乌云的阻挡照射到这里的，他记起了古老的呼吁，"众城门哪，你们要抬起头来！那荣耀的王将要进来"。**他**走进来了吗，在远处吗？一个疲倦苍白、命运多舛的男人，像洛特那样卑微地承受着痛苦和饥饿，他会跪拜在天父的脚下吗？他会怀揣着一颗仁爱之心离开，还是不会如此？那就是圣诞节的含义吗？宁静的光慢慢变暗，它使人的心也变得更加平静了。钟声响了，钟声变弱了，庄严深沉，钟声消失了，好像有人在心里说，阿门。

那晚，本尼正在宁静的暮霭中熟睡，他的身体突然动了一下，然后笑了，好像有人给了他一个幸福的吻，在半梦半醒间，本尼喊道："哦，查莉！查莉！"

保罗·布勒克尔

（1863）

李珊珊 译

第一部分

"怎样才能更好地实现人生目标，

欣赏，还是放弃？"

一个彻头彻尾的美国人，如果他深知美国应该做什么并且乐意为此尽一份微薄之力的话，那么他应该出生在新英格兰，这样他就能够拥有朝气蓬勃的头脑、精心调谐的神经和钢铁般的自制力；然后他应该去西部，去寻找能让自己精力充沛、体魄强健的激情，以及能让他生气勃勃的男子气概，如此一来，他便可以靠着赤手空拳牢牢地掌控自己的工作。而如果他想要为自己百年之后找一个好的去处，那么他就应该想尽一切办法在宾夕法尼亚州或者弗吉尼亚州的山谷里寻一座小镇：大自然和生活在那里的自给、自足、自乐的人们，将汹涌的时代狂潮挡在小镇之外，居民们有自己的独特个性，他们的日子过得平静又安乐，就像那些没有脉动的海藻，不久后，当人们即将回归自己的来处时，他们也同样平静而安乐地面对死亡。

保罗·布勒克尔胡思乱想着，他正与上尉从距离山路不远的营地向村里（或许应该称之为城镇：宾夕法尼亚州已经没有村庄了）走去。明天他所在的兵团将开往哈珀斯费里①，他是团里的外科医生。布勒克尔什么都注意到了，他将自己的一双眼睛睁得大大的，紧张不安地看着周围的一切：藏于大千世界中这个隐秘角落的村子的村龄，使它扬扬得意的宁静，以及正酣睡于六月黄昏中的精力旺盛的大自然；哎呀！它从开始就一直这样酣睡着，他是知道的。那些曾在这群山之间生活过的印第安人肯定是一群爱捕鱼的瞌睡鬼；他们的名字和坟墓时常出其不意地出没在农场里和溪岸边。后来来到这里定居的圣约派没有足够的精力将这些痕迹清除干净。圣约派——医生一边走一边哼着小曲儿，他在心里给自己讲起笑话来——所有教派的人看起来都十分相似，他们的气质、脸型，连心血来潮时说话的口音都大同小异。现在，圣约派的子孙——长老会中的年长者和他们的妻子——正向营地走去，他们去和儿子们告别，后者视死如归，就像被卷入纳斯比战役②或者德拉姆克洛格③战役的祖先们那样坚定、正直，同样地，他们对正义也一知半解：他

---

① 美国西弗吉尼亚州杰斐逊县的县府。1859 年 10 月 16 日，废奴主义者约翰·布朗在哈珀斯费里发动起义，起义失败后约翰·布朗被处以绞刑。这次起义为美国内战打响了前奏。

② 纳斯比，英国英格兰中部城市；纳斯比战役开始于 1645 年 6 月 14 日，这是英国清教徒革命时期的重要战役，领袖克伦威尔率领的议会军在该战役中击败查理一世的王党军。

③ 1679 年 6 月 1 日，大约 200 名盟约者在约翰·格雷厄姆·邓迪（John Graham of Claverhouse, 1st Viscount Dundee, 1649—1689）的领导下在苏格兰的德拉姆克洛格农场击败了政府军。

们的宗教教导他们爱护友朋，痛恨敌人，就像它怒视蒙茅斯①的对手那样；毋庸置疑，"男孩子们"也自称圆颅党②，他们在三个月的服役期内就这样称呼自己。见过不少世面的保罗·布勒克尔暗自发笑：眼前的这位上尉，善良天真得就像个婴儿，眼神中透露着渴望，他完完全全是在用伯利的巴尔福③那双死气沉沉的眼睛来观看这个世界，不仅如此，他还打算用偏狭和固执这一剂古老的药方来治疗世界的顽疾。也难怪保罗会笑。

这个清醒过来的夜晚正在给黎明让路：头顶上温暖的黄晕慢慢变淡，最终融入无色的太空中；忧郁的光在远处勾勒出群山低低的轮廓；日暮天沉，变幻无常的云朵慢慢地低下腰身，钻进地平线的穹窿里；它们渐渐变软变柔和，最后化作一缕缕若有所思的紫烟；延绵在视野中的麦田、树林、远处的农场渐渐模糊——像一张银版照片；草地上羊铃的叮当声，远处营地里小伙子们的叫喊声，还有沼泽中青蛙的低鸣声都渐远渐弱，最终消逝在远方的酣梦里。医生放缓了脚步，不再飞速地迈大步了，现在他和身旁的同伴一样，慢慢悠悠、波澜不惊地朝前走，放慢脚步的医生抬起头瞥了上尉一眼。医生心想，明天麦金斯特里上尉就要上战场了，他的脸上一定是沉着、平静、满足的神情，就像孩子一样，他去买美利奴母羊时脸上露出的就是这样的神情；可如果他想用这种情感感染其他战友，他会徒劳无功。他即将参加最惨烈的战斗——一定会是这样。唔！布勒克尔用一双机敏的眼睛飞快地打量上尉：他高大从容的身躯、齐整的金发，还有那双正透过眼镜看向这个世界的和善的蓝眼睛。在对麦金斯特里做了一番令自己十分满意的剖析之后，布勒克尔再

---

① 蒙茅斯战役，也称蒙茅斯郡府之战，1778 年 6 月 28 日在独立战争期间发生在新泽西州蒙茅斯的一次不分胜负的战斗，由乔治·华盛顿指挥。
② 英国内战中克伦威尔的支持者；因此此名与抵抗王权的美国革命军或者"叛军"关联在一起。
③ 苏格兰清教运动的领袖，因其极端的信仰而闻名。

次敞开身体的感官，感受黑夜，随着自己宽宽的鼻孔敏感地一呼一吸，一张一合，他感到连丰乳的奶牛的奶香味都使自己无比愉悦。从牧场归来的奶牛正朝家走，它们走进阴凉的巷陌，走入路两旁房屋投下的阴影里，这些房屋的窗子后面陆续燃起摇曳的灯火。这里的老宅子十分坚固，它们要么是用石头垒的，要么是用砖砌的，人们绝不会用木头来造房子。说来也怪，一百多年前，人们在西部定居点建造的房屋远比北方定居点的住宅结实耐用。房屋周围种着橡树，它们用伸向天空的强健臂膀展现自己从大地那里汲取的力量，而这种力量也让体态优雅、犹犹豫豫、根茎浅的榆树无地自容。布勒克尔心想，只有这样的农家古舍，才能培育出麦金斯特里这样的老式人物：种果园的农家还保留着烟熏苹果的习俗；种着蜀葵和绯红的鸡冠花的庭园里充满了欢乐；屋子里的书架上摆着《观察者》和《绅士杂志》。这儿的妇女还和过去一样延续着聚会编织的传统，每年她们也还会出一趟门，去拜访牧师，捐物捐款；男人们都要奔赴战场，为了联邦而战，他们要保卫自己的父辈建立的联邦，毫无疑问，他们在下届选举中仍然会投保守派的票，因为他们的父亲过去就是这样做的，而这一举动将战争变成了一场可怕的闹剧。布勒克尔思忖着，这个小镇已深深地扎根于群山之间，就像建造它的人们所怀有的偏见那样根深蒂固。执拗而陡峭的街道由长着许多节瘤的槐树荫护着；房屋往人行道后退避，对新来移民的畏惧使它们显得粗鲁无礼；从镇子里飘向天空的烟摆出一副轻蔑的样子，它蔑视外面的残暴世界及其粗陋的新奇。尽管如此，这个小镇仍怀有一颗赤诚之心，虽然它因年久沾染了一些灰尘而变得有些执拗。布勒克尔对这一切了如指掌，因此，当一些从镇子离开的小伙子用它的名字来命名其他地方的村庄，借此想象自己仍然身在家乡时，他丝毫不感到惊讶，或许还会有一个老乞丐让人们把自己埋在马路中央，"这样一来，我就能听见家乡的消息，我就能知道这个老地方的人过得怎么样了。"

今晚，似乎有一支移民大军从镇里出来：一路上，他们看见了许多小马车、老式四轮马车和马车夫。

"这些男孩子就要去营地了，"麦金斯特里说，"总要和某个亲朋道别。"

这个男人的声音听上去是多么孤独和矜持啊！就像所有敏感的人一样，布勒克尔也十分好奇，他想了解人们的心灵史；他再次将自己敏锐的目光投向麦金斯特里的脸。啐！你从聋哑人那儿都能看出他们的故事。可要是人们沉默不语，那便是悲剧的征兆！

每个人都停下来和医生打招呼。虽然他才来没几个月；那些上了年纪的信徒都觉得他是个热情洒脱的体面人，他的肚子里装满了各种各样的笑话和逸闻趣事，当然了，他也十分精明。他们和他"打成一片"，当他们得知他成了自己儿子所在部队的外科医生时，他们都感到十分高兴。如果说这个男人身上还有其他什么被故意敛藏起来的与他的真实自我有关的东西的话，那么他们就无从知晓了，因为那东西并不属于他们的世界。在他们看来，与丹尼尔·麦金斯特里比起来，他们对他的了解更多，尽管他们是看着麦金斯特里长大的，从前那个长着一头蓬乱黄发的小男孩如今已经四十五岁了，却还和小时候一样温和又安静。与人们打过招呼之后，麦金斯特里继续朝前走，而布勒克尔则倚在一辆四轮马车的门上，只见他褐色的脸膛焕发着容光，用自己不安的手指稚气地敲打着门板。他们不知道的是，在那富于变化的脸孔后，在那一双狂热的、可怜巴巴的眼眸的深处，保罗·布勒克尔正冷静地打量、考察着每一个人，将他们分群归类。他身上的男孩气质乃是天性；然而多年来，与饥饿的斗争、与社会的搏斗接踵而至，这些因素虽然晚于天性起作用，但有时候它们可比天性更有成就。

"好姑娘！"当医生看见马拉德小姐从自己身旁慢跑过去的时

候，他触帽向她致意，这句话也脱口而出，"她也超越了自己。今天她在展示旗帜时讲得可真不错。"

马拉德小姐无意间听见了医生的话，他是故意让她听见的，她羞红了脸，以此来表达谢意。她的性格一目了然，和她的身体一样成熟健全：羞怯使她忍不住不停地眨眼；撅起的嘴唇透露了她的天真。嗯，她浑身上下，就连那双精心制作的拖鞋上的玫瑰花饰都显露出一种腼腆的缄默之态。她身上穿的那件巴尔莫勒尔衬裙的颜色彰显出了她的一颗爱国丹心。

"她们的确不错。"布勒克尔冷嘲热讽地说道。

"她是一个女人。"上尉说完，脸一下子红了——但与女士的脸红不同。

"如果她是个女人？"医生突然转过身来，"那么她身上就会有包厘街恶棍的那股子粗鲁劲。呸，麦金斯特里！在我看来两种性别并没有什么区别。如果说女人的身体不像男人那样健硕丰满，那又有什么关系哪？谁要想得到尊重，谁就得努力奋斗。"

上尉结结巴巴地什么也没说出来，紧接着，他抬起一只脚踩在树桩上，不安地系起了鞋带。

布勒克尔笑了，他的笑容怪里怪气的，还带着一丝哀伤，说来奇怪，似乎他是在为自己而感到难过。

"老兄，其实我也想像你那样看待女人，"布勒克尔说，"你认识的女人并不多吧？"

"迄今为止，我认识的女人只有两个——我的母亲和小萨拉。她们都不在了。"

萨拉？医生沉默了片刻，他的大脑在思索着什么。他曾听人说过麦金斯特里有个妹妹，她患了某种可怕的疾病，多年以来他一直在照顾患病的妹妹，直至她离世。看来萨拉就是他的妹妹。嗯，为了萨拉，他牺牲了自己的人生，不是吗？麦金斯特里的宽嘴巴抽搐了一下：于是保罗将目光从他身上移开，没过多一会儿，保罗又偷偷地向他看去，他的嘴又抽搐了一下。

"哎，老兄，我根本不记得自己的母亲或是姐妹。这个时代最伟大的发现就是女人了，老兄！我四处漂泊的原因就是不想错失与她们有关的一切幻想。在很早以前，人们理论上把她们看作天使，而实际上却把她们当成傻瓜；而现如今在这兵荒马乱的年月，我们最好给她们留下一席之地，把她们当作有血有肉的人，她们也有着和男人一样的欲望和激情。"

上尉从不与人争辩。

"我不了解。"上尉冷冷地回应。

说完，上尉继续朝前走，不再说话了，他斜眼瞥着身旁这个身材健硕、倔强自信的同伴——他的目光落在同伴脸上，那是一张尖酸刻薄、顽强不屈的脸，在它的表象之下有一团热火：上尉暗自思忖，只和守旧的女人打过交道真是一件大好事。这个布勒克尔，他和他口中念叨的那些女人的往来对上尉产生了不小的影响：他可是从北方来到这儿的。上尉看他的眼神中多了一种说不清道不明的、隐隐约约的同情：在西部人的印象中，北方的女人个个都穿着灯笼裤，她们的脸形似短柄斧，这些女人无所不能，既能对丈夫献殷勤，又能驾船出海（这都是你们的过错，新英格兰的真女人！你们为什么不来我们这里，来了解你们的国家，也让国家了解你们？为了你们好，你们最好去了解芝加哥的价值，而不是威尼斯，相信我）。

在离镇子不远的地方出现了一条铁轨，铁轨旁的小山被劈凿之后形成了一个斜坡，斜坡上裸露出了黑色的煤层，到处点缀着红褐色和白色的页岩。

"喂！这说明这儿有铁矿，"说着，医生像猫一样攀上崖坡，用手扒下来一小块岩石，"这一片岩层的构造挺奇特，老兄，把它给老格尼带过去吧。"

在接过岩石前，上尉先掏出一块麂皮布擦完眼镜，戴上眼镜之后，他将麂皮布叠好放在衣兜里一个专门放麂皮镜布的地方。

"即使站在他面前的是敌人，他也得把这一套繁文缛节从头做到尾。"布勒克尔心想，随后他跳到铁轨上。

"把它带给老格尼吧，老兄，它准能让你受到他的热烈欢迎。"

"这就怪了，布勒克尔医生。你怎么——"

"我从来不会取悦别人。再说了，我和那位老先生互相都瞧对方不顺眼。第一次见面时我们的直觉就在心里大声告诉自己：'当心狗！'你和他是朋友，对吧，老兄？"

上尉的脸红了，他的样子看起来很像一个害羞的女人。他觉得布勒克尔或许已经察觉了自己的秘密，并有可能随时将它一下子抖露出来。这个满口粗话的北方佬似乎就要把小莉齐的名字说出口了！然而，医生什么也没说，他甚至还把头扭到了一边，直到这位大龄单身汉脸上的红晕消退。布勒克尔当然知道麦金斯特里对那个小姑娘的心思，这个童心未泯的大男人将自己的秘密温柔地、小心翼翼地捂在手心里。布勒克尔的确满口脏话，但他也坚持自己的意见；他的每一次冲动都是干净的。保罗保持沉默，两人继续沿着街道前行，上尉鼓足勇气，冒险回到了格尼的问题上。

"我可以陪你走一趟，布勒克尔医生。他们会以为我是去告别的。我——"

布勒克尔点了点头。尽管这个男人的言语和目光中向来充满了生命的活力，但是那一天他却无论如何也舒展不开自己疲惫不堪的眉头。这种表现越来越明显，他紧闭着双唇，而当他开口说话时，他的声音也变得烦躁不安起来；他停在村里的水井旁取水喝，好像他的嘴巴已经被烤焦了。

"那幢房子是什么时候建的——我说的是格尼家的房子？"他问

上尉，试图表现出一副毫不在意的样子，借此来抵挡麦金斯特里好奇的眼神。

"堡垒吗？我们这样称呼它，是因为印第安人在这里居住的时候，它就是一座堡垒。"麦金斯特里滔滔不绝地说起来，一边说，还一边开心地抚弄自己稀疏的胡须。

研究老房子是他的爱好，他对此刻他们走近的这座老房子更是情有独钟，这是一座用天然石料筑砌而成的窄而狭长的建筑，房子正对街道，门楣和房门都生了蛀虫，并且布满了青苔。"新建的这一部分是布拉德福德①修建的，就是领导了威士忌起义②的那个布拉德福德，你听说过吗？墙上石刻的原料是从山上采来的，那时候用木板运送这些石料就需要两个月的时间。宾夕法尼亚州的这些老宅子里总有些古怪的故事。"

"布拉德福德？这么说，格尼一家是后来才搬到这里的？"

"几年前才搬到这儿的，他们原来住在更远更高的山区中的一个县城里。他们和我们不一样。"

"怎么，有什么不一样的？"布勒克尔机敏地瞥了他一眼，吃惊地问道，"*我*知道他们是新来的，可我以为村民会轻而易举地接纳他们。"

上尉又结结巴巴地说不出话了。

"格尼老爹——我们都这样称呼他——刚搬来时在学校里教书，可是不久他就不干了。这个地区是极好的地质带，他想要致力于地质研究，"他接着说，并没回答布勒克尔的问题，"从那以后，他们一家就以房后的那几英亩地为生，看见了吗？种着玉米、番茄和荞

① 大卫·布拉德福德（David Bradford），马里兰州的一位早期居民，因威士忌酒反抗和在宾夕法尼亚州的华盛顿建造了第一座石制建筑而闻名。
② 威士忌起义，又称威士忌暴乱，是美国农民为反对政府苛重的酒税而爆发的起义。

麦的那片地——收成还不错。"

"是谁在照管这片地?"布勒克尔突然问道。

麦金斯特里很想知道这位年轻医生为什么会对格尼一家的事如此感兴趣,但他依旧不紧不慢地回应医生的问题。

"我想,是格尼家的大女儿格蕾。那儿还有牛,你快看,还有鸭子。格尼老爹在镇上很受欢迎。人们喜欢他古里古怪的举动,还帮他收集标本;男孩子们抓鸟捕蛇给他做标本。若不是大大小小的麻烦事接踵而至,他现在马上就要有重大发现了——关于弗吉尼亚州的一座休眠的火山口。"麦金斯特里压低了声音说道,他显得十分谨慎,"更确切地说,先生,那火山口是在默瑟县。① 但是游击队扰乱了他的研究计划。"

"这倒是很有可能。所以他就只能做鸟类的标本了,不是吗?"说完,布勒克尔紧闭双唇。

"他还把蛇浸泡在酒精里。莉齐小姐房间的书架上摆满了这些东西。那个房间在楼下,约瑟夫把它当书房用。她在楼上的房间里养花,那间房里还放着她父亲的那些鸟儿。"

"那么格蕾呢?还有那对双胞胎,拿着糖浆到处胡抹乱涂的那四个男孩,还有那只狗,他们都住哪儿,他们又在哪儿做饭呢?"

"都被掖进了家中的某个角落里。"上尉温和地回答道。

布勒克尔医生性烈如火。

"你听说过约瑟夫吧,她的哥哥?我的意思是约瑟夫是我们下一届国会议员的候选人?"

"是的。现在是民主党。约瑟夫·斯凯勒·格尼,他父亲用自己的名字为他命名,老兄。去年冬天他还是一名共和党员。约瑟夫可真是一个见风使舵的好手。我听说林肯呼吁七万五千人志愿参

---

① 位于西弗吉尼亚州的南部。

军①的那一天，他在华盛顿国会大厦的台阶上像只下流的公鸡一样叽叽喳喳；他还搞砸了布雷肯里奇②的保守主义演讲，发表那场演说的目的是为你们这儿种山核桃的农民争取利益。他挣钱养家吗，老兄？"

"他选举花了重金。"

"白兰地司令③。我知道他的嗜好。"

麦金斯特里的脸色变了。这个布勒克尔医生真是个粗俗不堪、没有教养的家伙——与此同时他也看到了医生眼中压抑的怒火，此刻他们二人才走到格尼家门口，医生倚着大门注视着大门里的那座堡垒。上尉也朝门里面看去，透过蜀葵和李子树的昏暗树丛，他看见那座被暮光染成了茶褐色的古老的石房子，他一直在说话，他的话语不知不觉地倾流而出，说起话来就像倒牛奶那样容易了。刚才还慢慢吞吞、不再年轻的上尉不再沉默了。布勒克尔打开了他天性中一道关闭的阀门，是他在随波逐流的生活中做出自力更生的抉择而产生的一个顽固又倔强的岬角。古老的石房子上爬满了藤蔓，蓬乱不堪，印第安战争留下的血色印迹早已湮没在常见的果树和向日葵下了——这座堡垒和住在堡垒里面的格尼一家人，连同它们孑然一身的些许魅力，此刻赫然矗立在这个男人空空如也、泥沼般的光阴里。过去的四十年中，他一无所获：命运在将这些岁月丢给他，让他去履行使命之前，就已经将它们榨得一干二净了；现在他已经完成了自己的使命。麦金斯特里，这个性情温和、相貌普通的男

---

① 1861 年 4 月 15 日林肯政府发布讨伐令，向南部联盟宣战，南北战争爆发。林肯呼吁七万五千人志愿参军，拿起武器保卫联邦。

② 约翰·布雷肯里奇，肯塔基州的参议员，詹姆斯·布坎南政府的副总统，内战时期南部邦联的将军。由分裂的民主党派的南方派成员提名为总统候选人，在 1860 年的总统大选中落败，尽管他得到了时任总统布坎南的支持。

③ 原文为"Brandy-slings"，用烈酒、水、糖浆、柠檬或柠檬汁混合成的一种含酒精饮料。

人，愉快地熬过了将近半个世纪，他从不将自己的所作所为当作一种英雄主义的行为。职责履行完了。现在他终于有时间舒展身体和灵魂，长出一口气了——毕竟，职责是一个瘦骨嶙峋、脸庞清瘦的天使，虽说它最初由基督派遣而来，但这绝不意味着它是最亲近、最完美的友人。因此，信仰，爱，幸福，这几个词语蕴含着更多深义，它们是救赎者在福音中留给我们的。因此，麦金斯特里笔挺地站着，四十多年以来第一次向自己的四周看去。身为男人，他有成年人的血液、肌肉和需求；他的灵魂还没有被狭隘的信仰填满，饥渴也是他的一种内在本能，他思想偏狭，也习惯于隐忍；他声称工作和幸福是他的权利。而现在权利对他来说已经触手可及了。上帝会在每一个生命体中植入一个真正的信使，它拓宽这生命的宽度，将其抬升：虽然这个信使有时候显得幼稚，有时候显得自私，可它的的确确是直接从**他**那儿来的，它的周围以及它所触碰到的一切都将闪耀神圣的辉光。我们将那种东西称为爱，你应当记住。俗世的风流韵事，按照麦金斯特里所接受的教育来判断，就像促销的商品那样不计其数。因此当他发觉，那座茶褐色的老房子和房子里那个安静的小姑娘——小姑娘能发出一种稀奇的声音，人们甚至不惜走很远的路来倾听那个声音——在他的生命中占有了一种超乎寻常的分量时，他拾起儿时骗人的童话，用强烈的美、渴望、激昂的力量来羞辱**命运**，这是一种他全然不知的命运，他将一切新知深埋在心底深处。这是一种男孩子气的弱点。周日他将它丢出脑海，因为心里装着它是亵渎神明的行为：他怎么能对他所崇敬的那个万能永恒的模糊存在提到格尼或是莉齐呢？从前，他常在教堂附近徘徊，总是趁莉齐经过时，偷窥她飘摆的白裙子。倘若小姑娘的裙边偶尔碰到了他的腿或者胳膊，他的四肢便会不由自主地颤抖起来，他有时会情不自禁地产生一个疯狂的念头：把那个一脸疲惫的孩子搂进怀里，让她永远停靠在自己结实的胸膛上。不过他会为自己的这种想法而感到内疚和羞愧。然而他并不知道，基督，望着他心中纯洁的狂喜露出了微笑，很久以前当玛丽将亲爱的信徒带到基督面前时，基督就是那样微笑的。

　　他从没和小莉齐说过他爱她——他甚至对自己也三缄其口。哎，他已经四十五岁了，一两年前她和她的兄弟们在街上玩雪橇时，她还是个顶着一头黄毛的小不点儿。他还记得自己第一次被她吸引时的情形——那天是平安夜；那时他的母亲和萨拉还在世。村子里来了一个意大利女人，那个脏兮兮的、饥肠辘辘的可怜虫带着一台旧手风琴，格尼家的这个小女孩顶风冒雪陪她挨家挨户唱圣诞颂歌，为她打小手鼓。人们都说："哎呀，你真是个小机灵鬼哟！"说完，就给小女孩抓几枚银币。那时候她就有一副美妙的好嗓音了，她穿着蓝色的小斗篷，戴着风帽，胖乎乎的，好看极了；她跟着那个女人走街串巷，她可真是个心地纯洁的小东西。他记得，那天她还跳了一两次舞，她一边跳一边打手鼓；手鼓的声音仿佛使她进入了一种狂喜的状态，她一直笑个不停，直到眼睛里装满了泪花，她的头发凌乱地披散在红通通的脸颊上。他相信，她一定是忍不住了才会这样笑，因为平时有人和她说话时，她总是害羞又胆怯；他多希望自己当时没有看见她翩翩起舞的样子啊，尽管那时候她还只是一个孩子。舞蹈，他想，这是一种来自地狱的诱惑，它不仅邪恶，还能让人久久不能平静。从那以后，她经常来农场看他的母亲和萨拉。她们试着教她缝补，但她是一个懒散的小家伙，他记得，她的脸上常常挂着任性的笑容。她叫他"丹叔叔"。现在她长大了，成了一个女人了。在那几年里，她住在纽约的亲戚家，在那儿学习歌唱。哦，哦！麦金斯特里以为音乐和锅底下噼啪作响的荆棘一样没什么用处；因此他从未知晓的一个事实是，格尼家小女儿的声音是这个国家最纯正的女低音。后来她回了家，长大了，还像小时候那样羞涩；只不过现在她看上去非常疲惫，需要关爱：每一个见到莉齐·格尼的人都想安慰和帮助这个孩子。格尼家一贫如洗，也许这就是她看起来如此疲惫的原因。如今她是一个女人了。那后来呢？哎，没有后来了。他还是丹叔叔，和其他人比起来，她并不那么害怕他：仅此而已。他站在保罗·布勒克尔旁边，当他将身子探进栅栏门的那一刻，他想起有一天上午她买了一块质量很差的遮阳布送给他，并对他说："你总是对我这么好。""我现在对她好，"他心想，眼镜后那双温和平静的蓝眼睛变得更加忧郁了，"将来会一直如此。"

医生打开大门，走了进去，拐入灌木丛，在一棵梧桐树下坐了下来。

"你别等我了，麦金斯特里，"他说道，"我要在这儿坐会儿抽根烟。我们刚才提到的那个约瑟夫过来了。"

可是，上尉离开之后，他并没有点燃手里的香烟；他摘下帽子，让风拂过自己的头发，他脸上的燥热逐渐消退，最终换上了一副僵硬的面孔，那是薄情寡义的特征。

一个满脸赘肉、面红耳赤的家伙沿着小径过来，他穿着考究的横罗纹布衣裳，扬扬得意地披着一张海狸皮，笨拙地抚弄着自己的印章，看见上尉，他轻蔑地哼了一声，当是打招呼了。今天晚上布勒克尔十分狂躁，他正在被一种我们一无所知的激情折磨着，在他看来，那个家伙看上去就像一只刚从关着猎物的巢室里爬出来的臃肿的蜘蛛。"他狼吞虎咽，自己吃得脑满肠肥，却让屋子里的那些受害者乃至整个国家来承受恶果。"他嘟哝道。布勒克尔是个急性子的年轻人。在我们看来，也许那家伙只是一个混迹于政界圈的骗子，虽然粗俗又普通，但是他这类人却很讨喜。"斯凯勒·格尼这号人都干着最肥的差事。上帝很快就会派来一位君主了！"那个政客在身后关上大门后，布勒克尔低声嘘道。通过这个小插曲你能看得出来，布勒克尔医生和绝大多数努力打拼向上攀爬的人一样，用短浅的目光来看待抽象的理论。自由，在他眼里，是一个格外诗情画意的想法，和千禧年一样，它只是政治演说和大学校园里那些乳臭未干的年轻人的专宠，而他生逢乱世，从未接受过有关克己自制方面的教育；他诅咒脱离联邦的行径，骂它是无政府主义，而华盛顿的那个政府，同样是无法无天、醉生梦死、异想天开的暴君；他真希望有一只铁蹄从天而降，终止这一切纷乱。医生出生在位于南北方交界的一个边境州；据说，生活在那里的人们最关注的政治问题，就是老百姓能否勉强维持生计，而他们最在乎的就是关乎生计的权利；因此，保罗·布勒克尔从不指望自己能从明天那儿得到什么。他的出身还以其他的方式将其血液凝结为情感的倦惰。今晚，麦金斯特里进屋后，他一个人等在外面，花园古朴而静谧，他周围的空气干净、纯洁、没有香气，群星在遥远的天边显得落寞孤独，他把手脚都伸入黏湿的苔藓里，此时此刻他身心放松，开心得像个孩子，不去胡思乱想。村子里的喧嚣和嘈杂之声无法渗进这个小花园里；陪伴他的只有满足的、没精打采的宁静；星光下的婆娑树影，鸽子向伴侣发出的低吟，就连掉落在他手上的一朵梓树花，都能让他愉快得失去理智：他隐隐约约地意识到，大地充满了生机与生气，而他乐意就这样生活下去。

布勒克尔与生俱来的天性中有某种与高等动物的生活相契合的东西。如果他生在富裕之家，不管他是住在这死气沉沉的山坞里，还是生活在南部地区某个慵懒的棉花种植园里，那么现在他肯定已经成了家，作为丈夫和一家之主，他和颜悦色，关爱儿女，随心所欲，他喜爱绘画作品，热衷于骑马，他将房间布置得高雅而有品位，他乐善好施，收藏的葡萄酒醇馥幽郁。这个时候他的身份应当是布勒克尔法官，他的嗓音洪亮，脸色红润，长着厚厚的眼睑。可是，他不过是在康涅狄格州呼吸着稀薄的空气，一路挣扎、艰难求生的役童、摄影师、教师和医生；因此，那晚走进格尼家花园的布勒克尔精明、傲慢，为自己身怀识别骗子的本领而倍感自豪。他身上穿的坎肩和裤子布料粗糙，倒是与他的性格很配；他粗言粗语，不修胡须，五官紧凑，神色机敏。他的那双黑溜溜的眼睛已多年没有掉过一滴眼泪了；虽然眼泪应当从眼睛里流出来，就像女人的眼泪那样。

因此，布勒克尔心满意足地坐在安静温柔的黄昏之中，过了一会儿，他一边不耐烦地吸起了香烟，一边盯着那幢老房子。他在等什么人：和麦金斯特里不同，他对古老的堡垒本身并不感兴趣。一幢被塞得满当当的房子，里面装着零乱无序、马马虎虎的生活，虽里面的人已食不果腹、穷困潦倒，但有些人仍然绝望地攥着旧时等级遗留的声誉不舍得放手，房屋里正有一个工人在耐心地承受着自私的重担。哎，这就是焦虑的、步履维艰的美国中产阶级的生活史：格尼家的情况为何会让他倍受刺激，使他感到难以忍受呢？保罗怀有偏见：他坐在黑暗中远远地望着一扇亮着灯的窗户，情绪有些不稳定，他能看见窗户里面的情形：他将其称为一部正在上演的令人同情的悲剧；然而那扇窗子后面的生活看起来既欢乐又热闹。那个叫格蕾的姑娘清新脱俗，看上去无忧无虑，可在他眼里，慢慢地喘着粗气的格蕾是一个牺牲者。此时她正怀抱着一个孩子走来走去哄他睡觉，她嘴里还哼着歌儿，和那些刚刚摆脱寄宿学校影响的年轻姑娘一样，她唱的不是忧郁的小调儿，而是清脆欢快的歌曲。你可以肯定，那个听着歌声入睡的孩子明天早上醒来时一定是微笑的。他看着她的身影一次又一次经过窗前；她很快就能出来了；以前她总是在炎热而忙乱的一天结束后走出屋子——出来祈祷；于是他选了这样一个漆黑凉爽的夜晚与她会面，和她道别。他等待着，有些急躁。

格蕾搂住马斯特·佩恩胖乎乎的小腿儿和扭来扭去的胳膊不停

地来回走动，她嘴里哼着《罗伊之妻》[①]，累得上气不接下气，突然她停住了脚步。

"我确定，佩恩，我真不知道该拿你怎么办好了。"说完她的眼泪要掉下来了。

"《迪克希》[②]，现在唱，姐。"

佩恩今年三岁，母亲去世时，他还是个襁褓中的婴儿；因此每天晚上，姐都抱着他走着晃着哄他入睡：在他幼小的记忆里，姐总是紧紧地贴着这个顽皮的、胖乎乎的、身穿白色睡袍的小肉球。这时候房间的一个角落里响起了一个又尖又细的声音——

"你真是古道热肠，潘罗斯主人，如果老欧兹也能有你这般志气就好了！这是主赐予这孩子的一份特殊补偿！"

佩恩用一只蓝眼睛的余光打量着他姐姐的脸。"姐"长着雀斑的脸和她婴儿般的嘴有时与欧兹所说的天命有着某些契合之处，然而今晚它却没有显露出来。

"不，不行，大叔。这不应该是他入睡前要做的事。我也一直在尝试，我在入睡之前看见的东西必须是欢快而美好的，然后我闭上眼睛，迅速闭上——就像佩恩马上要做的那样：快呀！你这个小家伙！"

从没有人说过格蕾·格尼长得漂亮；佩恩现在很会从她的身上找乐子；他把她当作自己的小马对她又是摇又是踢，但即使这样她的脚步也依然坚定、轻快；他用手掐她雪白的喉咙，把她美丽的红头发扯下来；他还把自己圆乎乎的小脸贴在她的脸上。她的脸瘦削而迷茫，然而佩恩对此一无所知；他只知道，她的皮肤和他的一样光洁水嫩，她柔软的双唇已经做好了亲吻的准备，她那双黯淡的浅褐色眼睛坦率直白，和婴儿的一样。小孩子和狗都信赖格蕾·格尼

---

① 一首十分有名的苏格兰民谣。
② 流行于十九世纪的歌曲。内战期间，《迪克希》成为南部邦联非官方"国歌"。

这样的女人。在把自己折腾得精疲力竭之后，佩恩终于蜷起身子睡着了。

格蕾和孩子们住在一间狭长的房间里，房间的地板上铺有一张碎呢地毯（这是去年冬天她和几个男孩子，还有老欧兹一起费了些力气织成的）：今晚屋里很亮，因为格尼老爹把他的书桌搬过去了。此刻他正在专心致志地研究宾夕法尼亚州的鳄鱼和恐龙①目录。他又高又瘦，长着一个鹰钩鼻和一双直勾勾的、向外突出的蓝眼睛。麦金斯特里上尉坐在他旁边，手里正翻着布龙尼亚②的书，从他擤鼻子的频率来看，显然他一进门就嗅到了老人衣服上的难闻气味；他的眼神踌躇不定，从手中的书上移到裹在红色睡衣里那具瘦骨嶙峋的躯体上，而后又移到了墙上那些皮包骨的鸟类尸体上，鸟的翅膀上包裹着厚厚的灰尘。

"他们倒是挺像，"老欧兹过去时常这样嘀咕，"那些鸟儿不用吃东西，格尼主人也能不吃不喝，上帝作证！"

"如果可以的话，麦金斯特里上尉，"现在说话的是格尼老爹，他说话时总有一股股嘶嘶的响声从牙缝里冒出来，"如果可以的话，如果今晚能取到它旁边的一块页岩，我就心满意足了。显然这是一块原始足迹的化石：这可不是印第安人留下的印迹。我跟你一起去。"说着他将睡袍提起来堆到了自己瘦长的腿上。

"现在不行，"突然钻进脑海的一个念头使麦金斯特里的脸色一下子严肃起来，他的语气很坚决，"小姑娘还得和丹叔叔出去散步哪。这是我们最后一次一起散步了。走吧，孩子，带上帽子。"

坐在门阶上的小莉齐（人们都这样称呼她）站起来向楼上跑去。有一类女人，她们似乎生来就习惯于接受命令，被别人照顾，

---

① 原文为 "Sauroidichnites"，特指 "蜥类的古径迹"。这一词语在戴维斯的时代特指鳄鱼和恐龙。

② 亚历山大·布龙尼亚（1770—1847），法国化学家、矿物学家、动物学家。

莉齐就属于这类女人。莉齐走过身边时，格蕾将一条浅色披巾披在她的肩膀上。在格蕾看来，莉齐是一件精美的瓷器，而她自己则是一个粗糙的陶罐。她不是还得和老欧兹做伴嘛？当家里没有西红柿做晚餐时，或者当她揽不到针线活挣钱为莉齐买鞋时（莉齐穿鞋很费，可怜的东西），她总是与欧兹商量。其他人可不会在意这类事情，因这些事情去打扰他们因此就显得有些刻薄，而欧兹却喜欢分担她的苦恼，有时倾诉可以让人如释重负！这个年老的黑人在成年之前是她祖父的奴隶；现在，他的脊柱患病，孤立无助。格蕾带着他一起搬到了镇上，"你也知道，大叔，没有你我根本就管不好这个家——我自己真的不行。"因此他总是在自己的椅子上铺一块羊皮垫子，坐在屋中阳光最充足的角落，格尼还用机器改了父亲的一些旧衣服给他穿。欧兹学会了针织活，他说："自己能够自立，能为男孩子们补袜子，还能让这些淘气鬼遵守秩序。"

格蕾的机器虽然只是个便宜货，但它却很结实耐用；它的箍铁带，它的轮子，在她转动它时都会向她发出一阵欢快的笑声，那笑声能让佩恩慢慢安静下来，它好像在说，"我会帮你搞定一切的，姐"，然后轻蔑地瞅一眼旁边的一堆白布。男孩子的衬衫，你也知道，但是她在棉布涨价之前就赚够了钱买这些衣服，也真是够幸运的了。三个男孩已经入睡了，胳膊和腿横七竖八地摆在地板上，地上还散落着塞着半个苹果的袋子，代替肩带使用的绳线，另外还有其他一些掩盖在裤子底下被拿来当肩带用的东西。格尼家还有一对双胞胎，是两个十岁的女孩子，她们爱打扮，想吃腌菜，渴望拥有属于自己的相册。她们去参加村里的派对时，姐为她们补白裙子，和姐在一起太有趣了，她们穿上白裙子后试图把补丁挡上！可姐把补丁缝得太滑稽了，她们整整笑了一个晚上。

格蕾还攒了些钱，打算用来买蝴蝶结装饰两个小姑娘的腰带，可钱却被约瑟夫拿去买了雪茄。一个女孩子号啕大哭起来，就连格蕾的嘴唇也气得发紫，她体内的威尔士血统简直要发狂了。这个女人既不是天使也不是傻瓜，保罗·布勒克尔。那时——他干的那件事不值一提！可怜的约瑟夫！他是母亲最宠爱的孩子，有点被惯坏了。她总是端着剃须水急急忙忙地走到他房间的门口，喊："哥哥！"格蕾的声音低沉，总是那样悦耳，我记得；看着她的眼睛，听着她的声音，你就能看见她的笑容。这位前国会议员很友好，派头十足。格蕾希望自己能成为一个有用之人；女人们几乎不了解自己的位置。

屋子里还有一个女孩子一直在忙个不停，她正在收拾男孩子们的船——那是一艘坚固笨重的、荷兰制造的小型快帆船，女孩子的名字叫洛。洛打心底里觉得格蕾很蠢（她为格蕾打理计算方面的事务，因为格蕾不会乘法表）然而，她从不向别人透露自己的想法。她把几个男孩子拉在自己身后，好像是在拖一只驳船，当她迈着重重的步伐从格蕾父亲身边经过的时候，她抱怨道："那个无聊的人，麦金斯特里，收集了一堆石头。"她宽阔的肩膀的每一次扭动都表明了她心中的义愤。

"空气真新鲜。"她对格蕾说，说完她朝着开着的门猛地点点头。

"我会去的，上尉。"

"上尉！嘘！"

她向已走下楼梯、正怯懦地等着麦金斯特里的那个瘦小身影投去的并不是羡慕的目光。

"你们这就要走了吗，上尉？"老人的鼻子和他的大脑猛地从书上抬起来，"莉齐——嗯？这有一块儿岩石。它煤层的信息，你说？这么说，它不可能像无尾两栖类动物的足迹那样古老。"

突如其来的一声怒吼将他拉回到现实中。洛大喊着命令他上床睡觉，她甚至还用了三段论，她应用得恰如其分。老人用双手捂住自己的耳朵，脸上的笑容里饱含着宽容，后面他们又说了什么，麦金斯特里就听不见了。

"女儿，在这里我很难将心思完全放在我寻找真理的事业上，"他像平常一样俯看着格蕾的头，"但我会尽自己所能——我尽自己所能。"

"我知道，父亲，"她轻轻地抚摸他的头发，好像在安慰一个小孩子，然后她调整了灯光的亮度，取来拖鞋，他伸出双脚让她为自己穿上拖鞋，"我知道的。"

随后，他拿起笔，她走出房间，走进了凉爽的黑夜。

"我尽自己所能。"看着书中的目录，他真诚地说道，随后把头歪向一边。

欧兹的机会来了——机不可失。

"你啥都没有做！如果你真的尽自己所能了，先生，地下室里就不会只剩下一根肋骨了，而家里等着吃饭的有十张饥饿的嘴巴。格蕾小姐养的那头猪已经被我们吃得只剩下尾巴了。六月里吃猪肉对于基督徒来说可不是什么光彩的事儿，更何况我们还是长老会的信徒。"

老人匆匆地瞥了他一眼。欧兹脊椎的疾病给了他随便说话的特权。

"我得让他滚。"老人用微弱的声音说道。

"你还是自己先滚吧。"欧兹低声咆哮道。

老人又回到了无尾两栖动物的世界里，而欧兹则继续默默地为佩恩的袜子打罗纹结：古老的堡垒静静地矗立在月光中，它似乎正在回忆许多年前印第安人被围困的事件。

格蕾走在一条满是树皮的小路上，她的脚步很轻。她深深地吸着气，一天的工作压得她喘不过气，她将披散在额头和喉咙上的头发甩到脑后。孕育在空气中的露珠使清朗的月光像冬日的清晨那样清新而生机勃勃。格蕾张开双臂，像孩子般笑了。看到她的头发，你就知道，身为教友会信徒，她单纯的性格中有一种强烈的诗意的特性；它就藏在她的卷发里，在那个孩子把头发扯散下来的位置，它没有光泽，但是它的色彩浓重而深沉：她的眼睛也是如此；它们不是沉闷的黑色，不像每天对旁观者倾诉遭遇的女人们那样闪着光；这个姑娘的眼睛是淡褐色的，清澈单纯，有时流露出一种漫不经心的神情，然而当她的灵魂想要展露自我的时候，它们就会为它找到适当的表达。长着那样的头发、眼睛、热烈的嘴唇、结实的肌肉的女人，都是孩子，她们天性单纯，直到有一天她们迎来主的考验：于是她们经历苦难，却对自己的所作所为毫无知觉。

夜晚晴朗又宁静：只有几缕空幻的灰雾缠在月亮周围打盹：它们飘浮在群山顶上遥远的地方。她想象自己看见了树林中风搅起的微澜映在地上的羽毛形阴影。她倚在门楗上，看着绵延的牧场、群山和缓缓流淌的河水。她心想，整个世界都在等待邂逅比白天更加鲜活的生命和美：或许，在纯洁的月光中可以回到上帝说"要有光"的那个黎明。格蕾对于夜晚的理解更加透彻，也许是她离开了那所房子的缘故。每天晚上她都走出家门。她把衣服和吃喝之事抛于脑后，暂时忘掉自己是格蕾·格尼，走近纯洁而古老的大地，在凉爽和休息中回归本真的自我。她从不会穿着脏裙子走进长满苔藓的山谷，或是风吹叶动的松树林；她总是穿着素净颜色的或是白色的衣服——格蕾：那是她唯一的自我成长的时刻。今晚她看见了麦金斯特里的身影，他正穿行在黑麦田间的小路上。他弓着腰身，用手为莉齐引路，就像护士对待婴儿那样。格蕾迫不及待地用力扒开面前的灌木丛；在苍白的月光下她可以看见那个女孩子的脸。莉齐的脸是铅灰色的，但是现在应该是绯红的，格蕾思忖着，是一种健康的红色；莉齐的双眼望着大地：平日里她紧锁着眉头从家里向外张望时，不堪的疲惫常常让她异常冷静，而这种冷静使这个傻姑娘对自己的无忧无虑感到羞愧。男人的长相虽然极为普通，可无尽的温柔和痛苦使他的脸显得格外高贵，格蕾认为，此刻上尉对莉齐的照顾一定会让妹妹感到心满意足。格蕾终于可以休息放松了；她恨极了自己和自己的生活。尽管此刻她的内心感到由衷的感激和欣喜，可是她的眼眶里却溢满了泪水。

"她终于找着自己的家了！"格蕾自言自语地嘟哝着。她慢慢地在花园小径上闲荡，也许是她脑海中的什么东西一下子攥住了她，她的嘴唇开始像孩子那样不停地颤动起来，"她终于有家了，终于有了！"她反复念叨。

保罗·布勒克尔也等在树林里，看见麦金斯特里和身边的同伴时，他读到的故事和格蕾的一样，只不过故事的视角不同。"那个姑娘爱他。"这是可能的，然而，身为医生和空想家的布勒克尔觉察到：麦金斯特里拘谨保守的性格与那位姑娘好奇的特质并不契合；看来他永远也无法了解他们两个人了。当他们经过树林，走近布勒克尔的视线时，他眯起眼睛打量那个女孩——她迈着沮丧的步子，她的四肢虽然很轻盈，但却紧张不安，她紧紧握住麦金斯特里长满硬茧的手，想要得到保护。"这可怜的孩子！"医生心想。从女孩的脸上还能读出更多的信息，看见她的脸时，人们会说她是一个温柔、羞涩的小姑娘：她小巧的下巴总是流露出一副迟疑不决的样子；她薄薄的嘴唇没有片刻的安宁，它们像饥饿动物的嘴那样一直开开合合；她的一双灰眼睛看上去呆板又迟钝，和布勒克尔在新英格兰见到的通灵女巫的眼睛很像。

"让人感到欣慰的是她爱的是麦金斯特里，而不是我。"他说道。

他转过身，不再想莉齐的事了，他看见格蕾正朝自己走来。花园坐落在一个斜坡顶上，坡下是一条小溪的边缘，格蕾现在就站在小溪边上盯着黑色河水结成的惴惴不安的硬壳和珍珠般的月光。想起莉齐，想到莉齐此刻正沐浴在浓浓的爱意之中，格蕾不免感到有些孤独，也许是平静，她也说不清究竟是怎么一回事；她试着把思绪拉回到家里，努力让自己想脏衣服和肋骨。哎呀！她的心思他一眼就看透了，她的脸就跟孩子的一样！在别人眼里她是一个既普通又幼稚的姑娘。他因而感谢上帝，除了他之外，还没有其他人留意她。看看她娇嫩的肌肤！她多纯洁啊！如果他不把握住机会得到她，世界将会以怎样的方式来对待她啊！他一定要这样做；今晚他要闯入她的生活，绝不放手，他要让她的生活和自己的融为一体。她继续向前走，走进了亮光下：没错，就这样。前面有一个山毛榉的圆凳，腐坏的圆凳上长满了青苔：她将会在上面坐一会儿，现在，她的脸在明光下清晰可见，而他还站在阴影中，于是他朝她走了过去。

"格蕾在等着和朋友道别吗？"

她将一只手放进他的手里，突然袭来的一阵激动之情使她的嘴唇不停地颤抖起来，她未经训练的眼睛慌乱地东张西望。

"我想你会来找我的，布勒克尔医生。"

"叫我保罗，"他粗声粗气地说道，"我和你不一样，我生来就是个粗人。希望你不要介意。"

她骄傲地抬起头。

"你知道我不会介意的。我不是一个庸俗的人。"

"你当然不是，格蕾。然而——真是奇怪，还从来没有人叫我保罗，无论是过去还是现在都没有人这样称呼过我。那是平等的标志；在乱世中，我沾染了底层的污点。你并没有那么庸俗，所以不会介意这一点。你是我见过的最高尚最纯洁的人。我知道叫我保罗就是你的权力。你和我的灵魂将一起出现在主的面前。"

她脸上孩子般的红晕渐渐消失了，现在露出了女人胆怯时常有的神情。他又向她凑近了些。

"它们会单独站立在主的面前，格蕾。"

她的身子向后缩，双手紧张不安地抓进了厚厚的卷发里。

"你不相信吗？"他的呼吸变得急促，气息变得灼热，"难道那只是我一厢情愿的幻想吗？不能成真吗？"

"能成真。"

听见她的低语后，他的脸顿时变得煞白，眼睛里闪烁着亮光。

"那么，你是属于我的了，孩子！你有一些抵触，是怎么一回事？你为什么总是躲着我？"

"答应我，以后别再提这件事了。"她虚弱地说道。

"呸！你像男人一样坦率，格蕾；但你这样做却是懦弱的表现——没有意义，就像我以前曾说过的。我还会再提到这件事。我只剩下今晚了。"

他让她坐在山毛榉树干上。从他触碰她，望着她时的眼神中，人们能想象出来这个女人在他无比粗俗的头脑中是怎样的形象，这个在他的头脑中孑然而立的姑娘既娇弱又纯真：信徒会将同样虔诚的手指放在圣母马利亚的衣裙上。随后，他拉开与她的距离，直视她的褐色眼睛。也许，天真又胆怯的格蕾反而是两个人中更冷静、更坚强的那一个。可怜的医生虽然一直在与世间的愤怒和欺骗搏斗，可他热忱的本性却没能为这一个小时攒下些许的平静、圆滑或语言才能。站在那儿，他那颗男人的坚定的心脏居然像个歇斯底里的女人那样跳得十分缓慢，他的眼睛里冒着火，在他看来，他过去的生活只是他将要说出的这段话的虚弱无力的开场白。

他抱怨道："当我来到你面前，告诉你无论男人还是女人，他们一生之中只有一次机会时，你却满脑子装着女学生的蠢念头，把我晾在一边，这让我很生气。你不要这么做，格蕾。你和别的女人不一样。"

他说的这番话触动了她心底里的什么东西？她抬起头，目光坚定地看着他，双手紧紧扣住膝盖，孩子般的红润的光从她的脸上消失了。

"我和别的女人不一样。你说得没错，但那并不是全部事实。你叫我没头脑的、快乐的孩子。也许我是这样的人；但是，保罗，主已惩罚过我一次了。虽然我不知道为什么惩罚我。"说着，她站起身来，漫无目的地伸开胳臂。

两个人都沉默不语了。刚才那个活泼健康的格蕾·格尼消失得无影无踪了，冷冰冰的恐惧悄悄爬上她的脸。他抓起她的双手握在自己手里。

"我也不知道是什么原因，"她悲叹道，"**他**就这样做了。**他代表善。**"

他看见了她脸上的变化，他那双握着格蕾双手的手不由自主地颤抖起来。她已不再是个孩子了，她现在已经长成一个女人了，而这个女人的灵魂却被诅咒了。米利暗——上帝之手使她患上了大麻风①——也许就是这样在营地之外仰望着**他**。布勒克尔凑到她跟前。难道她不是属于他的吗？他会守护她，即使他反对的是上帝，他其实并不怎么在乎上帝。

"你究竟都经历了什么呀，孩子？"

她挣脱他的双手，声音沙哑，语速飞快地低声说道。

"别碰我，布勒克尔医生。我和你保持距离，并不是因为我的脑子里装着女学生的怪念头。我和别的女人不同。我不配得到任何男人的爱。"

"我想我明白你的意思，"他神色凝重地答道，"我听说过你的事情，格蕾。别人强迫你过了一段虚伪的生活。我全都知道。可那时你还是个孩子。"

她又走了几步，与他的距离更远了，她将手扶在一棵枯死的树干上，把脸朝向河水。从河面上吹来的黑风发出飒飒的声响，吹起

---

① 米利暗是纪元前 13 世纪耶和华的女先知，出生于利未人的家族，是暗兰和约基别的大女儿，亚伦和摩西的姐姐。

了她的卷发，吹湿了她的额头。布勒克尔看着她，此刻他的头脑清醒，心志坚定；在他人生中的其他几个令人震惊的时刻，也就是当虚伪和习俗灰飞烟灭，当赤裸裸的灵魂坦诚相见的时候，他的头脑就是这般清醒，心志就是如此坚定。他在乎的不是那个日常的、快乐的、无私的、过着下等生活的格蕾；撑起这个女人的只是一个外壳，她的天性与他自己的天性扭打纠缠在一起，而他会在将来的某一天带她要么一起下地狱，要么一起上天堂。他深知这一点。现在正是这个女人站在了他的面前：回首往事，她与生俱来的力量和纯洁，与眼前这个愤愤不平的男人一样的荣辱感，他们强迫她过的那段虚伪生活，这一切让她敢于面对真相，尽管是上帝让她遭受这样的痛苦，但她仍像一个天真的孩子，执着于对**他**的信仰。那个幼稚的信仰，在她平凡普通的生活里举足轻重，而对爱她的保罗·布勒克尔来说却一文不值。她天真无知；而他了解这个世界，他清清楚楚地知道，那个让世界承受了不必要苦痛的力量背叛了善，而这种善意，他依靠自己的常识和友好的情感都能够孕育出来；这是美国多数半吊子思想家最诚实的想法。

"你只不过是个孩子，"他又重复了一遍，"我丝毫不介意，格蕾。你并没有被玷污。"

"它的确使我有了污点，"她哭着说道，情绪十分激动，"我会带着那些污迹进坟墓。我再也不是个纯洁无瑕的人了。"

"那么，你的主为什么要让你遭遇这样的卑劣之事呢？"这句话不受控制地从他的嘴唇里挤出来，"是**他**将你交给了一个自私自利的女人；是**他**使你的意志力天生薄弱。是**他**让你忍受由失败的婚姻带来的痛苦。哎呀，孩子！你把它称为犯罪，你对一个自己厌恶的男人说出了婚姻誓言，而这个誓言将你困住了；然而在基督教世界里的每一座教堂里，每天都有人说出这个誓言。"

"这我知道。"她的声音变小了，抽抽搭搭地哭起来，那哭声听上去就像个孩子。

现在，她坐在地上，溪岸上茂盛的草随风摆动，簇拥着她的身体，她把自己的手指伸进打着漩涡的溪水中，顿时一种宁静、公正和寒冷的感觉传遍了全身，她很久都没有过这种感觉了。

"我真的不明白，"她继续说道，"肯定是哪里出了差错。但我认为这并不是上帝的缘故。成千上万的年轻姑娘和我有着共同的婚姻经历。也许，即使我将此事向**他**倾诉，也无法阻止它继续发生。我想**他**是不会关心这种事情的。"

布勒克尔没有说话。现在他哪里还管得上这种问题？他坐在她旁边的枯树干上。他的胳膊肘拄在膝盖上，撩人的眼睛快把她的脸蛋儿和身体吞噬了。就算她以前曾被卖给了另一个男人，那又有什么关系呢？现在她自由了：那个男人死了。他只知道眼前这个人是他在世间唯一的真爱。和她有关的一切对他而言都很珍贵：她的每一次呼吸，每一寸肌肤，在一种强烈激情的刺激下深深地吸引着他；她的灵魂里藏着某种他需要和渴望的东西：这种东西在他自己的生命中是缺失的，因而他需要它，或许得到她的某种东西——虽然他也不知道那究竟是什么——就能获得更大的自由，以及荣誉、真理、功绩等未知的可能性。只有得到她，他才能再做其他事情，再继续生活下去。他还要把持她的青春，她不同寻常的美；正因为自己独具慧眼，才看见她的美，因此他要全心全意地爱护这美，把她的灵魂拉到光下！她真像个小孩子：她胳膊上的皮肤是那么娇嫩白皙，她蜷起的双腿是那么柔软！她太纯洁了，每当他靠近她时，都不由自主地讨厌起自己来，因为他总是突然想起自己身上的种种污迹，觉得自己不应该碰她——他曾在包厘街的舞厅里与浑身麝香味的漂亮女人跳华尔兹：有时候，当这个女孩子将自己冰凉的小手放进他的手里时，他忍不住热泪盈眶，他认为一定是遥远的上帝或他已逝的母亲在保佑他。她坐在那儿，回顾了那段在她生命中留下污点的时光，然后她眼望苍天，看向那个她信赖的力量，她想知道为什么会发生这样的事。他看见过一些小孩子，他们被妈妈的手打过之后，眼睛里流露出的就是这种悲伤与哀求的神情。

"这不是任何人的错，保罗，"她说道，"我的母亲并不自私，她也是一个普通的女人。家里有太多张嘴等着吃饭了：像我们这样的家庭多是这样的。"

"我知道。"

"我书读得不好——别人说我笨。因此我不能教书；家人也不让我靠缝缝织织来赚钱，觉得这样丢人。女人就只剩下一条出路了。如果我是个男孩——"

"我明白。"

"男人是不会明白的，"痛苦使她的声音变得尖锐刺耳，"天天在家里和别人抢面包吃，这可真不是件容易的事，而你的手脚都被绑住了，只能无所事事，无可奈何。男孩子可以出去工作，他有一百条出路，可女孩子就只能结婚；结婚是她谋生的唯一手段，只有结了婚她才能拥有属于自己的家，才能填满她空虚的心灵。不要责怪我母亲，保罗。她得养活我们十口人。自打我懂事起，我就知道她唯一的愿望就是自己能活得久一点儿，她能亲眼看着儿子们接受教育，看着女儿们成家。这已是老生常谈了，布勒克尔医生。"说完她笑了，可她颤抖的笑声听上去比哭声更令人同情："从那之后，我便留意到，千千万万个家庭的处境都是如此。在这些贫穷、有教养的家庭里，像我这样的年轻女孩子，简直就是这世界上最无助最无奈的人了，我们的灵魂饥饿至极。我不能教书。我也没有天分；但是如果我有的话，女人也毕竟还是女人，她最想得到的也不是陈腐的书本，她也不想穷年累月地挣工资。"

布勒克尔怎么也笑不出来了。

"你在谈女人的政治经济学定律，格蕾。"

"我不知道你说的是什么。我只知道自己的生活是什么样子的。那时我还是个孩子；但是当那个男人走过来，伸出手要带我离开家的时候，我很乐意把自己交给他——就是那时候他们将我卖给了他，布勒克尔医生。我要离开的好像是一个令人窒息的深坑，在那里我吸入的空气是从别人的肺里呼出来的，我要出去呼吸自己的空气。婚姻是什么，它应该是什么样子的，我统统不知道；但是我和别人一样，也想找一个让自己立足的地方，我不想成为一个老姑娘，在忍耐中度过一生，这种例子太多了。"

"你的理由不充分，也太庸俗了，孩子。它不应该打动一个真女人，格蕾。每个年轻的姑娘都能找到工作，在这个世界里为她自己赚得一个体面的位置，而不受错误婚姻的玷污。"

"现在我知道了。但是人们可不会把这些事情告诉年轻的女孩们。我那时还是个孩子，意志力薄弱。但是现在，我自由了。"她的眼光一下子明亮起来。"我从不埋怨别的女人。因为，你也知道，"说着她抬起头，脸上的笑容忽隐忽现，"女人渴望爱那些属于她自己的东西，她希望有一个对她好的人，想要一所属于自己的小房子，有自己的客厅和厨房。如果她嫁的第一个男人说爱她，出于想要独立的愿望和渴望爱的本能，她并不知道自己被卖了，而当她知道的时候已经晚了，不知怎的，全世界都乱了。"

她停下来不说了，仰着困惑不安的脸盯着他的脸。

"但是你——你现在不是自由了吗？"

"他死了。"

说着她慢慢站起身来，声音严肃起来。

"他是我的表亲，你知道，和我有着同样的姓氏。他只和我在一起待了一年。后来他去了古巴，后来就死在了那里。他死了。可我自由了，"说着她猛地抬起双手，"可是无论什么都无法将那一年留下的污痕从我身上擦掉。"

"你知道他是个什么样的人,"医生说道,他快乐得一塌糊涂,他终于能坦诚相告了,"我知道,可怜的孩子!他是一个无趣又残忍的暴君,一个软弱的恶棍。你恨他,对吗,格蕾?你的血液里蕴含着恨的力量。告诉我。你敢和我说真话。"

"他已经死了,"说完,她长长地松了一口气,"我们别再提他了。"

她站了一会儿,望着脚下一片黑黢黢的河水,突然转身做了一个手势,像是把什么东西扔出去了,然后,她看着他,努力露出微笑,那样子让人心生怜悯。

"我也不是经常回想起那段时光。我不能再经受痛苦了。我想开心。现在我忙的时候,或是和小佩恩玩耍的时候,我几乎要把自己是约翰·格尼的妻子这件事情给忘掉了。我已经不年轻了!日复一日,我的心灵不断地接受考验和试探,如今它已变得坚硬而残忍,是**他**让我变成那样的。"

他明白,她不能再忍受痛苦了:想起那段婚姻,她就会嘴唇发青,情绪失控;表情丰富的脸也瞬间变得茫然无措,苦闷沉郁;这个女人的神经脆弱,意志力薄弱。她们一家都不是当英雄的材料。他也看出,她想极力把那件事推走——赶出她的脑海:这也是她的性格使然。

"那么,格蕾,"他高兴地说,"你的故事也讲完了,我们暂且把过去的鬼日子搁在一边,看看在有益健康的未来岁月里我们能有什么收获吧?"

布勒克尔还从没如此大声说过话,他的声音也从未如此纯净。不管他身上套了一层怎样粗糙的外壳,此刻当他靠近上天赐予他、让他爱护的这个弱女子时,那层外壳碎裂,脱落了;而那在他体内潜伏沉睡,在未来的某一天将使他能成为一个真诚的丈夫和父亲,成为那个**真男人**①的奴仆的男性气概和骑士精神，在这一时刻都显露出来，映在他急切的脸上和眼光里。他抓住她的双手：他的肌肉真强壮！他健康有力的脉搏与她自己的脉搏碰撞在一起。她抬起头看着他，脸上露出了微笑，脸一下子红了。一分钟之前她还觉得自己坚强得可以拒绝他！这个懦弱的、不完整的女人原本打算把那段虚伪的婚姻当作自己生命的一部分，并一直守着它带来的耻辱。只有为数不多的女人有机会通过接触另一个创造自同一个模具的灵魂，来发展健全的人格，她们一生中只有一次这样的机会。这个女人今天就迎来了这个机会。对于这一点，格蕾也不是内行：她只知道，当布勒克尔站在她身边的时候，她不再感到孤单了，这是她平生第一次有这种感觉，而他所说的话更为恰当地表达了她的思想，一想到要离开他，她就感觉自己的魂儿要丢了，她要变成行尸走肉，自生自灭了。可是，她还得那么做。

"我不能再成为别人的妻子。如果我还是个孩子的时候，你就出现在我的生活里，也许还有可能——本来是有可能的。"她费力地将自己的手从他的手里抽回来。

布勒克尔只是微笑着看着她，他轻轻地拉着她坐在山毛榉长满了苔藓的圆荚上。

"别动。你听我说。"他低声说道。

格蕾毕竟是一个女人，而不是哲学家，她一动不动地坐着，无力地交叉着的双手就放在他松手后它们滑落的位置。她仰着脸，像一个已逝的少女正在等待永恒之爱的触碰，那个触碰能让她战栗，重新焕发美丽的生命之光。他没有说话，也没触碰她，只是俯身向她凑得更近了。在他看来，随着他与格蕾静静地沐浴在皎洁的月光中，整个世界也安静下来，轻风吹拂着她那充满期待的美丽脸庞、

---

① 原文是"the True Man"，指上帝。

缓缓起伏的胸脯，她的深色头发上偶尔出现星星点点的亮光，过去所有了无生趣、道德败坏的日子都离他们而去了，他们将一起迎来崭新的生活，在巨大的力量和爱的包围中相伴一生。哪里还需要说话呢？她知道，他的脸上写满了承诺和期待，他在等着她的回答，那种希望和活力是过去从来没有过的。女人的天性使她一蹶不振，甘愿依赖他；她与他四目相对，从她那双倦怠的淡褐色眼睛里，你能看出，她的灵魂已经默默地找到了安歇之所，找到了家。

他拉起她的手，摘掉她手上的旧戒指，扔进脚下的河里，那是很久之前那段虚伪的婚姻留下的痕迹，自始至终他没有说一句话。当戒指掉进河里的时候，格蕾猛地抬起头，眼里含着泪水：(基督让一个饱受十八年病痛折磨的女人脱离那病的时候，那个女人感谢基督时的眼神就和格蕾那晚的眼神是一样的。)然后，她转回头看着自己在尘世的主人。

"一切都过去了，孩子，过去的一切，再也不会回来了。今晚格蕾手里捧着新生活。"他停下来不说话了：这些话苍白无力，不足以表达他的心意。"她能拿什么东西来填满它？什么样的接触能使它变得珍贵、神圣？"

两人沉默了很久。她有些不耐烦了，情绪开始激动起来，眼里闪着光；但是她把自己想说的话又咽了下去，胆怯地坐在那里瑟瑟发抖。

"没什么要说的话了吗，格蕾？你是个坚强又冷静的人。我知道。它们全都从你的生活里消失了，现在你有宗教和快乐的力量，未来掌握在你自己的手里了。你想说的是这些吗？"他显得十分痛苦。

她没有回答。脸色慢慢变得苍白，眼神也黯淡下来。

"你和我讲了你的故事，我也和你说说我的过去吧，"他一下子坐在她身旁的草地上，"看着我，格蕾，别的女人都讨厌我，她们觉得我粗鲁、无情又笨拙：可你从来不嫌弃我。这个世界从未给过我一丝温暖；阳光和雨露也从不落在我的身上，除非我为之付出代价。我身体每一寸皮肤和肌肉的成长都是靠自己的努力实现的，为此我不得不拼命打拼；我没什么文化，为了获取一点儿关于上帝或者人生的知识，我得拼上性命。其他人成长是一件自然而然的事情，就像那边的那棵树，上帝种下了它，为它浇水。有时候我想上帝肯定是将我遗忘了。"说到这儿，他的声音像一个好奇的女人那样颤抖起来，但这种颤音很快就消失了。"我就像一只弱小的寄生虫，无根无源，费力地向上攀爬。你知道为什么我会变成一个刻薄、谨慎、多疑的人，怀疑上帝是否存在吗，格蕾？"说着他猛地转回头，"我厌倦了一切。上帝也创造了我。我想休息。我渴望自己的生活里有爱、和平和信仰。"

她还是一言不发。她忘乎所以，也忘记了自己的怯懦，她盯着他的眼睛，一个高贵而乐于助人的女人在试探袒露在她面前的污浊的灵魂的深度。

他把自己的一只大手放在她的膝盖上，他手指的关节已经变了形。

"我想，"他说，大颗的汗珠子从脸上掉下来，落在他失去血色的嘴唇上，"上帝让你来帮助我。这就是我的命，小姑娘，任凭你处置。它对我来说也没什么价值。"

女人味十足的格蕾拾起他令人嫌恶的手和生活，呜咽着把它们紧贴在自己的胸前。屋子里没什么动静；整个村庄都在月光中睡去了：连绵的山谷一片昏暗，没有任何生命的声响，只有缭绕在水面上的雾霭泛着涟漪静静地飘移：黎明前，它们会从一个山丘的底部扩散到另一个山丘的底部，像一片苍白的死海，一动不动。他们静静地站了一会儿，直到他们头顶上方一个鸟巢里的知更鸟被他们的脚步惊醒了，它幽怨地叫了几声后，又懒洋洋地睡去了。

"我必须和你说再见而不是晚安了，格蕾。"说完，他弓起身子望着她的脸。

"我知道。你会再来的。是上帝告诉我的。"

"我会回来的。你记住，格蕾，我是去救命，而不是去杀人。虽然我堕落了，可我的双手是干净的，并没有为了利益而滥杀无辜。"

格蕾的眼睛躲开了。坦率地说，她对战争一无所知：她只是隐隐约约地感觉到战争是她心头的一处冷痛，日夜不停地发作——她为奴隶仍是奴隶而感到遗憾和同情，她也想知道他们是否真的比北方城市中黑黢黢的小巷子里成群结队的自由黑人过得更加糟糕，这种同情并非源于爱国之心，她对弗吉尼亚州无家可归的妇女和钱伯斯堡被盗的马也怀有同样的情感。格蕾的信念，虽说有些混乱，但还比较坚定。那一刻她只想到了自己。

"你会回来找我的，对吗？"她紧紧拉住他的胳膊问道。

"当然，我一定会回来的，"他乐呵呵地答道，咽下了让他憋闷的东西，并心怀尊敬地把她额头上的卷发拨到脑后，"我要做的事情太多了，小姑娘！我打算攒上足够的钱买下那边的一个农场，我们将在那里休息、学习和成长——日复一日，我们会更加坚强、健康、乐于助人。我们将找到适合自己的工作和位置，可怜的孩子！格蕾，从你那里，我将知道纯洁认真的生活是什么样子的，还有在我们的头上，那里究竟有什么。"他压低了声音。"而我——我得用手上的这点仁慈做多少事啊！"他开玩笑说，"你是一块未经雕琢的璞玉，璞玉里藏着精美的雕像。你知道自己就是那块璞玉么，格蕾，让我成为你的雕塑家？"

她抬起头，困惑地看着他。

"千真万确，"说着他用手指抚慰她低宽、写满好奇的额头，"我的小姑娘还不知道在她自己白皙的皮肤下蕴含着多么强大的力量吧？我可知道。我能读懂那双天真的眼睛里隐藏着的光、词语、惊奇的含义：我要让它们获得自由。我要教会你一种新的语言。你不知道自己的生活多像一座监狱，你一生命运多舛；但我为此感激上帝，格蕾。如果不是这样的话，你也不会爱上我；现在我能与你一起成长了，我也能达到你的高度，如果——如果**他**助我一臂之力。"

他摘掉帽子，站在那儿，抬头仰望深蓝的苍穹——这是他人生中第一次用男子气概的、谦卑的目光看他的那位**朋友**。再次开口说话时，他的双眼模糊了，尽管他的声音很平静。

"再见，格蕾！我要努力成为一个更好的人。在**他**的眼里你现在就是我的妻子。我需要你：为了这一生，也为了来世。你记住了吗？"

他将她搂进怀中，热烈地亲吻她的嘴唇，而后，他启程了，沿着小路向下走时，他试着朝她微笑，可他的胸腔似乎被一团奇怪的东西堵住了，他感觉自己的心都要停止跳动了。

进屋后，格蕾发现黑人大叔趴在针线活上睡着了，他身边点着一支蜡烛，蜡烛上结了层黑壳。

"他在等我。"她自言自语说道。她抚摸着老人的一只皮包骨头的手，想到他一直在等自己，忍不住流下了眼泪。所有人都对她这样好！世界充满爱！今晚上帝都如此善待她！

格蕾把欧兹推回他自己的房间，到房门口时他完全清醒了，不安地看着她的脸。

"你还好吗，孩子？你现在看上去简直和你小时候一模一样。你从小就是个快活纯真的孩子，真的。我想，至善的上帝爱你。"

"他现在爱我了。"她轻声地自言自语，回到房间后，她跪在地上向**他**感恩，然后她脱下衣服，悄悄爬上小矮床，躺在小佩恩身边；他醒来时用自己的小胳膊搂住她的脖子，把她的头搂到自己面前与她亲吻，道晚安，她偷偷哭了，脸上带着未干的泪花睡着了。

莉奇住在隔壁房间，她心中同样有一个新梦想，但是她并没有躲进哪个孩子的怀里寻求安慰。莉齐·格尼从没拥有过宠物、狗，或者孩子。她坐在窗边等待着，她头上的披肩仍是麦金斯特里为她裹在头上时的样子，她一动不动地待在那儿，似乎她已经习惯这样了。只有她的嘴唇时不时地抽搐一下，就连橡胶娃娃也不能像她这样完全静止不动。午夜之后，疲惫的夜晚睡得更熟了，她的凝视变得令人窒息。月亮深深地沉入西方，月光绕过她直接照进她身后的暗室里。她身材娇小，你可以看到：她的胳膊和腿长得很像小猫或其他猫科动物的四肢，它们出神的宁静中蕴含着一股力量，它使你想到的是顽强的生命力：她一脸温柔——她长得很美，村民们都这样说，然而她的脸色十分苍白，看到她的脸，你就想要为她做点什么。保罗·布勒克尔从来没为她做过任何事情，她从不和他说话；但他注意到，她独自一人坐着的时候，她的眼皮常常突然垂落下来，好像她的某根神经疲倦瘫软了；他以前也曾见过具有这种特质的女人，他也明白那意味着什么。他不能为她做什么，她的饥渴程度超出了他的能力范围。

又过了一会儿。现在，月亮低悬在空中，浓浓的阴影重重地压向整个山谷，没有人打扰夜的睡梦，就连营地长长的惆怅的狗叫声都早就消失了。时钟指向两点时，她站起来悄无声息地走到屋外。现在她的上眼皮没有垂下来，而是精神抖擞，她的眼睛则散发出一种白天从未有过的光。她沿着长长的小路走进玉米地，她走得很慢，并在几个地方停停站站，停住脚步时，你能看见她的嘴唇在动，似乎在重温她曾在那里听到的话。真是荒唐呀！难道这个女人的生活如此空虚，如此缺少它真正的食粮，以至于她不得不回到那些地方，将曾在那里出现的少得可怜的幸福时刻重新温习一遍么？她从这些幸福瞬间里提炼精华，然后再一滴一滴地饮下去。我曾经见到过小孩子反复回忆自己在某个愉快的假期里玩过的游戏。她从玉米地走到溪边的浅滩，那里摆着一些过河用的石头，石头上长满了青苔，又湿又滑：她仍能感觉到那晚在这里紧紧抓住她的那只强壮有力的大手；就这样，她慢慢地，更慢地朝前走，这条小路上的石头很多，她需要谨慎的帮助者。她走进丁香花丛里，夏季盛开时的芬芳还萦绕在枝头；她沿着溪水向前走，她的脚陷进似长毛绒的苔藓里，就是在那儿，他采了一把蕨菜放进她手里。那又软又轻的一抹淡绿和这个笨拙男人的爱一样古朴别致而又纯洁，与大自然无比亲近。她知道这些吗？是不是因为她吸入了上帝的气息，一种被人们称为家的气息，今晚她才会被如此宠爱和欣赏？她要去再感受一次那种气息吗？她的脸上既没有痛苦也没有快乐的表情：她的呼吸开始变得急促，眼睛里闪烁着亮光，仅此而已。现在她走上了公路，在每一棵有断枝的树旁她都会停下来看一看，这个胆小的姑娘一直沿着自己留下的脚印和足迹往前走。最后她走到一间建有山形墙的老式房屋跟前，房子周围整整齐齐地种着一排排常青树，她小时候曾来过这里。这个地方安静得令人窒息：那是一种纯洁、有益健康的氛围，因为曾有纯洁真诚的人在那里生活，然后去了天堂。他曾带她穿过这道大门，也曾在屋子一侧的水井里取水给她喝。"我母亲也喝过这井里的水，你还记得吗，莉齐？"他们一起走进房子里的每一个房间，他们说话时会低声耳语，好像他们参观的是一座教堂。他早逝的妹妹正从墙上向下望，她长着一张纯洁的脸；一间屋子里还摆着他母亲的工作台，是用柳条编制的，已经破损了。他母亲做的针线活儿还在那儿呢。"针还是她放的，莉齐。"这个坚强的男人一想起老母亲，就会变得像小孩子一样脆弱，没有人会像母亲那样照顾他，关爱他了。他站在母亲的椅子旁，表现出一副踌躇不定的样子；四十年前他就站在那儿，那时他还是个总惹麻烦的小男孩，总是母亲来收拾他的烂摊子：她去世以后还没有人碰过那把椅子。"你坐吗，莉齐？对我来说，你甚至比她还要珍贵。我回来后，你能取代她们的位置吗？莉齐，唯独你和她们一样纯洁，而你更加可贵。我们手拉手一起回家吧。"莉奇坐在那把属于他已逝母亲的椅子上。像他先母那样看向自己的内心。她相信：她坐在那里最合适不过了，因为她爱他。他没吻她——他是个心地纯洁的男人，在他看来那么做会吓到她——只是将她的一只小手握在自己的手心里，只是用颤抖的声音对她说："愿上天保佑你，小莉齐！"

"他再也不会说那句话了，"结束午夜的朝圣之行回到家后，她悄悄地说，"每天我都要到这儿来重温那些时刻。只有这样我才能平静下来，直到他回来。也许他永远也不会回来了。"说着她开始撕扯自己的前胸，直到把胸口抓红了才松开手。她恨极了自己，这个孩子！如果可以的话，有时她真想把自己心上那根令她作呕的神经抠出来。她的生活空间太狭小了，她本人也十分自私，这些她都知道。经过格蕾的房门时，她看见了正在熟睡的格蕾，佩恩的小胳膊搂着格蕾，在那张大床上还有另外几个带着睡帽的小脑袋瓜。而莉奇一个人睡。"她们也恨极了我！"她说道。"可是我想，"她两眼放光，突然激动起来，"如果我能拥有属于自己的东西，假如我有自己的孩子，我会教他成为一个纯洁善良的人，我自己也会成为一个更好的人。也许——*他*会让我变好。"

保罗·布勒克尔是一个剖析人心的行家，当这个头疼、心痛（被饥饿啃噬）的女人攫住麦金斯特里这个普通而又固执的男人身上的爱，并让他成为自己的主人和救赎者时，他笑了。她的直觉比他还要敏锐，它正随着上帝的永恒秩序的暗流漂移。知道麻雀什么时候准备死的那位 [①]，也了解一个疲惫不堪的女孩子的灵魂需要什么。

———————————

① 指上帝。

第二部分

你不喜欢这个莉齐·格尼吧？这我知道。在那个村镇里住着不少健康的女孩子，她们的故事无论是写起来还是读起来都令人感到愉快。可我特意挑了这个女孩子的故事。我就是要讲脾气暴躁的或是病态的女人们的故事，因为美国的女人原本就是这个样子的。男人们都迷恋过去书中描绘的女子类型，她们娇弱、开朗、一无是处。我了解男人对这类女人的特别偏爱，这些仁慈的玫瑰最突出的特点是和颜悦色、缺乏常识，充其量是些即将败落的玫瑰花。你在街上见过几个这样的女人呢？

麦金斯特里（和多数男人）的脑海里想的也是这种类型的女人，并用这个理想标准来衡量他们在有轨电车上遇见的每一个穿着长筒靴、眼神柔和、脸红的女人。布勒克尔医生（和所有的女人）能一眼看穿面具，看见面具后的脸，看清她们真实的样子。他知道，在我们生活的这个摸索和尝试的时代里，女人们惴惴不安，她们患病的头脑表现出了更多的渴望。

在北方诸州里有十分之九的年轻未婚女子和莉齐·格尼一样，她们的身体中蕴含着某种尚未起作用的、沉默的力量，她将这种力量称为天赋；她认为如果自己生来是男儿身，她一定会比她的哥哥活得更像个男人。她们体内还有一种无法控制的、源于天性的、无比强烈的渴望，那就是想要得到丈夫和孩子的爱，而她却力不从心。因此，这种渴望在这个女孩子身上找到了一个发泄口，在别人身上也一样，她们不断地做自我剖析，歇斯底里地迷恋各种信仰，或者它把女权提倡者的妄想装进她们的脑子里，她的心又将它推到一边儿：没过多久她们又把一切押在一段婚姻上，这是一桩好姻缘还是一桩坏姻缘，那就视情况而定了。

布勒克尔医生谈论女人时从不使用精致、华丽的辞藻，不过，也许用了也无妨。他知道，不只他们男人要面对生活中的各种问题，他们自己从未使用过的力量，以及徒有虚名的婚姻，并要在心底用感情强烈的污秽语言来谈论这些事情。他在北方所受的教育真让他大开眼界，但他的见识也仅限于此了；如果他是个眼光敏锐的真理追寻者，也许他能知道问题终将得到解决，但解决难题的不是臭名昭著的自由爱主义①。但保罗毕竟是个南方人，这使他面对女人的质询和忧虑时畏缩不前。如果说他们的生活中遇到了什么问题的话，格蕾·格尼自会处理好一切，这是她的天性使然：那就是他想知道的一切。她会吧？

部队离开后，格蕾又像过去那样工作了——做饭、缝补、照顾佩恩。做这些事情倒也不需要花费什么精力；她其余的大部分精力都蛰伏了。没关系，上帝了解一切。耶稣在开始从事他的事业之前，在一个木匠铺里等了三十年——*我们得学会等待*：这是最难学的功课。格蕾全都明白。无论在夜晚、清晨，还是在白天里，坐在机器旁边时，给佩恩唱歌时，她总是一遍一遍将自己的故事讲给耶稣听，她的兄长，她喜欢这样称呼**他**。**他**不会厌烦的，她开心极了，她明白。她并不常提起战争，她知道自己不聪明，目光短浅，还抱有偏见，因此她不敢为战争的任何一方祈祷，双方都大错特错：她知道，一切都在**他的**掌控之中；因此，对于战争，她三缄其口，只说一句"天晓得"。但关于她自己，出于女人天性的需要，她常常说，"我能做的远比现在更多。给我些空间吧，主。让我成为保罗·布勒克尔的妻子，因为我爱他。"说完她的脸一下子红了，即使她只是在心里默默地说出这句祷词。她还常常哼唱一些欢快的歌曲，晚上她和孩子们还有佩恩尽情地嬉耍打闹，她确信一切都会好起来。没人知道：如果有一天她离开了，谁能维持这个家，养活十

---

① 原文为"Free Loveism"，十九世纪出现的一个词语，自由爱主义反对传统的婚姻模式，主张女性在性关系和生育方面享有更多的权利和自由。

个饥肠辘辘的人？一想到这儿，她就真挚地唱起圣歌。该来的总会来：**他**晓得。

她的问题得到解决了吗？

她确信，有件事情总有一天会发生在她身上，她开始腼腆地为之做准备——把白天的最后一点活干完之后，她从针线篮里取出几块很配她的布料，在自己的房间里静静地缝起来。做这件事的时候她不唱歌；她的脸涨得通红，但她的眼里闪着快活的光，那是泪花的光。

她就这样坐着、缝着，当七月的那个夜晚来临时，她并没有意识到她的审判日已悄然而至：对伏在机器上的女人，对约伯[1]，都是一样的，审判日确已临近，撒旦得到上帝的允许，在他们身上施展他的意志，使制造他们的纤维变得紧张，以便上帝可以看到他们适合在未来的生活中做什么工作。它就以这样的方式来到了女孩的生活中。那天早上，格蕾把布料摊开晾在夏日的阳光中暴晒，谢南多厄附近低矮的煤山附近打了一场突袭战，几个伤员被送到了哈珀斯费里。那时哈珀斯费里还没有医院，人们把政府的办公楼改成了医院，虽然这幢楼已经被大火烧了一半。由于那个岗位的外科医生布勒克尔也受了伤，因此人们将年轻的诺特医生从临近的营地调来照顾这边的伤员。这是他从医后接诊的第一批病人；入伍前他在俄亥俄州的波蒂奇开了一家诊所，诊所只开了六个月，在那六个月的时间中他大部分时间在下棋，为一份周报写诗——他的品位很幼稚：战争倒是为医生和牧师提供了一大批工作。那晚，诺特医生到低矮的武器库里查房，进屋后他先停住脚步，把粘在裤子上的泥刷掉，然后又把手帕上的玫瑰油掸掉。"不发烧吧？都是外伤？"举着蜡烛的护理员问道。

---

[1] 《约伯书》中的一个故事，详细讲述了主人公约伯的经历，他忍受一切苦痛，却没有因自己的遭遇而诅咒或者责备上帝。

都是外伤。没有几个伤员的情况不令人感到绝望。就连诺特原本无精打采的眼睛都变得严肃起来，他也不再踮着脚尖走路、不再窃笑了：他是个心地善良的家伙，准备为外科医生做手术时他完全陷入了沉默，医生是最后一个需要做手术的人。"一个眼球没了，布勒克尔医生。"最后他终于抬起头，但是并没有看伤者的眼睛。

"我知道。现在缠上绷带吧。你能为我寄个邮件吗，诺特？在我……以前，我还想见一个人，我还能挺上两三天吗？"

"呸，呸！情况没那么糟糕。至少，布勒克尔医生，我们希望不会变得那么糟糕。我这儿有纸和铅笔。"就这样，布勒克尔医生发了一封邮件。

这是七月的一个炎热的夜晚，里士满的七日屠杀①刚结束不久。在那之后的几周里，空气沉闷，热得令人窒息——好像大地也在屏息倾听关于死亡的消息。但是人们从来不大声谈论这件事——他们只是窃窃私语——后来连嘶哑的耳语也听不见了。那时我们像西班牙斗牛场上的斗牛那样已经习惯了血腥味，这一点在南方和北方都是一样的。今晚，还有未来的几个晚上，头顶上铅灰的天空和闷热预示着暴风雨即将来临。哈珀斯费里正酝酿着全世界的暴风雨，山间污浊的空气被直耸入云的山峰挡在了山里；白天，太阳迟钝又霸道的眼睛直勾勾地望着河水，把光直射进水里，到了晚上它才疲惫地抬起眼睛，无力地叹口气后，徘徊一会儿，歇息一会儿，然后在山林边道别。在我们这个地方，山区的暴风雨多是在那儿形成的：政治乌云在这个城市升起并非没有意义。它的雷声震撼了整个大陆。

保罗·布勒克尔就躺在窗边，他能看到暴风雨连日来正在积蓄力量：他很高兴看到这一景象，它显然成了激励他的因素。伤痛带

---

① 里士满七日战役，1862 年 6 月 25 日至 7 月 1 日。

来的死亡阴影在他的脑海中点亮了一幅罕见的画面，画面上展现的是一种全新的生活，就好像古老神祇的美酒。他已把那种生活看清楚了，因此，他厌烦了那些毫无价值的词语和想法，而站在了更接近事物内在真实的地方。他写信对这世上唯一在乎他的那个人，说："他们说我活不了多久了，来我身边陪我。"粗俗的无赖也会这么干，他确信她一定会来，他也确信就算将来他死了，她也随他而来，在另一个世界里和他一起工作，爱他，和他在一起，他的妻子。自然将这份宁静和对生活真谛的信赖送到这片弥漫着死亡气息的边境——她一向如此善良。第三天即将过去了，他知道她要来了；想到她出门在外时那幼稚胆小的样子，他微微一笑；他真希望自己能亲眼看见她克服家里的重重阻碍，天真地说一句"他需要我——我必须去"。路上的旅人听到她声音中的迟疑和怯懦，就会善待她！哎呀，那个女人能安全穿过交战区吗？她有可能遇到布兰克的军队①，想起她那张小巧的长满雀斑的脸，以及她脸上爱意满满的信任，想起她的灵魂从一双淡褐色眼睛里向外张望时表现出来的天真无邪的样子，他就感到没有什么粗暴的事或人能碰她！过去他有时叫她尤纳②：这是对她的昵称。她住在弗吉尼亚州的山区。如果她初见它们时他就与她在一起！这样她就会明白上帝把**他**的先知引到高地时，**他**便能与他们谈话了。

他的脑子迷迷糊糊地胡思乱想，但他想的总是她，而不是等待他的命运或他会不会死。毫不夸张地说，这个女人比他自己的小命还重要。

房间的屋顶很低，但是很宽敞，每一面墙上都有窗户。头顶的房椽破露的地方有光照进来——这个房子事实上就是一处废墟。

---

① 1862年，路易·布兰克（1812—1863），来自德国沃姆斯的移民，组建了纽约第八志愿兵步兵团（也称第一德国步兵团），是联邦军中的第一支德裔美国兵团。
② 在埃德蒙·斯宾塞的《仙后传》中，尤纳是一个象征真理的美丽女子。

光秃秃的地板上凌乱地摆着十来张低矮的小床：其中一张床上的病人已经死了，正等着清晨下葬；其他床上的人和他一样都受了重伤，但是他们都高高兴兴地面对困难，有几个人甚至还试着唱起了歌，跟着下面的哨兵唱起《我们向前进》这首歌的合唱部分。

屋里的光线很暗：对此他倒是很满意；这样她进屋后就注意不到他变形的脸了：房间里只有一个很暗的突出的烛台，烛台上蜡花飞溅，烛台下，一个护理员正对着纸牌不住地打瞌睡。

窗外，他看见天空在远处的群山间投下了微红的阴影：这片暗影使一望无际的树林看起来像黑压压的巨人军队在攀登高地。低处，汹涌的河水愤怒地泛起泡沫，吞噬着坍塌的桥梁、数不清的砖石建筑，烧焦的汽车和发动机，试图埋葬和掩盖岸边战斗的痕迹。人们也许会想，大自然虽极力节制，但仍对人类狭隘的愤怒感到羞耻，她想努力把一切都藏起来，甚至不想让人类自己看见。月桂和漆树把自己的绿叶和丝绒质感的红花抛到岩礁上，那里曾放着南部联邦的炮台；就连娇嫩的苔藓也在大片大片被烧黑的、令山谷窒息的岩石上不屈不挠、不知疲倦地为掩盖工作贡献自己的力量。在离他稍近一点的地方，有一座四方形建筑还完好无损——那就是囚禁约翰·布朗的地方：现在联邦军把它用来关押南方的战俘。

在这些俘房当中有一个游击队员受了重伤，被送进了医院，他的床恰好与布勒克尔的床挨着。那个人瘦骨嶙峋、面无表情，长着油乎乎的黄胡子，一双冷漠的、耽于享乐的灰眼睛：他不停地唠叨和抱怨——那是奸诈的骗子说话的声音，布勒克尔心想，那个声音惹恼了他。

"明天把那个人挪走，"那天晚上，布勒克尔对护士说，"如果我一定得死的话，让我死前听点儿有骨气的话。"

他听见那男人在骂他，但那咒骂都是轻声细语的。

暴风雨仍在慢慢酝酿。阵阵疾风时不时横扫过地面，将水面凝固，吹得小草颤颤摇摇。在一片死寂中，从马里兰高地的方向，从山口处传来了悠远的呻吟声，近处的灌木丛和树尖好像受到了惊吓，突然颤动起来，一望无垠的树林随着一声沉闷的轰鸣声摇摆起来。山谷里很快黑了下来；一个浅绿色的光，虽然微弱但是来势汹汹，在北方亮起。

"雷雨来了。"昏昏欲睡的护理员山姆说着，走过去关窗户。

"开着窗户，"布勒克尔紧张不安地用一只胳膊试着撑起自己的身体，"十点了，我必须听见火车开过来的声音。"

山姆转过身，在那个俘虏的床边停下来说了几句闲话，然后便要回营地去了。他想，他们就像一块投身军队的男儿们那样散漫地闲聊，谈论着他们是谁，他们以前是做什么的。这个北方来的医生突然掀开被子，身子前倾，全神贯注地听着他们的谈话。

"他总是心神不宁，总是如此，"山姆心想，"就像我老妈说的那样——总会因为某件事情或是某个人而处于一种兴奋或者烦躁的状态之中。可这件该死的事看起来非同寻常。"山姆瞥了一眼布勒克尔的脸，医生正看着那个俘虏，他半睁半闭的眼睛里流露出一种古怪的虎视眈眈的神情。

就在那时，远处的峡谷里响起了火车的汽笛声。布勒克尔竟然没有在意，他默默地示意护理员过来。

"去找上尉，让谢泼德过来，"他上气不接下气地对护理员说，"快叫几个人过来，找几个身体结实的能抬重物的家伙过来。快呀，山姆，看在上帝的份上！"

护理员照做了，看了一眼那个俘虏，那俘虏闭着眼睛躺在床上，看上去像是睡着了。

"布勒克尔瞪着眼睛盯着他，仿佛他就是魔鬼，"山姆走出房间，在油灯上点燃了一支烟，"显而易见，此刻年轻医生的脸上杀气腾腾。"

山姆没看错。保罗·布勒克尔的恨、爱、想法都是入骨般深刻：此时他真的发了狂，如果他的脚能勉强走到那张床跟前，如果他的双手足够有力，他就得把那个男人的魂儿从身体里揪出来，扫清路上的这块绊脚石。看着那男人伸出被子的双臂，还有那张脸，那是一张猥亵的脸——虽然他闭着眼睛，布勒克尔就好像在看某个致命的东西，它突然横在了自己和天堂之间。那个男人是格蕾·格尼的丈夫。她就要来了：过不了多久她就要到了。她原以为那个人已经死了。她一直以为他死了。布勒克尔咬着牙屏住呼吸：那是激情的象征；他的大脑再也冷静不下来了，他变得异常警觉。

谢泼德——团里的上尉——是个矮胖结实的家伙，他留着又短又粗的黑胡须，长着一双诚实的眼睛。上尉笨拙地走进病房里。

"嘿，怎么了？有什么生死攸关的事么，布勒克尔？"

"对我来说比那还重要，"布勒克尔笑着说，"让你的人把那个叫格尼的家伙抬到楼下的病房里。别问为什么，上尉：我以后再解释。我是这儿的外科医生。"

"你像女人那样古怪，保罗。"上尉一边下命令，一边笑着说，"你到底想干什么，老家伙，你已经伤成这样了？自暴自弃了吗，就像你最初说的那样？"

"如果你早上问我，我还会给你一个肯定的回答，可是现在我也不确定了。我现在还不能离开这个世界。我要战斗到最后一口气。"说话时，布勒克尔的眼睛一直看着人们把那个俘虏抬走。房门关上之后，他把头重重地摔在枕头上，长出了一口气："谢泼德，我找你还有一件事儿。你母亲昨天来看我了。"

"是呀。早晨她送来的汤味道怎么样？我们农场的肉汤可是很有名的，只可惜老南斯不在这儿，要不然——"

"很好——还有一件事情想请你帮忙。"

"又怎么了？"上尉的眼睛盯着刷得雪白的墙壁，不想看见这个可怜又古怪的布勒克尔那涨得通红的脸。

"顺便说一句，保罗，我母亲想让我把那位姑娘带回家——就是你曾经和我说过的那个。我母亲想临时收养她，我想。"

布勒克尔的脸更红了。

"那正是我打算问她的事——你知道吗？"

"是的，我知道。哎，你这小子，要把我的手指头拽掉了。如果那个女孩果真善良、纯洁，能够胜任这个工作，我的母亲会为此感激不尽的。我的母亲可是相马和识人的能手。在肯塔基州在相骡子方面，没有谁比那个瘦小女人的眼光更毒了。你听说过谢尔比这家人吗？专门从事畜牧业。哎呀，她已经到了，后面还拉着她负责护送的那个人！"

布勒克尔咬着自己焦干的嘴唇；走廊里的脚步声中只有一个人的脚步又快又轻；那个人好像直接走在了他的大脑里，他赶忙瞥了一眼那道黄色的镶板门，门后面躺着那个囚犯——她一直都以为那个男人死了。她将在上帝的见证下成为他的妻子；如果上帝要因那桩罪行惩罚谁的话，他愿承担全部罪责——就是现在。他转过头，微笑着迎接她。

"别介意，保罗的脸已经瘦得皮包骨头了，"上尉说着，急忙用自己又短又粗的手指头在他的脸和灯光之间晃了几下，"他得刮胡子了，就是这么回事。他很快就能查房照顾病人了；他也没有想死的念头。"

"我知道他不会死的。"她说道，她也是在对自己说话，她并没与保罗讲话——他只是把她的手握在自己的手里，目不转睛地看着她。

谢泼德第一眼看到这个身穿褐色衣服的小小身影和夏尔克帽子下面的那张脸，看见她站在那儿，手里拿着帽子，他就笑了，他看见自己妻子时，嘴角也会露出同样的信仰的微笑。护送女孩进来的是一个身材宽个子矮、穿着黑绸，戴着寡妇帽的妇人，妇人碰了碰上尉的胳膊肘，他们母子背对着床，聊起了咖啡和三明治。保罗拉着格蕾坐在了床上。

"我的妻子，格蕾？是*我的*吗？"他呼吸着稀薄而清冷的空气，因为他们还没有说出结婚誓词。

"是的，保罗。"

他闭上眼睛。让她感到诧异的是，当她把自己羞怯的手指插入他蓬乱的头发中时，他竟然没有笑。也许，他以为自己要死了。他不会死。她的双脚已在大地上深深地扎根了。她身上出了一层黏糊糊的汗。他不知道她在祈祷时是如何挣扎的；他不信任祈祷。他不能死。一个信徒请求上帝，相信他能同意的事，对他来说是理所当然的。她拉着他走进基督的臂弯，使他的生命得到守护。

"自己出门害怕吗，嗯？"

格蕾抬起头。面前这个矮个子妇人不知怎的让人联想到一块没发酵的生面团：她身体里那个不屈不挠的灵魂也不松软、没气孔，不虚妄——这是明摆着的。她看起来像是肯塔基州派出来的教员，严厉、正确、矮小而健壮，她是西方理性的化身，她独自在战地军事审判庭上审判全体士兵不切实际的幻想。她身上的一切都传唤你出席，讲常识：她的暗淡的上唇、木底鞋、硬挺的裙子、金表链的系绳、一只白胖的手上戴的一颗闪闪发光的钻石，她给人的总体印象是一只大啤酒桶，不能移动，气定神闲，圆溜溜的黑眼睛，两侧太阳穴上披散着两绺蓬松的黑头发，仿佛有一个声音在说："不要愚弄我；骗子在我这儿可行不通。"为什么会这样？她是谢尔比家的女儿；体格健美、诚实可靠、受过教育，是养骡子的；谢波德将军见到她的体态就向她求了婚，她是个谦逊勤劳的女孩子，端庄、深明大义的妻子，盲目宠孩子的慈母，精明的女商人，一个寡妇。她的儿子是个基督徒，她把奴隶们养得肥肥壮壮，心满意足，她家的骡子是最优良的进口品种。她痛恨废奴主义者——那些瘦削、头发蓬乱、没有教养的狂热分子；她像垂头丧气的民主党人那样鄙视分离主义者；她拼命地维护联邦、宪法和执法，殊不知自己执着的是最虚幻缥缈、无关紧要的事情。因此，她来到哈珀斯费里，和儿子普拉特待在一起，照顾伤员，密切留意她的监工卖给政府的牲畜，观察每一个叛军俘虏的脸。身为女性，她的心虽伤感，但眼神却变得越来越冷酷。因为巴克纳①将哈里带进了南方的军队——哈里·克莱（他们住在阿什兰附近）。从前，哈里是他母亲最宠爱的小儿子。如果他受伤了，要死了，所有游击队和纠察队的人加到一块儿都别想把她拉回来；尽管他安然无恙时，她会一声不吭地离开他。像浪子那样，他离家去了远方，胃里塞满了猪吃的豆荚皮，他只有浪子回头、回了家以后她才肯原谅他。但是如果他受伤了——如果在来到这个男人身边的一小时之前格蕾停住脚步，她会鄙视格蕾。

"自己出门害怕了吗？"

"是的。但我带了佩恩做伴，保罗。你还不知道我带了佩恩一起来。"

佩恩惊恐地躲开了向他伸来的手，用一小瓶看上去像酒精的甘草水替自己解围。

外面下起了大雨。受到某种神秘力量的影响，谢泼德夫人在床边摆了一张桌子，桌子上放了一盏圆肚油灯，灯火随风欢快、酣醉地摇曳，看上去十分温馨，一只咖啡壶冒着阵阵醇香。

"是摩卡，亲爱的，不是黑麦。我支持政府，因此我不会逃咖啡税②。那么你害怕了吗？在我们这个国家，一个女人若是能在没有

① 西蒙·玻利瓦尔·巴克纳（1823—1914），南北战争时期美国南方将领、政治家、肯塔基州的第三十任州长，生于肯塔基州的蒙福维附近。西点军校毕业，曾参加墨西哥战争。
② 最开始，咖啡、茶叶和糖是免税的，内战期间，联邦政府为了筹措资金支持联邦，从1861年7月开始对这几种商品征税。

他人保护的情况下从一端走到另一端，这就是极大的荣誉。嗯。毕竟你还年轻，也不那么聪明。"

她递给格蕾一个茶杯，嘴唇渐渐放松了，这表明，虽然她自己也是个女人，不用果冻就能吞下药片①，她对弱小人类的天性并没寄予同样多的期望。

格蕾进屋后的一个小时内，保罗·布勒克尔没听见雷声，也没留意到青灰色的光照亮了荒凉的山岭：他的眼珠一动不动地盯着忽明忽暗的病房里的那道门，思量门后面可能发生的事情。

格蕾现正在和佩恩以及她的女主人聊天，她已渐渐习惯了这个新家，保罗也慢慢感到愉快和温暖：他注意到屋外哗哗的雨声像一把寂寞的扫帚，把所有的光明和舒适都扫进了屋子里——红色的灯光照亮了病房，冷冰冰的床上的一张张苍白的脸看上去也不那么阴郁僵硬了，病人们都在看着他们；不时听见格蕾压低的轻快活泼的说话声——她的眼睛总是警觉地盯着他。布勒克尔感觉，这个宽敞的、被烧了一半的武器库真像一个家。就连那个舒心的、矮小的，正倔强地把钢针缝进一双不太服帖的灰袜子里的黑色身影，都与眼前的画面十分协调，也自有它的意义，魁梧的普拉特·谢泼德把小佩恩放在了他的膝盖上，他紧锁着灰黑色的眉毛。因为当他抱起这个孩子的时候，玛丽很可能也正在家里照顾他的儿子。他的孩子只有几个月大，他还从没见过它，也许他永远也看不见它了。

"她长得像玛丽吧，有一点儿像吧，母亲，嗯？"他向格蕾点着头，把一只脚踩在椅子的横档上。

谢泼德太太用锐利的眼神瞥了一眼格蕾。

"鼻子那儿？玛丽的鼻子更尖一些。"

"我想，额头有点儿像。都是卷发。"

---

① 由于当时的药片比较大，人们一般会把药片嵌在果冻里送服。不用果冻吞食药片被看作一种勇敢的行为。

听见两人在窃窃私语，格蕾的脸红了，然后她笑着把头上的夏克尔帽子摘了下来。

"以我的灵魂起誓，母亲，简直太像了。你和费内塞斯没有什么渊源吧，格蕾小姐——就是田纳西州的费内塞斯？"

"普拉特在他遇见的每个女人身上都能看出妻子的影子。"母亲说着用脚尖脱下了一只袜子。

普拉特对妻子的崇拜真是让她受够了，这些日子他的灵魂和身体都出卖给那些费内塞斯人了。他们是让人厌恶的、"温文尔雅"的一群人：也许上帝正是从温文尔雅的人们手里把她救出来的！

"我的孩子和这个小孩有一点儿相似的地方吗，母亲？——我还从来没有见过我的儿子，格蕾小姐，"他解释道，"现在有太多人当逃兵，我不会请假的。"

"那孩子完完全全是谢尔比家的人，"谢泼德气得不得了，"你来看看，布勒克尔医生，"她挽起裙摆，把手伸进衬裙上的一个大口袋里，"这有张照片，是他四周大的时候拍的，他的眼睛和下巴像极了普拉特，你瞧？普拉特出生时很健康——十四磅重。可是后来他得了严重的腹绞痛。至于喉炎——你家的佩恩有喉炎吗，格蕾小姐？来坐这儿。男人们不愿意听我们说话。"

他们确实想听。这并不完全是因为布勒克尔身体虚弱，只能躺在床上倾听那三个人谈论他们的家，格蕾的家，还有谢泼德的妻儿——她们也说些鸡毛蒜皮的小事，这让他想起了自己的童年。这些家长里短的闲话竟向他敞开了一种新奇、热诚、欢快的生活。一聊起自己的妻子和孩子，老普拉特就变成了一个无比快活的家伙！他是个优秀的斗士。也许有一天，他也会——

那晚他们都很平静，互相亲近，也许是因为他们听见了雨水冲刷峡谷的声音，他们清楚毁灭、悲痛和屠杀正等在外面。在将来某一段空虚的日子，每当保罗回忆起那晚的情形时，他总是说，"那晚我就像待在自己的家里一样"。说完他吹起口哨，试图把那个念头从脑子里赶走。他从来没有过家。

就这样，那晚过后，夏天悄悄到来，又悄悄溜走：包裹着地球的大气给太阳光涂色，并把它聚进薄薄的九霄天里，直到它再次在金色的阳光中慢慢衰退、消失，并染上森林和田地丰收的味道，那味道清新、强烈，比鲜花的香味更加稀有。美国的庄稼地里到处是火药和烂泥，臭气冲天——谷物被大炮的轮子压倒了，士兵的水壶向外渗了几滴威士忌，遍地残肢碎肉，在那边没有犁过的垄沟里堆着十几具、上百具，也或许是上千具毫无用处的尸体，死亡人数还在无止境地上升。无论是在北方的新英格兰，南方的糖料作物种植园，还是在五大湖地区，总能见着某个失了心丢了魂的女人，拖着一具死尸向坟场走去，她趴在坟头久久不动，她将拖着疲惫的双脚走完余生。她的痛苦被视而不见；一切都被视而不见。风，吹着壕沟里深红色的杓兰，而在它的后面就是反射着光的血滴，它只是说了一句，"是一样的颜色；它们在那儿是上帝的意愿"。说完它便以指定的方式离开了，毫无悲伤之色。白色的皮肉和卷发（那个女人对每一缕卷发都了如指掌）在阳光下愉快地褪去颜色，然后它们沉入大地开始新的工作：生根、开花，灵魂安静地经过，转入下一轮劳作与休息。（上帝永恒的次序与秩序法则从容地运转，在任何情况下都将持续下去。）

布勒克尔已经躺了几周了，山谷外的世界已在他的脑海里变模糊了。他每天早晨阅读的有关战役的新闻对战争的结束没有任何帮助：这项事业没有任何进展，只是有更多穿着蓝色军服的战争机器变得毫无用处了。这些机器的身后——是什么？现在触动布勒克尔的正是这个问题：格蕾的每一次触碰，关于恋家的肯塔基人的片言支语，人们给坐在垫枕上的佩恩讲的巨人故事，使他一遍一遍地思索这个问题。成千上万人，不管他们的枪法准还是不准，也不管他们是为了钱还是为了其他目的，都死于战场；世上少了许多蛮力；可在那后面，是位于某个地方的一个家，是黏人的一双小手，是一个男人的愿望，是无尽的恐惧和希望，是宗教，是在来世拥有一个更好立足点的机会。就是在那种背景下，家庭生活，对纯洁、荣誉、勇气的信念最后汇聚在一起，使男人在战场上表现得像个男人。

因此，躺在草垫子上的这个男人，从一开始就探究事情的核心，此时终于走进了自己的心灵，他就要与上帝和魔鬼会面了，那么暂且先把外面的世界和这场大战抛到脑后吧。他的战场就在这一小片废墟上的几间房里，而这片废墟被高耸入云的山峰困在中间。外面世界里的大冲突他管不了；而这一个冲突，却掌握在他自己手里：他该怎么处理这个女人的事情，他又该怎么处理自己的事情？

他一天天好起来。但是别人并不知情，因为他实在是太严肃太沉静了，他从不介入兵器库里喧闹快活的生活；谢泼德太太把整日半醉半醒的荷兰护士都撵走了，因此现在由她和格蕾负责照管这十来个伤员（在这场战争中很多讲究、时髦的女士发现自己是上帝创造的女人）。因此，每天她们都把房间打扫得干净明亮；那些脸色红润、没刮胡子的伤员躺在干干净净的枕头上睡得很香，而且吃饭时胃口大开；格蕾是最认真的倾听者，她认真地倾听每个人的故事，这些伤员有的来自爱荷华州，有的来自佐治亚州，还有的来自北方。只有那道黄门她从来没进去过。布勒克尔不准她进去，她像小孩子一样听话。

她真像个孩子，谢泼德太太对她也很温柔，就像对待温和的小猫那样尽量顺从她、尊重她。使格蕾担忧的事情有比尔·桑德斯的汤里要放适量的盐，佩恩的白围裙，她还为班克斯[①]的处境感到焦

① 班克斯（1816—1894），联邦军的军官，马萨诸塞州人。

虑。嘘！晚上谢泼德太太给佩恩讲《鹅妈妈童谣》里的故事，这样格蕾就有时间为布勒克尔读书了。她像爱自己的丈夫那样爱他，她要当一个好妻子！当两个人坐在他的床边时，保罗看着她们，他比她更了解女人在什么地方安了一个钢弹簧，一旦她的权利意识碰到了它，他将永远也无法令它弯曲。他常常把她的一双小手握在自己的手里，她的手上长着色斑，因繁重的工作而发黄变硬了，握住她的手时，他想知道上帝究竟让他怎么做。如果他们两人可以一起躺在弗吉尼亚高地后面巨大的墓坑里，这对他来说简直是莫大的安慰。如果蒙上她的眼睛让她摸黑走下去，对她而言，除了死亡之外，什么样的下场都比把她交给她的丈夫更加仁慈。而对他来说——不，他只考虑她，怎样做才能使她纯洁又快乐。可重婚罪？当他看着她的眼睛时，没有任何一种理论或信仰能把这个词从他的脑海中挤走。他从未见过如此真诚干净的眼神。他从谢泼德和诺特那里得知，那个叫格尼的家伙正在慢慢地恢复健康。已经刻不容缓了，只要发生一个小小的意外，事情就全败露了。最终布勒克尔头脑中的挣扎告一段落了，他要把自己想做的事情干到底。如果要担什么罪的话，他愿独自接受对灵魂的审判，就像他之前说过的。

八月初一个凉爽的清晨，医生第一次从床上爬起来。北风刺骨，风中夹带着来自远方的寒霜，这场风霜足以染红山岭上桉树凸出的面颊，让它们在森林郁郁葱葱的绿色中似火般燃烧。他拖着脚步慢慢走上木阶梯，在阳光里等待着。一天的时间可能很短，但是他生命中的这项伟大工作将在这一天内完成。

"谢泼德！"当他看见上尉和他母亲俩宽宽的黑影匆匆走过阳光明媚的街道时大声喊道。

"嗨！照这个速度下去，你很快就能工作了，医生。"

"一周后吧。那个姓格尼的家伙。什么时候才能把他送走？"

"布勒克尔，你怎么会对那个龌龊的小人那么感兴趣？自从上次你向我打听他的情况后，我就开始注意他。他只不过是个集北方流氓和恃强凌弱的南方无赖于一身的杂种。"

"我知道，我对他的家族很熟悉。我收到了交换俘虏的命令：昨天收到的。我想，他在那边的级别是上尉。"

"是的——但是诺特却告诉我，他并不急于康复。"

"这个命令能让他好得快一点吧，嗯？"

"也许吧。"

谢泼德笑了。

"你急于让他在那边抓住晋升的机会，可是我在你的眼睛里并没有看见什么特别的关爱，不是吗？也许你是想让他快点回到前线，就像大卫对待乌里亚①那样？保罗，你怎么说？"

他还没等对方回答，就接着笑起来。

"就像对待乌里亚那样？呸，什么乱七八糟的？"布勒克尔掏出手帕，擦了擦脸和脖子。他感觉自己出了一身冷汗——也许是因为他的身子还很虚弱。

"山姆，你去告诉那个姓格尼的家伙，"布勒克尔召唤正在附近闲逛的护理员，"交换俘虏的命令到了，他可以利用这次机会。"

"医生，你不亲自见见他吗？"山姆暗示他，"他是个懦弱的人，我想他会为此感激涕零的。"

布勒克尔摇摇头，拐弯去等谢泼德太太。她正在人行道上对牧师发号施令，后者戴着一顶镶着金边的帽子，像仆人一样惊奇地看着她。她的语调很具有肯塔基人的风格，说话时声音很大，像柔美的铃声；她踮着脚，在强调一些重点词句时，她会用紧张不安的手指敲打自己的手掌心。

---

① 乌里亚是古以色列国王大卫的战士，是拔示巴的丈夫。大卫见拔示巴容貌俊美便心生爱慕与拔示巴通奸并致使拔示巴怀孕。最终乌里亚被大卫的阴谋陷害致死，而大卫则迎娶了拔示巴。

"真没教养，"年轻的牧师心想，但他还是冲她哈腰点头，并露出讨好的笑脸，"夫人，如果我没有履行好自己的职责，我愿意接受更高力量的审判。"

"年轻人，这就是我的行事风格，我看见腐烂的事物——不管是马铃薯地还是教堂，都要探一探根源。在我生活的那个州里，人们说话都是直来直去的。我想更高力量现在正需要一个传话机。"

就在那时，仪态胜过了教养，它使萨拉·谢泼德看上去更加高尚，使她那诚挚、肥胖、矮小的身体也有了意义。这个只知道《三十九信纲》①的浅薄的学生沉默地站在她的面前。

"小伙子，我是个老太婆；你还是个孩子，你的下巴上才长了几根胡子，即使你的脖子套了白带子也不值得我尊敬，因为你还不配戴它。也许我们弗吉尼亚人和肯塔基人还固守着顽固的老思想。正像你说的，这很有可能。我们不懂人权，也许是的，也不知道人性发展到了哪一个阶段。但是我们理解旧式的基督教，我们打算让它焕发新的活力。当我看到成百上千年轻的身无分文的牧师或年老的居无定所的牧师，为了可观的薪水你推我搡地冲进军队，和别人一起喝酒、打牌，鼓吹谋杀，而不是宣扬耶稣的和平信念时，我就要讲话，尽管我是个女人。我将称他们为魔鬼的仆人，而不是上帝的仆人，现如今，他们是魔鬼最得力的奴仆。如果人的灵魂大声哭喊，并能清晰地看见上帝，那他一定是在维护心中的正义，直面敌人，守护国家。像你们那样嘤嘤嗡嗡、马马虎虎地念祈祷文，或者发表嘘声不断的政治演说可是行不通的。哦，孩子！"说着，她把手放在年轻人的胳膊上，她的声音震颤起来，一下子说不出话来了，"我希望你能像你的主人②那样做一个真诚的、传播和平之音的老师。人们抱怨联邦的牧师都是冒牌货和骗子，这一点也不奇怪。

---

① 《三十九条信纲》是新教安立甘宗英国国教会的信仰纲要。
② 指上帝。

我不知道在南方的军营里情况是怎样的。我有个儿子在那边——他叫哈里。我希望他在上战场前听到的是伟大真理的启示，而不是急急忙忙念出的含混不清、索然无味、精疲力竭的伪善言辞，也不是对敌人的谩骂。这样，他倒在血泊里，鲜血从心脏流到草地上，对他来说，生命，死亡，十字架上的救赎之血不会陈腐褪色。对他的敌人来说，我的哈里死了，一动不动地躺在那儿，可若是他的脑子里装满了对兄弟骨肉的仇恨，上帝会爱这样的灵魂吗？"

现在她开始自言自语了，年轻人一把将自己的衣服袖子从她的手里拽了出来，然后溜走了。事后，他对别人说那个老妇人是半个脱离主义者，因为她有一个儿子在叛军的军营里服役。但我想，除此之外，她的那番话于他而言还有别的意义。

看见布勒克尔时，她的脸红得更厉害了，眉毛也比平时黑了许多。

"你终于能起来到外面散步了，布勒克尔医生？太好了！明天再发热的话，你可就遭殃了。如今的年轻人觉得自己比七个人更有智慧。我们那时候的年轻人可不这样自欺欺人。年轻人知道自己有几斤几两。如果没有得到允许，我是绝不会在母亲面前坐下的，那时我也没有主见。"

她静静地站了一会儿，让自己冷静下来。

"哈！哈！我真是个愚蠢的老家伙。我总是自寻烦恼，自讨苦吃。瞧，普拉特正在街那头笑呢。他说：'母亲大人，您要是还继续和那个年轻牧师讲些大道理，我可就走了。'他还说：'这儿可不是您的地盘，谢尔比家的人在这儿说了不算。'假使不是这样的话，我该怎么办，布勒克尔医生？事实就是事实。我讨厌伪善的说教，不管它源于哪个地方的哪个派别，不管它是新英格兰新理性时代的人道和傅立叶主义，还是广教派^①和自由爱，或者是我们南方人固守的教义。把人类引向深坑的不是上帝的教义，而是监狱里那些犯人信奉的教义。我对所有教堂和教义追根究底。我有发表意见的机会。你好像有话对我说。你遇到了什么麻烦事？"

布勒克尔犹豫了——他不知道这个坚定的基督信仰的阐释者会如何看待他的婚姻，他与另一个男人的妻子的婚姻——如果她知道了整件事情的真相的话。他笨手笨脚地摆弄自己的三角绷带，感觉十分孤单，好像天地之间空无一物——没有任何他能够依靠的东西。当上帝给他们自行选择的机会时，男人们通常会感到如此孤独。

"您对那个年轻人太严厉了，谢泼德太太。为了我自己，我真希望他是个像样的牧师。这儿也没有别的牧师来为我主婚了。"

"啧啧啧！他是什么样的人差别不太，"说着说着，她的表情忽然变得严肃起来，"神的祝福定会成真，就算说出它的不是最干净的嘴唇。你已经下定决心了吗，就是你昨天晚上和我说的那件事情？"

"是的，我决定了，如果格蕾通情理的话。你和上尉明天就走吗？"

"是的，我走后，她肯定也不能再待在这儿了。普拉特已收到了离团的命令，我也得回家看看我的小马了。在我知道该怎么办之前，摩根^②会照顾好它们的。我会把格蕾送到惠灵，我也只能送到那儿了。至于你们的婚姻——"

她停了下来，用手指扶着下巴。医生暗自发笑。她正在为格蕾和他的命运做决定，就好像他们是政府打算从她手里购买的一对小马。

"那个女孩子的父亲不在，所以这件事有些不合规矩。这是我

---

① 19 世纪出现的一场宗教运动，以极端宽容和自由的思想而闻名。
② 约翰·亨特·摩根（1825—1864），美国南北战争时期南方联盟军将领。

的想法，布勒克尔医生。至于爱情嘛，它会继续下去的。哈，哈！婚姻倒也有些好处。如果你战死了，作为遗孀，她倒是能得到一笔抚恤金——这笔钱她现在可是没有的。"

布勒克尔尴尬地笑了。

"我明白，您说到点子上了。谢泼德太太，我已经决定了，格蕾必须得和您一起走；但是在走之前她要先成为我的妻子。如果我们的婚姻会结出什么恶果，我将独自承担。"

两人都沉默了片刻。他躲开了那双黑眼睛探寻的目光。

"我不该评论这件事，"她的话里有所保留，"这个女孩子人很好，我是从一个母亲的角度来考虑的。也许，你这样着急自有你的道理。如果你真的想举办仪式的话，什么时候办？在哪儿办？医生？在上面那座教堂？"她的语气又变得轻松而武断了："在这附近没有几所房子的屋顶是完好无缺的了。那是最完整的房子了——没错，至于时间嘛，傍晚。这个时间对我来说比较合适。我必须得写信给那个游手好闲的基先生，谈谈普拉特的士兵们的裤子的事儿——裤子已经在纽约打包装箱了。然后我还得想法子搞一些汞丸。上战场的前两天给每个士兵发一粒，就足以将他们的五脏六腑翻腾一遍，助他们打胜仗，这可是百试百灵的。日落时分——是的，在这个时间以前，我可能没办法参加。

"那就定下这个时间吧，如果格蕾同意。"

"哈！她是一块亚麻料的破布，你能让她绕着你的手指转，你自己也知道。你去岸边找她吧。我必须得走了，我得告诉那个年轻牧师，他最好仔细读两遍贴在教堂里的仪式流程。"

"哎呀，普拉特，"几分钟后，她沿着街道往前走时遇到了上尉，与他谈起了婚礼的细节，"哎呀，这也太匆忙了。我本该好好琢磨琢磨，可现在根本没有时间这么做了。在这战争年月，不论黑天还是白天，我的脑子被塞得满满的。我觉得他们挺般配的。年轻的布勒克尔是个可靠、直率的人，他能过上健康的生活。要生孩子，哎呀。女孩子明白。你不用嘲笑他们，普拉特。只有出身于古老家族的男女，不管好坏，才能泰然自若。稳操胜券的人说不定头脑一热，就会火急火燎的——你们这位医生就是这样，嗯？格蕾出身于最忠诚可靠的、最古老的宾夕法尼亚州家庭。她最好养骡子，她很有进取心，不管进步得快不快。"

咔嗒一声，她把钱包扣上，又重新固定了一下自己身后显眼的面纱，她走起路来像一面硬挺的信号旗。

"哎呀，我没时间了。我还得顺便去看看那个格尼，告诉他交换俘虏的事情。他越早起床下地走出来散步，对他越有利。否则他会消化不良的。我今天就得让他出来走走。今天的天气真让人神清气爽。"

今天确实凉爽。从马里兰高地吹来的风清新有力，吹着成团的灰云在透明蓝的头顶飘过。农民说这种天气益于作物健康成长；人们也在想，上一次战役结束后才在镇子附近播下种子的晚种的庄稼，和之前一样，还没有绿叶从土里钻出来；起了晒斑的软软长长的玉米须下面结着干瘪发黄的玉米穗。那天下午，格蕾带着佩恩恰好经过一大片玉米地，她闻到玉米苞叶干净、潮乎乎的味道。那味道不知不觉地让她想起了很久以前的事情，那时候她和佩恩差不多大。于是她便沿着栅栏采集鲜红的罂粟花，为佩恩编"宫女"，过去她常常为自己编。

"帮我给她们做些披肩。"佩恩说，给她拿来一些丁香花的叶子，她用牙咬出披肩的形状，然后用来装饰这些草编的人偶。

"欧兹说，吃了罂粟籽，我就得睡觉了，我就再也醒不过来了。这是真的吗，姐？"

"我想是真的。我也不知道。"

死亡和长眠，对格蕾来说一向是个模糊、遥远的概念——现如今已经微不足道了。她是个健康、意志坚强的女人，她全心全意地爱亲人，她不想为死亡而费神，也不想像一些极为在意精神世界的女人那样，过得吝惜、小气，因为她们只当生活是权宜之计或一场骗局，她们只是通过生活这座烂桥走向一种更加美好的生活。总而言之，她的日子还算过得去；她时时刻刻都想牢牢地把握住生活，设法工作，并获得更多快乐。活着令她高兴。上帝也在这个世界里。她很肯定。每次祈祷时她都清楚这一点。上帝也存在于另外的一个世界吗？是的；不过那些想法就有些虚幻了，它们还没有在格蕾的脑海中留下影子，也没有对她产生吸引力。可这是千真万确的事情——就在这儿。今天——今天自己活着，这让她感到很满足，她褐色的眼睛里流露出的某种无声的东西吸引了佩恩，他抬头看着她，放声大笑。

"亲我，姐。今天老姐你真是超级好。我们去河边吧。"

他们沿着上面的一条公路走下去，离开了镇子。说是公路，其实它只不过是一条比较宽的、有牛车辙的山边小路。一路上到处是大炮轮子和炮弹壳，在紫苑草的草丛里还有士兵的破夹克。可她看不见这些东西——今天，映入她眼帘的是浓密的枫叶——也该是叶子变红的时候了。今天早上空气清新，风力强劲，好像世界迎来了新生；在陡峭的山坡上，褐色的、灰色的地衣，以及每一片绿，从淡淡的苹果绿到十月里苔藓的墨绿，都愉快地享受着阳光。黄蝴蝶在草地上互相追逐，像喝醉了酒的样子；灌木丛里有很多小鸟，它们嘤嘤喁喁，时而停下来兴奋地颤抖，天空都跟着它们激动兴奋起来——就连它们也为活着而感到高兴。这些小不点儿有亮蓝色的，还有红色和褐色的，它们在树丛里摇晃着飞进飞出。这些小鸟儿，你知道吗？——真是小得可怜：在这些悲伤的日子里，这些小小的身体竟然承载了那么多的快乐，这可真是一件荒唐的事情。可这也不能怪它们，它们有的只是本能，而不是理性。同大多数女性一样，恐怕格蕾也要身陷窘境了。那一天真是太有益健康了，蜜蜂完全没有了睡意，嗡嗡地叫个不停；啄木鸟也突然来了精神，这只老棺材匠在桥边的一棵空山毛榉上开始忙起了它的丧礼，那"砰砰"的声音听起来像欢快的鼓点，然而事实上，它敲的是起床号。不需要说太多了。格蕾心想，整个世界都完全清醒了。她仰望着大山，但并未像保罗·布勒克尔那样体会到休息的可怕意义。在她眼里，它们是这个世界伸向天国的手臂，大山举起树林和花草——似乎在说："看我多快乐多美丽啊！"哎呀，那些光秃秃的高耸入云的山峰上还镶嵌着一些精致的小湖，湖与湖边的百合花一起沐浴在阳光中。

格蕾和佩恩来到河边，河流恰好在那里转弯穿过峡谷，他们坐在一块砂岩的岩脊下，太阳伸出一根摸索的手指，摸在了格蕾长有雀斑的脸上和她柔软的红发上。虽说阳光普照正义与不义的一切，但我知道他最喜欢流连于健康纯洁的事物上，就像这个女孩子。佩恩用岸边光滑的小石子玩起了抛石子游戏，她把自己的裙子铺开，让他坐在上面——他紧挨着她，她时不时把他搂进怀里，眼含着泪花：一小时前她与布勒克尔见了面，承诺答应他的所有要求。佩恩是她唯一的家人。在自己的婚礼这一天，她从未如此爱他们，她爱所有的家人，她的爱中带着一种渴望的痛。她明天就回去了，她会像从前那样忙里忙外，照顾他们；然而她与他们之间似乎永远隔了一道鸿沟。过去的她自私自利、脾气暴躁——现在她意识到了这一点，她有时对老父亲的那些中看不中用的石头或者莉齐的牢骚话不耐烦，经常对约瑟夫暴跳如雷。现在她知道了他们的生活有多艰难，多清贫。如果她能选择的话，她会多给他们一些温暖，对他们更温柔一些。但愿，回家之后自己还能再试一次——她擦掉脸上的热泪，亲吻佩恩阴沉的小脸，直到他反抗为止。影子越来越长，头上的岩石在她脚边投下了一片边沿参差不齐的阴影。太阳落到最远那座山的后头时，她就往回走了，带着佩恩一起去那座小教堂；然后她将把自己奉献给主人，直到永远。

这一时刻的感受她都默默地藏在了心里，而不是像别人那样，脸红流泪表露心迹。她的双手紧紧地握在一起，看着慢慢西沉的太阳，静静地等待着。她甚至没有告诉布勒克尔这一时刻对她来说意味着什么。她长途跋涉，终于走到了终点。

"在那个时刻到来之前，我想要一个人待着。"说完她走开了。他不知道，在这个姑娘眼里自己是怎样的人；她爱他，哀而不伤，把持有度的欣赏使他感到自己火热的激情受到了嘲讽。她没有选择，他也应该知道，她在放弃自我的绝望中将他的生命融入了她自己的生命里。她想自己一个人待着，怀着几分恨意，她想躲开那些跟着她走进教堂的或粗俗或奇怪的目光。在她开启自己的新生活时，她只想和上帝，还有这个小家伙，她唯一的亲人待在一起。保罗和她将在某一座山峰的小教堂里，在上帝的见证下将自己的一生永远交给对方！

她坐在岸边，双手扣在膝盖上，看着汩汩的流水。山间，日落的晚霞已逐渐被冷灰的色调所取代。蹲在她脚边的佩恩已经打起了瞌睡。周围一片寂静，这时她听见远处的小路上响起了脚步声，脚步声离她越来越近。她没有扭头看——突如其来的一股热血把她的脸和脖子都染成了红色。

"保罗！"

她知道他快来找她了。没人回答。她站起来，转身向后看，来人正是囚犯格尼，他倚在一块岩石上一动不动，手里不安地捻着一块手帕，他低头看着它，用牙嘎吱嘎吱地使劲嚼着烟叶。

"终于见到你了，格蕾。我知道你在这儿。"

女孩什么也没说。突然死亡或命运致命的一推，就像这样，引起的最初反应就是惊讶得哑口无言：没有痛苦。她把手指掐在喉咙上：喉咙里的哽块令她窒息。他不自在地笑了。

"考虑到你是我的妻子，这种欢迎方式真是冷静得见鬼了。"

佩恩醒了，哭了起来。她一脸茫然地拍拍佩恩的肩膀，她的眼睛一直盯着格尼的脸。然后她走到他跟前，一把抓住他的胳膊。

"我可是血肉之躯，"格尼说着，挣开她的手，"我没死。你以为我死了，是不是？我拿到了从古巴寄来的那封信。"他摆弄着自己的胡子，一脸奸笑。"那可是我这辈子最高明的藏身法了，格蕾。事实是我欠了一屁股的债，只能和你们断了联系。就是这样，嗯？你怎么看，小姑娘？"说着他把手搭在了她的胳膊上，"我的妻子，嗯？"

她向后退了一步，随着一声嘶吼，她的身子倒在了砂岩上，女人的一生中会发出一两次这样的哭声：被折磨得濒临死亡的动物在死之前试着发出来的就是这种声音。

"哎，哎，我并不想打扰你，"他站在那儿，重心不停地从一只脚换到另一只脚，满脸犹豫，"我——我也不想碰见你。我很适应单身生活。你也是，对吧？这四年里我四处玩乐——我和汤姆·克兰：你不认识汤姆。我们要去大平原——瓦尔帕莱索——新奥尔良。我要在热热闹闹的美国走一遭。汤姆和我一起，他是游击队的一个小头目。我保障安全。不用管杰克·格尼，他会安然无恙！但是，嗯，格蕾？"说着他推了一下架在厚厚的鼻梁上的金丝镜框，"你长大了。天哪，你完全变了一个人！我离开的时候你还是个哭哭啼啼的、笨手笨脚的小姑娘。现在你的眼睛和皮肤都有了色彩——看上去真是楚楚动人：哎呀呀，你的眼睛一闪一闪的，和我们在内华达捕获的一头小野牛简直一模一样。过来，吻我吧，格蕾。嗯？"她褐色的眼睛与他对视时，他不再向她靠近了。

他们面对面站着，在那一刻，两人中也许是女方的灵魂更有负罪感。她厌恶他，恨极了他。在她眼里，他奸笑的样子简直就像个魔鬼。然而她错了。只有在小说里才有纯粹的恶棍：就连犹大也有得到救赎的品质（正是因为这个品质，他吊死了自己）。[1] 格尼意志薄弱，脑子不灵光，具有追求感官享受的强烈本能，血液浓稠，渴望刺激——应该说，和尼禄很像。他倒是不喜欢折磨女人——他希望她快乐，而不是痛苦——除非，他确实需要她的痛苦。所以他停了下来，看着她。他也耽于享乐，不想给自己找麻烦。

"瞧啊！别出声！看在上帝的分上别喊了。我身体本来就很虚弱；我可受不了噪声。"

"我是不会喊的。"她的声音很小，他得弓起身子才能听见。当佩恩摸索着要拽开她紧握的双手时，她一把将佩恩从自己身边推开，心里的某样东西让她觉得自己很脏，她不敢碰他。

"你打算让我继续做你妻子吗，约翰？"

他没有立即回答，而是安闲自在地把她从头打量到脚。她弯着腰站在那儿，她直勾勾地盯着他看时，她的眼睛变成了一种他无法承受的重荷。他一边盘算着，一边用手指轻轻地敲着下巴，不时摆弄一下自己的黄胡子。

"妻子？我不知道。你的脸怎么变白了。刚才你脸上的好气色去哪儿了，小姑娘？天哪！"说完他大笑起来，"我想用不着太多诱惑就能把你变成杀人犯了。我希望你不要把以前的事情记得那么清楚。那时候我对你很刻薄。"他顿了顿，眼神中一半是钦佩，一半是害怕，然后他接着说："嗨，嗨，我是认真的。我还会认你吗？不——会——了。基本上是不会了。我会坦诚相告，格蕾——我向来是个坦诚的人，你是知道的。我很喜欢驯服你的感觉。扮演驯服凯特的彼特鲁乔[2] 会让男人充满活力，我以我的名誉起誓！但我痛恨束缚——我已经自由这么久了，你也明白。你还没有足够的吸引

---

① 《马太福音》(27：5)：犹大能够被拯救的品质是悔恨。
② 《驯悍记》中的人物。

力可以让一个男人成家。它可是最该死的奴役！因此我想，"他用戴着戒指的那只手拖住下巴，若有所思地说，"我们最好这么办。作为俘虏，我会被交换到南方，我们一起保密，没人比我们更聪明了。说我死了如果合你的意，那我乐意为你效劳。我不会再找你的麻烦。或者你愿意的话，也可以在一些州里起诉离婚——以蓄意抛弃的罪名起诉，等等吧，我都愿意。"

她摇摇头。

"不管怎样，你自由了。"

她扭绞自己的双手。

"我永远没有自由了！永远！"——她开始抽噎，浑身颤抖。她蹲在地上把头埋起来。

"啧啧啧！又来这套！我都告诉你了，小姑娘，你让我做什么都行。"

她抬起头。

"如果你真的死了就好了，约翰·格尼！只有这样，我才能成为一个纯洁、善良、快乐的女人，可现在——"

她闭上双眼，把头慢慢低在胸前，眼瞅着她苍白的双手，脸紫一阵儿青一阵儿。

"哦，真该死！可怜的小东西！她永远也不会懂事，"格尼说着，把她的头重新靠在砂岩上。"我要走了。哎呀，她真是个麻烦鬼！小家伙，一两分钟之内你最好往你姐的脸上洒点水，"他对抽泣的佩恩说，"如果我能虎口脱险，从这儿溜走——"

他把眼镜塞进口袋里，向山上走去，手仍然捋着自己的胡子。快到镇里时，他遇到了保罗·布勒克尔。太阳就要落山了。医生突然停住脚步，死死地盯着这个男人的脸，但他的脸上除了一副平庸的自满自足的表情之外就没什么了。

"他并没有看见她，"保罗说完就匆匆离开了，"再过一个小时，我就安全了。"

然而格尼的眼里闪过一丝锐利的光。

"那个家伙总是摆出割断我喉咙的架势,"他嘟哝道,"我开始懂了,嗯?如果他对那女孩有意,那我还不安全。杰克·格尼,你最好今晚就赶快离开这个农场。谢泼德会把我带到司令部,然后交换俘虏。"

第三部分

"皮肤冰凉又潮湿。哈!哈!我以为昨晚的樟脑和吗啡能治好你。它们治疗突发症状效果还不错。"

这个矮小的女人摸了摸格蕾的额头,她短粗、白皙的手指像慈母那样温柔。

"我向布勒克尔医生许诺,让你半小时之后见他。"

"最好不见。"说着,女孩站起来倚在壁炉架上。

"最好见一面。是的。你说你不同意结婚:晚上要和我一起走。是,我什么也没问。是的,孩子。嘘!"她的脸上写着尊严。"我不需要解释。萨拉·谢泼德也许有点儿粗鲁;但她有自己的隐私,也尊重别人的隐私。可你必须得见他。他是你最好的朋友,如果你们没有别的关系了。如果女人按照事物的内在真理做事,那是没错的。那是我母亲的原则。半小时后……"她把食指放在格蕾的太阳穴上,噘起嘴巴说道,"跳得很慢。火车七点整发车。我得准备一瓶硝酸钾放在包里。"说着她匆匆忙忙地出去了。

格蕾看着她的背影,那背影是那么坚强、能干、沉稳:她从出生开始就那么满足、那么开心!她理所当然地拥有爱与财富。女孩子透过脏窗户看向令人厌倦的灰暗天空。哎,她们之间到底有什么不同?自己究竟犯了什么错,上天要从一开始就对自己横眉冷对?

自己比这个女人更加信赖**他**，可**他**似乎却只赐福给她。窗台上放着一只破玻璃瓶，里面插着两三支奶白色的野百合。格蕾很爱这种花儿，看着这些花儿，她又想起了布勒克尔，想起他宁愿忍受无名的痛苦也要告诉她生活真实的样子，她用手捂住了自己的头，在无望的希望中爱他，就像那个失足的女人日日夜夜为钉在十字架上的**他**哀哭祈祷。可是——

"很难。"说完，她转身离开窗台，黯然神伤。

刚刚过去的这一天在她脸上留下了奇特的印迹，无论刚刚过去的这一天对她来说意味着什么——她的嘴唇凹陷了，好像多年的痛苦已慢慢遍布她的全身。受苦并没有使她变得崇高。只有那些英勇无畏、心胸开阔、天生宽容慈悲的女人才能摆脱剧痛。而像格蕾这样的女人，她们胆小懦弱，拖着饥渴的身体和灵魂，在上帝的大审判之下染上疾病，变得暴躁，爱发牢骚，或者变成感情脆弱的盲目的信徒，只知道两样永恒的东西——她们自己对上帝的看法，以及她们自己的救赎。修道院里全是这样的女人。格蕾没有长出能让她挺起胸膛的自力更生的那根筋，现在风暴要来了，而她的力量都是外在的：她紧紧握住**这个男人**①的那只手早已没了力气。

"半小时后。"她试着不去想这件事，而是看着昨晚人们为她准备的婚房。这间位于消防车库二楼的房间曾是用来拘留犯人的警卫室，光秃的地板，低矮的房梁，在女人眼里它看上去实在怪异。她在窗户旁边站立的位置正是约翰·布朗当年为自己辩护时站立的地方；墙上还有子弹留下的痕迹。她在脑海中想象着那次辩护结束后发生的事情，想象着四百万奴隶的处境，他们北方的同胞会把主人变成自己的死对头，然后怠惰地自助。她试着在这半个小时里想想这件事情，但是似乎她的处境比这些奴隶还要悲惨。她被锁在了一

———————————

① 指上帝。

个自己痛恨的男人身上。有四百多万女人和她有着相似的经历：社会逼着她们走进了婚姻。"半小时后。"那时他就到了。她得冷静下来，她将和他道别，她不能哭。这样他的痛苦才能少一些——可怜的保罗！她有他的相片：她得把它还给他。她把它取出来放在面前：他的眼睛正似笑非笑地看着她。她立刻扭头把脸朝向窗户，用颤抖的双手支撑住身体。要是她把它留下来，偶尔也能在晚上拿来看看！她将很快老去，而她一生中也仅有这一件小小的乐趣！

"我不能，"她把它推到一边，"我要清清白白地去神的面前。"

外面的土道上响起了男人的脚步声。是哨兵。保罗的脚步声更重，更加紧张不安。佩恩走过来让她系扣子。

"今天我们就回家了吗，姐？"

"是的，今天。"

愿上帝宽恕她，如果那一刻她厌恶这个字眼的话！

"佩恩，你会一直爱我吗？"她把他紧紧搂在胸前，"我只有你了。"

佩恩吻了她一下，但是他的吻并没有什么含义，之后他跑去找哨兵了，哨兵很喜欢他。但那个吻就是她将来拥有的一切：她自己明白。

奇怪的变化发生了，逻辑学家不会相信，但是也无法反驳。她站在那儿，用手蒙住眼睛，准备接受命运的安排，它越来越重，越来越黑暗，她快要挺不住了。她寻找的救赎者是什么样子的，该怎样去寻找，只有那些找到**他**的人才知道。我只能告诉你现在她把脸露出来，虽然浑身颤抖，因为半个小时马上就过去了，但她褐色的眼睛仍然流露出勇敢、平静的神情。变化源于敏感的灵魂。在那之后也许会流下痛苦的眼泪；她还是认为，因为多年前的那段虚伪的婚姻，自己的生活不过是令人讨厌的残渣余迹罢了，但她会顺应命运，高高兴兴地度过残生。

屋外响起了另一个人的脚步声：不是哨兵。她洗洗通红的眼睛，慌忙地把头发梳到脑后。保罗喜欢看到她的卷发披散在肩后的样子。她不能再照他喜欢的样子去打扮了。永远不能了！她现在必须和他道别，而这意味着永远分离。也许她死后——他上来了：楼梯上响起了他的脚步声，他的手已经放在门闩上了。愿上帝帮助她成为一个真女人！

他碰了一下她蒙在眼睛上的那只手。

"冰凉！你要离开我吗，格蕾？"

她向后退了一步，坐在一只军用储物箱上，抬起头看着他。他并没有打算用邪恶的激情来诱导她：她看得出来。整个晚上他都与痛苦搏斗，他想要看一看上帝究竟打的是什么算盘，因此现在她在他脸上看到的是挫败、真诚和悲伤。也许保罗·布勒克尔离开母亲的怀抱后还从未有过像现在这样的表情，他看上去就像个孩子。

"是的，我必须走。他不会来缠着我了。真高兴我逃离了魔爪。余生我会尝试着做正确的事情，保罗。"

布勒克尔什么也没有说，他在屋里来回踱着步，脑袋垂在胸前。

"我们到此为止吧，"他终于开口了，"我快窒息了，我想在自由的空气中，我们才会知道什么是对的，怎么做才更合适。"

她戴上帽子，他们一起走出房间，下楼梯时她和他保持了一定距离，唯恐他伸手帮她。

"没你的允许，我是不会碰你的，格蕾。"他的表情十分严肃。

不知怎的，跟在他身后走在冷清的街上，她感觉自己的烦恼和他的比起来简直微不足道。看到他额头上的汗珠时，她真希望自己能为他擦去汗水；然而他大步朝前走，一言不发，甚至快要把她遗忘了。面对主宰他们的神秘莫测的命运，这个男子汉绝望了。他们走到河边，已经看不见镇子了。她停住了脚步。

"我们必须在这儿等着。我必须待在一个能听见火车鸣笛的地方。"

"火车——是呀。你要上火车？是的，格蕾，你爱我吗？"

她惊慌失措，双手拧在一起，哭了起来。

"保罗，别诱惑我。我很脆弱：你知道的。别让我变得龌龊不堪。对我们来说，在这世界上还有比爱更好的东西：纯洁和忠诚。你会帮我成为那样的人，对吗，亲爱的保罗？"她抓住他的胳膊恳求道，"你不会再阻挠我的对吗？这么做很难。"她努力微笑，可嘴唇却没有了血色。

"我会帮你的，格蕾，"他的脸扭曲了，他摸了一下她的手指，极尽温柔，"我从一开始就知道他在这儿。如果我们因结婚犯了罪，就我自己来承担。我不怕，孩子。但是，格蕾，"他与她四目相对，"我爱你。我不会为了自己的快乐而把你的灵魂置于危险之地。如果和我待在一起就是一种罪，我会让你离开，以后绝不再见你。"

"如果这是罪？这是毋庸置疑的，保罗！"

"我确实有疑问。你可以离婚。"看着她，他的脸色瞬间变了。

她把脑门上的头发撩到耳后。她的头很痛。她要怎样才能逻辑清晰地反驳他呢？

"不，我不会那么做的。我知道法律允许离婚，但是耶稣不允许我这样做。我提不出理由。我只知道遵行他的话。"

他不停地走来走去：感到痛苦时，他一刻也无法平静。

"你坐下好吗？"他指着一块扁平的石头对她说，"我想和你谈谈。"

她坐在了石头上——眼睛望着河水。如果再看他一眼，她就会朝他走去，尽管上帝的胳膊横在两人中间。她的两只小手紧紧地握在一起，在她的灵魂深处，有一个声音在大声地疾呼："我在做对的事情。"当柴把上的火越烧越旺时，每一个坚守信仰的殉道者都说了同样的话。他们忠于自己的发现，**他**不对任何人多提要求。

"我希望你耐心地听我说，"他站在她旁边，低头看着，"你说世界上还有比爱更好的东西。可对我来说什么也没有了。没有人教我关于上帝的知识和信仰**他**的方式。我想我是通过你才知道的。我一直过着粗俗、自私的生活。是你将我从这种生活里拉了出来。爱上你后，我就不再那么自私了，小格蕾。"他苦笑道："因为我宁可早点放弃你，也不会伤害你。但是如果我能娶你的话，我想我就能得到救赎。我希望你能。"他用手搓了一下额头犹豫不决地接着说："冷静地看待这件事。我们先把感情放在一边。因为——它对我来说比生死还重要。"

他停了一会儿。

"整个晚上我都在努力用理性，而不是激情去面对它。现在我成功了。"

一个男人表现得如此脆弱还真是令人动容。可格蕾看不见：她的眼睛始终盯着自己的手。他控制好自己的情绪后，加快了语速，接着说：

"不说我自己了。我只是个懦弱、充满激情的人。我想让你的灵魂永远纯洁。但是我认为在这件事上你的判断是错的。在南方和你的家乡，女人认为婚姻是不可改变的。可是在新英格兰有一群人却不这么想——他们都是纯洁善良的人，格蕾。我曾试着把你从我的脑海中抹去，客观地看待社会，这个社会里到处是不道德的、唯利是图的婚姻，我认为他们的理论是可行的、是无可非议的——只有被神秘的亲密关系联结在一起的人才算是真正结婚了。"

格蕾的脸红了。

"我听说过这种理论，以及它的结果。"她小声说。

"因为虚伪的人拿它当遮掩。所以格蕾，要理性。不要被人们常有的偏见蒙蔽了双眼。你和我的命运取决于它。"

"我努力去理解。"

她一脸严肃地看着他。

"上帝让他们在一起的话，就没有人能拆散他们。我想，在某个地方，当我们的灵魂降生时，**他**就把我们连结在了一起，格蕾。你懂吗。"

"我懂。"

然后她站起来，不再回避他的眼神——现在，清醒勇敢的女人本性从她的眼睛里向外迸射。

"我不再谈论爱情了：你知道那是什么。你知道你需要我：你已经把你的思想和生活融进了我的生命里。这是对的事，理应如此。这是上帝的旨意。他造出了男人和女人：教导他们找到彼此后，通过那种亲近的本能在永恒中结合。唯有如此才是真正的婚姻——纯洁，有益，依靠神，神伸出健壮的手传播仁慈。真正的灵魂伴侣、爱人已经找到了对方，就是现在，格蕾。"

他走到她跟前——拉住她的双手。

"我知道。"她依旧仰着苍白的脸。

"那么，"他的声音中饱含着他这一生全部的激情，"还有什么能阻碍我们？如果我是你的真爱，你把纯洁的爱给了我，把自己的生活全交给了我，难道对着一个并不是按照上帝的形象造出来的男人撒谎说出来的誓言就能把我们分开吗？我告诉你，你的灵魂是健康的，而我的则依靠它。"

她没有说话，呼吸变得急促。

"你要跟我来，格蕾。你不能再重新受奴役了，不要再把启发心灵的时间用来照顾自私的顽童和下厨房。在有些家庭里，男人和女人从该死的社会准则中解脱出来——法伦斯泰尔①，在那里，每一颗心灵都会依据永恒真理的内核得到启发，按照原始倾向去爱，自由释放本能，发展亲密关系。很久之前我就知道了他们的理论，但是那时我并没有接受它。我们就去那儿，格蕾。我们将听命于自己的天性。那将是一种自由美好的生活，是属于自己的生活。音乐、艺术和自然将使我们生活在永恒的和谐之中。我们将会工作，做真正的工作，做我们能胜任的工作；被压抑在你我头脑中的天赋会得到充分开发。在这个世界里，人们不择手段地争抢食物，这可不行。那儿是真正的乌托邦，格蕾。终有一天，全人类都将那样生活。我们，现在就去。你跟我来吗？"说着他轻轻地拉着她向自己靠近，"你不会放弃吧？"他盯着她的脸："我是真心的。对你的爱让我明白了这种生活图式的真相。一个人的灵魂高度取决于它是否自由和快乐。在那里，女人不会像你这样被婚姻的锁链困住。"

她还是一言不发。

"社会中有各种各样的奴役，错误的婚姻是其中最糟糕的一种。你们女人只有从婚姻的枷锁中解放出来，才能成为上帝希望你们成为的那类人。我讲的是真话吧？"

"是真的。"

"那么，你跟我一起走吗？"他的脸变红了。

她把头靠在石头上休息了一会儿，脸上一副无精打采、有气无力的神情。然后她挺直了腰杆。

"我不会去的，保罗。"

他拉住了她的胳膊，但是她挣脱掉了，然后她把手按在侧腰

---

① 法国空想社会主义者夏尔·傅立叶（1772—1837）为自己的理想社会设计了一种叫"法朗吉"的"和谐制度"，一种工农结合的社会基层组织。他为"法朗吉"绘制了一套建筑蓝图，取名叫"法伦斯泰尔"，中心区是食堂、商场、俱乐部、图书馆等，建筑中心区的一侧是工厂区，另一侧是生活住宅区。

上，以压制身体的疼痛，当一些女人的心灵面对考验时就会产生这种疼痛。她的眼睛或许表明她此刻头脑清醒，做出了新的决定。诉诸情感或者激情现在都不起作用了：他把做决定的权力留给了她的理性——留给了她的信仰。它们都比他要更强大。

"我不会去的，保罗。"

没有应答。

"我不能像你那样侃侃而谈，"她抬起双手捂在头上，"而且我觉得你说得并不对。"

她平复了一下情绪，然后接着说。

"女人确实出卖了自己。我也这么做了——为了逃离。人们给我灌输了错误的知识，其他女孩子也是如此。保罗，你说得对，错误的婚姻使女人局促不安，闷闷不乐，我们的社会也的确有许多欺骗穷人和奴隶的可恨的守则。"

她停顿了一下，脸色苍白，惊恐不已，她努力寻找表达思想的话语，这是平日里她不习惯做的事。他看着她，目光敏锐。

然后，她带着一种令人窒息的渴望，接着说："但是，保罗，你说我们活在这世上只是为了启发灵魂，为了让自己自由和快乐，这样说不对。这些都是以后的事情——在天堂里。只有那些为此祈祷的人才能有这样的机会，但这个世界上还有其他更应做的事情。"

"是什么？"

"顺从。在我看来有一些大戒律是为了所有人好。如果我们违反了这些戒律，我们就必须顺从。我们要仔细温习这些戒律，然后去帮助别人——那段话是怎么说的来着？"她摸着自己的头想了一会儿，"'正如人子来，不是要受人服侍，乃是要服侍人。'"

"你打算顺从吗？"

"是的。我是出于自愿和那个男人结了婚：也许是受到了恐惧的驱使，但是——我做了。我不会作伪证。"

她鼓起勇气继续说。

"我相信，上帝，我们的主，关于真正的婚姻的教导和你所说的一样——没有那种亲密的行为，一切都是零。无视这一点的女人都受到了诅咒。我也是。我会忍受。"

"把它扔掉。从这可恶的谎言里走出来。"

"我不会生活在谎言里，保罗。即使约翰·格尼来找我，我也绝不会随他去。"

"这样的话，你就可以重获自由，成为我的妻子了。"说完他向她迈了一步。

她向后退。

"我想**他**没有教导我们这一点。我不能做了之后再斟酌对错。"

"格蕾，你不想做的事情我绝不会勉强你。昨天晚上我说过，'我深爱着这个女人，我宁可早些离开她，也不会让她犯罪。'你可以做你认为对的事情。我什么也不说。"

"那么，再见了，保罗。"

然而，他并没有接住她伸过来的手：他忧郁地俯看着河水，他心里的某个东西被碾得粉碎——也许，那是他这一生中最珍贵、最令人愉快的东西。

"哎呀，如果女人们知道出卖自己意味着什么！也许不久后，人们会带着更加纯洁的目的走进婚姻。我想婚姻誓言是具有约束力的，保罗，如果有人违背了它，不受它的约束，比如在你方才提到的那些家^①里，比如在印第安纳州^②，性情粗暴的男人也会使女人变得更加堕落，使她们过上更加虚伪的生活。我害怕这样，保罗，"说完她露出伤感的微笑，"在我们遵守外在的戒律之前，男人必须先遵循天性中的内在规律。你知道你的法伦斯泰尔是怎么结束的。"

---

① 指乌托邦公社。
② 1852 年，印第安纳州颁布了离婚法案。

说着，格蕾把斗篷罩在了自己身上。她说得又快又轻松，这倒是件好事，这样一来，离开她时，他就不会感到特别痛苦了。上帝助她做了对的事情。在承受自己造成的损失、拒绝得到有罪的幸福这一点上，她表现得异常勇敢。但是，女人们不知道的是，她坐在河边的石头上，把手指插进潮湿的土壤下面，胡思乱想着她自己什么时候能躺进土壤里——通过死亡的陌生过程，去除一切杂质，使自己变得干净纯洁。如果她现在就倒在那儿的话，一个虚假的誓言，一个没有爱的妻子，就会从这个男人和上帝的视线中消失了！

"你能走开吗？"她抬起头，脸色变得煞白，"保罗·布勒克尔，你让我自己来判断和选择，此时此刻你的灵魂是如此高尚。尽管你已经触碰了我的爱——"

"我知道你会屈服的，我并非一个彻头彻尾的卑鄙小人，格蕾。我很高兴，"他的脸红了，"你说我高尚，我会努力成为一个那样的人。我也希望自己是个铁骨柔肠的人，也像一个基督徒那样行事——虽然我什么都不是。"

此时，他看向她的这张脸上满是骑士的风度，虽然有些不安和憔悴。她明白。在那一刻，自己的生活是多么简陋和卑微！他的两条胳膊无精打采地垂在身体两侧，好像它们刚干完了一辈子的活儿，而在那个怀抱里有多少的宁静和欢乐在等着她啊！她必须为了一条永恒的法则而牺牲自己的一生吗？**自由的爱**[①] 难道真的那么邪恶龌龊吗？

"你能走开吗？"她突然站起来，"只要你站在那儿，魔鬼就会靠近我，保罗。"她再次伸出手："如果我现在屈服，你会鄙视我的。"

"也许我会，但我还会一样爱你，格蕾，"他竭力让自己微笑。

———————

① 原文为 "Free Love"。

他拉着她的手待了一会儿。"再见,"他的声音异常冰冷,"你做得对,格蕾。这样对我们都好。我们来想想看吧——永远。"

"我把你害苦了,是我令你如此难受的。"说着她突然靠在他的身上。

"并不是,"他把头扭到了一边,"没关系。我不是个小孩子了,格蕾。悲伤要不了男人的命。繁重的工作会使他们变得更加强大。我的小姑娘会幸福的,因为她是一个纯真、善良的姑娘。是的,没错。你做得对。"

虽说保罗·布勒克尔那天真心诚意地接受了陌生的社会主义理念,然而当时他是为激情所驱使:现在他动摇了,他还是赞同旧时的婚姻观,就像一个人跳进涌起的浪潮之后又回到了稳固的大地上。

"再见,保罗。"

正当他们紧握着对方的手站在一起时,一道白色的阳光照在了他们的脸上。事后,一想到那道光,厌恶之情就涌上女孩子的心头,好像它在讥讽她致命的痛苦。之后,保罗·布勒克尔独自站在河边,恍惚中他感觉到那一天阳光充足却冷酷无情,有什么东西离开了这个世界,再也不会回来了。认识她以前的那些日子又浮现在他的脑海里:难忍的酷热——激烈的讨价还价——友情,被他当作朋友的那些家伙结婚后就把他甩掉,不在乎这样做使他受到了伤害——他,没有家,没有信仰,只是靠着天生的选择让自己保持清白,远离罪恶。就是这样。啊!上帝救救我们吧!这样的生活究竟有什么价值呢?他看了一眼被煤灰覆盖的小镇。战争本身是邪恶的,然而战争为骑士理想留下了空间。他能就这样结束自己的生命吗?她会知道的,她会更爱他,认为他死得高尚。可耻!懦夫!——除了女人的爱情之外,难道这世界上就没有其他值得追寻的东西了吗?——他可不是一个哭哭啼啼的小男孩。如果有的话,那会是什么呢？

　　他俯视着阴暗绵延的山谷，听见了火车的汽笛声，她被火车带走了，他看着从火车头冒出来的浓烟冲向天空——他就站在那儿静静地看着，直到最后一缕烟消失在视线中。痛苦时，女人会流眼泪或者歇斯底里地大哭大叫；而男人只能把痛苦咽进肚子里。他点上一支雪茄，冷冷地笑了笑，沿着路一直走了下去。

　　我的故事快要讲完了。在这战争年月，我没有时间研究戏剧效果，也不想这样做，我也不想通过小心翼翼地描绘场景、描述演员来吸引你的眼球和耳朵。这些人的生活史中的一两个事实就足以达到我的目的：让女人——神经紧张、贪婪、不知满足的女人——从中学到耶稣教义的真理（如果我能够把事实用强有力的语言表达出来），而现代神学却未将这一真理阐释出来。耶稣会在俗世和精神两个层面上帮助人，满足最低层次的、最现实的需求。她努力忠于最好的自己，也因而得到了承诺，她所祈求的、所相信的，她都能得到，而这真理是现代神学无法阐明的。关键所在就是——信。"所以我告诉你们：凡你们祷告祈求的，无论是什么，只要信是得着的，就必得着。"

　　如果女主人公只懂常识，只信传统基督教的教规教义，那么除了精巧的小说之外，还有多少人生悲剧会被突然终结呢？与格蕾分别之后，布勒克尔医生便参加了哈珀斯费里战役，他感到自己的生活中存在着与军队中一样多的战斗带来的影响，他都无法清楚地知道自己的未来将何去何从，他的未来是受那个爱他的女人的一个简单请求控制的。现在她不敢重复那个祈词了。但有一次，出于一种幼稚的信任，她又说了一次，并被审慎地记了下来。

　　让我们往前五六个月，跟随保罗·布勒克尔来到弗雷德里克斯堡。[1]那是十二月的一个夜晚，前一天联邦军刚结束了他们最为血腥的一场战斗。这是他参加的第四场战斗。现在他对大屠杀的场面已经麻木了，他一副漠不关心的样子，迈着沉重的步伐，默默地走在第一道山丘脚下的高地上，他的一只手里拎着药箱，另一只手里拿着酒瓶，他时不时地喝上一口白兰地，来压制恶心的感觉。夜色晴朗——暗淡的月亮低垂在西面的天空，从河面上吹来的一阵暖风掠走了战场上的浓烟。他艰难地挪着步子，因为他不愿意踏着死人的尸体过去：这儿的尸体已经堆成了山，它们是被移动伤员的军人们扔在一堆的。一天马上就过去了，他从一张张面朝上的惨白的脸上读到的是痛苦和失败。一小时前战斗刚刚结束，很长一段时间后，左边很远的地方传来一阵轰轰的震响声，好像是熟睡的黑夜重重的、狂热的心跳声。除了不间断的、死气沉沉的救护车驶出死亡之谷时发出的警笛声外，这里听不见其他声音。他所在的这片战场的山脊上就是李将军的炮台；萨姆纳[2]的虎狼之师向这个高地冲锋的战斗打了十个小时，现在，硝烟已经消散，前方是固若金汤的敌军阵地，头上出现了一小块蓝天，这是他们死前看到的最后一幕——当时，他们潮水般缓缓涌向高地，撞击岩石，被岩石拍碎后退潮回落，草地上血流成河，数不清的被杀者去见了上帝。

我方才说了，今晚月光明朗，四下无灯火，只有河流下游岸边一座着火的房子发着褪色的橙色亮光。医生走进一小片槐树林，月光洒在树林里，照亮了一棵棵单薄的树身，但草地上的死者却仍然躺在阴影里。他举起一盏灯，轻轻地翻看每一具尸体，他在找一个人。长期驻扎在这片树林里的是宾夕法尼亚州的一个团——麦金斯

---

① 弗雷德里克斯堡战役是美国南北战争中期（1862 年末）的一场重要战役，场面浩大，参与将士达 18 万人，为期 5 天（12 月 11 日至 15 日）。

② 埃德温·沃斯·萨姆纳（Edwin Vose Sumner，1797—1863），南北战争中联邦军波托马克军团的元老级指挥官。南北战争爆发时，他已经 64 岁高龄了，是内战中双方前线最年长的指挥官。

特里的团。其他六个人和医生一样，是雇佣兵——他们几乎都是爱尔兰人，他们可不像我们的人那样很快就会把那些曾经与自己同吃同住的伙伴忘得一干二净。

"我们真走运，丹·赖利，"其中一个人说道，"医生在这儿。找到那些兄弟，咱们就完事了。"他们一个一个地翻看死者的脸，很明显这些都是荷兰人或清教徒。

"这是你要找的帕特·奥肖尼斯吗？他应该和麦克马纳斯在一块，他们在这儿。他们离得太远了。帕特是科克人，没错；我来帮你。"

"他是我的表亲。"说话人费力地用一只胳膊拉尸体，他的另一只胳膊无力地耷拉着，"如果我没有按照基督教的仪式将他埋葬，我还有什么脸去见玛莉和她的孩子们呢。丹·赖利，快帮我抬一下；他在这。你还活着吗，帕特？"

那张熏黑的脸上睁开了一只眼睛。

"只丢了一条腿！"科克人欢呼起来。

"您如果能照顾这个可怜的病人，我们会帮您找到您要寻找的朋友。"丹暗示道。

布勒克尔看了看周围这几个健壮的爱尔兰人，喝过威士忌后，他们看上去很友善，他们的胳膊比他自己的粗壮许多。

"我会的，弟兄们。你们认识他——他就是你们团的人——麦金斯特里上尉。有人告诉我，他就是在这片林子里倒下的。"

"我知道他，"说话者把头扭到一边，"那家伙看上去呆头呆脑的，黄黄的头发都长到肩膀了？"

布勒克尔点了点头，示意旁边的人把奥肖尼斯抬到附近的一个工具房里，那只是一个低矮的棚子，炮弹已将它的一边炸坍了。棚子里有一个板凳，人们把伤员放在上面。他俯身检查伤员残缺不全的身体，与其开起了玩笑——对于帕特来说，有机会向别人展示自己面对外科医生的手术刀而能够面不改色，这也是一种莫大的安慰了！他不时抬眼看一看南面空中珍珠色的云，或是月光下摇动的洋槐树枝在黑幕上留下的痕迹，努力不去听那没完没了地涌向自己的呻吟的声浪。

看见布勒克尔手里拿着灯和工具站在那儿，人们将伤员一个接着一个地抬到他的面前，他尽力为他们提供必要的救助，然后打发人将伤员抬到军队的货车上，他的眼睛不耐烦地跟着丹搜寻上尉的背影。以前他不知道自己有多关心麦金斯特里，他的关心中带有一丝不寻常的保护意味。在军营里，他与别人的关系更加密切，但那些糙汉子能够照顾好自己。迈克就像那个天真纯朴的老犹太人，毫无心计。别人都欺负他——抢他的牛肉和面包吃，他们爱取笑他，但奇怪的是，又很喜欢他；他遵守纪律，但又太过温顺，以致人们总觉得他不够有胆量。

布勒克尔看了看手表，已经十一点了；月亮很快就沉了下去，月光逐渐变得更加暗淡、更加忧郁，好像此刻的光是从某个更加幽深的地方照射出来的，那里是休息的好去处。就是那时，他的耳朵从外面各种杂乱的声音中敏锐地分辨出了一个十分沉重的脚步声——是两三个人抬着重物费力行走的脚步声。

"他在这儿，先生，"是丹在说话，他小心翼翼地迈步向前走，"当心点，弟兄们，你们抬的不是袋子。"他们把麦金斯特里放下。"在山脊的最高处找到的，那么远的地方没几个穿军装的人。千真万确，"他扯着嗓子大声这么说。"我估计，"然后，他悄悄地对布勒克尔说，"他快不行了。我来拿灯吧，先生。"

"是你吗，布勒克尔？"麦金斯特里轻声问道，他睁开眼，像往常一样开心地微笑着，"我们白白浪费了一天吧？"

"是的。不过那并不重要了，迈克。你先别说话。"说着，医生把靴子从他的腿上割下来。

"逃走的不到五十个人，"他脸上的肌肉抽搐了几下，"告诉他们的家人，他们作战很英勇——英勇。"

他的声音渐渐消失了。布勒克尔赶快查看他的身体——这个过程只用了一分钟——然后轻轻地把他的腿放好，站起来，静静地站在旁边，擦去他额头上的汗水。丹把灯放下了。

"我得走了，先生，"丹悄悄地说，"恐怕，外面还有不少活儿要干。"

医生点点头。麦金斯特里睁开双眼。

"再见了，我的朋友，"他向丹伸出一只手，"今天晚上，就是我的亲兄弟也不可能像你对我这么好。"

"再见，先生。"这个粗野的汉子摩拳擦掌，举起一只硕大的拳头，"今晚，天堂将为您敞开大门。"丹一边向外走，一边清清嗓子说道。

"那么，布勒克尔，我要去了吗？"

保罗无法面对看着自己的那双柔弱的蓝眼睛，他一下子把头转向了另一边。

"哎！哎！啧啧啧！我还以为你不在乎哪，保罗。"握着保罗的那只手攥得更紧了。然后，麦金斯特里闭上眼睛，用左手挡住自己的脸，沉默了一会儿。

"你去吧，医生，"他终于开口说道，"我忘了还有别人需要你。快走。我在这儿很好。"

"我不走。看见这个了吗？"医生指着他的动脉流出的鲜血，"就这样放弃你，简直是疯了。在他们把你抬离战场之前，勒紧这只手帕应该就可以了。"

"是的，是的，我知道。这是冲锋时受的伤，是刀砍的。如果我说自己受伤了，弟兄们会被我拖后腿的。我想我们能拿下那座炮台，但我们失败了。没关系。没事的。你该走了吧？"

"我不走。给家里捎信儿吗？"保罗像女人那样温柔地把他的黄头发撩到脑后。那张温和的脸又扭曲变了形，变得十分苍白。

"我有一封信——在我地毯的袋子里，在我们的帐篷中。是我昨晚写的。是写给莉齐的——你会把它寄出去吧，医生？"

"我会的。是的。"

"也许它会丢失——军营里面真是一团糟。钥匙在我右边的口袋里——在眼镜盒里，你找到了吗？"

"是的。"

布勒克尔几乎没忍住要笑出来了，即使在死亡到来的时候，他口袋里的东西也放得井然有序。

"万一它丢了，"他不安地转过头来，"把灯点上，布勒克尔，这里太暗了——如果真的丢了，……告诉她……"他的声音消失了。"告诉她，"麦金斯特里突然挣扎着起来，用最后一口气说，"做个纯洁忠诚的女人。我可爱的小姑娘，莉齐——妻子。"布勒克尔把他的头靠在自己的肩上。"我想——假期来了，"他再次闭上疲惫的双眼，"我们的假期。"

他的嘴唇仍然在动，但是声音已经听不见了。他高兴地笑了，把保罗的手拉向自己，然后他的头变得像铅那么重，身体成了无用的肉体。这位真正的骑士和忠诚的绅士去见了一切荣耀之主，更深入地学习男人的气概和壮举。

保罗·布勒克尔静静地站了一会儿，随后恭敬地遮盖住那张普通、和善的脸。

"我宁愿看着一个女人离世。"说完，他把脸转到一边。

两三个人走过来，用破门板和木栅栏抬着其他伤员。

"医生在这里。"说着，那些人把伤员放到一个草堆上。"你快瞧瞧这些可怜的家伙吧，医生，"说话的人一口浓浓的马里兰口音，"其中有一个敌方的人，但是——"话未说完，那人就离开了。

其中一个伤员是从西部来的船夫，他身材魁梧，长着一头蓬乱的红头发和胡子。布勒克尔看看他，摇了摇头，继续看下一个人。

"不中用了？"那船夫把下巴重重地抵在胸前。"哦！"他咽了一下口水，好像他在吸进那口气的同时接受了自己将死的事实。"嗯，医生？你听到了吗？等一下，"说着他摸着自己的夹克，"我还不能——我的衣袋里有个东西。我希望你把它寄给一个老妇人——我的母亲——简·卡尔太太，辛西那提——良好的祝颂。"

医生停下来和他说了几句话，然后去看下一个人，那是一个满头金发的小伙子。小伙子衣服上有三个弹孔，其中一个在胸部的位置。

"我要死了吗？"他努力让自己的嘴唇不颤抖。

"啧！啧！不会死。只是皮肉伤。喝了这个，你会被送去医院——一两周就好了。"

"我不想死，虽然我不怕死，"他不安地抬起头，"但是——"

此时医生已经走开了，他正跪在泥里，给一个南部邦联的伤兵翻身，想看清那人的脸。

那个小伙子看见医生举起灯，眼巴巴地看着他的脸，呼吸变得急促起来。

"那是什么？他死了吗？"

"不，没死。"说着，他把灯放下。

但是快要死了。这个人是约翰·格尼——他已经在死亡边缘了。布勒克尔甚至什么也不用做，就能让他跨越生死的界线：只要把他搁在一旁不管，几分钟后他就会没命。但若将他的伤口用绷带好好包扎，再送他去医院，也许他就能活过来。

但是保罗有什么义务要这样做呢？身材矮小的医生热血沸腾，心跳加速，他慢慢站起来，拿起灯朝下看。

"一小时后，"医生用挑剔的目光看着他，"他就死了。"

这时，一个令人不寒而栗的念头在他脑海里出现："保罗·布勒克尔是杀人犯。"

但是他把这句话咽了下去，他小心翼翼地走进烧焦的残茬地里，地上遍布着死马、死人和车轮。他一边走，一边想格蕾的自由，他那对待孩子般的关爱，真诚而又亲切，再一次回到他疲惫的胳膊上。想起他打算买下的那片农场——他，一个粗野、快乐的农夫；她，忙里忙外的格蕾，还是那么可爱，一副大惊小怪的样子。哎呀，这个画面在他的脑海中只是一闪而过！然而，它出现的时候，他的整颗心都被沸腾的热血攥紧了。他转回身，这个可怜、挫败的，却又充满热情的小个子医生，慢慢地跑回槐树林——他穿过身负重伤的朋友和同僚，走向格尼。

因为——格尼是他的敌人。

"谢天谢地，我还没完全坏透！"说完，他使劲嚼了嚼嘴里的烟叶。

他越走越快，月亮沉下去了，战场被一片阴影笼罩。沉下去的光从地平线射向天空，把黑色的穹顶照得银光闪闪，一望无际。尽管激情使布勒克尔脚步不稳，视线模糊，但他明白，上帝为他打开了琼楼玉宇的大门，使他的灵魂可以进去居住。他不能再干出卑鄙、邪恶的行径了，他稀里糊涂地胡思乱想着。可是小格蕾！如果明天他就能回家去找她，从机器上抬起她瘦削疲惫的脸，把它靠在自己的胸前，对她说："你现在自由了，永远自由了！"主啊！

他停下脚步，用双手将外衣紧紧地攥到胸前——过了一会儿，他又接着向前走，双臂无力地耷拉了下去。

"我是个孩子！想也没用！不再想了！"他冷酷的黑眼睛在过去几个月里变得忧郁，像小孩子那样充满了疑问。他一边大步朝前走，一边看着北面的山，好像在和什么人道别。当他走到草堆旁，再次跪在格尼身边的时候，那双眼睛里没有一丝恶意。他的每一次触碰、每一次呼吸、每一句探寻都充满真诚。尽管他恨不得拿刀子插进格尼的心脏，但他还是像对待自己的兄弟那样对待面前这个失去知觉的人。

终于，格尼睁开了眼睛，他看见了面前那张蜡黄憔悴的脸，脸上的黑胡子僵硬得好像是用石头割的，医生凑得很近，那双严肃、绝望的眼睛让他倍感压抑。

"让我离开这儿。"格尼呻吟道。

"你要去——医院。"说着，医生帮忙将他抬到一辆救护车上。

"慢点儿，好兄弟们。我跟着你们一起去。"

医生的确跟着他们去了。我们真该赞扬医生接下来做的每一件事，他与血液中的恶念搏斗得越激烈，他忍受的痛苦就越剧烈。在弗雷德里克斯堡，一个古老家族的住宅被改成了营地医院。当人们把格尼放在书房中的一个草堆上时，一位外科医生走了进来。

"斯托里，"保罗抓住他的胳膊说道，"你来照顾这个病人：我想这儿归你管。我已经为他包扎了伤口。我没法再做更多的事情了。"

斯托里不明白保罗说这话的意思。斯托里推了推鹰钩鼻上的眼镜，弯下腰——他是个近视眼。

"让我或者让别人来照顾他都没有什么意义了。这个家伙活不到明天。"

"我不知道。我做了自己能做的一切。"

"也没什么可做的了——帕尔的纱布已经用完了，你知道吗？那个家伙都能把约伯给激怒了！我特意提醒过他纱布和支援者的事。——你怎么了，布勒克尔，你看上去累极了，"斯托里凑近了看着他，"这真是一场恶战！"

"是的，我累了。的确是一场恶战。"

"我得找帕尔谈谈纱布的事儿，还有——"

保罗走到窗前，深深地吸了几口清晨新鲜的空气。这个人不会死，他想。格蕾永远也得不到自由。不。可是，从他小时候起，从他开始在这个世界上为生存而拼命挣扎时起，他还不知道自己能感到如此快乐和安宁，现在他的眼眶里溢满了泪水。因为，如果说这是一场恶斗，保罗·布勒克尔已经打了胜仗。

星期日的黎明寒风凛冽。偶尔会有步枪发射子弹或高地上南部邦联的大炮回击的声音，清晨的蓝天被从枪炮口喷射出的红色火焰或冒出的浓烟遮蔽；然而，仍有长长的一队马车载着伤员穿过枪林弹雨，走过浮桥。六点钟左右，有几个人从营地医院里走出来。保罗·布勒克尔站在门外：整个晚上他都站在那儿，看上去像一个精瘦的、不安的幽灵。外科医生斯托里与这几个人迎面相遇。他们用一块木板抬着什么，上面还盖着一床破旧的百衲被。斯托里掀开被子的一角，想看看下面是什么。布勒克尔医生就站在他们必经的路上，但他既不让路也不和他们说话。

"抬到壕沟去吧，"外科医生看完后，马上对他们点头说道，"是你的那位叛军朋友，布勒克尔。"

"死了？"

"是的。"

"斯托里，能做的我都做了？"

"当然了。谁都无能为力。——我们什么时候才能摆脱这个困境呢，嗯？"说完，他走了。

"能做的我都做了。"

医生蠕动着干燥的嘴唇，抬起头。天真蓝啊！吹着头发的风是那么凉爽、清新、活泼！他迈着轻快的步子，一蹦一跳地走进田地。很久以前他还是个小孩子时，就是这样去干草地的。大地充满了健康、生机和美，他可以放声大哭，也可以开怀大笑。他在桥上停下来，看着明亮的匆匆的流云，宽宽的河水，明媚的阳光——他还有一段路要走，小格蕾。

"我感谢你，"他摘掉帽子，低下头，满心敬畏地低语，"因你的伟大荣耀，主啊！"

你能再走远一点吗？几个月的时间又悄悄地溜过去了，让我们一起去看一看古老的宾夕法尼亚州山区里的三月是什么样子的。战争的恐怖气息还没有蔓延到这儿，还没有影响到山里的人家。这儿的庄稼收成没有 61 年、62 年的好，价格也没有那时候高。因此，这几年家家户户的粮仓都堆得满满的，冬天的炉火也足以暖到人们的骨髓里。

即使到了现在，如果年轻的辛普森下士，或乔·海纳尔，或哪个邻居家的儿子负伤回家，也只能引起关于苹果—黄油—果皮，或者拼写竞赛之类的闲话。男人们——他们都是民主党人，已经接受了国家遭到践踏的事实，因为这都是共和党人干的；妇女们在肉窖里建起了隐秘的储藏室，用来存放家里的银茶勺和茶壶，她们害怕斯图亚特①的骑兵。总而言之，战争在这里激起了人们对生活的强烈热情。在阿勒格尼山脉的低矮山谷里，太阳洒出它最炎热的、最利于孕育新生的光，甚至连冷风也将自己全部的活力汇入了光波中，它知道这儿没有哭哭啼啼、面黄肌瘦、消化不良的城里人。生活在这里的人们，无论男女，都胸膛挺阔、肌肉发达，也许人们思想狭隘，但他们心胸开阔、体格健壮。你会发现，在宾夕法尼亚州和弗吉尼亚州的山谷，动物类群、道德观念和自然形态，与战争爆发以前并没有什么两样。

在距离格尼一家居住的村庄八到十英里的地方有一个农场，这是一个典型的老式农场。农场坐落在一个铺满草甸的小峡谷里，峡谷四周环绕着低矮的群山，山顶上长着橡树。从山脚到山顶，依次排列着羊圈、谷仓、硕果累累的李子园和桃园，一条小溪像一条宽

---

① 詹姆士·埃韦尔·布朗·斯图亚特（James Ewell Brown Stuart，1833—1863），美国南北战争时期南军骑兵名将，号称"李将军的眼睛"。

宽的金光闪闪的带子，将整个农场捆在一起。在这个三月的夜晚，河水结了冰：它有充裕的时间，它可以在那儿结冰，然后冻结在那儿。事实上，河水本来流得就非常缓慢，它仿佛知道自己找到了一个舒适的角落。今晚可真够冷的，两头肥壮的母牛喘着粗气躲进牛棚，它们的动作比以往都要迅速；一群小鸡挤成一团，蹲在鸡舍上叽叽喳喳地叫出了它们对寒冷天气的不满；寒气扩散，落在窗户上凝为白霜，在夕阳的照耀下反射着红光。太阳落山后，刺骨的东北风变本加厉，它横扫山谷，将光秃秃的树枝吹得吱嘎作响，它还掀翻了布勒克尔医生的玉米仓仓顶上的木板，玉米仓是他上周才建好的。布勒克尔此时恰巧经过田地，他拍着双手好让自己的血液加速流动，大风吹歪了他的鼻子，吹得他眼泪直流。简而言之，它肆虐的样子似乎在说明，山里的这个角落永远是它的地盘。唯有这座房子，一座方方正正、地基稳固的砖瓦房，透过每一扇窗户向外传送着光和温暖——不是你们用的那种无烟煤发出的苍白、略带粉红色的光，而是断断续续的耀眼的光，它就像一个西部的农民，热情地向你伸出双手。我们这儿的火就是这样燃烧的。烟不是从火炉的阀门里冒出来，而是从巨大的烟囱口冲涌而出，棕灰色的、灼热的烟夹带着晚饭的浓浓香味。在楼下的厨房里，柴火上热着熨斗，旁边坐着老欧兹，他一边有气无力地织毛线，一边看着一个胳膊通红的荷兰姑娘在一旁的煤炉上烤鹿肉，做千层饼。

"把果冻放在桌子上，你呀，当心点！也许会有陌生人进来讨茶喝。很有这种可能。这是格蕾小姐的父亲家里最好的葡萄干了。愿主拯救我们！"他低声咕哝道。

"格蕾小姐"正等在房里。她等得有些不耐烦了：真切的快乐对她来说实在是太新鲜了。她将自己的红裙子弄平，又挽起袖子露出两条胳膊，不停地在屋子里走来走去，这个房间她已经不知道打扫过多少遍了。在冬日里，这间屋子十分明亮：它的主人像南方人那样，喜欢热烈欢快的颜色，你可以确信，它也能为主人的生活增添温暖和情调。屋内摆着无影灯，燃着炉火，炉火的光温暖又慷慨，它不吝浪费自己的能量向寒冷的窗外射出长长的光束。灰色的墙壁上挂着透纳风格[1]的画作，地上铺着一块柔软的羊毛地毯，地毯上装饰着一大片绚丽的秋叶。屋子中央摆着一张精致的桌子，桌上铺着一块白桌布，房间里四处摆着插满鲜花的坛坛罐罐，这些鲜花——有红色和紫色的倒挂金钟，还有花团锦簇的芥蓝——从阳光中吸取激情和欢乐。格蕾俯身于她自己的木樨草上看了很久，这是拥有童真之人最喜爱的花儿。她挑了几枝棕色的小花插在头发上，它的花香清新、沁人心脾。保罗·布勒克尔即使站在田地的另一头，也能透过渐浓的暮色看见贴在窗户玻璃上的妻子的脸。这张脸有了一些变化：棱角变得更加分明，肤色变得更加苍白，褐色的眼睛也变得更深更暗了。她的眼里的光来自眼眸的深处。除了嘴唇和美丽的红头发之外，她整个人并没什么光彩。

布勒克尔医生从停在台阶旁的马车上扶下一位矮胖的女士，然后让一个男孩把马车送到马厩里：那是他自己的车，车座下面挂着马鞍包。他还有一匹速度更快的马，可它并不擅长在山村野路上跑长途。那位太太闭上一只眼睛打量着它。

"一匹摩根－科特雷尔马[2]，嗯？看它的下巴我就知道了。"马正在他身旁的留茬地里小跑，她走路时，身上一只被塞得满满当当的小挎包哗啦啦地响个不停。布勒克尔医生的表情比上一次我们见他时更严肃、也更自信了，他从栅栏上取下自己的外套为她遮风。看得出来，他很敬重这个女人，能让他敬重的女人并不多。

---

[1] 约瑟夫·马洛德·威廉·透纳（Joseph Mallord William Turner, 1775 — 1851）是英国最为著名、技艺最为精湛的艺术家之一，尤以光亮、富有想象力的风景及海景而闻名。

[2] 或许是一种摩根马，在 19 世纪中叶至 20 世纪初备受珍视。

"医生，你的妻子很懂马，还有狗。这一点我可真是没想到。是的。她还会给你更多的惊喜。"她突然转头对他说道。

他默默地笑了笑，接过她的挎包。

"到匹兹堡时，我告诉普拉特：'一两天后我会跟着你去纽约，可去之前我得先去看保罗·布勒克尔的小媳妇。她真是个可爱的人，好得不得了。'我告诉你我和普拉特都说了什么，我说的是，'是关于真正的婚姻，全心全意，以及思维方式。上帝让两个人彼此融为一体'。布勒克尔医生，有的结合让我想起了我丈夫凯勒，他在制作冬季用的斧子时，经常在大斧柄上安一个小斧头，总是不合适：结果，斧头轻易就断掉了。如果上帝想让工作顺利完成，他总得把斧子做得好一些——对吗？"

两人都沉默了一会儿。

"也许现在，你可能认为我总爱滥用**他的**名义①。我喜欢抓住事情的要害，我总以为上帝与世间万物都有联系——甚至对我来说，我喜欢的帽子也和上帝有关：或是魔鬼——也是同样的道理，因他的恣意妄为。医生，那匹科特雷尔你是从哪儿弄来的？法瑞斯？哈！哈！今天早上格蕾让我看了它的面相，天真纯朴，良种马的眼睛都是这样。那神情就和她的一样，嗯？很久以前我和普拉特说过——那时候他才二十岁，'你如果找妻子，就要找一个能发自内心微笑的女人，再者，如果狗和马都与她亲近的话，那么她就是你要娶的女人'。"

他们在门前台阶停住脚步，等她说完这一大段独白。格蕾敲了敲窗户玻璃。

"好的，好的，我明白了。你要进屋了。不过我想告诉你，"她压低声音说，"今天晚上我一直待在格尼家里。"

---

① 原文是"His name"。

"真的吗？"医生笑了，"你去那儿做什么了？"

"嗯？你说什么？总有要做的事儿，我嘛——没错，我了解我自己的名声。"说着她的脸红了。

"你总能把钉子钉在需要的地方——这可不是哪个女人都能做到的，谢泼德太太，"医生说完努力让自己的脸保持严肃，"而且从不失手。"

"嗨！"

"没有女人愿意把自己归类——不管她属于哪种类型。"

"我从不干涉别人，布勒克尔医生，我只是提出建议。但我想说的是，在我看来，格蕾的父亲真像一只蝌蚪，只管沉迷于古代蜥蜴的痕迹，全然不管国家正分崩离析，他自己的孩子们食不果腹这些事情。我想，和他坦率地谈一次话，就能知道他的血管里流的是血还是水了。所以我特意去他家待了一天，和他交谈。"

"是呀，结果如何？"

她耸了耸肩。

"我明白了。然后你又去找了约瑟夫？"

"没有，他那儿有个能干的。那个叫洛的孩子手脚真是麻利，很合我的心意。说到你的家人，亲爱的，"格蕾正巧打开门，谢泼德太太对她说，"洛比你干得好。原谅我这么说，家里那一大把自私的男人胃酸时，就该像对待潘那样对待他们，给他们喝点儿碱：蜂蜜是解决不了问题的。"

格蕾笑而不答。她想，总有一天，父亲完成对煤层的勘测后，约瑟夫劝说国会停止内战时，人们自会欣赏他们的才干。格蕾脱下谢泼德太太的毛皮大衣，摘掉她的帽子，将平她乌黑光亮的两绺头发。格蕾走到丈夫跟前时微微一笑，好像站在那儿的是个陌生人，他的晨衣和拖鞋早已摆在了炉火旁边。

"保罗比你先到家了。"她向二人点头说道。

　　格蕾轻松地经历了从年轻姑娘到已婚妇女的那些难以描述的变化：现在的她步履坚定，笑容自在，头的姿态也安然自若了。此外，她的神态也有了些变化，情感也比以前更真实、丰富了。灵巧的女人结婚后，她们的心会因为照顾丈夫和孩子而逐渐缩紧起来，就像被扔进火里的印度橡胶球。她们的爱以一种扩大的、加强的力量注入他的天性中。不管她的头脑有什么缺陷，她都会将力量注入他体内，转化为他对周围人们的关爱——以及他对病人的同情；一两年以后，你保准相信，他会轻视保罗·布勒克尔本人，也不会像从前那样因为别人的意见而憎恨或者热爱他们。

　　有人将晚饭端了进来，是这些家庭的家常饭。格蕾红着脸，微笑着坐在自己的位置上。谢泼德太太噘起嘴，特意提醒布勒克尔看看格蕾，然后，谢泼德太太把餐巾掖在下巴底下，准备好好地享用鹿肉和饼干。她抿了一小口咖啡，赞许地点了点头，这对年轻的女管家来说是多么亲切啊。

　　"很好！格蕾做得不错，医生。我可没说假话，孩子。在家务方面可不能对她们宽容。没有白糖就做不成蛋糕，没有银也炼不成金。你们要和我一起去纽约吗，亲爱的？"

　　格蕾的脸一下子又红了。

　　"保罗说去。"

　　"你有个妹妹在那儿？是在教书吗？你和我提过吗？"

　　布勒克尔医生的胡子不安地动了一下。莉齐·格尼和他不是一类人；此时此刻，如果可以的话，他比任何时候都想割断她与格蕾之间的联系。然而他的妻子微笑着抬起头。

　　"她在舞台上表演——莉齐。她唱歌剧，虽然现在她只是在合唱队里唱，但很快情况就会好起来。

　　谢泼德太太的面包掉了，但她赶紧捡起来，一口将面包吞下去。因为谢尔比家的人身上流的每一滴血都是干净的、高尚的；在她面前提起一个地狱使者，一个下流的女演员，即使不那么大肆宣扬，也令她感到不舒服。

沉默令人痛苦不安。格蕾快速扫视了一下四周，她的血管里毕竟流着威尔士人的血，她眨了眨眼睛，紧闭上双唇。随即她就用温和的语气说道：

"我妹妹不是合金制品，她不是你讨厌的那一类人，谢泼德太太。她不是虚伪的人。当主对她说'你做这件事！'的时候，她并没有让邻居们用他们的是非标准来衡量这件事。"

"好吧，好吧，小格蕾，"谢泼德太太宽容地微笑着说，"她是你妹妹——你们来自同一个家族。你心地真善良，亲爱的，"说着她拍了拍桌子上那只僵硬紧张的手——"可很明显，你不懂神学。"

"我不懂。"

布勒克尔太太的面颊变得滚烫，但也许那是咖啡壶冒出的蒸汽的缘故。

"我们会公正地看待莉齐，"她的丈夫严肃地说，"她最近受到了伤害。我想现在她已经不再爱惜自己的生命了。格尼一家一直忍饥挨饿。"他略带几分挖苦笑着说道："是我妻子几乎靠着她一个人的力量勉强维持一家老小的生计，虽然她不懂神学。你说得很对。两个月前我来到这儿时，她还不可能嫁给我；她说没有人能替她挑起养家的重担。一天，我正一个人待在办公室里，莉齐进来找我，她当时看上去像是一具灵魂已被碾碎的行尸。她受到了伤害，我刚才说过了——她的手里拿着一封展开的信。信是一家二流剧团的经理寄来的。这个女孩子会唱歌，她有一种罕有的戏剧天赋，这也是她唯一的天赋。

"'我只能这么做，'她告诉我，'如果我去了，格蕾就能结婚了。我们的家也有稳定的收入用来糊口了。'

"说完，她把信叠成了古怪的形状，她看上去一副痴痴傻傻的样子。

"'你想让我为你写回信是吗？'我问她。

"'是的。告诉他我会去的。这样，格蕾就能得到幸福，其他家人也能吃上饱饭。以前的我真是一点儿用处也没有。'

"我深知那意味着什么。于是我坐下来写回信。

"'你会因此被逐出教会的。'我对她说。

"她站在窗前，用手指划过窗格玻璃上的雨痕，因为那晚下着雨。她对我说——

"'他们不会理解。但上帝知道。'

"因此我写了几个字，然后我对她说——因为我很同情那个姑娘，她是为了格蕾才这么做的——我说——

"'莉齐，我坦白地告诉你，也许这世界只有一个人爱过你。他在临终时说，告诉我的妻子，让她做一个忠诚、纯洁的女人。如果你当了歌剧演员，就不太可能再做一个忠诚、纯洁的女人了，他永远也无法相信。如果你真的这么做了，将来你在天堂遇见他时，他会厌弃你的。'

"我看不见她的脸——她背对着我，但是她那只放在窗户玻璃上的手一动不动地停了很久，指甲上的血色变成了青色。我没有再和她讲话。当有些女人神经紧张的时候，懂行的医生是绝不会打扰她们的；那是她们最靠近上帝或魔鬼的时刻。我告诉你，谢泼德太太，在你们女人当中偶尔会出现一个同时拥有一千个人的活力、痛苦和情感的人。我恨这种女人。"他的情绪十分激动。

"你们男人都这么想，"她平静地答道，"我可不是这样的女人。"

"你不是，格蕾也不是，谢天谢地！编出夏娃和苹果这一寓言的人就干得不错。如果魔鬼来到莉齐身边，他只需说出'你要像神明那样知善恶'这一句话便能得逞。"

"'寓言'——嗯？我想，你忘了你自己的故事，布勒克尔医生。"她皱了皱眉。

医生帮她取了些果冻，然后他一脸严肃地接着说。

"最后，她终于转过身来。但我并没有抬头看她，我只是告诉她，

"'我不能写这封信。'

"'继续写，'她说道。

"然后我就又接着写；我写完之后把信交给她的时候，我完全失掉了勇气。

"'莉齐，'我对她说，'你不该这样做。'

"她站在那儿，稚气未脱的样子真令人同情。

"'你以为这样做自己就能断了爱的念头——只是为了格蕾和其他家人。'

"听到这话，她的眼里溢满了泪水；你知道，她忍受不了这样亲切的话语。

"'是的，我就是这么想的，布勒克尔医生，'她告诉我，'除了丹叔叔之外没有别人爱我。他离开之后，我每天都去他家里，我想通过这种方式靠近他，让自己变成一个更加纯洁的人，像别的女人那样。他家里有他母亲和妹妹的相片。她们都过世了，我想她们的灵魂会透过相片看着我，爱我。'

"她向我走过来，她的头几乎要碰到我坐的那把椅子了，她那双奇怪的灰眼睛似笑非笑。

"'我想它们在对我说，"这是莉齐：这就是丹尼尔深爱的那个小女孩子。每天我都跪在那位已逝夫人的椅子旁边，向神祈祷，祈求她让我成为她儿子的理想妻子。可是，他死了，'我突然后退了一步，'而我将成为——一名歌剧演员。'

"'除非这是出于自愿，'我告诉她。

"我想她并没听我说话，她一直在扯脖子上的领结。

"'丹尼尔会说这是魔鬼的召唤。丹尼尔是我的一切。但是他不知道。而我知道。这是上帝的旨意。我可以继续活下去，忠于他的正义理念：然后，当我去了他那边之后，他会对我好，会爱我。'说完她茫然地望着窗外的雨。

"'莉齐，事实是，在你的身体中蕴藏着一种力量，你想要把它释放出来，它像一个饥渴的恶魔撕扯着你。于是你放弃了爱和梦想，你想当一名歌剧演员。就是这么一回事。'

"我把信封好，交给了她。

"'你这么想吗？'

"她只说了这一句话。我感到很过意不去；我也不知道自己说的这些话是对还是错。你瞧，这就是事情的来龙去脉。之前我从没和格蕾说过这些。你们可以自己来判断。"

"亲爱的，"谢泼德太太说，"让我和你们一起去看看你妹妹吧。请再给我来点儿咖啡。我的咖啡凉了。"

四月里一个晴朗、有益健康的夜晚——这是一个早春的夜，月色清朗，山风习习，空气中弥漫着令人振奋的活力——漫天星光，整个大地似乎在慢慢苏醒，隆重开启崭新的生活。

格蕾与丈夫和谢泼德太太从旅馆出来，沿着百老汇大街向前走，她一边走，一边想，这世界上所有的人都高高兴兴、满腔热忱地工作，人们已经不再需要夜晚了。头上，从冰天雪地的山里吹来阵阵冷风，大城市的心脏随风跳动，在海边的港口上，快递员匆匆忙忙地往返于城市和外面的世界之间。格蕾是个乡下姑娘：来到人类生活的心脏使她突然感到不知所措，她觉得自己就像一粒原子——她的呼吸变得急促，伸手抓住保罗的胳膊。世界太大了，变化的速度太快。她必须认真工作，因为她必须证明她拥有在这里生活的权利。

谢泼德太太迈着稳健而缓慢的步子朝前走，看着眼前出现的一切：蔚蓝的天空、澎湃的大海、城市，还有城市里的白色宫殿、摇曳的万家灯火。

"这儿的人们看起来都很快乐。"她说。

"就连格蕾走在街上也总是开怀大笑，在这里没什么东西能让人谈起战争。"

保罗低头望着她深深的褐色眼眸。

"这世界毕竟还是美好、快活的，是属于我们的世界。在这个世界里，欢笑始终多于哭泣——如果人们都找到了适合自己的位置，做自己该做的事。"

谢泼德太太说："咦？"肯塔基人可不喜欢这些抽象的命题。

三个人走进一条胡同，在一扇敞开的大门前停了下来。这里并不是一个歌剧院，而是一个经常上演"舞台剧"的场所。海报上的每一种颜色都在向公众传达着某些信息：小伊莉丝，初次登台的美丽姑娘，如此云云，会演唱，等等。格蕾握紧了挎着丈夫胳膊的那只手。

"就是这儿了。"她的脸涨得通红。

这是一个很漂亮的小剧场：灯光柔和，布置得体，十分雅静。音乐也比较舒缓柔和，包厢里女士们的裙子上中性、柔和的色彩搭配表明她们是走在时尚前沿的那一类人。品位极端的人并不常去那儿。这个身材矮小的肯塔基人的那张决绝的、痛恨虚伪造作的脸表明她不适合来这个地方，而格蕾对世界的看法比较简单平和，去年的帽子和斗篷都变成了无关紧要的小事，并未与这里的环境格格不入。其他人去那里也许是为了打发无聊的时光，也许是怀揣着污七八糟的妄想。格蕾对此并不知道。这幕剧只是一个简单的小玩意，它的意义就像孩童的歌声那样单纯，剧中还有很多有趣的东西。格蕾和大家一起放声大笑，她想祈求主今晚保佑她，让自己不受它的影响。剧中也有一些令人伤感的因素，她哭了，她看见坐在自己周围的那些看上去沾沾自喜的纽约人也流了眼泪——不仅如此，他们甚至还瞪着台上的脚灯轻轻地擤鼻子。随后，音乐响起，小伊莉斯上台了。格蕾退到了一个让她看不见自己的地方。当小伊利斯从幕后的永恒城堡中走出来时，布勒克尔透过镜子窥探着她的每一句台词、每一个动作。现在，折磨她的那股力量，或者那种天赋的东西，终于找到了发泄口。她的一举一动，她唱出的每一个婉转的音符似乎都在说："这就是我——不多不少，就是上帝创造出的我。"是主让她成为一名演员。呃，他知道。爱的伟大灵魂对阴沟里的蟾蜍说："你也是我的仆人，尽职尽责，是我所喜悦的。"

小伊莉斯的能力有限且十分奇特，她只适合表演歌舞杂耍：她所展示的不是她自己的性格——一般说来，女演员的才能和心灵之间的差距很大，就和你的一样。在舞台上她可以表现出天真、无辜、可怜的一面，并利用她的表演来影响乐池之外的观众。可我们知道，那并不是她的本性。她只是通过服饰使自己看起来像拥有那种本性。真是一个羞怯的小家伙，她穿着飘逸的白色衬裙，剪短的浅色卷发紧贴着头皮。她作为女演员的才干也就仅此而已了。

她终于开始唱了。她唱的是叙事曲（她的声音还需要多加训练），与她的角色相匹配。然而唱歌的人是莉齐·格尼，而不是小伊莉斯。

"当然，"一位母亲有一天对我说，"我真不希望我的罗莎经历这种痛苦，可是——又该怎样让她有主见呢！"这个钟爱帽子的人偶然发现了这个伟大的真理。

莉齐也是如此。生活给她上了一课，自我牺牲的痛苦真相必须得靠自己去揭晓。每个人的历史都不是沉默的。我想，她的歌声中包含向人类发出的无声呼喊。那晚，当她站在舞台上，快活地眨着一对灰色的眼睛（她的眼睛很会演戏，它们是大脑的窗口），婴儿般的双手交叉着淘气地放在胸前，她的声音让听众忘记了她：小伊莉斯带着他们来到了人类灵魂与恶魔交战，并战胜恶魔的地方。也许，有几个人能明白这首歌的全部含义：如果有这样的一个人，那么她身为女演员演唱了这首歌曲，也算是才尽其用了。

歌声结束时，正厅后排的观众席中有一个家伙大声咆哮："我绝不相信她不是一个好姑娘！"剧场里的每个人都是这样想的。女孩子听见这番议论后，猛地把头转向舞台的侧面——她，一个女人，站在公众面前，让人们检验她，喋喋不休地评论她的灵魂、来历，甚至是她的衣服和鞋子，她觉得自己真是可怜。然而这种感觉很快就消失了，莉齐笑了——现在她笑得十分自然。哎呀，他们是真正的朋友，对她真热情：当他们与她一起笑一起哭的时候，她就知道了。他们当中的许多面孔她已经很熟悉了。坐在第三间包厢里的那位脸色苍白的女士经常带着儿子们来看演出，她总是给他们准备一些花儿，让他们把花抛给莉齐——她准备的总是白色的鲜花；还有那边的一位老爷爷，和几个脸庞俊俏圆润的姑娘们待在一起的那位。女孩子现在的想法真诚又健康，每个找到了真正适合自己的工作的人都是这样成长的。观众们呼唤她返场：于是她又唱了起来，她抬起头，歌声戛然而止，她的脖子都涨红了。她看见了布勒克尔医生。"一个下流的女演员！"她真想把自己的演出服从身上撕掉扯碎。随即她的声音变得低沉而清晰。

正对着她的观众中有一对年轻夫妇，他们带着一个小孩子，那个乖巧的小家伙头上戴着一顶用羽毛装饰的帽子。夫妻二人的注意力都没在莉齐的歌声上：小家伙儿把一只鞋子踢到了座椅上，母亲正在给他穿鞋，而那位父亲则深情地望着自己的妻子。"我错失了机会，"莉齐·格尼心想，"父啊，是的，因为你的美意本是如此！"一个下流的女演员。她本可以待在家里，安安静静、毫无用处：本应如此。接着她想到了格蕾，受人宠爱的格蕾——想到了另一幢房子，房子里有很多张饥饿的嘴巴正在等着她填喂。她一边唱一边用锐利的目光盯着布勒克尔医生，她看见了他身旁的格蕾，格蕾正缩在一根柱子的后面。现在，她看见格蕾接过丈夫手里的镜子，将身子向前倾。格蕾的眼睛通红：她哭了。就在这时，人们开始为莉齐鼓掌，格蕾害怕地朝四周看了看，然后不安地笑了。

"她多么美啊！你看见了吗？天哪，保罗！谢泼德太太，你们看到了吗？"——说着格蕾扯破了手里的扇子，喘着粗气，在座椅上不停地晃来晃去。

"她以前从来没真心爱过我，"莉齐一边唱，心里一边想，"我不值得她爱。我是一条没心没肺的狗。我——"

热烈的掌声再次响起，这一次，那位老爷爷不住地冲着姑娘们点头。低沉的音调里包含欢快、健康、得意的因素。那位年轻的母亲也突然把视线从儿子身上转移到舞台上，她听着歌声，看了一眼自己的丈夫。像一曲圣诞之歌。

"她以前从来没爱过我。那是我活该。"

这是她的歌声传达的信息。但是人们并不知道。

布勒克尔医生用严肃、挑剔的眼光打量着她。她看到他身边有一张陌生的面孔——是一张慈母的脸，但是目光锐利、苛刻。

"格蕾，"谢泼德太太说道，"我想到后台去瞧瞧。咱们能去吗？我现在就想和莉齐谈谈。

"是要告诉她，她干的是恶魔的行当吗，谢泼德太太？"

布勒克尔医生生气地揪了一下自己的胡子。

"难道我们对她不闻不问吗？我们不理解她。"

"我想我理解了。上帝助她！"

"等她唱完这首歌，我们就过去。"格蕾温柔地说。

莉齐扫视着观众的脸，她仔细打量着大厅和包厢里的每一张脸，她从人们的脸上看到的是善意。她心里某个有益身心的东西接收了这种善意，虽然她有些害怕。

"我不知道。"她心想。

剧场的一扇窗户被人打开了。越过煤气灯和剧场里的种种，她瞥见了恒星照耀的远方。那里有一个曾经爱过她的男人：他，低头看见了她。如果她像从前那样自私而毫无用处地待在家里，也许在他那儿，她还有一次机会。

她的表演结束了。当她向舞台后方撤步的时候，她又朝上看去，这次透过的是清新的空气。

在那个沉默的时刻，女孩子的灵魂向着上帝喊出了不寻常的话语："正如人子来，不是要受人的服侍，乃是要服侍人。并且要舍命，作多人的赎价。"就在那一刻，女孩子体验到了一种全新的感觉——一种安宁平和的感觉，这种感觉自此再也没离开过她。

一位女演员，她勇敢、健康，把自己的工作做得很好，可以说，她的一只脚踩在了坟墓上，然而上帝就在她头顶上不远的地方。很可能在她即将做完工作的时候，她将走近一块土地，在那里一切事物都遵循真正的规律，她将看见那些爱她的人正在等着她，无论她获得多少幸福，他们都认为她值得拥有。

也许人们将莉齐逐出了教会。我不知道。但是他们却不能将她的**朋友**——基督关在教堂的门内。他并未死去。他离开了束缚他的墓穴去拯救那些被囚禁的灵魂；现在，他住在人人能看见的教堂里，每一个像莉齐一样的人都能从他那里领悟到生活的真谛——爱人、助人、学会放弃。

妻子的故事

（1864）

李珊珊　译

　　既然你问了，我就给你讲讲我的故事；因为，尽管对于任何一个像我这种性格的女人来说，生命的意义都如出一辙，可我相信，我人生中的一些辛酸而具有代表性的经历也许更便于人们领悟人生的真正意义。我只需要给你讲一天——也就是我们抵达新港那一天——发生的事情就够了，因为在我看来，它似乎坦率地道出了那些年的生活对我来说意味着什么。我知道有很多人认为，每个人的一生中都要接受一次考验：上帝会检验他在创造世上这些男男女女时所用的质料，他将给每个人一次机会，人们可以与那个力量清醒地斗一回，他们要么胜利，要么输得一败涂地。我不知道的是，似乎人们应该自由地在天堂和地狱之间做一次选择，可谁又能摆脱枷锁，让自己不受出身和教育的影响呢？我知道在我的命运面临转变的那一天，我察觉不到自己内心的天人交战：天堂的美好生活和地狱里的生活都没对我步步紧逼，似乎也没等着让我说出只言片语来。那天还是如往常那般忙碌：在逝去的每一个瞬间，我都忙得不可开交。透过那些时间碎片，我既不找寻上帝也不招惹死神。至于我做的那件事，我的一生都在向着那个行动靠近：从我还是个被溺爱的、薄情寡义的小婴儿，从我还坐在母亲的腿上学字母时就开始了。在随后的几年里，我尽可能地满足自己饥渴的大脑和受到激励的偏好，而且遗传来的自私基因也发挥了它的作用，于是那一天终于到来了。我知道，那一天我打开了一扇门，走上了一条不归路，相信我，生活中会出现这样的路和门。每一天，我都能看清通往不同世界的路和门相距多远，路线多么固定。我也知道，一旦我走进其中的一扇大门，这扇门将在我身后永远关闭，我再也无法回头，回到从前的时光。只有**他**——也正是**他**带我来到这里——才知道我多么谦卑，经历了怎样的痛苦才敢相信，是**他**，而不是我那摇摆、恍惚的自由意志，引我来到今天我所站立的地方。

大约在婚后十八个月时，我们来到了新港，不过，先让我从几周前的一个晚上，也就是我丈夫第一次告诉我他房产投资失败的那个晚上说起。我想，正是从那时起，困扰我的婚姻生活的恐惧和诱惑露出了端倪，并一直抓住我不放。

我记得那是九月的一个凉爽的夜晚：一个清新、弥漫着收获气息的白天在哈得逊低矮的群山后头留下了一个红棕色的斑点，轮船冒出的黑烟在天空中留下一缕缕残痕，河对岸的村舍关门闭户，一群红奶牛正慢慢地从草甸的水塘边走上来，在清冷的空气中这一幕景象看起来十分冷寂。然而书房里却透着融融的温暖和丝丝光亮，曼宁医生像往常一样坐在那儿。他拆开了晚上收到的邮件，把最后一封信件摆上书桌后，缓缓地、不慌不忙地摘下了眼镜。

"正像我们所担心的那样，"他转过身来对我说，"全都没了，海丝特，一切。我不得不重新开始了。如果我没有把一切全托付给诺普斯的话，情况还能好一些——是这样的。"

我一言未发，这个消息也在意料之中。他摘下假发，慢慢地揉着头，略显焦虑地注视着我，他想用目光而非言语来探寻我的反应。

"我打算搬回新港。罗伯在那儿。我要重新办一所学校。你还不知道我年轻的时候在那里教书吧？"

"不知道。"

我对于丈夫年轻时候的事情一无所知。但他的管家杰奎琳·蒙奇巴德小姐却很了解，她此时也在书房里，等了一会儿，见我没什么反应之后，她愉快地说道——

"男孩子现在都已经长大成人了，先生。朋友们都在等我们，他们和这里的朋友完全不同，嗯？"

他笑了。

"是的，雅基①。你说得对。是呀，他们都成才了，就连阿恩特家的几个孩子也不例外。在你还很小的时候，吉姆·阿恩特总爱跪在校舍的台阶上追着你。从前他是个野小子。现在他在做白糖生意，罗伯在信中告诉我的。可在我眼里他们永远是男孩子，雅基。"

他垂下头，嘴角仍挂着微笑，开始用手指拨弄稀疏的胡须，这是他沉默和沉思时的习惯动作。杰奎琳看着他，一副心满意足的样子，然后她又把目光转向我，可马上又匆忙地转向了别处，不知道她在我的脸上看到了什么。

"新港是一个真正有自己的个性的城镇，曼宁太太，"她的声音粗糙低沉，但她努力让它听起来柔和一些，"你会比我更了解它。纽约的房屋，包括哈德逊河畔的这些在内，只是满足动物需要的必需品，除此之外它们没有任何其他的暗示。但是那儿，保留着奇特的死气沉沉的街巷，就像从前旧世界的一个角落，还有大大的盐海。"她开始结巴，如往常那样又把自己弄糊涂了："就像从殖民地

---

① 杰奎琳的昵称。

时期某个久远沉寂的旧时光向外看，你感觉到生命和永恒令人耳目一新，与你近在咫尺。"

我出于礼貌笑了一下，当作回应。杰奎琳总是考验我。她生长于西部，而我是新英格兰人。她身上的每一个特点——口无遮拦地嚷出自己的想法，她的宽脚掌落地的方式，还有那副土里土气又无所顾忌的样子——都令我感到不快。现在她涨红了脸。

"并不是我自己想得到什么，"她有些犹豫。"我只是希望你能喜欢这个小镇，希望它能够调和——那儿有螃蟹，"她急切地把脸转向泰迪，他正偷偷摸摸地在桌子底下玩弹珠，她抓住他的脚，"过来听我给你讲讲那些螃蟹。"

我记得，我站起身从低低的窗口跨进门廊，低头看着幽静的暗褐色阴影和延伸到河边的黄草坡，雅基和男孩儿吵吵嚷嚷地继续说着话，寄居蟹能钳掉对手的蟹腿，紫色和粉色的海蔷薇吃生肉，海蜘蛛像岩石的血迹。我丈夫笑了一两次，为缺少博物常识的雅基解围。我想正是他柔和的欢笑声让我心里的痛苦一点一滴地发酵，也是这一次让我清楚地意识到了我接下来要做的事。但很快我就把那个想法抛于脑后。在这个世界上，对我而言，还有什么比坐在那儿的男人更善良、更纯洁的呢？这个人恰恰是我的丈夫。然而，我的大脑无法平静——按照我的家乡对女性的传统看法，我的大脑也许只能有中等水平的能力，但我生命中的每一刻它都被逼迫、折磨，被强拉硬拽着发挥才智。我父亲有一个小圈子。如果我身上显露出一种天赋的迹象，即使这迹象并不明显，或者显露出一种品味，这种天赋或品味都会按照那个圈子的原则而得到呵护，或被清除。但这样的可能再也没有了——从我结婚的那一天起，它就变得越来越渺茫了。现在我清楚明白地望见了我未来的生活。品位和天赋在我们马上要为之奔波的生计面前显得一文不值！"毫无疑问，除了钱之外我们还失去了别的东西。"我心想，回头朝屋里看去，我丈夫又在静静地回忆、思考阿恩特一家寻找食物的往事，雅基依旧没完没了地说着海葵。我瞥见了镜中自己那张蜡黄的脸，也瞥见了这张脸上对他们不在乎失去品味和天赋的冷漠态度的强烈厌恶。难道这不是一种麻痹的无知吗，一种对这种失去将引发的大脑和心灵上的实际需求的无知吗？还是他们对待生活和困境有不同的观点和立场，而这种奇怪的观点和立场是我所不了解的？我与丈夫结婚一年半，在这一年半的时间里我无法融入丈夫的家庭。他结过婚，有五个孩子，最年长的罗伯特住在新港，是一位年轻的牧师，最小的泰迪正在那儿用拳头敲桌子。这几个孩子和他们的父亲一样，一看就是西部人。他们身材魁梧，一脸的严肃和率直；他们质朴真诚，父子几个都喜欢放声大笑，也有互相开玩笑的习惯。他们身上也许还有其他特点，但我还没发现：我很怀疑那是否值得我去发现。我来自马萨诸塞州的一个小镇，和新英格兰的其他村镇一样，那里的人们所拥有的心智力量多于他们工作所需要的，这些多余的力量时常会对他们产生在我丈夫看来是不良的影响。因而，这也不难理解，在我眼里他们只是一具具无灵魂的肉体，只是为了世界的进步提供体力劳动的存在而已。有一天我向丈夫暗示了这种看法，而他只是尴尬地苦笑一下，后来他再听到我的这些推测时会习惯性地露出这种笑容。像这样给他的孩子们贴上标签，并把他们抛于脑后，对我来说并没什么痛苦：但是他不一样，他是我的丈夫。在这个世界上，唯一我没有权衡、估量过价值几何的事物就是他：一直有一种说不清道不明的情感阻止我这样做。可今晚我却这样做了：我记得从河面上吹来的冷风把窗帘吹进了屋里，我把窗帘拉回来后，定睛看着屋子里那个粗壮的中年男人，他穿着粗糙的灰布衣服坐在灯光下，有着深棕色的皮肤，紧张不安的方脸，稀疏的铁灰色胡须，卷毛假发——我们结婚后他为了讨我开心买了那顶假发，还有棕色眼睛，他眼中那温和沉默的神情是喜欢"挑战"的男人或野兽所特有的。衡量了他的体态容貌后，我迅速地重温了我们一起走过的日子里的重要时刻，用他来衡量我自己，好像是为了知道——什么？为了知道失去他我将付出多少代价。上帝宽恕我吧，这都是什么混账想法。啊，就在那一刻，痛苦开始折磨我的心和大脑。在接下来的半小时里，天色渐暗，哈德逊河上起起伏伏的船在雾霭中亮起了红色的灯光，也许只有杀人犯才能体会到我看着那些红色灯光时的心情。

过了一会儿，泰迪摇摇晃晃地走过来，他拽着我的披肩就往屋里走，他一向这样莽撞。

"你要着凉了，母亲，进来。来啊！"

我记得自己还没来得及回应就忍不住哽咽了。他穿着一件缝着金色纽扣的外套，我轻轻地拍拍他，握住那双胖乎乎的、皲裂的小手，最后我亲吻了他的小手。那天晚上我太渴望关爱啦！我甚至会搂紧一条对我友善的狗。我想起曼宁医生第一次把泰迪带到我面前时的情形，顺便说一下，那天他穿的就是这件滑稽的夹克。曼宁医生用一种不可思议的温和的语气对他说——"这是你的母亲，孩子。他野得像头熊，海蒂，但是他不会给你添麻烦，也不会给你痛苦。没人能让你痛苦，要是我——"他没有说下去。这个男人从未许诺过什么。如果那天晚上来门廊的不是泰迪而是他，如果他能像过去那样喊我"海蒂"，上帝知道接下来发生的事将完全是另一个样子。这个没妈的小男孩倚在我膝盖上，那天晚上他比我坚强，比我自立：这个无助的小孩子无论如何也想不到，我，一个大人，是多么需要一句激励的话，多么渴望得到一点安慰。

杰奎琳走到我身后，把一条羊毛披巾系在我的脖子上，然后轻轻地拍了拍我的肩膀。她一贯这么友好，亲切。

"新港可不像这儿，水面上黑雾蒙蒙的，"她笑着说，"海边凉爽新鲜的空气会让你的身体从里到外都充满活力。睡眠时间也要比其他地方多一倍。"

雅基粗声粗气的声音很像布谷鸟的叫声：它总是预示来日是好天气。现在她又进屋了，坐在自己的缝纫椅上。屋外腾腾的烟雾低低地浮在空中，九月的刺骨寒风把果树上、草坪上灌木的秃枝吹得吱嘎作响，但同时也把屋内舒适的家衬托得更温暖和明亮。书房的壁炉中燃着柴火，红红的火光映在厚厚的棕色窗帘上，普赛克的白色半身像和一个胖乎乎的天使的石膏像正凝望着下方。雅基一边摇晃身体一边缝补衣物，不知怎的，我竟觉得，她不时撅起红嘴唇吹两声口哨时的样子和屋内的一切构成了一幅和谐的画面，虽然她也许只是个又蠢又笨的家伙。我在她的身上发现了某种新鲜的、令人惊讶的品质，正是那晚她给我留下了这一极为深刻的印象。粗野，也许是吧，但她的粗野是纯洁的：她让你觉得，自打她出生后，一切和她有关的东西，从她房间里的颜料，到乳母教她的祈祷文，都是干干净净的。她的皮肤白皙红润，清澈的蓝眼睛透露出诚实和正直，她褐色的卷发没有涂头油。也许她不会讲道理，但是她直言不讳，自在舒坦。她的身材矮胖，身上的每一根骨头似乎都忘记了自己的身份，统统舒舒服服地藏进肥硕丰腴的肉里。如果雅基死后到了一个纯粹的精神世界，她一定会将这个世界的温暖和活力也带去。她把自己的椅子挪到了曼宁医生的身旁，她穿着一条羊毛裙，脖子上系有一条红丝带，摇曳的火光照在了柔软的裙褶和红丝带上。他喜欢明亮的颜色，这个年纪的男人大多喜欢亮色。这真是一幅美好的画面。

我再次转回身低头看着河水，身体颤抖——我努力地去回想我们即将离开的这个地方和我们将要留下的一切。抛弃这座房子对其他人来说并没什么损失：对他们来说它没什么意义，对此我并不感到奇怪。曼宁医生在我们结婚前买了这座房子，那时它还是一个方方正正的巧克力色的农舍，是我们自己绞尽脑汁地把它变成了一个家。在房子的一侧我们用结实的柱子建起一个宽敞的门廊，又在我的缝纫室中开了一两个小凸窗。我们还有一个洒满阳光的草坡，这个铺着三叶草的草坡一直伸展到河边。草坡的左边有一个昏暗的老果园，果园里种着苹果树和李子树，右边是玛丽家的厨房兼花园。一只反应迟钝的老孔雀趾高气扬地在小路上踱来踱去，骄傲地炫耀它的绿色和金色羽毛。这一切也没什么特别：没什么能调动雅基的艺术家和诗人的感官，如果她有的话。但是——在我回想起它的时候，我的手紧握着门廊的栏杆，用手指敲着栏杆。那是我所知道的整个童年。我们结婚那天，他把我带到了那里，八月份以前——在六个月的时间里——我们一直独自生活在那儿。现在，我能听见他的老马火绒在马厩里嘶叫，以前我们每晚都去马厩喂马，刷洗马身。那时，丹尼尔去哪儿——我那会儿叫他丹尼尔——我就去哪儿，即使他去找石匠或者农工谈生意也不例外。谈完生意之后他总是和他们开一会儿玩笑，但他并不习惯那么做。之后他迅速爬上马车坐在我身边，驾车离开，他看着沿途的风景，兴致勃勃，精神饱满，好像这是他平生第一次欣赏风景。

"上帝保佑你，海蒂！"他过去常说，"你为我注入了新鲜的血液。"

通常，在那些长途旅行中，在我的诱导下他总会不知不觉地说起他在美国南方的经历——我喜欢听这类发生在新时期的关于冒险的故事，并且每当我看到严肃的寡言少语的老医生眼中流露出凶狠、胆大妄为的神情，看到他紧咬牙关时，我也变得热血沸腾，精神抖擞。人们不了解我嫁的这个男人——是的；我贴近他的毛皮大衣，让他讲述过去的经历，他在西部做生意的那些年，还有他来到这里之后的生活。他说话的方式令我很好奇，是一种警句式的风格，一般西部人很少用这种方式讲话：在他夸张的讲述方式中，其言词不但透露出他有非常精炼的常识，而且也表现出他很看重事实，以及其中蕴含的深刻道理和正确意义，因此他每每叙述某件事或描绘某个人时总能直中要害。除此之外，我丈夫的生活中还紧紧实实地塞满了各种各样的小插曲；这也使他的性格变得异常的忧伤和沉默；那还是第一次突破：他变回了从前的样子，就像他的孩子们现在这样。

"我以前从没和别人说过，海蒂，"有一次我们驾着马车行驶在路上，他沉默了一会儿，然后若有所思地对我说，"我感觉自己又能呼吸了没想到这种感觉——还有——爱，来得这样晚。"

说到这儿，他把通红的脸扭到了一边。谈到一些话题时，他像女人那样谨慎、温柔得不可思议。他很少表达爱意！记得当时我听到这些话时，泪水瞬间模糊了我的视线，手指抓不稳缰绳了。我很开心，也很骄傲。但我一句话也没说：他不会喜欢的。

曼宁医生从来没和我说过他年轻时候的事——他之前的那段婚姻。从他的嘴里什么也问不出来；有那么一两次我试探着问他，他瞬间变了脸色，隐隐地不安起来，他懂我的意图。不久之后，他的大儿子罗伯特来看父亲的新婚妻子，他和我们一起住了一两天。这个年轻的小伙子个子不高，身材粗壮，他长着宽宽的下巴，黑头发，黑眼睛——目光敏锐，因为我很快就感觉到，他的眼睛在打量我、在剖析我，他比他的父亲更加精明。罗伯特离开的前一晚，我坐在门廊的台阶上，他走过来突然对我说——

"我感到很满意，现在可以放心地离开了。"

"听你这么说我很高兴。"我真诚地对他说。儿子对父亲的柔情触动了我。

"是的。你不会了解我对这次见面的担忧。我知道他在这个年龄把自己的幸福交到一个女人手里要承担怎样的风险。他从未像其他男人那样了解家和爱，这太残酷了。"他的声音颤抖地哀诉道。

"他并不需要。"我平静地说道。

"你认为不需要吗？"他的眼睛看着地面。"无论如何，"他接着说，"现在他像孩子那样放松了：他不容易被残酷的现实吓到了。"他抬起头，"曼宁太太，我希望，你怎样待我父亲，上帝就怎样待你。原谅我，"我刚要说话，"你不知道这对我来说意味着什么。我知道，我有些无礼。我从未原谅过那个女人，她——"他的母亲？他看到我的神情后马上不说了，他把头发捋到脑后，倒吸了一口气。沉默片刻后，他继续说道："我再告诉你一件事。你还不了解我的父亲。如果他某日醒来后发现自己的妻子和他想象中的不一样，那时我再提醒你就太晚了。他已经被伤得太深了。你只有一次机会。"

我没有回应他，也没有被他冒犯：他的话虽糙，但字字透着庄严。我想，对父亲的情感是他生命中必不可少的一部分。

看见罗伯特走了后，我的丈夫来到我的身边，把我的手从脸上挪开。我紧紧地抱住他，以前我从未这样做过。

"他所说的伤害究竟是什么，丹尼尔？我会把它医好吗，我会吗？"

他低声笑了，笑得有些压抑，他搂住我的肩膀，好像我有些孩子气。

"上帝知道你会的，海蒂。我没料到他会来这么一手。罗伯和你谈话了？他——"

"他很痛苦。"

"他爱我——可怜的罗伯。"

"和我讲讲那些伤害你的人，就像他说的。"

那时我满心满脑子都是病态的渴望和好奇。他浑身禁不住颤抖了一下。

"啊，什么，海蒂？"他低声说，"随它去吧，随它去，"他沉默地站了一会儿，低头看着我，"我们好好的干什么要提它，干什么把时间浪费在陈年旧错上呢？她难道不痛苦吗？我们没法替她说话，但上帝总是知道的。"

我就知道我的问题会以什么方式收场；因为，一直以来，宅心仁厚、对痛苦极为敏感的他总是紧张而匆忙地遮掩别人的过错。

"回忆过去的痛苦有益于身心健康。"我有些不满。

"真的吗？"他将信将疑，"这我可不知道，孩子。有时**他**必须惩罚我们，或者说要切掉毒瘤，也许吧。但如果说回忆过去是为痊愈而感到沾沾自喜，或者为鞭挞的惩罚而感到幸灾乐祸——不；寻找新鲜空气和美食已经让我们每分钟都忙得不可开交了。"说完，他弯下腰吻我的额头，他面色红润，和颜悦色。

那一晚已经过去一年了。我站在同一个门廊里，可现在却是孤单一人。我丈夫坐在离我几英尺远的一把旧安乐椅上，但是还没有什么分歧让我们分道扬镳。罗伯特·曼宁说过，我只会有一次机会。嗯，我有过一次机会，它已经不见了。我站在那儿静静地看着他，看着雅基和泰迪。父亲的假发被孩子推掉，露出秃头，头上还有些稀疏的铁灰色头发，他把头垂在胸前，紧贴在已经熟睡的孩子的小脸上。现在我知道了他的额头有多宽，他的忧伤有多深——他平静的脸上写满了尊严。买假发来讨好我，那曾经是件多么真诚纯朴的事儿啊！再也不会有这类愚蠢的小把戏了。

我像往常一样走进屋里坐下，没和他坐在一起。我把雅基系在我脖子上的披巾扔到一边，我讨厌她碰过的一切，我对她的反感变得如此真切与强烈，好像夜晚的雾与寒冷毒化了这种反感。面前这幅宁静温暖的画面却让我痛苦地想起了刚结婚的那段日子，现在它已经破碎了。医生的三个儿子缓慢而笨拙地走进屋里，他们的鞋沾着泥，身上背着狩猎袋，运动了一天之后，他们总是面红耳赤，大声地说笑。雅基扔下手里的针线活，出门去看小松鼠，医生捋顺了泰迪的头发，看着三个孩子开心地笑了。这是我们日常生活中极稀罕的一个亮点！

曼宁医生把孩子们接回来有一年了。他们填满了整个家。现在我坐在炉火旁，深思过去，努力让自己冷静地对待那一年的时光，我丈夫渐渐融入那幅画面，变成了一个面无表情的人体模型。这是我的错吗？如果上帝赋予我一种与众不同的、更强的洞察力，使我能够洞察生活的真谛，而不是将我造成一个肌肉发达，为自己活着而感到欣喜的粗人，但我又有什么办法呢？他们要做的工作很多；用大大的拳头与生活的重担和困难搏斗，将生活的痛苦或成功一饮而尽，让它们流进反应迟钝的大脑里，然而他们却没有一把用来标记灵魂变化的尺子，也不会密切关注和思索这些变化。"的确，"有一天丈夫对我说，"我们国家的大量工作指定由我们西部人来做，因此我们很满足，上帝支撑了这些预设，我们不把精力浪费在猜测原因上。"

我记得我坐在那儿，努力公正地去判断那一年的时光，可即使在记忆中它们也拖沓得令人难以忍受——我生命中的其他岁月固执地把它们推到一边，好像它们压根和我无关，简直与我水火不容。而那些其他岁月才是吾乡——那些让我靠近神圣生命的思想：我回到了这些思想的原点，我的眼睛湿润了，虚弱的肺脏下面那颗心悲伤不已。康科德，那边的那个小村子就是我出生的地方——我很高兴自己能够出生在那里：想想看，在那里不仅人能学会沉着站立，找到自己的上帝，连大自然本身都停留在那里，思考她自身的美，并深深地扎根于内心。缓缓流淌的河水，沉思的群山，漫山遍野灰褐色的蕨类植物，这些蕨类也可能生长在冥府。它令人窒息，又如此新鲜，那晚它带着一种宁静之美回到我身边。在那里，心灵有成长的空间！想起它敞开思想之门迎接真理，世界上没有哪个地方有如此开阔的胸怀。"人生的唯一目标是进步。"这是我父亲的——也是玛格丽特·富勒的格言。可以说，我就是在这一格言的滋养下成长。曾经有一段时间，我梦想着自己也能达到玛格丽特那样的高度；一想到这儿，过去的星星之火伴随着一种强烈的欢喜在我身体里蠢蠢欲动。现在对我来说，它却有一种几近陌生的感觉；因为，自从生了孩子之后，我的心灵和肉体就倍感无力，厌倦一切。孩子①让我失望透顶！我本打算在新英格兰将孩子抚养长大：我缺少的天赋和机遇孩子都会有，孩子前进的每一步我都已经谋划妥当。可这个孩子是一个女孩，一个面黄肌瘦的小肉球，像动物那样日夜哭叫。她真的是只动物，渐渐的，我耗尽了力气，这力气本该用来陶冶我的心智。我将孩子送到乡下，交给一个乳母抚养。她父亲与那个女人见了面，她抱着孩子出门向马车走去，他把孩子抱回怀里，"嗯？嗯？就这样吗，小姑娘？"我听他说道。接下来的几天，他的脸色变得更苍白了，脸上一副平和自在的样子，好像他已经考察了这个世界，并接受了现实。火绒、小牧场、驾马车旅行的日子早已变成遥远的过去。我记得打那以后他再也没叫过我海蒂。但是他和儿子们在一起的时候还像以往那样快乐，一周后，雅基来了。

　　为什么我现在会想起这些呢？某个潜伏的、无意识的想法震了一下，让我突然想起多年前发生的一件事情。那是在巴黎，一个潮湿的春天，上午我去参观罗莎·博纳尔位于城外的工作室，去看她的"马市"：黄水仙的潮湿气味，塞纳河上淡淡的白云像飘浮在空中的一片片羊毛，但总的说来，这个地方浸透着一种独特的生活气息，让她在这个世界里找到了合适的职业和工作——处理好的肺脏、兽皮、马饰、墙上的装饰物，室外的马厩，还有我们面前的成品，我们精力充沛，耐心地观察，细致入微。我记得有一个人引述了她说过的一句话："每个女人都可以成为妻子或者母亲，但这是属于我的独一无二的工作。"

　　我，也有天赋：尽管只有一种。因狂喜而引起的战栗又一次迅速传遍我的全身——它是我的力量，是我触碰世界的权杖，是我

---

① 原文为"It"，指她生的孩子。

"幸运的授权信"：难道还没有使用就得把它还给上帝吗？我会唱歌，我不只会唱歌；我还会谱曲——灵魂最高贵的话语。我记得我抬起双手紧紧捂住喉咙，好像自己在保护一种力量，它能解放我、允许我再一次生长；我的目光越过桌上的油灯，望向我的丈夫。就在那时，我受到召唤了，我将告别一切去完成一个使命；是创造力的一颗原子点燃了我的激情；出身为我提供了一个自我发展的平台，可我却一把将它推开——为了什么？一辈子的清汤寡水——一点点的爱，跟在火绒后的愚蠢旅行，把我变成傻瓜的拍抚和敷衍，像其他女人的灵魂那样。在刚刚过去的一年里，正是这种感觉在我心中慢慢地滋长；也正是因为它，我渐渐疏远了丈夫；今晚，这种情绪达到了高潮，让我无法忍受。嗯，这是事实：不是幻想。我的本性与众不同：现在，我看着我的丈夫，也看到了关于我们俩的真相。两个中年人，才智不相匹配：品味和习惯处处针锋相对，紧紧拴在一起只是因为我们相信爱情，含糊不清的一时兴起，或一时的心血来潮。最好分开：我们已经过了头脑发热的年纪。如果我和曼宁医生继续生活在一起，我的*角色*再清楚不过了：烧饭、缝缝补补、省吃俭用，日复一日，年复一年，一直到我生命终结。这就是千千万万身无分文的已婚妇女的命运：一年又一年，她们卑躬屈膝地过日子，活得越来越像动物，她们也变得越来越吝啬，越来越普通。最好分开。

我正想着，他放下泰迪向我走过来——脸上挂着不自信的、不安的微笑，这是他凝视我时的一贯表情。

"现在我确信他们都会喜欢我的老家，小伙子们，其他所有人都会喜欢。我很高兴。可是海丝特，我并不确定你是否会喜欢。你什么也没说。"

"损失巨大。"

说完我闭紧双唇，把身子向后倚去，因为他已经把一只又硬又粗的手轻轻地搭在了我的肩膀上。它让我变得瘫软无力，这一定是我自儿时就有的弱点，它真是毫无意义。我没听见他的回答；因为同样由激情引起的无力感使我的手抓住了他的睡衣袖子，我用手指将它捋平。这是我为他做的第一样东西。我还记得他穿上睡衣的那晚自己有多骄傲。我抬起头，发现他正定睛看着我，神情严肃，通情达理。

"我的人生大起大落：这也许就是变化没有给我造成太多困扰的原因。它给人的感觉好像是外在的琐事，只是生活的调味剂——一种喧嚣，我曾经就生活在喧嚣中。我很抱歉。我以为也许你不会伤心的，海丝特。你比我们曼宁家的人意志更坚强，啊？我相信生活对于你来说不仅仅意味着衣食。"

"你所说的生活指什么？我在这儿找到了吗，丹尼尔？"

"还没有，对吗，海丝特？"

"我想找一份适合我的工作。"我怒气冲冲地对他说，"上帝造我有其善的、高尚的意图。"

"我知道，"他高兴地说，"我们会找到的，亲爱的——什么都无法阻止人们找到适合自己的工作。我们一起找，一定会找到的。"

然而，在快乐的表象下隐藏着一种忧伤的平静，那是永远失去某样东西的人试图掩盖自己的失落时流露出来的情感。在接下来的几分钟里，我们谁都没说话。过了一会儿，我站起来，用手按着他，让他坐在我的椅子上。我把他的头搂进怀里，靠在我的肩膀上，然后用手轻轻地抚摸他稀疏的灰发。

"嗨，嗨，孩子！"

"叫我海蒂，丹尼尔。我希望那个名字是属于我的。"

"当然了，亲爱的。当然！我们和从前一样，海蒂！你还会帮我取来拖鞋。"

"是的，我会的。"

我走到橱柜，取来拖鞋，坐在地板上看着他换上拖鞋——另一个我们很久之前玩过的蠢把戏。他的脸上露出一种久违的神情。他容易上当受骗，也能轻而易举地找到幸福。我用瘦削的双手抓住他的手腕，借力站起来；他的肌肉像钢铁一样坚硬，遍布全身的血管健康地脉动；触碰到他时，我的心里产生了一种难以形容的放松感。

"丹尼尔，"我们四目相对时，我对他说，"我真希望自己在上帝的世界里没有使命召唤。我愿意放弃我的灵魂，忘记一切，只记得你。"

他没出声。现在我知道，那时和在那之前，他远比我想象中的了解我。他只是把手放在我的手上，那个举动中有一种无法形容的柔情。从他的脸上，除了严肃的常识之外，我读不出任何信息了。过了一会儿，他解开我衣袖上的纽扣，松开紧勒着脖子的衣领，让凉爽湿润的风吹到我身上。

"是的，"我对他说，"是一种热病，丹尼尔。它是生来就有的。在我看来就是这么回事。我很久以前就确定了。它张狂不了多久了。"说完我笑了。

"来，"他悄悄地说，"我要给罗伯写封信，和他谈谈我们的计划。你来帮忙。"

我跟在他身后，坐在书桌旁。我一向固执地认为，"男人的身体内有一种比女人更坚强的东西，它就藏在血肉里。"那种感觉使我恼羞成怒，也更加坚定了我重获自由的想法。

一个月后我们抵达新港。那个月里日子过得可不轻松。雅基建议检查我丈夫和孩子们的衣物，于是，我天天坐在窗口看向无精打采的哈得逊河，脖子上挂着一缕线，为磨破的硬裤子打补丁。"我们得节约开支了。"说完她吹起了口哨，没完没了地吹着。啦——啦。那口哨声就像屋外树篱上松鸡的叫声，叽叽喳喳，不停地在我的大脑上又锉又刮。有时她走出房间后，我立即用手撑住头，我想不清楚，难道上帝创造我就是为了忍受这些折磨吗。

然而，我有自己的秘密。在我结婚之前，我原本以为我人生的使命是创作一部歌剧。现在我只能在晚上偷偷地做这件事：我怀着一股克制的激情用笔在乐谱上勾勾描描，当一个男人知道自己的触摸将让已逝的爱人起死回生，他用手触碰爱人的脸时克制的正是同样的激情。我死水一般的生活还能泛起涟漪吗？那时，沃克斯先生正在纽约的一家小剧场试验排演一部英国歌剧。我将乐谱寄给了他。如果成功上演了，它的首演将由一群未受过艺术熏陶的听众来评判，这一点也不会困扰我：如果酵母终会发酵，它从哪儿开始发挥效用又有什么关系呢？再说，没有诗人或艺术家比我更坚信，神圣力量是通过**他**，而不是通过我来言说的。如果我继续和曼宁医生待在一起，继续做他的妻子，冒这个险的意义不大：如果我挣脱束缚，担负起使命，走到公众面前成为一名歌手，那么我就开辟了一条属于自己的道路。现在我的计划已渐渐清晰，并且它切实可行。

演出季结束后，沃克斯先生就离开了新港的家。我是在抵达新港后跟他见了面，听他宣布对乐谱的判决结果。有一天我们还在百老汇见了面，我向他暗示了自己模糊的愿望，我想让观众听见我的声音。

"演唱？你是说演唱吗，曼宁太太？走上舞台？"他的一只手抓着下巴。

他身材矮小，体态臃肿，他的脑袋像个子弹头一样始终处于半击发状态，其效果就是他的鼻孔一直朝着你。

"演唱，嗯？"他又咕哝了一两次。

此前，我是曼宁夫人，扔给他一本一时兴起而作的歌剧乐谱，我属于他那一类人举手致意的阶级；而现在，他用挑剔的眼光打量着我，就像一个牲畜饲养人在挑选骡子。他和我约定第二天晚上"去他家里唱几个颤音听听——对那个老男人要保守秘密啊，嗯？"

说完，他使了个眼色。第二天晚上我如约去了，可他却坚持要等我们到新港后再宣布结果。

我记得回家时丈夫正在大门口等我，他把我从小马车上抱下来。

"我真高兴我的小姑娘又驾马车旅行了，"他的脸泛着红光，"她红红的脸颊也和从前一样。它们暗示着好日子要到来了。我们离变老还远着那，海蒂。"他在我身边，和我一起慢慢地走在花园里，他的双手紧扣着背在身后，不时停下来看一看那些紫的、深红的蜀葵，这是他最喜爱的花。

我同他在这深夜的暮色里缓缓而行，并略带疑虑地看着他。他平静的脸上透着一股庄严，并在深沉的忧伤以及对此的忍耐中慢慢变老，但他用温和的微笑遮盖了这一切。是我让他的脸上露出了笑容。但他笑不了多久了：我记得我把手里的一支紫罗兰折断，它散发出刺鼻的气味，我马上就把它扔掉了。打那以后我开始讨厌紫罗兰。我的生命难道要白白浪费在让一个老男人的脸上重新露出笑容之上？我的丈夫和沃克斯先生是完全不同的两类人。换言之，对我来说，他们是通往截然不同的两种生活的大门：这儿意味着奴隶般地工作，暗无天日；那儿意味着——在我身体里散发着温暖和喜悦的东西——名声与成就！

毫无疑问，进屋时，我知道这些令人作呕的家庭牵绊再也不能控制我了。对于丈夫的计划我一个字也没问，也没人向我提起它们。我们出发前的几天里，我用绳子捆好椅子，用草包裹瓷器，将衣服分类装箱，我比谁都卖力。这之后我会悄悄溜到一边，哼着乐谱的曲调，感谢上帝让我在这个世界上能发出这样纯洁、神圣的信息。它使我的灵魂摆脱庸俗的污点并得到救赎：它是我押在永恒真理和来世上的赌注。然而，没有人对我说起他们的计划。我发现他们都有事情瞒着我，总是偷偷摸摸地看我，雅基整天围着我丈夫转，有时窃窃私语，有时哈哈大笑，早上做他最爱吃的煎蛋卷，晚上为他取拖鞋，这一切像尖尖的刺戳透了我麻木的躯壳。"我毕竟是个女人！"我经常怨恨地说道，我本来很乐意卑微地跟在他们身后，把泰迪抱进怀里，或者把头倚在他父亲的膝盖上。"我能忘掉这一切。我有'男儿气概'。"因为我相信，我们在履行使命时要违背人的自然本性。

我们乘夜班船去新港。我们经过船舱时，我看到了在外舱的沃克斯先生：当曼宁医生转过身时，他冲我很随意地点点头，嘴里仍叼着雪茄。

船舱里充斥着煎肉的味道和浑浊的气息，令人窒息。我们走上甲板，吹着咸咸的海风，丈夫拉过来一条长凳为我抵挡从船头吹来的刺骨寒风，他又裹紧我的法兰绒头巾。那一夜只有等待和倾听：大海沉默，咄咄逼人，间或有些发黄的固执的碎浪撞进甲板；时而从岸边吹来萧萧的风声，声声刺耳，人在屏住呼吸时发出的就是这种声音；几缕淡淡的棕灰色的云飘在冷冷的天边，随时准备逃走。

我坐在那儿胡思乱想，那晚大海懂我的心。它不是上帝赞美**他**的杰作：它是被束缚的、无可奈何的、没有吸引力的那些生灵对命运永恒的抗议和抗争。山岳、阳光和绿色的田野可以高唱颂歌，如果它们愿意；而孤独的大海只有无声的哭泣，那是六千年的痛苦在大海中找到的声音。明白了大海在大自然中的意义后，我试图弄清楚它对我性格的确切影响（这是我父亲最喜欢的一种心智训练），这时丈夫轻轻地拍拍我的肩膀。

"我去下面抽支烟，亲爱的海蒂，让雅基陪你待会儿。她是个不错的卫兵。"

雅基站在那儿使劲地点点头，她神色有些不安，看着他走下台阶后，安静地站在那里一动不动。她只不过是一团"肉体"，这太明显了，我甚至怀疑这团肉体里是否有灵魂。她的脸被海风吹红了，眼睛也被吹出了眼泪。刚才，她和几个男孩子在船尾吵吵闹闹地谈论船底下跳跃翻滚的海豚；她带着泰迪去发动机舱；她还把我拽到甲板栏杆旁，看海面下淡蓝的海藻闪出的微光——那是涡轮机在闪闪的银光下卷起的光，看日落前我们如何漂浮在几乎静止的淡茶色海面上。看似好像棕褐色或暗红色苔藓的婆娑的水影深处凝结了一池池的光。

"啊！真高兴今天晚上我又活过来了！"她用荷兰人特有的方式从牙缝里挤出这句话。

然而某个新恶魔现在控制了她的思想：她站在那儿犹豫不决地摆弄着自己的披肩，脸色苍白地看着我。最后她终于走到我面前，先用脚跟，再用脚尖儿平衡身体，她咬着嘴唇不知道自己该从何说起。

"我希望我们把孩子① 也带过来！"她终于开了口，"愿上帝保佑她幼小的灵魂！我周六去看她了。这样对丹尼尔大叔有好处。他的生活需要有些新鲜、有利健康的东西，重要的东西——一个孩子。今晚你没有注意到他吗，曼宁太太？"她忧虑地问道。

"是的。"

"也没什么——不过，没关系。也许是我又瞎想了。他的家族有个古老的传言——某个医生的预言，这件事可能让我警惕过头了，大概就是这样。"

她等着我问她问题。可我什么也没问。我的心头涌来一股剧痛，但我把它压了下去。她等了一会儿，她正在心里和自己辩论——我能从她的脸上看出她内心的挣扎——然后，她抬起头直视着我的眼睛，她的两排小白牙像捕兽夹一样坚定。

"这里现在很安静，曼宁太太，而且还能再安静一会儿，我想

---

① 原文为"Baby"，指曼宁太太生的小女儿。

为你讲个故事。这样做对我有好处，我心里的石头就落地了。也许对你也是如此。"她向我投来锐利的一瞥。

"说下去。"

她把手伸进口袋取出一个破皮匣子。

"看看吧。它关乎整件事的来龙去脉。"她把它放在船舱窗口射出的灯光下。

那是一个女人的相片：她的脸表明她曾经过着麻痹、狡诈、耽于享乐的生活，从她的脸上明显能看出她得了某种古怪的病，她的皮肤苍白，松弛下垂。我一把将它推开。杰奎琳用手擦了擦相片。

"她吸鸦片，看出来了吗？那双眼睛直勾勾地盯着人的样子就像死神的凝视。你把它推开了，曼宁太太？"她关上盒子，"但是有一个男人在长达十五年的时间里一直珍爱着这张活生生的脸孔，他从没对上帝说过他受够了：呸！"她把皮匣子扔进了海里。"我留着它就是想给你看一看。她，一个恶毒的吸血鬼，把他的青春都吸干了。我想她死时，他只剩下生命的躯壳了——我们已经让这副躯壳够卑微够可怜了，"她压低了声音，"然而那个男人，"——语气坚定——"却拥有坚强的意志和非凡的勇气，这是你我都无法理解的，曼宁太太。人们认为，这一切过后，上帝打算让他的余生充满温暖、充满阳光，敞开怀抱幸福地迎接新生活——你不这样想吗？"

"这个男人是谁？"我冷冷地问道。

"你丈夫。"

"我想到了。你为我讲了那个故事，你干得不错。"

她把眼睛从我身上移开，脸一会儿红一会儿白。

"做出这个决定对我来说很难。你比我年长。但我认为我必须这么做。"

我抬起头看着那张态度坚决的圆乎乎的小脸，然后眺望远方，看着夜幕中泛着黄光的海平线，听着机轮里的海水低沉的窒息声。

"我想让你离开这儿，让我自己待会儿。"

她去了甲板的另一头，在那里她也能看见我。涌动的海水老调重弹，太沉闷了！大海茫然地、平淡无奇地向远方延伸！

在这个男人的心和生命里安家！让他余生的日子充满温暖和阳光！我能做到！我！那样就能彻底地休息了！

难道就这样让我的力量腐烂，白白浪费吗？我的本性、数年养成的习惯和受到的教导把我拽了回来，它们把自我架在了我的面前让我看。一股烟草味让我抬起了头。沃克斯先生正倚在甲板的栏杆上，他交叉着双腿，眯起眼睛打量着我，眼光十分挑剔。

"嗯，很高兴能找到机会告诉你，亨茨和豪医生对你的那个小玩意评价很高，我们已经开始排练了——下下个星期一上演。我们一致同意由你来扮演玛丽安。戏份不算多——你可以来个咏叹调，开始还是简单的，你说呢？"

"我已经决定不干了，先生。"

"啧！啧！没这码事。哎呀，你的天分高极了——就是说，经过培养，培养。绝好的天赋呀，太太。它应该是属于群众的，哎呀，"他一边说一边用手杖的把敲自己的黄牙，"压抑你的声音，就如同把鸟儿关进笼子。必须得训练——是的，没错，我来负责这件事；嗯，为了舞台效果还得学点儿技巧；你很快就能学会了——非常快。"他贼眉鼠眼地瞥了一眼我的方肩膀和消瘦的身形："另外还有一点小事，这是成功必需的。你会明白的。"

那个男人眼巴巴地看着我，盼我答应他的提议。这么看来，我并没有高估自己的天分？

"要做的事情就尽量早点去做。我明天晚上赶回镇里，你最好跟我一块儿走，马上排练。你可以明天告诉家里人。我在船上等你——如果说，"他犹豫了一下，极不情愿地想起另外一种结果，"如果说你决定去的话。"

雅基向我们走过来了。

"我会告诉你的。"我对他说。他刚走开，我的耳朵里又响起了单调的潮涌声，它响了整整一夜。

整整一夜！其他人靠近命运的危急时刻时，他们的一切感官都全副武装，严阵以待；可我，尽管我知道明天是我人生选择的关键时刻，可我脑子里真正想的却是砰砰的海水声，它在考验我的忍耐力。夜里我试着冷静地分析沃克斯先生和他的计划：两者都庸俗不堪、有失体面——我觉得自己洞察力敏锐，触及要害；可内里却有一个职业，我能表达自我——我沉默得太久、窒息得太久了！

就在那时，船舱吊灯发出的一束灯光恰好照在曼宁医生的脸上，他正在床上熟睡。正如雅基所说，现在我仔细一看，他的脸的确有些不寻常：嘴唇周围发青，鼻孔缩小。那是某种隐疾的迹象吗？正是它让她那么害怕，让罗伯特那个小伙子也整天细心地关注他的一举一动？我坐起来。如果我走到他身边，双手搂住他的头，抱紧他的身体，用我年轻的活力和生命来弥补他失去的一切！我硬邦邦的手指下，我冷酷无情、精于算计的大脑中涌动着一股激情和爱的力量，血气方刚的人对此一无所知。它是一种激情，是肉体微弱的狂热。我重新躺下拉上被单。

上午酷热难耐。我记得码头上熙熙攘攘，车水马龙：我们正要拐进一条窄道时，沃克斯先生从我身边经过，他轻声道："下午六点前我必须知道你的决定。"一脸严肃，爱追根究底的罗伯特刚一见到父亲就察觉到了他面容的变化。罗伯特为我们租的房间里只有简单的家具，没有地毯，阳光透过肮脏的窗户照进屋内，墙上贴着蓝色、黄色的壁纸。他和曼宁医生出去散步，三个男孩子散漫地朝海边走去。我用几块木头和一只旧木桶的板子为泰迪搭了一个类似躺椅的东西让他睡觉，时间过得很快，转眼就到了中午。然后我坐下来补袜子，每周都有这样的一堆袜子，有些是洗过的，有些染上了别的颜色。我坐在窗口往下看，旅馆的后院很泥泞，院里一个爱尔兰妇女正在洗衣服，她一边洗一边和一个厨师在聊天，厨师正在灰堆上收拾鱼。这就是现在**生活**为我所做的安排，不是吗？一打开房门，饭菜浓浓的香味瞬间飘满整个屋子。快两点了。

"我不下去吃饭了，"一个铃打响时，我告诉杰奎琳，"我要去悬崖边找曼宁医生。我要和他说点事。"

可是她走后我继续补脏袜子。不知怎的，未来在这样的工作和环境中与我相遇。但我并不把它当作一个整体来看。生命的尊严和美，还有上帝的真理，在身体虚弱、手指疲惫的我面前早已黯然失色；然而，就让努力工作、没有犯和我相同的罪的女人朝我扔出第一块石头吧。最后我站起来，叠好袜子，把它们收好，然后系上帽子，围好披巾。泰迪昏昏欲睡地坐在楼梯上。我停下来吻了他。

"你一会儿就回来了吧，母亲？"他紧紧地搂住我的脖子。

"再见了，小宝贝！今晚为父亲拿烟斗，他喜欢让你拿——每晚都为他拿。"

我再次紧紧地把他搂在胸前，他那颗小小的心脏又温暖又诚实，他将长成像父亲一样的男子汉。我倒吸一口气，把他放下：想到这儿我不敢再吻他了。我走出门厅，绊倒在房客的帽子和油腻腻的油布上。外面，空气中弥漫着一种泛黄的无声的宁静，这是新港特有的宁静，它为大海渲染上一种效果，使其看起来像一幅略染上水晶色彩的法式风景画。街道上的行人很少。我很想知道那些行人中有没有人和我一样把自己的命运握在手里。我走到悬崖附近之前，下午的时间过得飞快。投着条纹状的长长的灰影、晒得滚烫的地面却在我脚下渐渐变凉；轻柔的海风将破碎的沙色云朵吹向内陆；突然，汽船刺耳的汽笛声响彻宁静的小码头。半小时后船就起航了。沃克斯先生正在船上等我。我的时间不多了。

我转弯，沿着马路慢慢走，走过长满草的街道来到悬崖边，坐在棕色的岩石上。我看见丈夫和罗伯特正在沙滩上来回踱步。我几乎闻到了他们的雪茄烟味。我必须和他见一面。船的汽笛声又响了；可我坐着没动，从岩石上抠下一小块一小块的盐皮，我没有抬头看蒸汽是否已从船上升起。我知道我没上船的话，船是不会开的。我要走了。我必须再见他一面，也许，他还会叫我海蒂：那是值得铭刻的一件事。四周安静极了。光秃秃的、惨白的悬崖呈新月状，我就坐在悬崖上。悬崖下方的远处，海水涌上白沙滩，在沙滩上留下深深的灰白色的浪痕：悬崖的一角指向一座古老的小镇，小镇疲倦地呼出烟气，和粉色的晴空道晚安。向悬崖的另一角望去，能看见一座阴沉的堡垒，插在堡垒上的旗子迎着疾风飘扬。那幅生动的画面刻在了我的脑壁上。两个黑影慢慢向我走来，他们走过沙滩，终于看到了我。我不会告诉他我要走了。我可以从纽约寄信给他：我想，我的勇气泄了。罗伯特·曼宁的脸多冷酷多正直啊！我会用挣来的钱养孩子：这样罗伯特就不会认为我一点责任也不负。想到这儿，我试着站起来和他们会面，可我却重重地倒在石头上，弯着的手指抓进旁边一块咸咸的干草皮里。

我听见罗伯特说着什么"疲惫""过度劳累"，他一看到我就扔掉了雪茄，他父亲小声地回应着什么，这让年轻人的脸色柔和了许多。当他们走近时，他喊了一声"母亲"，这是他第一次喊我母亲。我没有看他身边那个男人的脸：我想我永远也不会再看了。他的大衣袖子上有个小口子：我记得我看见了一个口子，我有气无力地想着雅基能不能把它补好——我的孩子，她长成一个大姑娘后，会不会小心翼翼地、温柔地照顾父亲。当时，我丈夫正在说话，他的声音表明他开心极了。

"来这儿之后，我感觉自己好像又回到了过去。海蒂，我和罗伯正在规划我们的新生活，大海，新鲜空气，还有那些房屋似乎都参加了我们的谈话，它们像过去那样继续帮助我。我要重新开始；

就像那时一样。只是现在——"

他把一只手放在我的披肩上，这个举动意味深长，情意绵绵。码头上的那只小汽船摇摇晃晃。货物装得差不多了：我只有几分钟的时间了——换言之，如果我想要自由的话。

"我们要回旅馆——谈笔生意，海蒂，你在这儿等着我们？你一个人会不会害怕？"

"不，不害怕。这样很好。"

"那么，一会儿见。走吧，罗伯。"

我没说再见。即使在那时，我也不知道自己会做出怎样的决定。我猛地用力把手指深深地插进湿漉漉的草皮里，听着碎浪猛然打在长椅上的拍击声，看着罗伯特·曼宁方正的背影慢慢走过沙土路走上街道。我又看了一眼旁边那个高一点却有些驼背的身影，我没有看第二眼。我擦掉脸和脖子上黏糊糊的汗水。

"真是妇人之仁，"我自言自语，"我身上还有更好的东西。我现在要走了，去回应使命的召唤。"

码头上，正当我行迈靡靡之时，我遇见了沃克斯先生。他满脸堆笑，满口道贺，伸给我一只又粗又短的胳膊，匆匆助我走过厚木板上了甲板。船立刻喷着蒸汽驶离了海港。

我将在自己的歌剧中扮演玛丽安这个角色。上天给了我从事脑力劳动的力量和完成特定使命的技能，我要开始演了。今晚，那个在冥冥之中牵引着我的力量，那个广阔、模糊的东西终于摆在了我的面前，我能感觉到它——世界，子孙后代，时间；我该如何称呼它？然而莫名其妙的是，它不是我从儿时起就梦想的样子。并没有什么广阔的模糊的东西。我从一块漆着黑框的小镜子里看到的是同一个曼宁太太，有着高高的颧骨，上嘴唇上长着一颗黄痣，忧伤的棕褐色眼睛：只不过，现在她身穿薄纱，露出消瘦的胳膊和肩膀，上面盖了一层白粉，脸上打着腮红，薄纱下面还是那个不好不坏的身体；后白齿一蹦一蹦的，牙疼随时发作。房间很小，呈三角形，地上铺着一张棉地毯，它的条纹是红色的，房间有一个安着铜把手的门，我的化妆盒敞着盖子放在椅子上，一盆肥皂水，几条脏毛巾，两支燃着的蜡烛：总之，这就是剧场里的化妆间。房间外，机轮、滑轮、纸板城堡、树、椅子，还有更多骨瘦如柴的女人、更多的白粉、更多的薄纱。先生披着一件油腻腻的绿睡袍，满身烟味儿，他正在咒骂一个眼神黯淡的少年——那是换布景的工人。乐队在脚灯外调音：第一小提琴手竟把第二乐段略过去了，真不像话！这一段被我称为"生活的预言"；还有"天堂愿景"，长号手总是吹错低音，正如先生所说，他总是喝两瓶白兰地司令，喝得太多了。然后是"世界"，演奏得有些消极。剧场的正厅里，一排排座椅上的年轻男子，从他们的宽鼻子到身上穿的宽格纹裤子，浑身上下都透着显摆和卖弄的意味；坐在楼厅前座上的年轻姑娘们，眼睛和脸正对着身旁的恋人，留给舞台的只有咯咯憨笑的侧脸；顶层楼座上是一张张庸俗的脸，而再稍低点的座椅上挤着一张张逆来顺受的脸；一个个灰的、红的、黑的、亚麻色的脑袋瓜里塞着五花八门的心思：生意、工作、娱乐。在这些头脑的外面，高音和中音的乐符正在人群间穿梭游荡，它们一出声便已消亡。它们在衣服下，在各式各样的头脑中触碰到的是怎样的灵魂？又是以何种方式与之碰撞的？啊，嗯！"我要履行自己的使命了。"站着等候上场的时候，我一遍又一遍地重复这句话，"现在。要来的已经来了。我要开始了。"然而我的血液并没有沸腾起来。

"必须得把这颗疣子遮上。"一个女配角对我说，她穿着硬挺的红色细布衣服，用白矾盖住我嘴唇上的痣。沃克斯先生轻轻地敲了敲门，嘴角挂着诡秘的微笑。

"今晚我们感到很荣幸。做好心理准备，亲爱的夫人，观众席里有个大大的惊喜。你的丈夫也来了——还有他的儿子罗伯特·曼宁。"

我努力用双手遮住裸露的脖子和肩膀，但努力只是徒劳——然后，我走回化妆间坐下，一个字也没说。我记得我坐在那，盯着那两支蜡烛，听着它们噼啪的燃烧声。我记得歌剧正在黄铜门的另一侧上演，滑轮吱嘎作响，长号粗声粗气地演奏着，穿着薄纱、擦着白粉的女人雀跃、歌唱，最后我记得外面的催场员闷声喊道："玛丽安，上场。"我履行使命的时刻到了。我记得舞台的绿地板和闪闪发光的锡脚灯之间隔着一段距离，我记得有无数双厚颜无耻的眼睛用嘲讽的目光盯着那个正在向前移动的瘦削身影，我记得自己听见了一个有气无力的颤音，那是我自己的声音。之后发生的事情我就记不起来了，直到这一场戏结束：这既是一场考验，也是这部剧的最后一幕。落幕被一个微弱而忧郁的嘘声打断，慢慢地，嘘声越来越大，越来越恶毒，从顶层楼座传来哄笑声和奚落声，这出戏糟透了。我穿着白纱、搽着胭脂、骨瘦如柴的身体立在一个纸板花瓶的后面，我向外眺望哄闹的观众，看着一张张粗暴的脸。这就是我们的世界，我为它奉献了自己的杰作，可就连这些粗人都觉得它毫无用处，把它丢到一边。我站在那儿等了一会儿，先生从我身边经过，失望和愤怒使他的圆脸变成了紫色，他走进化妆室。

"怎么回事？"他用法语逼问道，"真是下流的脏货！我希望用服装蒙混过去。"

我把一件法兰绒斗篷裹在轻薄的裙子外面，走出化妆室，走下左歪右扭的后楼梯，走上街道。我没有钱，如果我回旅馆，我就成了乞丐。

我站在剧场外面一个老妇人的糖果摊旁，等着人们匆匆离去，我背靠在老妇人的椅背上撑着自己的身体。老妇人昏昏欲睡，因为现在已经过了午夜，她睁开通红的双眼，把一个小孩子抱到她的膝盖上，小孩子刚才在她的脚边睡着了。

"起来吧，小姑娘，演出结束了，该跟奶奶回家舒舒服服地睡了。"

我笑了。哎，南来北往的男男女女，就连拦住你的马车的黑乞丐，都有自己的家，有自己可以抚摸、宠爱的孩子——每一个人都有。可我——我有**自我**，这是我自导自演的一场戏。

我裹紧身上的斗篷沿着人行道走下去。街道上挤满了停下来接剧场观众的有轨电车、出租马车和公共马车；临街房屋招牌上的字母亮着红红绿绿的光；人们一路欢笑、摇摆、哼着歌儿，从我身边经过。有几个丈夫帮妻子裹紧围巾，夜里寒风刺骨。今晚我丈夫看到了我的双肩——所有人都看见了。还有一些孩子，他们坐在马车车厢里依偎着母亲。我想知道我的孩子将来是否会知道她也有母亲。我慢慢地沿着这条街走。那天晚上我见到了最黑暗最清冷的夜空：我抬头的时候想，如果天上挂着一颗星星，它看起来一定很温柔，很可怜。想起自己的经历，我不禁顾影自怜，我真是一只可怜虫。被我抛弃的家、丈夫和孩子如果选择报复，他们就不会让女人的血肉和灵魂在我的身体中滋生出如此疯狂的渴望。

在一个街道的拐角处，一家药店门前围了一群人：他们神色不安，又很好奇，不时回过头来与站在身后的人交头接耳。也许是有位女士晕倒了，也许是有人病了。十字路口被马车堵住了，我无法穿过去，于是我停在路边，看着玻璃橱窗里的绿灯。不一会儿我听见了自己的姓氏，"曼宁"，是从人群里挤出来的一个警察说的，他还说了几个字。人群惊恐地向后退去，但是我挤过人群走了进去。那家药店很大：屋内光彩夺目，大理石冷藏柜、货架上闪闪发光的玻璃瓶看得我眼花缭乱，可很快我就看见了两三个人，人群就是从他们的身旁向后退，退到了药店的另一头。这几人围着一个柜台，柜台上面躺着什么东西——一个高大的人影，他的一只胳膊垂了下来，双脚交叉。他一动不动。我不知道自己在那儿站了多久，也许是几个小时，也许是几分钟，但他始终没动一下。从我看到他的那一刻起，我就知道他永远不会再动了。有三个人在他的身边忙前忙后，但谁都没说一句话。他的马甲和衬衫被打开了，脖子上有一滴血，他们刚才试着切开那里的血管。过了一会儿，医生向后退了一两步，站在旁边的两个男人中，有一个身材较矮但却更强壮的年轻人，医生把手轻轻地放在他的肩膀上。

"我的朋友。"他同情地说道。

罗伯特·曼宁好像没在听医生说话。他跪在地上，将脸贴在那只垂下来的冰凉的手上。药房老板脸色发白，个头不高，他把医生拉到一边。

"什么病？中风？"脸上满是怜悯。

"不是。神经受到刺激引发的——心脏病，你懂的。早就有预兆了，他儿子说。他妻子，那个女人——"

警察一直盯着我斗篷下的薄纱裙。

"嘿！你最好快走，"他低声说，"你这种人不该来这儿。"

我一动不动地站在那儿，看着柜台上那个强壮的黑影。火绒，以及我们在小牧场生活的那段往事浮现在我脑海里——我也不知道自己怎么会想起它们。他一动不动：再也不动了。死了。是我杀了他。我！我把手指插进油腻腻的头发里，用力地扯着自己的头发。"海蒂，海蒂·曼宁，"我说道，"再见！再见啦，丹尼尔！"我记得我走出药店的门口时听见了自己的笑声，然后我沿着街道一直走了下去。

我在鲍厄里街上走了很久，以前的一种思绪无力地爬进我的脑海里。我想起了海水的窒息声，一整夜海水在轮船机轮里的窒息声。越想就越要想。随后我转身朝海湾走去，它就在古堡花园的另一边。

雨，滴落在了屋顶上；雨，也落在了树枝上。近在咫尺的树枝不时沙沙作响，敲敲小百叶窗，它让人更加留恋温暖的被窝。从被窝里看向昏暗的房间，壁炉里炉火燃得正旺。啪嗒嗒，啪嗒嗒：雨水哗啦哗啦地从排水管里喷泻而出。雨小了，好像要停了，好让你像往常一样，安静地，无所顾忌地睡上一觉；可随后雨又大了，滴答，滴答，雨声更加单调，更加肆无忌惮。还有雷声：它在远处的山坳里轰隆隆地低吼，那里可没有这样的温暖小屋。从百叶窗的缝儿里钻进来的青白色闪电使梳妆台上的夜灯和炉火突然熄灭，又猛地亮起来。

这样过了很久：几个小时，还是没有那么久，为什么要知道这个呢？一张舒适的小床，深红色的帷幔，白色的枕头，躺在上面，四肢的疼痛慢慢得到了缓解。过了一会儿，一个顺眼的、又胖又矮的人穿着宽松的睡袍从炉火旁边一个又大又深的椅子里弹了出来，搅动壁炉上面一种像牛乳酒的东西，再闻闻药瓶，走到床边，把一只胖乎乎的手放在一个人的额头上：吓了一跳，一个紧张不安的吻，颤抖的笑声，说"嘘！"，然后突然消失在窗帘后面。一张严肃苍白的脸朝下直直地看着，好像它不敢相信，直到眼里噙满泪水，手里的假发掉在地上，只有我和上帝知道他的灵魂当时说的是什么。

"我丈夫！"

"海蒂！"

"是你吗？——丹尼尔？"

他抱起我的上身，并将它搂进臂弯里，把我身上的毯子盖好抚平，他想说话，可却说不出来，那样子真可笑。

"歌剧，药店，还有——"

我把一只手放在头上。

"事实是，"雅基突然从窗帘后面出来，通红的眼睛里似乎还闪着泪花，"恐怕你做噩梦了，亲爱的。喝一勺这个，喝完就好起来了！你病了，知道吗。是脑热病之类的。就在我们来到新港的那一天。丹尼尔叔叔和罗伯特在悬崖上找到了你。"

"我们从旅馆出来的事情，你还记得吗？"他的嘴唇不停地颤抖，使劲把我身上的毛毯往上拉。

"你要闷着她了；你这个护士呀，哎呀，丹尼尔叔叔！她的脚露出来了——"

"好啦，好啦，雅基！我知道了，"他顺从地答道，然后他搓搓我的睡帽，把我的头搂入他的怀中，我能听见他结实的胸膛下的心跳声。"我的妻子！海蒂！海蒂！"他喃喃低语。

我知道他在感谢上帝把我还给他。

我瘫倒在他的胳膊上直到清晨，我不时用手摸一摸，好让自己确信它真的是一只胳膊，是一只真实的、有血有肉的胳膊——而我也不是杀人犯。我虚弱得像个婴儿，并且在我看来——实情是——上帝让我重生了：**他**，就像用最后一口气给了小偷生命，他也给了我一个重新开始的机会。雅基是这世界上最专制的护士，她蜷在床脚，为了让我们安静，她的眼睛一眨不眨地盯着我们。再没有比那更健康、更友好的眼神了，我无力地想着。但我一直努力让自己可怜的脑袋贴紧丈夫的胸膛：我好不容易从死亡与犯罪的真空中逃出来，那里拥有拯救我的力量和生命，我知道。只有把我带到那儿的上帝知道我是如何才拥有它的，知道那夜躺在丹尼尔·曼宁怀里的是一个真正的妻子。我多年来膜拜的自我是多么令人讨厌，对他的爱使误入歧途、病入膏肓的身体和灵魂又活过来了，它们渴望把一周或只有一天的生命完完整整地献给他，并慢慢地靠近他和天父，他对一切都了如指掌。夜里，我听到他自言自语，他以为我睡着了，他念叨着妻子又回到自己身边之类的话，她"死而复生，失而复得"。然而他永远也不会知道他所说的这些可都是千真万确的。

天快亮时，我睡着了，当我再次醒来时，我的大脑清醒了，眼力也恢复了，我能够理解新的生命契机了。清爽的房间已完全是白天的光景，舒适又整洁，壁炉里的火苗燃烧着，不时发出噼噼啪啪的响声。清晨时雅基的脸最有活力，开一个小小的玩笑，她就会红着脸走开。雨还在下，但窗帘已经拉开了，透过灰蒙蒙的雾气我看见外面有一片讨人喜欢的草坡，草坡上长着一丛丛栗树和梧桐，坡下有一条窄窄的小溪。尽管水面上雾气缭绕，但我仍然能看见河对岸低矮的小山，山上覆盖着郁郁葱葱的树林，再往远看，视线的左侧，海水冲刷着海滩。我向窗外眺望的时候，我丈夫正眼巴巴地看着我。

"我不知道自己在哪儿，丹尼尔。"

"是呀，你当然不知道，"说着他揉了揉自己的额头，这是他特别开心时的习惯动作，"要告诉你的事情太多了，亲爱的海蒂！你瞧，我们的一切都重新开始了。"

"在她吃完早饭以前，你一个字都不能再说了。"雅基的态度很坚决，她端过来一个白盆，盆里盛着凉水。

哎呀，我还记得灼热的皮肤浸入凉水的那一瞬间，记得毛巾上的熏衣草香、难梳理的头发、精致的小托盘、袅袅升腾的茶香、琥珀色的茶，还有酥脆可口的面包片！千真万确，那个得意扬扬的女人又回来了，在两张明媚的脸庞的注视下她大快朵颐，饱餐了一顿。之后，泰迪走进来，溜到我的枕边，用惊讶的目光看着我苍白的脸和瘦削的双手，然后把剩下的茶和面包端到壁炉旁大口吃喝起来。

"因为下雨，还有很多东西你看不见，母亲，"他一脸急不可耐的神情，"看不见果园，也看不到马厩——这儿真的有个马厩，还有干草，每天早上都有鸡蛋，只有那只灰母鸡卖力气下蛋，如果你相信我的话。老玛丽在厨房，火绒和哈得逊家的那只老孔雀也在这儿。"

"吃你的面包片吧，上尉。"他父亲说着又把我搂进怀里。

"是的，海蒂，这是一个小农场，十到十五英亩。我们的家：你的和我的，亲爱的。这是罗伯送给我们的惊喜。"他憨憨地笑了，此情此景，如果他是女人，他就要泪眼婆娑了。

"罗伯？"

"是的，他准备了这个惊喜。离开纽约前我就知道了，但我们想给你一个惊喜。孩子们都出力了。他们真是好样的。我不是一个称职的父亲，"他拉着被子边儿，"我以前是个郁郁寡欢、性格孤僻的老家伙。我本该给他们的生活带来更多的乐趣。他们要去西部了：比尔和约翰去芝加哥，杰姆去圣路易斯——等你的身体好些了，他们就出发。"

"对不起。"

我确实抱歉。此时此刻在我眼里，他们热忱、诚实、直率的脸庞有了新的含义。不知怎的，现在我能融入他们的生活了——我渴望为他们付出真情，当然了，他们是不会明白这些的，我幡然醒悟了，我现在迫切地渴望被爱，也渴望爱别人。

"是的，罗伯安排好了一切。"提到罗伯的名字时，他仿佛若有所思，语气十分温柔。"这真是一个舒适温暖的家：尽管我们还有些事情要做，可我们还没老，海蒂，不是吗？"他抬起我的头，"镇里的那所老学校也收拾好了。我们什么都有了，一切重新开始了。"

我没吭声。白天雅基和小伙子们挨个过来问我："有什么需要吗，母亲？"他们就像照顾病人那样，忧心忡忡地问这问那，但是一整天里我没提一个要求。我不敢，我知道自己都干了什么。如果上天收回我的天赋，我也绝不乞求再得到它了。不过，我发现他们看我的时候有些心神不安，快到傍晚时，我听到了雅基和曼宁医生的零星对话。

"我告诉你我一定要这么做。我要冒冒险，"雅基有些不耐烦，"她肯定就是她想要的。我从她的眼神里看得出来。上帝保佑你，丹叔叔，但你毕竟不是女人！"

过了一会儿，她把我的孩子抱过来放进我怀里。当她的小手触摸我的那一刻，我才真正确信上帝宽恕我了。

晚上雨停了，厚厚的红色乌云散尽。罗伯从镇上赶过来，他坐在我旁边刚才他父亲坐过的位置，不过他和雅基把椅子靠在了一起，我们一起度过了一个宁静的夜晚。他们的谈话方式既健康有趣，又热情洋溢，无论他们谈的是政治，宗教，还是新闻！我兴致勃勃地参与其中！我来到了一个热忱、欢欣鼓舞的世界！有一次，雅基把水递给我时问——

"我真希望你能说说那几天你究竟梦见了什么，亲爱的。"

罗伯用敏锐的目光迅速瞥了我一眼。

"别问了，雅基。"说着，他的脸红了。

我瞪大了眼睛看着他：从那一刻开始我对他精明、公正和善良的本性，对他的宗教以及它背后的东西产生了一种莫名的依赖和信任。在我临终之时，我会因罗伯特·曼宁的祈祷而高兴，因为我深信他的祈祷是能够被上帝听见的。

"我永远不会忘记那个梦，罗伯。"我对他说。

"是的，母亲。我知道。"

之后又过了一会儿，我和他聊起了他为我们置办的新家。

"我想让你和泰迪，还有小家伙在这儿开始新生活。"他轻描淡写地说。

"还有雅基。"我补充道，抬头看了看那张明媚圆润的脸。

雅基的脸一下子红了，紧接着又变得煞白，泪水夺眶而出。屋里一片沉默。

"罗伯，"她羞怯地把头藏起来，小声地说，"罗伯说不。"

"是的，罗伯说不，"罗伯把手放在她的卷发上，"他需要你。母亲会告诉你，女人最好的工作就是时时刻刻在丈夫和孩子的身边。"

我一次又一次地亲吻雅基，但什么也没说。之后他就出去了。握手时，我抱起孩子让他吻了一下。他和她玩了一会儿，然后把她放下。

"愿上帝保佑这个孩子，"他真诚地说道，"和它的母亲。"

他和雅基走出了房间，屋内只剩下我、我丈夫和我的孩子。

来自大海

（1865）

张　慧　译

十一月初的一个阴冷、狂风肆虐的下午，从大西洋海岸一直刮到阿勒格尼山脉底部的东北风暴在做它最后的喘息。它持续了一个星期，而且带来了冬天。那一年，秋天逗留得异乎寻常的晚，在这股风暴经过以后，在这之前宾夕法尼亚依然绿油油的肥沃低洼地变成了沼泽。丘陵之间，夏日里欢乐的湖泊被覆盖上了一层晶莹剔透的颜色灰暗的冰。西部高山之间的森林一直很暖和，盛夏的力量和深秋的色彩也就持续得很晚，可是被这股风暴带来的狂风和刺骨的雨夹雪侵袭过之后，森林里留下了一堆堆的残枝败叶。事实上，太阳已经闲逛了很长时间，它转过头，友好地望着内陆的人们，天空、空气和大地令人愉悦，使少有的几个阴冷的日子仍然有夏天的色彩和活力，以至于人们忘记了夏天已经过去，随后才突然发现，他们已经在不知不觉中进入了冬天。

然而，在新泽西州的背风海岸，风和大海花了一年的时间为他们冬天即将实施的沉船海难做准备。这场风暴，虽然比在其他地方更阴沉、更寒冷，但它日夜光顾，在这里却显得完全是家常便饭，一种理所当然。在夏季，这里就像是它的家，它的面貌也不一样。这里很少下雨，风沿着海岸猛烈地冲击着大海，然后在贫瘠的沙地和绵延不绝的松林里，发出长长的哀鸣。这里的地平线总是比其他任何地方的都要短，而现在缩得更短了，天空的圆顶变阔了，云层和大气形成了风景，大地变成了一个圆圆的小小的立足之地。但现在太阳藏匿了起来。空气变得灰蒙蒙的，仿佛死亡正在从中走出。一团团灰蒙蒙的、湿漉漉的雾，移动得比风还慢，从一个地方飘到另一个地方，仿佛巨大的幽灵在凶残的大海的召唤下正在集结。

"那边走着奥西恩英雄们 [1] 的影子。"玛丽·德芙切特指着远处的黑暗对她的同伴说。

这是一个下午的早些时候，他们小心翼翼地驾驶着一辆老式的轻便马车，在暴风雨前的一个静寂之时，沿着松树林的边缘行驶。和她在一起的那个老医生蒙莫斯县的麦考利（丹尼斯）——没有回答她，因为驾驭他的母马已经够他忙活的了，雨雪还不时地落进他的眼睛里。此外，今天下午他比平时更暴躁，总是用他那老练水手的训练有素的眼睛望着北边黄色的海面。德芙切特小姐把油布在膝盖上裹得更紧些，闭上了嘴。不过，她喜欢这种与狂风激烈搏斗的兴奋，这正适合她近来紧张的神经。

这是个奇特而孤寂的县，这个背风海岸也许从来没有像现在这样孤寂过，她暗自想着，这里比世界上的其他地方都要古老——大自然的许多声音，包括鸟的和植物的，全都在这里消失了，难怪它长不出果子来。那么多年来，它一直在听着大海那无情、冷酷的哭

---

[1] 引自苏格兰诗人詹姆斯·麦克弗森（1736—1796）的作品《奥西安作品集》（1765），他声称发现并翻译了三世纪爱尔兰吟游诗人奥西安（Ossian）的两首史诗。在《奥西安作品集》中，英雄不是骑士而是勇敢的陌生人、平民。这些诗在戴维斯的时代极为流行，影响了英国和美国的浪漫主义。

喊，变得更老、更哑、更悲伤了。每年都有些尸体被冲到海滩上，他们的鬼魂一定会在这儿出没，尽管海滩和他们的死亡并没有关系。因为厌倦了沉默，她开始和丹尼斯医生聊了起来。

"在我看来，你们这儿总是把自己与外界隔绝起来，"她说，"当我经过边界上的那些矮小的橡树和烧炭人幽暗的火焰，进到那荒凉地带的时候，我就想起了那个老麻风病人和他的哭喊——'不洁净！不洁净'！"

麦考利不安地看了她一眼，试图跟上她的想法。"这地方是够寂寞的，"他慢慢地说，"只有两三户农户，这些地从父亲传给儿子，儿子传给孙子。你现在住的房子里的亚麻布和地毯是从华盛顿以前的年代传下来的。其他人也都是安分守己的老实人，只有家里的男人出海。每一代人都是这样生活的。这些白色的浅滩上几乎不产什么东西。是啊，这个地方相当安静，野兽还从没有从这松林里被吓出来呢。只是有一天晚上，我听到了豹子的叫声，从汤姆斯河那边传来的，就在路边，叫声尖锐又悲伤，像个迷路的孩子。说到鬼魂，"他若有所思地停了一下后说道，"我不知道有哪个鬼魂有理由在这里出没，除了基德队长①，因为他的财宝就埋在这儿的岸边。"

"啊？"玛丽说着，敏锐地抬起头看着他的脸。

"是的，"他回答，慢慢地摇着头，一只眼睛瞄了瞄他的鞭子，"沿着这片海，我自己曾经在海带里捡到了许多西班牙金币。他们说是三十年前的那个八月在这儿登陆的那艘大帆船留下的，不过我可不确定。"

"小村子里住着什么人呢？"玛丽朝一群散乱的、屋顶低矮的房子点了一下头，问道。

"挖蛤人，他们多数人都是。还有一些寻宝人，但他们住在更

---

① 威廉·基德（William Kidd，约 1645—1701），苏格兰水手和传说中的海盗。

远的地方，靠近巴尼格特①。但一条沉船就会吸引他们，就像一具尸体会吸引秃鹰一样。"

德芙切特小姐的黑眼睛闪了闪，仿佛期待着一部好的悲剧。

"你见过沉船吗？"她急切地问。

"见过。"他那冷酷的嘴唇闭得更紧了。

"是去年秋天那艘移民船吗？他们告诉我，七百三十个人丧了命。"

"感谢上帝，我当时不在这儿，不知道。"他简短答道。

"肯定轰动极大。"她倚回座位，不指望老医生会讲讲有关的故事。

麦考利坐得更直了，当马车转向更开阔的、向海边倾斜的沙地时，他严厉的灰色眼睛再次扫视着远处的海面。跟这位年轻女士说话，对他来说是件很费劲的事。他害怕会在公共场合演讲的女人，害怕在医院照顾病人的女人，她们似乎总是热血澎湃，她们的审美情趣能让她们在那么可怕的满载生命的移民船失事灾难中寻求观察的角度。"她的书读得太多了，"他想，"这是现在年轻女性的问题。"另一方面，就他自己而言，他对现在的知识不了解——这一点他自己也意识到了，因为他发现他们之间的共同话题是那么少，但这丝毫没有使这位独立惯了的老人感到不安。在耶鲁大学上学期间，他和这个女孩的叔叔——鲍德勒医生成了好朋友。自从他毕业以后，他住在了世界的这个偏僻的角落，他的许多粗鲁的说话和行事的方式就像粘在他鞋子上的红泥巴，而随着年龄的增长，他既不想擦掉红泥巴，也不想改掉他的粗鲁。

一个多星期以来，德芙切特小姐一直是他心头的负担。她的监护人鲍德勒医生把她送过来，寄宿到一个农户家。"海边的空气对

---

① 巴尼格特，新泽西州大洋县的一个沿海小镇。

她的身体会有好处的。"鲍德勒在一封写给他的老朋友的信中说，他一直和他的老朋友有联系。"她最近的工作过多，生病的士兵，你知道的。玛丽怀着爱去参加战争，就像所有的女人，或那些瞎了一只眼睛的快乐的人一样。另外，她将在圣诞节结婚，在她开始真正的生活之前，最好先面对一些真实的东西。没有什么比住在海边，和那些朴实无华、血统纯正的人生活在一起更好的了，因为他们能把人们带回到简单、自然的自我。对了，你听说过比肯谢德医生吗？她的未婚夫。他是外科医生，跟你不太一样，还很年轻，就出人意料地赢得了声名。我很高兴玛丽能嫁给这么出众的男人，她一个人坚持努力了这么久，需要一个可以依靠的人。"所以麦考利今天煞费苦心地拉这位年轻的小姐出来兜风，为了他的老朋友的缘故，他要像父亲一般关照她。

鲍德勒医生已经坦率地告诉了他的侄女他希望她到海边去的原因。这令她很不高兴，但是她并没有显露出来。她已经三十多岁了，她是一个热心的人道主义者，在皇家港教过那些获得自由的黑人，还曾带着卫生用品去了葛底斯堡和安提特姆，她当然不需要别人告诉她她还没开始真正的生活。但是她不介意有机会去休息和思考。婚后，她将从费城安静的贵格会（在费城她经常搬家）搬到一个能充分证明她个人能力和心智的地方。比肯谢德凭借着他的职业声誉，还有他的一种奇特而吸引人的个人怪癖，逐渐成为全国最杰出、最有影响力的一个圈子的核心。圈子里的男男女女都以他们的智慧和能力而闻名，他们能从生活中提炼出最优雅的格调。这个文静的女孩暗暗地鼓起勇气，也暗暗地有点胆怯。事实是，她只是在公众场合认识了比肯谢德医生，到目前为止，她对他的爱还只是停留在对他的智力的欣赏上，这种感觉令她感到非常愉悦。她很希望在他的世界里，他不会为她感到丢脸。她很高兴他能在这忙碌的世界中与她共享一个喘息空间，他们可以看到对方摘掉面具的样子。鲍德勒医生和比肯谢德医生正乘坐本·范·诺特的双桅纵帆船从纽约过来。昨天就该到了，但到现在还没有到。

"你确定他们会和本一起来吗？"麦考利一边驾着马车，一边对她说。

"相当确定。与汽车相比，他们更喜欢帆船，因为那东西新奇，而且他们出航的那天暴风雨平息了。帆船能在那样的海中进入这个港湾吗？"

丹尼斯医生弯下腰去整理挽具，假装没听见她的问话。

"至少，本知道，"他想，"今天靠近这片沙洲就等于送命。"

"人们会以为，"他大声补充道，"迪克·鲍德勒的白发和三十年的说教会浇灭他对冒险的热情。他在大学里是个鲁莽的家伙。"

望着窗外越发阴沉的天色和被吹到车轮上的海浪的易碎黄色泡沫，德芙切特小姐的目光变得不安起来。丹尼斯医生调转了母马的头，这样他们就看不到大海了。但是今天，大海的咆哮声却传到了内陆几英里的地方———一种可怕的、无法描述的咆哮。其他一切都保持着庄严的沉默。大盐沼在路的一侧绵延着，十分繁茂，上面站立着一棵孤零零的死树，黑色的树干上笨拙地筑着一个鱼鹰的巢。他们二人像坟墓一样一动不动，就连那只不祥的鸟儿也早就走了，不再在风浪之上的枯枝上孤独地守夜了。她不安地向两边看了看，海滩的高处躺着失事船只的残骸，一只只烧焦了的船桅圆木被冲上了岸，以它们那无言的方式，告诉人们船长和水手们被大西洋浑浊的海水一下子冲到遥远的大海里去了，没有一个人生还。陆地和大海似乎都在向她暗示着大海的可怕、冰冷和无际的黑暗，除此以外，拍岸浪涛的吼声中那黑暗的神秘还能意味着什么呢？那是唯一的声音。外面浓重的寂静让她越发无法忍受了，这是一种不祥的预兆。白天寒冷的黄光久不退去。头顶上，一片又一片的云从遥远的水际线上升起，迅速而悄无声息地向内陆驶过来，它一面走，一面膨胀起它黑色的庞大身躯，卷挟着风暴。马蹄重重地敲打着海滩，引得一只鸟从沼泽里冒出来，拖着长长的腿在低空中慢慢飞翔，胸前闪闪发光的羽毛映着落日的余晖。

"蓝鹭飞得很低，"医生说，"那意味着暴风雨会更猛烈。它能像巴尼格特海盗一样敏锐地嗅出沉船的气味。"

"也许它是在叼鱼吧？"玛丽说，努力想使自己振作起来。

"它可不擅长叼鱼。"他摇了摇头。"你会发现在蓝鹭巢里找到的鱼都来自深水，它从不飞到那里。嗯，他们说，"看着她询问的眼神，他说，"在暴风雨的夜晚，它坐在海滩上，翅膀下有一盏磷光，能够吸引他们上岸。"

停了一会儿，她问："风暴会什么时候到呢？"

"至少两小时后。高兴起来，孩子。本·范·诺特可不是傻瓜。他会远离斯昆海滩，就像他会远离地狱之嘴一样，今晚的海滩会成为地狱的。你的朋友们都很安全。我们先到商店看看有没有邮给你的信，然后就驾车回家。"

他把毛茸茸的大衣往他的长腿上裹了裹，看到她的脸色苍白，他一边驾车一边跟她说话，试图让她高兴起来。

这两个县的"商店"是一座大大的、只有一个房间的框架建筑，建在大松林的边上，漆成亮粉色，门上方有一个木制的蓝色女人，那是一艘单桅帆船上的古老的艏饰像。外面的门廊上摆满了大桶和箱子，里面惯常放着印花布、瓷器、糖蜜桶和书。邮箱———一张高高的桌子———上面放着六七封信。这时大雨正猛烈地敲打着昏暗的小窗户，窗户旁聚集着四五个脏兮兮的水手和挖蛤人，他们懒洋洋地靠在柜台和木桶上，有一个人慢吞吞地大声读着报纸。他们停下来看着德芙切特小姐走进门。她进来时推着门，等着后面的医生。她那美丽、娇小的身材、漂亮的马车服与阴森的空气、凄凉的店铺形成了鲜明的对比。店里所有的光线似乎一下子都汇集在了她那张罕见的美丽的小脸、热切的蓝眼睛和深棕色的卷发上。店里有一个女人，坐在一个啤酒桶上，是一个身材矮小、瘦削的老妇人。她把沾满泥巴的鞋子缩回到裙子下面，给玛丽让路，但并没有看她。德芙切特小姐从小家里生活富足安逸，吃喝享乐不足为奇。她站在那里不无善意地想，这些可怜的人怎么生活，怎么打发他们那沉闷、土气的日子呢？他们怎么会懂得那些使富有的灵魂变得高贵的强烈痛苦、欢乐、抱负或爱情呢？

"这是你的报纸，医生，"一个人说，"但我们还没读完呢。"

"没关系，孩子。杰姆·德克斯特今晚路过的时候可以把它捎给我。乔，有我的信吗？你还在等着，费布妈妈？"他转向玛丽身边的老妇人，语气突然变得温柔。

"是的，我在。这没什么。约瑟夫，先招呼医生吧。"她双手闲不住地敲打着柜台上的一个花纹。

但是，大夫没有转身去拿信，似乎也没有注意到外面刮起的风一阵紧似一阵，而是悠闲地靠在柜台上。

"你在等你今天的来信吗？"还是那柔和的声音。

她慌张地看了一眼窗边的男人，然后低声说——

"我儿子，德里克的，是的。这里的人都把德里克当笑话看，还笑话我。但我一直在等。他说他会回的，你懂吗？"

"他是这么说的。"

"哦，今天没有德里克的信，费布妈妈。"魁梧的店主说着，从嘴里拿出他那根粗短的烟斗。

她喘了口气。

"你仔细看过了吗，约瑟夫？"

他点了点头。她开始解一把打过补丁的棉布雨伞上的纽扣，她的嘴唇翕动着——人们有时在进入第二个童年时嘴唇会颤动。

"那我就回家吧。我邮寄日再来，星期三，约瑟夫。四天后，也就是星期三。"

"听着，老太太！"他断然放下烟斗，为了引起对方的注意，"你是在自杀，是的。整个冬天你都往这儿跑，到了春天，你怎么向德里克交代？信来了的时候，如果信能来的话，我已经说过，我会穿上我的衣服，跑着去送给你。看看这儿！"他一边说着一边在医生面前拉出她的薄印花布裙子，"她浑身湿透了。"

"你真好，约瑟夫，可是你不知道，"说着，她庄重地把外衣往后一拉，"当我儿子的亲笔信来的时候，我一定要在这里。我特意学认字，就是为了我能最先读一下。"她转向了玛丽。

"你儿子走了多久了？"德芙切特小姐问道，不顾约瑟夫的"嘘——嘘！"的警告。

"二十年了，到这个二月的时候，"窗边有一两个人急忙主动回答，"在这段时间里，她一个字也没收到过，她从来没有错过一个邮寄日，不过她还在等着呢。"一个人补充道，随着粗声笑了起来。

"别这样，萨姆·温纳斯，"乔厉声说，"如果德里克说他会回来，他就会回来的，就算再过个五十年。他会说话算话的。我了解德里克。我们俩过去在那边的海湾里一起挖出来过好多的蛤蜊。他不是那种闲荡的人，不像有的人那样，啃老人们的肉。他——"

"请你让我过去，我要走了。"老妇人说着，向挤在门口的人谦卑地行了个屈膝礼。

"真丢人，温纳斯，"她出去后，乔说，"你为什么就不能哄一下老太太呢？她是我认识的最胆小的女人。"他向德芙切特小姐解释说："这十多年来她像疯了一样，一直等着她那个可恨的儿子回来。"

玛丽跟着她走到了门廊上，她站在那里，撑着一把破旧的绿伞，尖尖的小脸焦急地转向远处的海面。

"坏了！坏了！"她看着玛丽咕哝道。

"暴风雨？是的。不过这种天气你不该出来。"玛丽戴着皮毛手套的手亲切地放在了她消瘦的胳膊上。

那妇人微微笑了笑，那是一种甜美而又愉快的微笑，尽管她那张老脸看起来瘦小而且面带饥色。

"嘿，看看这儿，姑娘，"她卷起袖子，露出胳膊上疙疙瘩瘩的肌腱和粗壮的肌肉，"你看，我很厉害。当我还是姑娘的时候，大洋县就没有一个船夫能划桨划得过我，我现在还是很厉害的。"说着她又把袖子撸了撸。

望着她的微笑，玛丽·德芙切特小姐暗想，她以前在哪儿见过呢？

"德里克身体结实吗？"她不经意地问了一下。

"你是个陌生人，也许你见过我的儿子？"老妇人猛地转向她，"不，这真蠢。"悲伤的茫然又回到她那失色的眼睛里。停了一会儿，老妇人说："你在问德里克？这孩子个子不高，但腿和胳膊却柔软灵活得像只小野猫。他出生时，我失去了很多力气。对一个女人来说，这是很美妙的。我把它传给了他。我很高兴！我感谢上帝，我把它传给了他！"她的声音低沉下去，越说越狂野，越说越快。"嘿！嘿！"

玛丽拉着她的手，有点害怕，往商店的门里看，希望丹尼斯医生能出来。

老妇人摇摇晃晃地走过去，坐在了立在一边的梯子的底端横档上。玛丽现在明白了，最初的温柔、慈爱，以及长久的希望一次次落空之苦，触动着这个可怜人的大脑。老妇人把那顶湿漉漉的黄色太阳帽从灰白的头发上推了下来，玛丽想，她从来没有见过像这个瘦小的身躯所表达出来的这么难以言表的痛苦和悲哀，这张苍老的脸固执地将头侧过去，望向沉默的大海。

"你不知道，你怎么会知道？"老妇人轻轻地说，但没有看她，"你从没有过儿子。等你以后有了孩子，你就知道了。你很有钱，还受过很好的教育。我就是个挖蛤人，除了我儿子我什么都不知道。他爸爸是个绅士，春天来的，秋天就走了，他再也没回来。有点疼，但我有德里克。哦，德里克！德里克！"她低声说着，来回摇晃着身体，仿佛抱着一个婴儿，柔声叫着那个粗俗的名字，声音里带着一种极度的渴望和温柔。

德芙切特小姐沉默了。这一切之中有些东西使她感到敬畏，她说不出是什么。

"我记得，"老妇人继续沉浸在自己的世界，"干完一天的活后，我就把他抱在怀里——就这样——他睡着的小脸就会转向我。当他不再是个婴儿的时候，我好像就开始失去他了。"她发出了一声苍老、疲惫的叹息："他和别的男孩一起走了。威尔斯和哈雷特把他带走了，他们都是在城里长大的，他很快就有了别的想法，说一些我从来没听过的事情。我为我的德里克感到骄傲，但我知道我还是会失去他。为了让他穿得跟别的孩子一样，我晚上把他的衣服洗干净、熨好——我总躲着他们，不让他觉得他妈给他丢脸。"

"他为你感到羞耻吗？"玛丽说，她的脸开始发热。

"你不认识我的孩子吧？"老太太站了起来，挺直了身子，"他的小身体充满了勇气和爱，不会觉得他妈妈丢脸的。我记得有一天我突然碰到他们，在桥上，他们站在那里，他和哈雷特家的两个小子。我挎着一篮子鲱鱼。哈雷特家的两个小子都涨红了脸，看着他，看他会怎么做。我听说，他们从来没听他提过他妈。路上的泥很厚，我停了一下不让自己摔倒。我转过头不看他，但接着我还没反应过来，我的儿子已经把我抱在他的怀里，把我抱过桥。你看，我不沉，但他满脸通红还带着笑。

"'过来了，亲爱的，'他说着把我放下来，风吹动着他棕色的头发。

"这时，哈雷特家的一个小子把我的篮子端了过来，他面朝我摸了下他的帽子，好像我是个贵妇人似的。那是我儿子最后一次搂着我，第二个星期他就走了。那天晚上，我听见他在阁楼上他的房间里，走到这儿，走到那儿，走到这儿，走到那儿，好像他睡不着觉，一连好几个晚上都这样，早上下楼来，眼睛又红又肿，但还是像往常一样说说笑笑。那些日子，德里克总是和哈雷特家的儿子在一起，他说他们的父亲查治·哈雷特要漂洋过海去外面闯闯。一天晚上，我给他准备好了茶点，在火边等着他，织着毛线——这时他进来了，站在壁炉架旁边，一动不动地低头看着我。他穿着周日穿的蓝色西装，吉姆·迪瓦恩斯送给他的。

"'孩子，你别的衣服呢？'我说。

"'它们不干净，'他说，'这周我给施普林格施肥了。他今天晚上付钱给我了。钱在厨房的碗橱里。'

"我抬头看了看，因为我从没让他干过那活儿。

"'这钱给你买双新鞋。'我说。

"'我干这活儿是为了你，妈妈，'他突然用手捂住眼睛说，'我希望你的生活不是这样的。'

"'是的，德里克。'

"我一直织着我的毛线衫。自从他上学以后，我就没有和他说过多少话，因为我为我说的粗话感到羞耻。但我不知道他是什么意思，因为那年冬天工资很高，我干得也不错。

"'如果，'他说，声音又低又快，'如果我做了什么让你痛苦的事，你要知道我是因为爱你才那样做的，不是为了我自己，上帝知道！为了让你的生活变得不同。'

"'是的，德里克。'我说，接着织着，因为我一点也不懂他在说什么。后来我才明白。房间里很黑，有一会儿一点儿声音也没有。然后这小子向门口走去。

"'你上哪儿去，德里克？'我说。

"他走了回来，靠在我的椅子上。

"'等我回来再告诉你，'他说，'你会等我吗？'他弯腰亲了我一下。

"我注意到了，因为过去他不喜欢亲我，德里克。他的嘴唇又热又干。

"'好吧，我等着，儿子。'我说，'你不会去太久吧？'

"他没有回答，但又亲了我一下，很快就走了出去。

"那天晚上我坐着等了很久，又到处找了他一宿。从那以后，多少个日日夜夜我出去找他，都没找到他。我后来听说那天晚上，哈雷特一家都走了，德里克跟着走了，去当侍应生，到海那边去闯了。现在已经二十年了。但我想他会回来的。"她笑着抬起头来。

德芙切特小姐吃了一惊，她是在哪里见过这个女人的？老妇人微微一笑，接着眼皮和嘴唇迅速地收紧，独特、敏感又悲伤的表情。在什么地方，也许是在一张照片里，她见过同样的表情。

丹尼斯医生故意等了一会儿后，才走出来站在门廊上。德芙切特小姐抬起头来。他们站在那里的时候，夜色更浓了。右侧的松林似乎离得更近了，看不出形状。风不时地刮来一阵阴冷的雨点，打在他们脸上，然后突然又安静了下来。在他们身后，店里刚刚点起了两三支蜡烛，向潮湿的雾中忽明忽暗地发出凄凉昏暗的刺眼的光圈。前面是一个雨夜里的模模糊糊的斜坡，她知道道路和盐沼就在那里。在更远处，紧邻天空的海水线清晰可见——一条巨大的黄色荧光带，显然高过他们的头顶。近处，虽然看不见，还是能感到夜潮涌了进来，因为它发出了有规律的、低沉的拍击声，震颤了大地。丹尼斯医生走下了门廊，在马周围摸索着，调整着马具。

"这可怜的畜生都湿透了。这是个沉闷的夜晚，你有没有听见空气里有多嘈杂？"

"那是大海在准备。"乔低声说，仿佛大海有知觉，听得见。他碰了碰老妇人的胳膊，示意她到屋里的一支蜡烛那儿。

"有一封信写给你的，但别吱声。本·范·诺特随手写的，我觉得。"

信上的字足够大，实际上是打印的，她立刻读了起来。

"你的德里克在纽约上了'首领'号。我从他手腕上的一个印记认出了他——吉姆·哈雷特刺伤过他，你记得的。他长大了，名字也改了。我离他很近，我们今天就起航，明晚就把他带到。上帝保佑。准备一下吧。"

她把信按原样折起来，一言不发地放进口袋里。乔好奇地注视着她。

"本说'首领'号什么时间开进来了吗？"

"今晚。"

"不可能！在这海岸方圆几英里内，没有一艘船——外面风太大了。"

她似乎没有听见他的话，只是在摸着她湿漉漉的衬裙和袖子。关键是，穿着这件打着补丁的、沾满泥巴的衣裙，她会让德里克丢脸的！她辛辛苦苦干了这么久，就是为了买一件黑绸长袍和白领巾，准备在他回来的时候穿！她把它们叠好放在了衣柜抽屉里。

"等他回来的时候！"

忽然，她第一次意识到自己在想什么。*今晚回来！*

这时，德芙切特小姐走向了她，她在黑暗的雨中坐在一个箱子上。

"你病了吗？"德芙切特小姐说着，伸出手去。

"哦，不，亲爱的！"她轻轻地把德芙切特小姐的手放在她自己手里，贴在胸口，无声地啜泣。"你的手软得像婴儿的脚丫。"过了一会儿她说。她幻想着那小家伙又爬进她的怀里，像往常一样用他的胖乎乎的脚丫和拳头捶打着她。当他那样做时，她的血液会沸腾起来，她是那么爱他。今晚她的心就像那时候一样的温暖和明亮。他要回来了，她的孩子，也许他又穷又病，疲惫不堪。但在几个小时以后他就会回到这里，他那疲惫的脑袋会倚在她胸前，又变成了她的孩子。

乔提着灯笼向医生走去。

"范·诺特今晚要把'首领'号泊进来。"他焦急地、探询地小声说。

"他不是白痴！"

"是啊，不过，他们驶近了，风会把他们吹到沙洲上的。看那边。"

"你也看见了吗，乔？"从汤姆斯河过来的罗圈腿菲尔说，他也还没睡。

"那条黄线再也没在天上出现过，自从那晚詹姆斯·弗雷泽——哎呀，它来了！"

他本来是弯下腰帮丹尼斯医生弄挽具的，但现在却向前倒了下去，用手捂着耳朵。可怕的黑暗笼罩着他们，空中响起了尖锐刺耳的噼啪声，然后是剧烈的震荡，似乎要把大地撕裂了。德芙切特小姐大声叫了起来，没有人回答她。过了一会儿，黑暗慢慢消散，露出了大海和陆地上老旧的黄色灯光和雾气。当龙卷风经过时，男人们站着一动不动，丹尼斯医生紧靠他的老母马，一只胳膊搂着它，好像要保护它，他严肃的脸上充满了敬畏。

"它往那儿去了，"乔冷静地说，他把手从兜里抽了出来，指着松林中的一片黑色地带，"泽西县最好的农场就在那里。我跟你们说过那里有死神，但没想到以这种方式出现。"

"暴风雨什么时候来？"玛丽问，哆嗦着。

乔嘲讽地笑了。

"你还没受够吗？"

"那样的阵风过后不会下雨了，"麦考利说，"我现在就想办法送你回家。最糟糕的已经发生了。要想抹去今晚带来的灾害得需要几年的时间。"

风被自己吓坏了，陷入了死一般的沉寂。这时，大海突然发出可怕的雷鸣，冲击着他们脚下的沙土。

"范·诺特是一个值得信赖的水手，像你说的一样！"玛丽说着，把毛皮衣的扣一直系到脖子，"他们回到了安全的港湾，我不怀疑。"

乔和丹尼斯医生站在母马旁边，意味深长地交换了一下眼色后，又望着大海的远处。

"最好把她送回家。"乔低声说。

丹尼斯医生点了点头，他们赶紧把马车赶到马车站台跟前。

狂风过后，老费布·特鲁尔一直站着一动不动。直到玛丽碰了碰她，让她和他们一起回家时，她才深深地吸了一口气。

"那阵风可真猛。我是一个老巴尼格特人。可我从来没见过这么厉害的风。但他要回来了。今天晚上我要等我的儿子，姑娘。我现在要去海滩等他，等德里克。"

从黄色遮阳帽下露出的那张苍老的脸上长着松弛的褶皱和胡桃夹子似的下颚，尽管看着表情古怪，此刻的微笑却露出一种善良和柔和，她微笑着向暴风雨中的海滩挥了挥手。

"什么声音？"丹尼斯医生跳了起来，把手放在耳后。他沙褐色的脸变得苍白。

"我什么也没听见。"玛丽说。

接着，她听到远处水面上传来一声闷响，仿佛黑夜的脉搏在狂热地跳动。

罗圈腿菲尔吃惊地走了过来。

"那是'首领'的枪声！范·诺特开过来了！"他大声喊着，咒骂着，蹒跚地跑走了，后面跟着其他人。

"他的弟弟本尼在船上呢，"乔说，"愿上帝可怜他们！"

他像猫一样爬到房梁上，扔下两三根系着锚的缆绳，扛在肩膀上，冷静地向海滩走去。他停下来看了看蹲在商店地板上的德芙切特小姐。

"你最好留下照顾她，大夫。我们能给他们提供的只有绳子。出了海，没有船能经得住这样的风暴。"

他穿过湿漉漉的雾气往下走，身上背负着重物，他的脚陷进了沼泽里。他看见雾中的红光向岸边汇聚。

"这是寻宝人划船过来准备明早干活啦。"

不一会儿，六七个壮汉站在他们旁边，赤裸着双腿和胸膛。他们脚下的海滩在黄色的光线下发出白光，呈现出一种极地海洋的景象。一两个孤零零的海岬阴森森地耸立着，上面覆盖着积雪。前面，大海派出长长的、庄严而单调的滚滚波浪，向他们的脚下汹涌袭来，像雷鸣一般回响——这是一首死亡之歌，为远处它所引发的混乱而唱。

"在那儿什么忙都帮不上的，"一个人冲着远处地狱似的白色泡沫里的一个黑斑点了下下颌，神情黯淡地说，"她在沙洲上待了这十来分钟，那个'首领'造得不怎么样。"

"就没有船从那个海湾驶出来过吗？"一个蓝眼睛的小个子急切地问。

"没有，斯奈普，"乔说着，放下锚，清了清嗓子，"唉，老本完蛋了，是吧？你从来都不累吗？你这个残忍的魔鬼。"他突然凶狠地转身看那懒洋洋地在他脚的周围爬来爬去的狡猾的泡沫。

很长一段时间没有人说话。

"罗圈腿以前在那儿试过，但他的平底驳船一动没动，浪花冲到上面，仿佛它是个蛤蜊。他离海岸不到五码远。他的本也在船上。"

纵帆船上又响了一声枪响，冲破了黑暗和风暴。

"上帝啊！我讨厌坐在岸上看着筏子上的人们像老鼠一样被淹死。"乔说着，擦去厚嘴唇上的海水沫，背对着船在沙滩上走来走去。

有些人坐下了，双手抱着膝盖，心情沉重地望着海面。

"我们能做什么，乔伊？"一个人说，"还有汉娜和孩子们，我们可以帮汉娜一把。但是本，在这儿说什么也没用啊。"

挖蛤人小个子斯奈普用那些烧毁了的旧船的残骸生了一堆火。

"现在给他们发警告已经太晚了。"他说，"但这会让他们知道，我们在最后时刻还在看着他们。人到临死前会喜欢朋友的。"

火照亮了海岸，在雾中射出了一道道滚烫的、发绿的火焰。

"他们是谁，乔？"当两个模糊的人影从沼泽地里走下来时，一个寻宝人低声问道。

"她的心上人在船上。"

男人们站起来走开了，留下德芙切特小姐和丹尼斯医生。她站在那儿两眼盯着沙洲上那个暗色晃动的影子，一句话不说，以至于他以为她不在乎发生了什么。两个人影从水湾绕到浅水处，拉着一条狭长的小船走了过来。

"嗨！"丹尼斯医生喊道，"你疯了吗？"

胖一些的那个人一拐一拐地走了上来。他是罗圈腿。他的声音被雾的寒冷给吞噬了，他擦掉了脸上的热汗。

"看在上帝的分上，难道你们谁也不能帮帮我吗？你们都坐在这儿看着他们淹死吗？本尼在上面，我的本。"

乔摇了摇头。

"我最好的朋友就在那儿，"老医生说，"可你有什么办法呢？你的船现在在海里会像纸片一样的，菲尔。"

"是这样的。"一两个寻宝人闷闷地点头，随声附和。

"诅咒你们，一群胆小鬼！"罗圈腿菲尔一边冲进浪涛，扶正他的小船，一边叫道，"看看谁在帮我，你们真丢脸！"

他的帮手用一只桨把小船划进汹涌的浪涛里，转过身时，借着那深远的火光，他们看清了是费布·特鲁尔，她脱得只剩下红色的羊毛衬衫和法兰绒衬裙，黄色的肌肉以及结实的手臂和胸部露在外面。她那苍老的尖尖脸绷得很紧，暗淡的蓝眼睛里燃着火焰。她没有听到这些寻宝人发出的恐惧的叫声。

"从汤姆斯河到巴尼格特，你比他们任何一个胆小鬼划得都有劲。"罗圈腿气喘吁吁地说，在海浪中奋力地划着。

她在和死神搏斗，但她那平静、温柔的微笑始终挂在脸上。

"我的上帝！真希望我能像年轻时划得那么有劲！"她咕哝道，"德里克，我来了！我来了，孩子！"

海水的盐雾淋湿了他们的小柴火堆，斯奈普坐在旁边哭着，最后火堆被扑灭了，只留下一堆黑色的灰烬。夜色更浓，也更冷，小船和纵帆船都早已消失在远处的黑暗中。他们走来走去，寒冷而绝望，他们看不见彼此的脸，只能看见他们脚下的那一小块白沙地。当他们大声叫喊时，再也没有枪声或叫喊回应他们。一切都是寂静的，除了海浪拍打着海岸的那可怕的拍击声，一下又一下，在数着时间，直到大海最终放弃它的亡者。

本·范·诺特并不是有意把"首领"开到近岸的，但是雾太浓，本是个好的水手，但不是好的领航员。大约在撞船前一小时，他自己去掌舵，另外两个人在甲板上干活，他们面容憔悴，神情焦虑，一声不吭。这些泽西海岸的人是不会在这样恶劣的天气里闲聊的。

菲尔布里克——鲍德勒医生的侍从，懒洋洋地靠在本身边，压得一盏油腻的灯笼有些扁。"城镇里长大的，"本说，"让人想起了刚做的、难闻的奶酪。"

"你最好睁大眼睛，范·诺特，"菲尔布里克说，"这片水脏，你们船上有两个重要的人物：一个是身体的修补者，另一个是灵魂的修补者。"

"和这两个比起来，我更在乎我自己的脑袋，"本咆哮着说，过了一会儿他又说，"他没骨气，我是说，和你的主人在一起的那个小家伙。"

"啊哈！"菲尔布里克傲慢地说，"我真想看看那个小家伙会怎么捣鼓你的尸体！他精致洁白的手指切下别人的腿和胳膊，轻松得就像是在画花。他还是一位不错的花卉画家，也会用黏土做模型。"

菲尔布里克瞪大眼睛，看着范·诺特突然发出一声粗哑的大笑。

"花卉画家，嗯？好了，好了，年轻人。你最好下去。这水比你想象的还要脏。"

鲍德勒医生和比肯谢德医生正在下面的小船舱里，借着煤油灯的昏暗光线看书。当船开始猛烈地颠簸时，岁数大一些的那位站了起来，烦躁地来回踱步，用手指捋着铁灰色的头发。他的同伴全神贯注地看报纸，没有注意他。这位著名的外科医生体型瘦小、优雅，黝黑的脸庞上刻着几道深深的皱纹。看着他你会觉得，尽管他有女性特有的敏感细致——这一点对所有人都是显而易见的，但他并不是个让人轻易接近的人，哪怕对方是他的亲兄弟，而且他从来不会为此感到歉意。他暂时停止了阅读，慢慢地把报纸折好，然后放下。

"这是政府犯的一个绝妙的错误，"比肯谢德带着一种非常享受的咯咯的笑声说道，"你还记得拉·罗什富科[①]的格言吗？'当一个

---

① 法国剧作家。

人想要欺骗别人的时候，他是最容易被欺骗的。'"

鲍德勒医生看上去很不自在。

"拉·罗什富科是个自私的法国哲学家！"鲍德勒脱口而出，"我读他的书时，觉得自己一生都沉浸在卑鄙和庸俗之中。"

"他了解人性，"另一个冷冷地说，一面把他们刚才下的一副棋子重新摆在了棋盘上，"法国人。"

"比肯谢德医生，"鲍德勒停顿了下说，"在这场民众的争斗中，你似乎对双方都不同情。你既不攻击也不拥护我们的政府。"

"说得直白点，就是我没有爱国情怀吗？嗯，说实话，我也不理解一个热切寻求真理的人能有多爱国。如果我的祖国拥有真理，她一直滋养着我，我对此心存感激。如果不是——哎，这里的空气并不因为我碰巧出生在这里而更清新，政府也并不因此更值得尊敬。"

"嘿，先生，"鲍德勒医生停住脚步，脸涨得通红，说道，"你可以把这样的论述用在一个男人对他妻子、孩子或母亲的情感上！"

"是可以啊。"比肯谢德仔细端详着"女王"的雕工。

鲍德勒医生探究地看了看他，然后又开始生气地默默地走了起来。争论又有什么用呢？难怪用那种方式说话的这个人会以他肢解活体时的冷酷和技巧而闻名于这个国家和欧洲。然而，鲍德勒医生怀着懊悔的心情偷偷地望着对方，比肯谢德毕竟不是一个冷酷无情的人，他开了那家贫民医院，鲍德勒知道他在给孩子们做手术的时候会烦心，会咒骂那些把孩子们送过来的人。

鲍德勒医生有点害怕侄女的这个未婚夫，觉得他们在智力上有巨大的鸿沟，这位年轻的外科医生在生活的某一领域有一种罕见的力量，而他自己对其却一无所知。此外，鲍德勒看不懂医生，甚至看不懂医生那张平凡无奇而敏锐的小脸。医生的眼睛从不透露它们自己的想法，也从来不回应你的想法。但是，医生的嘴上有时却流露出一种凄凉沮丧的神情，就像一个人尽管名声在外，却感到孤独和被人冷落。此刻医生漫不经心地拨弄着棋子，嘴上就挂着这样的神情。

"也许，玛丽到时候会把它吻掉的。"想到这儿的时候，鲍德勒仍在怀疑，玛丽是不是更靠近这个男人的头脑，而不是他的心。他停了下来，站在充当窗户的梯子旁边的洞口向外看。

"天一分钟比一分钟黑了。我有些开始后悔引诱你踏上这场愚蠢的旅程了，医生。"

"我没有。这个范·诺特看起来是一个谨慎的水手。"他毫不在意地说。

"是的。这片水域也是他最熟悉不过的。我们应该能在早上到达斯匡湾。你是这么说的吧？"

比肯谢德摇摇头，然而，鲍德勒注意到他挪动棋子的手突然停止了，而是用另一只手支着下巴。

"他在担心那些他还没看完的病例。"鲍德勒想，"他不像我这样喜欢徒劳的追求。玛丽的那些改革的奇思妙想和他那清静的情趣并不相投，这已经够糟糕的了，而我却不能——"

"如果我认为你不会在这片海岸和这里的人身上发现新奇的东西，"鲍德勒大声地说，"我就会后悔把你带到这儿来的。这个海岸并不'精明'，麦考利会这样说。它，确确实实，是来自大海的。很久以前，它曾经是海床的一部分，而且它从来没有屈服于陆地上的生活，它上面的植物与它周边区域的植物不一样。如果你在它的泥灰中挖下几英尺，你就会发现一层层属于深海的贝壳，鲨鱼的牙齿、骨头等。这里的人也有一种'奇异的鱼腥味和古老的味道'。"

坐在桌旁的矮个子突然站起身来，把棋子往桌上一推。

"有什么好奇怪的？"比肯谢德发出嘶哑的不自然的笑声。"那就是大自然。你不可能让海沙变成肥美的牧场，正如你不可能让挖蛤人变成纯正的绅士一样。鲨鱼的牙齿终究会露出来，想干什么就干什么吧。"他紧张地拉了拉胡子，走到窗前，粗暴地示意鲍德勒医生靠边，"让我看看黑夜想要干什么。"

老先生吃惊地瞪着眼睛。他到底说了些什么，让比肯谢德如此令人震惊，跟换了个人似的？刚一提起这个海滩，比肯谢德的脸就失了色，就连说话的声音也变了，又粗又哑，仿佛另一个人从他身体里冲了出来。那一刻，鲍德勒医生无力地站在那儿调弄着表链，看着同伴的后背，好像突然发现了一只家猫原来是一只豹，而且不知道他会什么时候跳过来一样。就在这时，龙卷风在离他们几英尺的地方袭击了海水，在无底的海水中为自己劈开了一条路。在一阵眩晕和强烈的黑暗中，老医生挣扎着从升降口扶梯旁边站了起来，身上瘀紫，恶心得厉害。

"最好还是躺着别动。"比肯谢德用安抚病人的那种温柔的声音说。

老先生挣扎着从地板上坐了起来。借着舱内昏暗的灯光，他看见外科医生坐在梯子的底端横档上，身子前倾，双手托着头。

"把火点起来，你能行吗，比肯谢德？发生了什么？呸！这太可怕啦！我吞了口海水！听听它拍打船舷的声音！船要碎掉了吗？"

比肯谢德抬起头来，带着令人好奇的微笑说："有一阵暴风雨迎着我们刮来，名叫友拉革罗①。"

"是吗？"他揉着肩膀，"长这么大，我从没接触过大海。我认为在将来——听！什么声音？"这时，穿过黑暗和雷鸣般的汹涌波涛，在甲板上人们短促的尖叫声中，传来一阵震颤的低低的噼啪声，清晰得像一个人的低语。"怎么回事，比肯谢德？"他不耐烦地

---

① 《使徒行传》（27：14—15）："不多几时，狂风从岛上扑下来；那风名叫友拉革罗。船被风抓住，抵不住风，我们就任风刮去。"

问，对方没有回答。

"帆船撞到沙洲上了。她快要破碎了。"

这句话使老先生从疯狂的恐惧中回过神来①。

"这意味着死亡！不是吗？"

"是的。"

两个人默默地站着——鲍德勒医生低着头，闭着眼睛。随即他抬起了头。

"我们现在到甲板上，去看看能做些什么事吧。"他试图振作二人的乐观勇气。

"不，那里的事已经太多了。"

门边的钩子上挂着一件旧锡制救生衣。比肯谢德爬上去把它取下来，不顾老人的抗议，把它系在老人身上。船上的木头发出吱吱嘎嘎的响声，像一只垂死的野兽一样痛苦地颤抖着，沉重地下沉，突然，船一侧的横梁断开了。他们所站的一层搁板，啪的一声从离他们两英尺远的地方裂开，头顶上是黄色的天空，海浪哗哗地拍打着他们的脚。

"哦，天哪！"鲍德勒望着外面的大海喊道。他不是一个勇敢的人，他看的时候发现什么也看不见，只有令人恐怖的黑暗，沉闷的雷声，寒冷的海水爬上他的腿，仿佛巨大的怪物在用那毫无生气的舌头舔食着受害者。在他们的正前方，地平线的边缘，他似乎看到挖蛤人的小火焰打开了一条直通黑夜的淡绿色的光的隧道，阴暗忧郁得像地狱里的场景。他们看到男人们围坐在火堆旁，双手抱着膝盖，那个女人孤单的身影在注视着。

"玛丽！"老人极度痛苦地尖叫道。

他的同伴全身一颤。

---

① 《提摩太前书》（1：18—19）：神吩咐提摩太，"打美好的仗，常存信心和无亏的良心；有人丢弃良心，就在真道上如同船破坏了一般。"

"孩子，把这个拿走！"鲍德勒医生叫道，试图把救生衣扯下来，"这是一个机会。我既没有妻子，也没有孩子关心我的生死。你还年轻，你的生活刚开始。我已经到头了。啊！这水冷得要命。我说，拿着吧。"

"不。"对方轻轻地拉住他。

"你会游泳吗？"

"在这片海？"比肯谢德似笑非笑，瞥了一眼翻腾的浪花。

"你会游泳吧？答应我你一定游！如果我到岸边，看到玛丽？"

比肯谢德又恢复了他一贯的少言寡语。他说："告诉她，我希望我能更好地爱她。她会明白的。在这最后的时刻，我看到了爱的作用。"

"还有别的人吗？"

"曾经有一个人。二十年前我说过我会回来，现在我回来了。"

"我听不见你。"

比肯谢德感到自己的想法可笑，不管它了。诱惑他的魔鬼也许会在他的笑声中发现一种比普通人的任何痛苦都要痛苦的呼号。

他们脚下的甲板一寸一寸地下沉。他们通往船的左舷的路被阻断了。一时间，他们听到了其他人的咒骂和叫喊，但现在一切都安静了下来。

"岸上没有人来帮忙，"老人的声音越来越弱，"甲板在下沉。"

"是的，它会沉下去。用你的裤子背带把你的胳膊绑在我身上，医生。我可以帮你一会儿。"

这样说着，比肯谢德脱下了自己的上衣和马甲背心，但当他转过身来的时候，涌过来的海浪冲过他们的头顶，他听到一声微弱的喘息声，当他把眼睛里的海水擦去的时候，他看到了老人的灰白头发随着波浪沉了下去。

"我真希望我能救他。"他说，然后手脚并用奋力游向了露出水面的一块大木头，坐在了木头上后，就像他小时候挖蛤蜊时望着别的孩子把东西捞上来的时候那样，双手紧紧抱住膝盖。

"二十年前我说过我会回来的，现在我回来啦。"他反反复复地说着。

德里克·特鲁尔，无论是小的时候还是长大以后，都不是懦夫，但他现在并不试图去救自己。黏稠的海水把他冲洗得像一块湿布似的。他现在孤身一人了，如果在过去的二十年里从来没这样孤独过的话。他的世界里那些美丽的、有教养的、优雅的言辞、景象和行为都已经不在了，它们已经完全消失了。这里没有上帝，他想。他很孤独，因此，一看见这背风海岸，多年前已死去的他生命中的旧爱又在心中升起，这些年来，天天无法摆脱的对自私的自责，啮蚀着他的男子气概和勇气。

她现在应该睡着了，老费布·特鲁尔——在砖砌的厨房旁边的房间里，她苍白的四肢蜷缩在格子睡衣下面，烟斗和小茶杯放在炉架上。他能闻到附近污水池潮湿、发霉的气味。如果他能上岸呢？如果他悄悄爬到她床边叫醒她呢？

"是德里克回来了，妈妈。"他会说。老太太会怎样地为她的儿子德里克号啕大哭啊！德里克！他讨厌这个名字。它属于那个羞耻、贫穷和肮脏的过去。

比肯谢德医生站了起来。嘁！老鱼婆早已忘记了她的不可救药的儿子了，以为他死了。*他已经死了*。他想知道——此时，每个冲来的海浪都拉近了他与死亡的距离，海水漫到他的嘴唇了——德芙切特小姐是否看到了"费布妈妈"。毫无疑问，她见到了，还把她的肖像画了下来留给他看。不，她不是一个长相别致的穷光蛋——她只是，粗俗。水越升越高了，极度寒冷，极端危险，或者，也许内心的折磨比前两者都剧烈，很快使他的身体失去了力量。勤奋的学习和舒适的生活使他的关节远远不如德里克·特鲁尔的柔软，他躺在那里有气无力，无法动弹，他的大脑依然警觉，但思绪无常。它令他无视眼前的死亡，却让他想起了他熟悉的日常生活：解剖室；曾使他迷惑不解的奇怪病例；会客厅，漂亮的女人；他唱着歌剧中的曲调，悲伤的、断断续续的小片段，用一种经过精心训练的深沉而浑厚的声音，唱着《圣母颂》的片段。比肯谢德对美的热爱有一种饥渴的偏执，他的脑子里满是对理想母亲和她儿子的图片的记忆。现在，它们一个接一个地浮现在他眼前，这类圣洁的女人多年来一直给世界以温柔和怜悯——那种教会从上帝那里夺来的温柔和怜悯。即使在神志不清的时候，这个天性挑剔的人也知道这就是他所渴望的东西，甚至现在，他还记得他所认识的那些母亲，她们都是出身高贵、精致的女人，她们用充满优雅和纯洁思想的眼睛望着自己的孩子。与梦想形成鲜明对比的是，那个光着脚在泥里挖蛤蜊的老女人，她肩上挎着一篮子脏衣服，她的儿子德里克，一个粗俗的孩子，模仿着文雅举止，跟在她后面。水越来越近，一条鲨鱼灰色的皮在离他几英尺远的地方闪闪发光。死神相信他的猎物即将到手，咬着他，逗弄着他。过了一会儿，他仰卧着，失去了知觉。

　　神智像电击一样回到了他身上，因为比肯谢德医生身体结构的所有部件，像女人的一样，都是直觉的、紧张的。短暂的神志不清过后，他的意识恢复了，也恢复了他的冷静、敏锐。他躺在一只双桅小帆船的湿地板上，头靠在一个人的腿上。这个人正在平稳有力地划着船，他能感觉到而不是看到黑暗中有个人影在掌舵。他得救了。他的心升腾起了一种突如其来的喜悦，一种亲切的、孩子般的对生活的热情，这是他天性中额外的东西。他想说话，但他的舌头僵硬，喉咙发干。他本可以抚摸一下触碰他脸颊的那人黏糊糊的袖子，他很高兴能活下来。可是这个划船人不喜欢触碰，他正用力地喘着粗气，与海浪搏斗，当海浪把他困住时，他阴沉着脸咒骂着。这位矮小的外科医生很知趣，知道应该保持沉默——他也不想说话。生活在他面前出现了一种辉煌的可能性，这是前所未有的。掌舵的那个沉默的身影，既没有说话，也没有动作。不久，一阵阴冷的晨风和不停息的刺骨的东北风混在一起，小船里的三个人，都是在海边长大的，知道这二者的差别。

"黑夜马上过去了。"罗圈腿说。

过了一两个小时，黎明破晓，阴森森的，灰蒙蒙的，寒风刺骨——从海面上射来的刺眼的光线斜斜地照在光秃秃的海岸上，海岬上移动着一些黑色的、不安的身影。

"寻宝人在那儿。"

没有人回答。

"右舷！嗬，费布妈妈！"

她摆动着双臂，头仍然垂在胸前。比肯谢德医生从他半闭的眼睛里，可以看到他身边的半裸的、干瘪的老人，穿着湿漉漉的法兰绒衣服。上帝！上帝做出了选择！是她救了他！她在这儿，活生生的！

"妈妈！"他叫道，想起身。

可是话在他干涩的喉咙里哽住了，他的身体僵硬而冰冷，无法动弹。

"你怎么啦？"那人看着她咆哮道，"你在这儿泄气？快靠岸了！我们在一起捕捞得可开心了，"他狂笑着说，"我们没捞到想要的鱼，却带回了这条鲱鱼。"

"你弟弟没事的，罗圈腿，"老妇人用微弱的、遥远的声音说道，"我的儿子会把他带到岸上的。"

船夫哽咽了一口气，听起来像是一声哭泣，但他笑着把它压了下去。

"你认为你的德里克会游上岸吗？嗯，我可是认为本不会的。本已经沉到海底了。能让有十多年经验的人翻船可不常见。我养他长大。是我让他跟着范·诺特跑船的。现在弄成这样可好啦！"他粗声粗气烦躁地说。

"你知道德里克说过他会回来的。"女人简短地说。

过了一会儿，她吃力地弯下腰，把手伸进比肯谢德医生的衬衫下面，摸了摸他的胸口。

"不过是身体上的一块擦伤。他身子是热乎的。也许，"她仔细看了看他那张脸，"他可能会在船上看到我的儿子，或许会知道他朝哪个方向走的。一滴烈酒就能让他醒过来。"

菲尔轻蔑地瞥了一眼外科医生那件细麻布衣服和那只白皙的小手上的独粒钻戒。

"那个家伙大概不认识甲板上的水手。他就是丹尼斯医生等着的那个人。"

"啊？"她茫然答道。

她的手放在他那颗微弱跳动的心脏上，摩擦着。他躺在那里，直视着她的眼睛。那双眼睛因为一生的爱和等待而变得迟钝，失去了认出他来的直觉。那双善良、单纯的蓝眼睛看着婴儿时的他的四肢在她的臂弯里长大长壮！头发变得多么灰白啊！还是那张他夜里匆匆回家看到的可爱的老脸！除了这个女人以外，没有人爱过他——从来没有。如果他能挣扎起来，把头靠在她的胸前该多好！当他还是个大孩子的时候，他常常躺在那儿，一夜又一夜地听着同样的老故事——那些同样的老故事！今天晚上，一种朴实、温暖和真实的东西在他心中苏醒了，它已经死了好多好多年了。这与美学或品味无关，这是真实的，*真实的*。他猜想那些有家的人有的就是这种感觉，或者那些爱上帝的简单的普通人有的就是这种感觉。

他们用力、缓慢地划，一寸一寸地，终于快到岸上了。玛丽·德芙切特在那儿。如果他作为挖蛤人的私生子去找她，那他维持了半辈子的谎言，又该怎么办？他辛苦打拼是为了自己赢得在社会上的地位，为了过上安逸和有教养的生活，最主要是为了进入与他志趣相投的有教养的人的圈子。他们会对德里克·特鲁尔和他的母亲怎么说呢？他的眼睛一直盯着她。内心在计算着代价。他得放弃妻子、地位和名誉——他所挣得的一切。这些都来之不易。所有的一切，比肯谢德医生的习惯和智慧，以及一个敏感的人的千万个神经质的怪念头，都在反对他放弃他所赢得的一切。没有什么能战胜这些理由，但是——什么？

"你受伤了吗，费布妈妈？你怎么不敢喘气？"

带着虚弱的微笑，她回避了他的问题。

"我们要赢了，罗圈腿。再过几分钟我们就要上岸了。他会在那儿的，如果——如果他能回来的话。"

"是的，老太太。"菲尔脸上带着怜悯的表情说。

风停了，它屏住了呼吸，仿佛和她在一起等待着。男人拼命地逆流划着，他那粗壮的脖子上青筋直竖。光秃秃的海岸上，模糊的人影聚在一起，急切地望着。老费布身子前倾，用手遮着眼睛，屏住呼吸，从一个雾蒙蒙的海岬望到另一个海岬。从陆地传来一阵微弱的欢呼声。

"罗圈腿，你认识这些声音吗？"她哑着嗓子地低声问。

"是寻宝人。"

"哦！"她停了一会儿说，"一定是太虚弱了，不能呼喊。他一定是游得累坏了。你仔细听听。他们有没有喊我的名字？好像有什么人等我似的？"

"没有，妈妈，"他粗声粗气地说，"但是都等了二十年，你不要就灰心了。"

"不会的。"

他一边划着船，一边目不转睛地看着她。

"我以前一直不知道这对你意味着什么，直到现在我失去了本，"他温柔地说，"就好像这二十年来，你每天都在失去他。"

她没有听见他的话，她的眼睛，竭尽全力地，扫视着海岸。他们越来越近，她似乎渐渐失明了，用她的湿袖子一遍又一遍地擦眼睛。

"你来帮我找找吧，罗圈腿。"她有气无力地说。

小船在沙洲的浅水上发出刺耳的摩擦声，人群冲到岸边，黑色的人影清晰可见。六七个寻宝人冲进海浪，把小船拖上了海滩。她把头转向大海，两只手抓住了罗圈腿的胳膊。

"岸上有没有陌生的面孔？你不认识的人。一张小脸，爱说笑，能被风吹动的棕色卷发。"

"我眼里进了海水，看不清楚，费布妈妈。"

外科医生看见了鲍德勒医生在等着，面色苍白，憔悴不堪，两只胖乎乎的小胳膊向前伸着，大海不知何故留了他一命。当那些人把他抬出来时，另一张熟悉的脸正俯视着他：那是玛丽。她和他们一起冲进海浪中，把外科医生的头抱在怀里。

"我爱你！我爱你！"她抽泣着，吻着他的手。

"澡堂旁边生了火，还有热咖啡，"老医生丹尼斯说着，亲切而又精明地瞥了这位著名的外科医生一眼，"德芙切特小姐和斯奈普给你准备的。"

比肯谢德一直握着她的手，转过身去，望着那个孤独地站在那里发抖的身影，她两手紧紧按压着太阳穴，灰色的头发和衣服不停地滴水。

"罗圈腿，你别告诉我他在这儿，"她说，"可能在澡堂里有寻宝人发现的什么东西。也许吧——在澡堂里。最终——已经二十年了——"

比肯谢德医生低头看着紧贴着他的那张红扑扑的美丽的脸，然后慢慢地把她推开。他走向了老太婆站的地方，在她旁边的沙地上跪了下来，把她拉到自己身边。

"妈妈，"他说，"是德里克，妈妈。你不认识你的儿子了吗？"

说着这些话，小男孩的灵魂似乎又回到了他身上——他变回了德里克·特鲁尔，那个怀着一颗火热的、愤愤不平的心去为家里的老母亲挣得钱财和地位的德里克·特鲁尔。他把头埋在她的膝头，她默默地俯下身，她的手快速地、轻轻地抚摸着他的脸。

"上帝饶恕我吧！"他叫道，"妈妈，就像以前那样，把我的头抱在你的怀里吧。没有人像你这样爱我。妈妈！妈妈！"

费布·特鲁尔一句话也没说。她把儿子的头揽入她那颤抖的老胳膊里，一动不动地抱着。这是她以前爱抚他的方式。

丹尼斯医生把那些急切、好奇的人引开。

"我不明白。"鲍德勒医生激动地说。

"我明白。"他侄女说，她坐在沙滩上，凝望着大海。

罗圈腿菲尔把锚定到海滩上，又懒洋洋地把它拖了出来。

"我有个东西给你，菲尔，"乔严肃地说，"水把它冲上来的。"

罗圈腿接过它，牙齿直打战。

"嗯，你知道这是什么吗？"菲尔狠狠地说，"是一顶苏格兰小帽。"他把它举在他的拳头上，"我星期六在蒙莫斯港给他买的。我原打算这周带他回康涅狄格州的老家的。这回我可以拿着它回去，告诉他们我们的本尼是什么样的。"

"是的。"乔说着，目光越过菲尔的肩膀，眼睛眨了眨。

一只小胖手拍了拍他的肩膀，他耳边传来了低低的一声："喂，罗圈腿！"菲尔转过身来，从头到脚打量着那个男孩，重重地吸了一两口气。

"嗨！是你小子，是你！"他说着，猛然又走回到他的船锚，把头埋在胸前有好长一段时间。

比肯谢德把沙子堆在母亲背后，好让她在等马车的时候有个座儿。现在他坐在她的裙子上，握着她的手给她暖手。他几乎忘记了玛丽和医生。天性或本能——随你怎么称呼它——一种叫作爱的微妙的血缘联系，使他与这个挖蛤蜊的老家伙比世界上的任何人都更亲近。他紧紧地握着那瘦骨嶙峋的手指，寻找着她以前戴过的一枚旧戒指，试图说玩笑话让她嘴角露出一丝微笑，他靠近她想闻到她的气息。他还记得它过去是那么奇特的甜，就像新鲜的牛奶。

黎明时分，天空清澈深蓝，太阳仍在波涛汹涌的海面下等待着。虽然他们在那儿坐了很久，她却出奇的安静。过去她坐着而他起身时她就害怕，现在她似乎不害怕了——她握着他的手，容光焕发，脸上露出心满意足的神情，嘴里只是小声念叨："我的孩子！我的孩子！"她的眼睛带着无尽的饥渴注视着他脸上的每一个神情，然而她的动作和声音里的犹豫和沉默是不自然的。他问了她一两次她是不是病了。

"等一等，我一会儿告诉你，德里克，你得记住，我已经不像以前那么年轻了。"她笑着说，"你得说快些，我的儿子。我很想听你讲讲你的大房子，如果你愿意的话。"

他告诉她——就像他想让一个孩子高兴一样——他已经获得了的地位、名声和财富，但这并没有取得他预想的效果。他还没讲完，她的眼神就变得模糊而遥远了。这个可怜的挖蛤人的灵魂里的一些想法使这些事显得微不足道。她打断了他的话。

"有一个姑娘爱着我的儿子。我想先跟她说句话，在我还——叫她，德里克。"

他站起身，向德芙切特小姐招手。当她走近时，看到了老妇人的脸，她紧走了几步，急忙弯下身子，把老妇人的头抱在怀里。

"德里克回到你身边来了，"她说，"你愿意让他带着我一起叫你妈妈吗？"

"玛丽？"

玛丽没有看他。老费布带着探寻的目光把她推开了一些。

"你给我儿子的是真爱吗？"

"我尽力。"她用更低的声音说，"我从来没有像他回到你身边时那样爱他。"

老妇人沉默了很久。

"你是对的。德里克回到我身边对他来说很好。我不知道你和德里克去过的那个大世界是什么样子。我常想，大海不停地哭喊，是在谈论它。但家的真爱抵得上一切，我一直都知道这一点，我给我儿子留着的，他远离了它，但它把他带回来了，从海里把他给带回来了。"

他知道这不是他母亲平时说话的方式。一些伟大的真理似乎离这个老渔妇越来越近，使她永远摆脱了卑微的自我。老妇人靠在旁边的姑娘的身上，知道她尽管有高贵的血缘和良好的教育，但她是一个和自己一样真实的女人。那双眼睛的神秘意味加深了。淡淡的、忧伤的微笑浮现在她的脸上，然后就凝固在那里了。她很高兴他回来了，仅此而已。玛丽是个女人，她的洞察力更强。

"你哪儿受伤了？"玛丽轻声问。

"嘘！别让这孩子烦心。是昨晚划船划的，我想。我不像做姑娘时那么强壮了。"

他们坐在那里，看着黎明破晓。在海上，天空伸展到寂静和光明的深处。浪涛滚滚而来，形成又长又低又大的浪花，就像奔赴战场的骑士，当它们触到岸边时，把闪闪发光的白色浪花甩回水面。但是风停了下来，似乎陆地上有一种比大海的狂暴或云雾的宁静更庄严的东西在等待着它。

"德里克，你还记得吗，"他母亲低声笑着说，"你以前怎么玩我耳朵前的卷发的？当你还在我怀里的时候，你就开始玩。从那以后我一直留着它。现在成灰色的了。"

"是的，妈妈。"

现在他缓缓地贴她更近。在刚才的半小时里，他的眼睛变得更清澈了。他不敢把目光从她身上移开。乔和罗圈腿已经走近了，还有鲍德勒医生。他们脱帽无言地站着。鲍德勒医生为她摸脉，但她儿子没有动。他自己的手又冷又湿，一种莫名的恐惧使他的心难受。他，现在是不是太晚了？

"是的，我留着了。我替你留着的，德里克。我一直知道你会回来的。"她的声音变得更低，"还有那条裙子。我想让你看到我穿着它，但——"

"握住她的手。"玛丽小声说。

"是你吗，我的儿子？"她微笑着，过了好一会儿，又说，"我保留着它，我保留着对你的真爱，德里克。我想上帝是为了这个才把你带回来的。毕竟这是最好的。他为了这才带你来见我的，我的孩子，我的孩子！"

她用微弱的声音断断续续说完这些话后，就没有了动静，此时，早晨的太阳射出清新、平静的光辉，照耀着海滩上一动不动的身影。其余的人都悄悄走了，把他们三人单独留在上帝和他伟大的天使身边。在上帝和天使的面前，没有生命，只有爱，没有未来，只有永恒的爱。

市　场

（1868）

张　慧　译

　　我有个故事想讲给年轻的女孩子们听——尤其是那些生活介于贫穷和富裕之间的、境遇悲惨的女孩，她们往往想要过上富裕生活却挣扎在贫困线上。我希望，她们可以读到它，因为这个故事是为她们而写的。我觉得对于她们的语言我记得足够多，她们能够听懂。但对其他人来说，这个故事毫无意义，也许甚至比毫无意义更糟。我向这些女孩子致以男子汉的敬意，赋予她们以孩子和女人的全部美丽。

　　每周在费城一个安静的大厅里都会举行音乐会，我经常去那儿，与其说是为了听音乐不如说是喜欢坐在那儿，在那颜色轻柔的房间里和冬日下午的灰色灯光中，身边还围有无数的年轻、美丽的姑娘。那里使我想起和平会所，它的大窗户朝东敞开着，空气中弥漫着清纯和天真无邪的味道。她们浮夸的衣着，所开的傻傻的小玩笑，发出的轻松笑声，看到普罗透斯^①式的英雄而不时发出的"是

---

① 希腊神话中一个能改变形体的神。

他""是他"的低语，看到经过外面成群的年轻男子时脸上现出羞涩、拘谨的红晕，这些都破坏不了她们的魅力。天性总是纯洁美好的。

但是，我听说他们所有人都用过一个词语来谈论她们，我还听说她们自己也用这个词语，而这个词语并不纯净。因为我尊敬她们，所以我选择这个词语作为这个故事的标题，希望它对她们和对我都有同样的意义。

第一章

"将——军！你再也没有机会报仇啦，波特小姐。我明天就要到西部去了。"伯梅先生把便宜的棋子一个接一个地扔进了它们的盒子里。

"十一月去巴黎？"紧接着波特小姐道，"我们的游戏结束了。"

伯梅先生把一枚"卒"按进合适的位置，偷偷地瞥了一眼克拉拉·波特高大轻盈的身影，这时的她正懒洋洋地走开，在钢琴旁边停了下来。除非有什么话要说，否则她是从来不碰它的。因此，当她站在那里，纤细而紧张的手指搭在琴键上的时候，他的手悬着，眼睛半闭着，带着一种好奇的急切心情。旁人可能会猜想这是他们人生中的重大考验，而他正等着她来揭晓答案。不过，她只敲了一下一个音符，又敲了一下，随着音符在房间里的振动，她机械地走到窗边。

约翰·伯梅一时有些困惑，然后他笑了，揉着他剃得光光的下巴，说道："一个人可以用那样一种绝望、困惑的呼号来质疑命运。"

"失败者才会质疑命运，这盘棋我输了，你知道的。"她孩子气的嘴唇上挂着淡漠的微笑，这使得伯梅先生比刚才更迷惑不解。

表面上，她正在小心翼翼地从一株倒挂金钟上掐下那些枯叶，而她的内心正在想象、审视着她的未来。这个高大魁梧的男人懒洋洋地斜倚在沙发上，穿一身灰色套装，手指上戴着一块火红的宝石，半闭着的、克制着的灰色眼睛在悄悄地转动。他令她窥见了一个崭新的、未知的思想和情感世界。她从未离开过他发现她的这个制造业小镇。他漫不经心提及的艺术、音乐、文学，甚至政治阴谋，她都是一无所知的——它们不正是从她理应属于的世界所发出来的一丝微光吗？每天当他跟她聊天时，她的血液就会燃烧，她的大脑就会跳动。对他来说，走进图书馆，或者到绵延起伏的西部大草原、到英国或到西班牙去旅行，都是不需费心的、司空见惯的事；但对她来说，这不亚于灵魂摆脱痉挛的躯壳得到自由而带来的一种变化。

人们相信一个古老的说法：通过猎户座星座，人们可以得到一些暗示，这些暗示来自我们所知天空之外的、无法到达的领域——天文学既没有命名也没有制定规则的区域。我们所有人的一生中都会有那样一个时刻，可以瞥见那个我们之前没有接触过的、但是却也并不陌生的世界。

如果约翰·伯梅愿意娶她为妻呢？如果哪怕她有两年的机会接触他所接受的教育，再被允许投身到他的工作中去，她就能与他并驾齐驱了！想到这，她原本就大的眼睛睁得更大了，她那栗色的椭圆形下颏的两颌坚毅得像把老虎钳。如果她嫁给约翰·伯梅，他们之间可能不会有激情或爱慕的悸动，但一定会有强烈的、相互的智力赏识，以及一种为保持步调一致而引起的强烈的紧迫感。二个人的能力都能得以充分施展。男人和女人通常是凭着比这更脆弱的纽带开始他们的婚姻长跑的。

她把枯叶收集在手里，让它们从敞开的窗户上飘落，看着风把它们卷走。一道强烈的光线照在她那精致的头颅、透明的太阳穴和清澈的蓝眼睛上。伯梅先生缓缓地转动着手中的"骑士"。这样一个娇艳的小美人鱼怎么会生在这样的环境里呢？这就像在贫民区里找到了一幅色彩靓丽的图画。

如果他把她从这贫民窟里救出去呢？他一动不动，神情严肃。

"你从西部回来时还会来这儿吗？"

"我不知道。"

她折下了一根坠着紫色、鲜红色和亮白色小花的枝条。门开了，她父亲探了探头——一个矮胖的、脸色苍白的、过度劳累的男人，浑身散发着洋葱和浓烈烟草的臭味。

"嗨，克儿。"说着他就走开了。她的哥哥梅森·波特走过开着的门，会意地眨眨眼，把拇指插进他那俗气的马甲。姑娘的脸色变得更苍白了，她把紫红色的花朵挂在胸前。

没办法让她脱离她的周遭事物。伯梅忍住了一声叹息。

"我不回来了。我要赶到巴黎去参加会所的开幕式。"

"不错，我忘了。"

他伸出手，半带善意、半带狡黠地低头看着她："这么说，船一开就分开了，嗯？我可能好几年都不会回到这个国家。"

她笑了笑："海运提单上写的是什么？'愿上帝给这些优秀船只一个安全的港湾'。"

"我错了，"伯梅想，"她一点儿也不在意我。"他走上街去，借雪茄的烟雾掩饰着自己沮丧、挫败的表情。

另一个女孩走进克拉拉站着的客厅。这间房间呈正方形，颜色俗丽，铺着一张打着补丁的、色彩耀眼的地毯（据说这颜色"耐用"），墙纸是暗黄和暗紫色组成的。一扇半开的门后露出脏兮兮的餐厅，这是一家人围坐在一张方桌旁，在过期牛肉和卷心菜发出的陈腐气味中狼吞虎咽吃晚饭的地方。

"他走了，克拉拉？"说话者声音平和，不引人注目。

"是的。"

"我很难过。"她握着克拉拉冰凉的手指。

"我在意的不是那个人，是逃离的机会。"

听到这话，另一个姑娘那双柔和的灰色眼睛发白了，但她没说什么。

"他们在吃晚饭吗？我还不如马上面对他们呢。"克儿颤抖着长吁了一口气，从妹妹身边走过，走进了餐厅。当她进来时，出现了一阵期待的骚动，他们都知道伯梅那天要走。他会不会跟克儿提他俩的事？杰西、乔和罗伊咯咯地笑着，用胳膊肘互相碰了碰。但是对姐姐们来说，说笑的日子已经过去了。除了跟在她后面的玛格丽特，家里还有两个大姑娘，她们下颏松弛的脸蛋泄露了她们不再年轻的秘密。克拉拉走进来的时候，感觉到了他们急切而热烈的目光，但是她不敢直视她的母亲。在这个穿白袍、长相清秀的姑娘和那个瘦削、疲惫的、红皮肤的女人之间，有一种奇特的感应。那个女人穿着一件油腻腻的长袍，操持着晚餐。姑娘知道，当他们得知她"错过了机会"时，那双和她自己的眼睛长得一模一样的、饥饿的蓝眼睛，就会变得多么的畏缩和呆滞。她一声不响地坐着，直到饭快吃完。她父亲抬头看了她一眼。

"伯梅是来向你告别的，克拉拉？"

"是的，父亲"

"他还会回到勒诺克斯来吗？"

"不，我想不会。"

他突然把椅子往后一推，拿起帽子走了出去。她听见他关上门时发出一声压抑的叹息。波特一家本不是粗俗的家庭。没有人嘲笑克拉拉"没把牌打好"，而是一阵尴尬的、严肃的沉默。吃完饭以后，简和小杰西把油腻的盘子迅速搬到厨房，一边用热气腾腾的水哗啦啦地冲洗盘子，一边大声地说着话。另一个年纪大一些、穿着破旧的姐姐，抱着满满一篮子袜子坐在没有打扫的房间里织补。克拉拉半欠起身来，目光从厨房、篮子转向那块弄脏的、打过补丁的桌布，还有两三张俯身在桌布上的焦虑的面孔，她对自己的生活产生了一种新的、痛苦的厌恶，这种生活贫穷而无聊。她看见母亲此刻从口袋里抽出两三张单子，害怕地瞥了梅森一眼，便停下来把手放在椅子上。只要波特太太可能遭受痛苦，克拉拉就一定会到母亲身边保护她。姑娘们害怕梅森的怒气。他们的父亲每次感到不满时，只向他的妻子显露出来。不过，梅森不到一年就成了一家公司的合伙人，他年轻气盛的自吹自擂却使他的妹妹们感到她多多少少靠他养活。这令她们难以忍受。

"那是什么，妈妈？"他厉声问。"星期一你把每月账单都给我了，还有没付的？"他低声道。

"是的，我的儿子，"她拿着账单的手紧张地颤抖着，"可是这是买鞋的——给杰西和简，还有克拉拉的冬衣。我很抱歉，梅森。"

"我也是，"他愤怒地笑了笑，随即皱了一下眉头，"妈妈，这件事变得太严重了。如果我的妹妹们不可怜父亲，你应该可怜他一些。说实话，这个星期一连几天商店里一块钱也不会有。如今生意紧张，什么事都得经过董事会，家里开销还不断。这老头儿四十年来一直一刻不停地拼命干！如果有任何改变的机会——任何机会！"

"你的意思是，"克拉拉嘴唇发白，说道，"如果我们中的一些人出嫁？"

"好啦，克拉拉，没必要发脾气——脾气也不能付账。上帝知道，我尽了我所能，父亲也是，让你们这些姑娘无所事事，生活富足。你应该像其他女人那样，把自己嫁出去，这是很自然的。如果你不这样做，你就应该心存感激，而不是指责别人。"

他转身走出去，砰的一声关上门。留在门后的可怜人陷入了死一般的寂静。

简低低地哭泣。"梅森小时候生病的时候，我照顾他，为了他我都舍不得花我的那点儿饭钱。"另一个嘟囔着："爸爸从没抱怨过。"

母亲的心向着儿子。"你们对梅森很不公平，他工作那么辛苦，但他从不给自己买那些他这个年龄的孩子应该拥有的奢侈品。你们知道他爱你们，并以你们所有人为傲。但他看到这样一个大家庭的负担正在压垮你们的父亲，我也看到了，我早就看到了！"她用双手掩住她毫无血色的脸。

"妈妈！"克拉拉喊道。玛格丽特轻轻拽了一下她的胳膊，但没起作用。"妈妈，我们有话要说，我们愿意成为负担吗？天知道这样的日子是多么空虚和难以忍受。除了洗盘子和补袜子，我们就没有别的活可干了吗？你说我吃的面包是拿我父亲的命去挣来的。知道了这一点，我和我的姐妹们吃起面包来能心安吗？但我们能怎么办呢？我们怎样才能不用别人养？而乔昨天还是个小孩，现在就可以自食其力了。"

"乔是男孩子，他生来就是去抗击世界的。"

"在这世界上没有什么比贫穷更值得抗击的了。我们家里就这么穷，乔不像我们，没人绑住他的手脚。"像惯常那样，克拉拉变得歇斯底里起来。

她母亲站起身来，安慰道："克拉拉，我的孩子，你或你的姐妹们要用手做什么呢？为什么不把手'绑起来'呢？我的女儿当然不会被迫去做体力活，不会让你们失去你父亲屋檐的庇护。如果你结婚——你现在那么有魅力，你父亲希望你能嫁得好——如果你嫁给了伯梅先生，这对你是一个归宿，对你的姐妹们也是一种机会。目前的情况是——"她双手绝望地向下一挥："我看不到任何希望。勒诺克斯只有一两个年轻人，而市场上的姑娘却那么多。"

克拉拉走到母亲面前，把手放在她的肩上，注视着她的眼睛。

我刚才说过，这两个女人有一种奇特的相似之处，虽然一个是憔悴而疲惫的蓝眼睛女人，另一个是娇弱又年轻的姑娘。"妈妈，"她说，"这就是婚姻的意义吗？这就是它对你的全部意义吗？"

女人面色苍白，迟疑了一下，但是她已经在艰辛的生活这所学校接受了四十年的教育。"不，克拉拉，我爱你们的父亲。但是，时代不同了，以前挣钱容易得多——当时生活的费用只有现在的一半。你知道，还是看看现实的好。现在，西部已经把东部各州的青年男子都吸引过去了，女孩们也就没有了当时那样多的选择。只要有可能结婚她们就必须尽可能地结婚。"

"不然就得饿死！"

"你父亲教会了我这个生活的哲学。"

"我们自己学习。"

她上楼进了自己的房间，玛格丽特跟在她后面。那天晚上两个姑娘要去参加一个小型游园会。在她们所住的镇上，克拉拉被称作"出色的女人"。她本该在更广阔的领域赢得这个称号，但是在勒诺克斯，这也许妨碍了她的婚姻。周围那些普通的磨坊主或农场主都不理解她的喜怒无常，她那迅捷的反驳中似乎永远包含着只有她自己才明白的含义。他们都怕她。今晚她精心打扮自己。"我在被展览——在市场上！"她苦涩地对玛格丽特说。

波特家的姐妹们都长得很漂亮。但那是一种不健康的美：苍白的皮肤，兴奋的红晕，神经质的眼光。她们继承了强壮的体格，但是一个姑娘的消化不好，另一个姑娘的肝脏不好，所有姐妹的神经都不太强壮。如果她们是机器，一些专家就会说，生锈和腐烂是由于缺乏使用造成的。但她们是女人，就像其他美国女人一样。除了克拉拉之外，她们谁也没有什么明显的天赋，甚至对书籍或音乐也没有什么爱好。她们阅读能够借得到的半宗教小说；她们在家里干活；翻新、再翻新她们的旧衣服；偶尔出去拜访亲友。她们未被使用的脑力和精力，都将在没完没了的头痛和歇斯底里之中消磨光（它们终究会消磨光的）。

"要是她们都嫁个好人家就好了！"她们的母亲痛心地哭道。婚姻是她为她们找到的唯一一扇开着的门。她忘记了进入这扇门并没有给她自己带来舒适或清闲。

玛格丽特是个例外，她也许是她们之中最其貌不扬但却最有吸引力的一个。她很年轻，而且非常健康。她那鲜活、洁净的皮肤和眼睛都流露出一种纯净的好奇神情。你会觉得她的心是既轻松又诚实的。她是个四肢圆润的小个子姑娘，喜欢穿清爽的白细布衣服，当然，那也是她日常仅有的衣服。冬天她喜欢在池塘上溜冰，夏天喜欢在园子里挖地——姐姐们叫她假小子。但是她的母亲知道，生病时谁也没有玛格丽特那么安静、那么温柔。她现在安静而温柔地看着克拉拉，克拉拉转身离开，脸上表情严肃，仿佛患了致命的疾病似的。

第二章

如果那天晚上玛格丽特的母亲或姐姐们看到了她，她们就会发现她身上有她们所不熟悉的新的一面，这一面是无法以她们的尺度来衡量的。她正和乔治·戈达德在福特夫人的老式花园里散步。当然，这没什么不寻常的。他们曾经肩并肩坐在寡妇特林利特的学校里，曾经一起在拼写课上"被抓"，在以前的那些冬天里一起玩雪球，在后来的那些冬天里一起溜冰。他们漫无目的地走着，就像小时候一样。看到醋栗灌木，他们站住了，玛格丽特摘了一把果子。果子的汁水像酒一样沾染了她白皙的手，戈达德把她的手捧在手心里，满脸通红，呼吸急促地看着它。很明显，今天的玛格丽特对他来说，已不再是他的玩伴，同样，使他们陷入孤独梦境的月光也不再是他儿时睡着的小床边上的普通昏暗的月光。他把她拉到一棵核桃树下的一张椅子上坐下，屋里的灯光和音乐声隐约传来。他们静静地坐着，或者隔很长时间才说几句话。但旧日梦想依然在言语或沉默中继续着——这个梦给女孩的眼睛带来了新的光芒，给男孩的每一个希望或野心带来了新的力量。

"这全是浪费时间，乔治，"玛格丽特终于提高了嗓门说，"是时候放弃了。"从她的声音可以听出，她花了好大的劲才说出这些话。他们对待他们的爱情就像他们以前玩游戏时那样简单、不落俗套。

"玛格丽特，你总是这么跟我说。"

"但我们不再是小男孩和小女孩了，乔治。现在我们该正视现实了。"

"我认为我已经这么做了，"乔治·戈达德说着站了起来，脸上的表情很快变得认真而严肃，"从我在办公室打杂的那一天起，到我掌握了我的职业技能，我的工作一直在稳步提升。那是一段艰难的日子——比你想象的还要艰难。我认为激励我不断努力进步的并不是雄心壮志。"

她沉默着。"你一年又一年地推掉我们结婚的机会，"停了一会儿，他接着说，"现在再推，我们就永远没有机会了。你不知道你的推迟让我们俩失去了什么，玛格丽特。"他慢慢地把手放在湿漉漉的前额上。

她仍然沉默不语。她失去的"机会"与克拉拉的不同，而且她付出的代价也更多。"我想我是知道的。"她终于说。过了一会儿，她又用更坚定的语气说："我不会把你不该担的重担压在你身上，乔治。如果你没有羁绊，我就不会害怕——我们可以为自己建立一个家，但是——"

他的脸色变得阴沉起来。"我知道——我的母亲和丽齐。但我可以更努力地工作，来保证自己的舒适生活。"

对任何一个年轻的姑娘来说，要固执地把爱情和浪漫推开，并不停地提到钱的问题，都是不容易做到的。但这个坚决的小女孩是一个痴心爱人，她做到了。"乔治，你首先要对她们负责。你不可能比现在干得更卖力了，你的工资在几年内都不会增加，而且你知道，这些钱仅仅够养活她们。我不会让你在刚刚起步时就负债和贫穷。我们必须放弃。"

"你呢，玛格丽特？"他突然转身握紧她的双手，"你的生活会比我的幸福吗？没有什么可以取代我们对彼此的爱，你除了我也没有其他资源可选。"

她平静的微笑中带着一丝苦涩。"没有。爱情和宗教是女人仅有的资源。"

可以听到脚步声在走近。"我不是个孩子！"他激动地嚷道，"不是一两句话就能打发我的。我需要你，玛格丽特。你将是我的，不管什么理由。"

她又笑了笑，两人走到小径上。但是她知道，他也明白原因——那就是，如果他们两人一起吃苦或反抗，最终他们两人会一辈子摆脱不了这种状态。

玛格丽特有生以来第一次觉得游园会很无聊。她等克拉拉等了大约一小时，克拉拉来找她的时候，她脸颊通红，眼睛在凹陷失色的眼窝里闪闪发光。

"你脸色苍白，玛吉。我还以为你的小身体是皮革做的，从不知道痛苦和疼痛。要回家了？好吧。"克拉拉兴奋地尖声说道，把一顶深红色的兜帽戴在了头上，"最闪光的时刻也得有结束的时候。"望着她的同伴，她的脸颊更加炽热，目光也更加坚硬、更加明亮。

吉斯利先生，一个五十岁左右的矮胖子，不安地移了过来，擦着他那满是雀斑的、兴高采烈的脸。"我很高兴能使你过得愉快。不过，我并不是一直都能有这样的运气。你知道你的出现对我来说意味着什么——玫瑰之色，呃，时光匆匆——诗人怎么说的来着？"然后，仿佛是在挑战玛格丽特惊讶的目光，他亲热地把手搭在她姐姐的胳膊上。"跟你说句话，克拉拉？"他把克拉拉拉到一边，得意地低声说。他跟在她身边往家走，那个瘦小而骄傲的身影倾斜向另一侧。玛格丽特既震惊又厌恶。

她的心突然一沉，想起了这个令人厌恶的老单身汉从克拉拉小时候起就老是给予她父亲般的爱抚，但这是另一种"喜欢"。他是镇上一家木材厂的老板，以前他是厂里的水磨工。他挣了钱以后，既没有学习文化，也没有提高修养，只是在他先前的粗俗的基础上又加上了贪婪。他把她俩送到了大门口，玛格丽特看到他抓住了她姐姐的手，把它紧紧地贴在他肮脏的嘴唇上，不禁打了个寒战。

克拉拉迅速走进屋，玛格丽特没来得及和她说话，她就走进了母亲正俯身做针线活的房间。"天晚了，妈妈。"她急忙走到母亲跟前，用冰冷的双手捂住母亲疼痛的双眼，"都半夜啦。"

"但我必须得做完。"

"妈妈！"她自顾自地说，"我必须改变我的生活。"她极度兴奋地把头发往后梳，手扶前额，"有时候我觉得我发疯了，今天就是。"

她母亲放下正在缝补的外套，看着她，全身颤抖，脸色苍白。克拉拉眼睛里的那种陌生力量，她无法理解。

"当然，在这个莫大的世界，有一个属于我的地方！"克拉拉神情茫然地伸了伸双臂。

"你不是想去当传教士吧，克拉拉？"母亲弱弱地问道。

"我不知道有哪种人比我这样的美国女孩更需要一个传教士。我想做任何能证明我有生存权利的事。如果我能教书的话。"

"我看不出这怎么可能，"母亲焦虑地说，"即使你父亲能同意的话。你也教不明白什么课啊。再有，哪里有这样的职位呀？这里的

学校都满了，别的地方也都一样，这个国家女教师泛滥成灾。呃，
仅在马萨诸塞州就剩下二万多个还没结婚的女人。教书和缝纫是她
们谋生的唯一办法，所以你知道这想法是愚蠢的，克拉拉。"

"我可以缝纫。"

"你的身子经不起成天坐着，而且，你没有权利降低你妹妹们
的身份。我们这种人家没有人会娶一个女裁缝。你看乔治·戈达德
的妹妹，她干了两年的机器活，结果得了脊椎病。她现在成了乔治
一辈子的累赘。"

"我可以出去当佣人。"

"克拉拉，你今晚有点不对劲，尽说些蠢话。在进了你自己的
家门之前，你不可以离开你父亲的家。放心吧，我的孩子。你有你
的小十字架要背负，但上帝要你有耐心。"

"我不相信。"克拉拉大胆地说，"上帝从来没有想过让他创造
的任何生灵成为无用的累赘。这些我所面对的规矩习惯，我不得不
屈从，但这不是上帝的本意。婚姻不是女人获得衣食和养老的唯一
手段。看看结局如何，如果结不了婚，就得招摇行骗过可耻的寄生
生活，简和莎拉就得忍受那种糟蹋自己的生活。你为我说这话而脸
红，妈妈，但我们是在市场上——在市场上。"她匆匆离开了房间。

"听听这些话，克拉拉似乎着魔了。"波特太太哭了起来。

"但是，妈妈，"玛格丽特说，"女人还有其他途径谋生吗？"

"她们可以做文书、打字员等，但只有在东部的两三个城市，
甚至在那里，凡是从事某种不寻常职业的妇女，都会受到质疑。她
们不把自己当女人，亲爱的。女人的使命就是结婚生子。"

"如果她有爱人，但如果她不能嫁给她所爱的人呢？"小玛格丽
特问道，她的眼光暗淡下来，"难道她要一辈子都空等吗？"

"她——她也许会遇到一个她可以爱的人。像一个男人一样从
事贸易或买卖，既不端庄也不淑女，亲爱的。任何这样做的女人都

会给家族丢脸。"

玛格丽特慢慢上楼去睡觉。

直到第二天早晨,玛格丽特才在二楼的楼梯平台上遇见了克拉拉。克拉拉穿着一件深色的家常衣裙,脸色苍白和严肃得出奇,嘴唇和眼睛周围有些发青,仿佛瘀血了一样。她温柔地吻了吻玛格丽特。"我把和吉斯利先生的事留给爸爸作主,玛吉。"玛格丽特痛苦地呜咽了一声,这声音是她牺牲自己也从来没有让自己发出过的。"你的意思是——"

"我不能沉沦到简的那种生活,亲爱的。只有一条出路——我要嫁给他。"

她走进自己的房间,关上了门。玛格丽特一只手扶在栏杆上站了很长时间,呼吸变得沉重而缓慢。"我想我会找到另一条出路的。"她说。

第三章

大约六个月以后,艾沃特医生——在过去的二十年里把勒诺克斯的人们领进或领出生死门的一位老医生——在他的办公室里接待了一个整洁的小女孩的来访,她有一双特别明亮的眼睛和坚毅的樱桃色小嘴。

"玛格丽特?玛格丽特·波特?"他戴上了眼镜,"好吧,亲爱的,是简要蓝色药丸?还是莎拉?"

"都不是。是我自己有一件小事。医生。"她脸红了。

他又摘下了眼镜。"那就怪了,你从不生病,玛吉。你一直好好的,总是在院子里挖呀刨的,从来不给我给你看病的机会。"

"我就是来找你谈我挖洞的事的。我想在你那块一直延伸到小河的坡地上挖洞。"

"嗯？什么？"

"医生，"她的嘴唇开始颤抖，"我想在这个世上为自己做点事。不要嘲笑我。"

"上帝保佑你，孩子！我不会笑的。可是，这跟我的那块地有什么关系呢？"

"我打算自食其力，"她似乎没听到他的话，"在我看来，只要有钱，这个世界就充满了快乐和舒适。上帝没有赋予女人挣钱的头脑，因为她们没地方用。"

"哦！嗬！"他俯身向前，好奇地望着她，"你要教书？"

"不是。我没有受过良好的教育，也没有什么才艺，事实上，我一点也不喜欢书。"她笑着说。

"那你脑子里在想什么呢，玛吉？"

她犹豫了一下，变得严肃起来。"相骨师说攒钱的能力和赚钱的能力不一样。我不能攒钱是因为我没钱。但我想我比我认识的大多数男人都能挣钱。"

"你说说，怎么挣呢？你是想在我的地上种青萝卜或是红萝卜？"

"不，"她严肃地说，"青萝卜和红萝卜赚得太少，而且没有人帮忙，我也种不了。我打算种药草。"

"嗯？"

"草药。如果种得好，它们在费城的大型实验室里有很好的销路。我写信询问了草药的价格，然后我研究了种植的方法。开垦两英亩地，一年能赚 2000 美元。"

"想得美！你都赚不上 2000 美分。"

"为什么？"

"嗯——你是个女人。"

玛格丽特笑了。

"孩子，你为什么不结婚呢？"

"也许有一天我会的。但我不能硬把婚姻拉进我的生活里啊。"

"你可以挣钱。波特先生对此有什么看法？还有你们家那幼兽哥哥怎么看？"

"我不认为梅森是一只幼兽。他们很生气。"她的脸色变得煞白，不安地动了动。

"你会彻底失败的。"

"第一年，也许我会的。但第二年我还要试。"

"你要我把地给你？我还有用呢。"

她面色发红，说道："我没想让你把地给我。我听说你在牧场收租金，我给你双倍租金。不是很多，现在只能这么多啦。"说着她把一些纸币放在了桌子上。

他仔细地数了一遍。"钱数正好。现在把钱放回你口袋里。不要像个女人一样做生意。我没提前向你要租金，但我会在适当的时候把它从你这里拿走。顺便问一句，你从哪儿弄来的钱？"

"做针线活赚的。"

"那你为什么不做更多的针线活呢？这是更女人的方式。谁听说过一个女人当小贩的？"他认真地看着她。

"更女人的方式，相应的报酬就很低。"

他笑道："好吧，好吧，你有你的理由。你姐姐怎么样了，那位吉斯利夫人？恐怕婚姻并没有使她变得强壮。"

"克拉拉总是消化不良。"玛格丽特平静地说。

"嗯！嗯！不过我喜欢这姑娘的那种氏族精神。"她走后，他说道。

老医生的不祥预感不幸言中。玛格丽特的那块地第一年不但没产出两千美元，连二十美分都没有产出。当她需要太阳的时候，雨就来了；当植物被炙热烤得干枯的时候，太阳就出来了。她播种得不够浅，她用的鸟粪也太多，把药草都烧死了。家里人看到她开始种地时的气愤和惊讶，顿时化作梅森的一阵愤怒和嘲笑，姐妹们也冷嘲热讽。她父亲则忧郁地沉默着，认为她的整个行为是暗地里对他的一种责备，这最刺伤玛格丽特。社会上也有风凉话和嘲笑。乔治·戈达德努力想要认可她的勇气和真心，心里却暗暗为他的纯洁而羞涩的小雏菊(他喜欢这样称呼她)在全镇人面前成为一个意志坚强的改革者而感到生气。

　　玛格丽特夜里哭泣，白天却高高兴兴地劳作。播种、锄苗、除草不需要费神，就连克拉拉疲惫地坐着马车经过时，也觉得这位姑娘穿着整洁粗糙的衣服，两颊红润，看上去从来没有像现在这样清新美丽过。第一年失败后，她又开始缝纫，直到赚够第二年的租金。人们开始对她和她的怪念头见怪不怪，他们不再注意她了，他们几乎不知道更多的不顺和经验的缺乏使她的第二年试种小获成功，她结束时勉强付清了费用。在家里，她不再遭到反对了。玛格丽特有一种坚强而平静的意志，支配着这个家庭的正是这种坚强的意志，而不是爱或权威，就像在外面的世界里，坚强的意志可以走进城堡，坐下来做主人，而天才得站在城堡的大门外敲门。

　　第三年年底，玛格丽特赚到了一笔钱——这笔钱足以让她获得她所说的世上的一些舒适和欢乐。每月的账单还没到期，就已经付清了；她母亲的篮子里的针线活被送到了女裁缝那里；姑娘们有了新衣服；梅森也有了一枚漂亮的衬衫别针。每每这个时候，他们开始觉得玛格丽特的怪念头有些用。

　　大约到了第四年，她非常成功，她的朋友们都来找她给她提建议，认为她可以尝试和不同的公司合作，以找到更好的市场，建议她到这儿或到哪儿投资。然而，当她拿着钱去租了更多的地，雇了帮手(女帮手)时，他们疑惑地摇了摇头，认为这超出了她的能力范围，她会毁了这个事业。但实际上这是一个非常巧妙的计划，一个简单的赚钱方法。他们奇怪以前居然没有人想到这一点。有一两个人也试着去种，卖价压得比玛格丽特的低，这令梅森很生气。当他发现她的事业发展得和自己的事业一样重要时，他开始为她的事业感到自豪。但其他人的试验最终都失败了。这个女孩是一个刻苦的学生，很快熟练掌握了她的业务。她的药草没有尘土和混杂物，她只把质量最好的推送到市场，所以售价最高，市场需求逐年稳定增长。

"孩子，你为什么不结婚呢？"老医生时不时地问她。

"也许我会。"起初她这么回答，但后来，随着时间的流逝，她只是报以微笑，因为乔治·戈达德在他母亲死后，就和他妹妹一起走了，一直没有回来，甚至似乎忘了她的存在。"我不再是他的小雏菊了。"玛格丽特带着平静而悲伤的微笑说。

第四章

从玛格丽特开始工作到戈达德回来已经八年了。他的妹妹死了：他带着她到处看病，把他们仅有的一点家产都花光了。他找到了一个职位，可以住在勒诺克斯，时不时去州里各处旅行。

勒诺克斯的所有人都在背后议论，有些惋惜他"失去了和青梅竹马联姻的机会"。

"波特小姐很有资格成为村里最富有的人之一，"大家议论纷纷，"只需要很少的钱就可以买到土地，而她对她所需要的土地有非常好的判断力。她做起了勒诺克斯人闻所未闻的事，在斯塔尔山的后面建一个葡萄园，抽干沼泽里的一点水，种上了蔓越莓。它们比油还好。"农户索恩利感叹道："这个女孩有一种奇妙的播种本领，就像俗话说的，如果她把扫帚插进地里，它都会生长。我告诉我的姑娘们，有什么不行？为什么女人不能像种吉利花①一样种葡萄呢？"

"她的姐妹们在哪呢？"戈达德问。

"嗯，玛格丽特带着简和萨拉一起去了趟费城。在那儿，玛格丽特帮她们开了一家裁剪店。巴尔在上个星期见过她们，他说她们又胖又壮，有了自己的房子，已经没了她们尖酸刻薄的小脾气。杰西是她们的簿记员。梅森结婚了，你知道。乔在海上。家里只剩玛格丽特一个人领着一些老人和那个小罗伊，她也要嫁给我们年轻的牧师了，大家都这么说。"

"她不做生意了？"戈达德苦涩地笑道。

索恩利沉思地抚摸着他的下巴："嗯，乔治，我现在也不太了解玛格丽特。他们波特家的姑娘有了自己的事儿以后，就有了很大的不同，能让她们有机会嫁得更好。那个可怜的克拉拉——她是个可怜的、多病的人。老吉斯利是个铁石心肠的人，他很吝啬，对妻子更吝啬。你应该去看看老人们和玛格丽特，乔治。"

乔治一直坐立不安，心里紧张，最终他听从了老人的劝告。他试图从现在的玛格丽特——想必她已经变成了一个强硬的、面容敏锐的、略微显老的女人——的身上，找到那个面色红润而做事坚决的小姑娘，当年她把他从身边赶走，而且一直拒他千里，但她棕色的眼睛显露出她的整个心灵都在唤他回来。

晚上，他去了波特家的农场，因为他们已经搬离了村子。他发现这是一幢安静的、像家一样的老农舍，屋前有一片草坡，古树掩映。他被领进的房间是一间陈设简单的大客厅，墙上挂着几幅精美的版画，新书、鲜花，以及显露出文雅安逸的日常生活的小物件散落在房间各处。老波特先生坐在那里看书，他的妻子正在窗台上修剪鲜花。戈达德有个理念，他认为老年人都应该生活悠闲。这一

---

① 一种开花的香味类似于丁香花味的植物。

对灰白头发的男女脸上的表情庄重、简单而满足，他们那容易感动的微笑验证了他的梦想。"他们有喘息的时间去回顾过去，去体会生活给他们上的课。"他想，"玛格丽特牺牲了自己，给他们提供了这些。"

玛格丽特的母亲走出去叫她，过了一会儿，轻快的有弹性的靴子踏地声从门廊传来，随后玛格丽特站在了他面前。起初，戈达德只模糊地感到时间没有流逝，她就是他多年以前的小雏菊，她棕色的眼睛和他的眼睛相遇，她的脸色随着他的每一句话而变化。之后，变化显露了出来：在思想和语言上，她有一种自由奔放的优雅，这是以前那个拘谨而笨拙的小姑娘所没有的。她的容貌剔除了年轻时的虚浮，变得精致而文雅。她的语气中有一种不经意的快乐，她随时会发出爽快的笑声。她那种姿势和姿态上的沉稳，是那些对自己的地位和使命确信无疑的人所特有的。

他本来只打算待一会儿的，可是在他记起自己的决心时，整个晚上都过去了。玛格丽特为他唱歌，她有一副甜美而真诚的嗓音，很适合民谣音乐，而且在嗓音的训练上她不惜时间和金钱。他还注意到她对衣着的细节极其讲究，她一向喜欢柔软华丽的衣服，现在她完全可以纵容自己的这个怪癖。这个错误——如果是错误的话——使他高兴。他发现越来越多的谈话变成了他对自己在国外八年生活的叙述。玛格丽特是最善于倾听的人，她总喜欢把同伴们引到他们喜欢的话题，让他们沉浸其中，去感受幸福。然而他认为，是一种深藏不露的感情使她在他面前沉默寡言。

他终于站了起来——屋子里只有他们两个。对她这种新奇的生活方式视而不见，对他来说，这似乎是不礼貌的，虽然他俩刚才已经这么做了。

"我发现你变了，波特小姐，"他的目光没有直视她，而是越过了她那坦诚的眼睛，"现在你文静的举止好像是与生俱来的。"

"那么这举止也不是真实的，"她很快答道，"一些女人所拥有的天赋或技能才是与生俱来的，我只不过有一般的常识和毅力。如果需要，任何女人都有足够的力量独当一面。"

乔治·戈达德有一种男人对女人特有的优越感和保守思想。他一开始就打算对她一生中所做的极端愚蠢的行为表示抗议，但是面对改变了的她和她改变了的家，他不能说她的所作所为是愚蠢的。此外，天色很暗，玫瑰的香气从开着的窗户悄悄飘了进来，那个白衣女子仰着美丽的脸望着他，她是他一生的挚爱。他没有开始他关于工作和工资的争论。

"独当一面？"他重复道，"你有必要孤军奋战吗，玛格丽特？我在忠诚地等你，等了很久。现在的你比把我从你身边撵走的时候的你更可爱。"

她想告诉他没有这个必要，而且她自己也是真诚的，但她什么也没说，只是把她的手放在他的手里，红着脸，轻轻地抽泣着，就像其他愚蠢的女人一样。

玛格丽特一直没有放弃她的生意。戈达德大厦坐落在宾夕法尼亚洲最富饶的土地中间，由她亲自管理。她丈夫在政界的地位不断吸引着有钱有势的男女云集在他们身边，玛格丽特受到这些人的尊敬和认可，这是她应得的，也是每个女人为了她事业的健康发展所需要的。她的家务管理得更好了，饭菜和针线活都做得更精致了，因为她能雇用得起头脑灵活的仆人，而不用把精力花在做令人绝望的、没完没了的家务上。她现在仍像年轻时一样美丽、优雅，只是现在白发开始在棕色头发中闪烁。她的女儿们都被安排学习了一门手艺或一种职业，如果需要谋生的时候，她们就可以自食其力。她的姐姐克拉拉和她的六个孩子成了玛格丽特的负担，因为吉斯利无力偿还债务而且突然死亡，他们只能依靠她和乔治·戈达德了。克拉拉时而哀叹自己的命运，时而大发雷霆，埋怨社会。

"人们不禁要回到傅里叶^①或圣西蒙^②那里去寻求社会之谜的真正答案，"克拉拉喊道，"战争使成千上万的妇女变得无依无靠和身无分文，而物价却在翻倍。她们不可能都教书、做针线活，也不可能都成为女店员。她们和孩子还得活下去。然而，如果一个女人想要涉足男人的生意，她周围就会有各种声音。我该拿我的女儿们怎么办？如果楠是一个男孩，我会让她学雕刻，她有艺术家的眼光和精巧的手指。只是她不能不像个女孩子样啊，她多漂亮。"

"而且可以找个好婆家。你为什么不把话说完呢，克拉拉？"玛格丽特生气地说，"一个好婚姻是她可以谋生的一笔买卖，你一直给她灌输这样的想法，从十六岁起，任何男孩只要一接近她，你都要看看他将来能否成为她的丈夫。当然，还有比用雕刻刀更糟糕的方法让女人不像女人。"

"愿上帝帮助可怜的女人！"克拉拉叹息道。

"愿**他**能教她们如何自助。"

"你很容易就找到了一条出路，但我们也不能都种草药和蔓越莓呀。"

"不能，不过天无绝人之路。"

---

① 法国社会理论家查尔斯·傅里叶（Charles Fourier, 1772—1837），提出了乌托邦理论。

② 法国社会哲学家、改革家克劳德·亨利·德·鲁夫罗伊·圣西蒙（Claude Henri de Rouvroy, Compte de Saint-Simon, 1760—1825）曾激发了基督教社会主义——一种关于兄弟情谊和经济发展的世俗福音。